Martyr!

KB216786

순교자!

카베 악바르 장편소설
강동혁 옮김

Kaveh Akbar

은행나무

살아 있는, 순교자들을 위해

MARTYR!
Copyright © 2024, Kaveh Akbar
All right reserved

Korean translation copyright © 2025 by EunHaeng NaMu
Publishing Co., Ltd.

이 책의 한국어판 저작권은 Kaveh Akbar c/o The Wylie Agency
(UK) LTD.와 독점계약한 ㈜은행나무출판사에 있습니다.
저작권법에 의해 한국 내에서 보호를 받는 저작물이므로
무단전재와 복제를 금합니다.

맙소사, 우리가 죽는다는 사실이 방금 떠올랐다.

— 클라리시 리스펙토르

일러두기

1. 본문의 주는 모두 옮긴이의 것으로, 괄호 안에 글씨 크기를 줄여 표기했다.

2. 거리명은 street는 가(街)로, road는 로(路), avenue는 대로(大路)로 옮겼다.

3. 인명, 지명을 비롯한 고유명사의 표기는 국립국어원 외래어 표기법 규정을
   따르되 이미 굳어진 외래어, 한국어 화자 대부분이 관용적으로 사용하는
   외래어 표기는 예외로 하였다.

4. 단행본은 『』로, 시·잡지·신문은 「」로, 음악 앨범은 《 》로, 영화·TV 프로그램·
   노래·회화는 〈 〉로 구분했다.

사이러스 샴스

2015년 키디 대학교

잘못된 약을 맞는 순서로 써서 그런지도 모르고, 맞는 약을 잘못된 순서로 써서 그런지도 모른다. 아무튼 신이 27년간 침묵을 지킨 끝에 사이러스에게 응답했을 때, 그가 무엇보다 원한 것은 처음부터 다시 시작하는 것이었다. 정화(淨化)였다. 오줌과 페브리즈 냄새가 나는 침실에서, 오줌과 페브리즈 냄새가 나는 매트리스에 누워서, 사이러스는 그 방에 하나밖에 없는 전구를 쳐다보며 전구가 다시 깜빡이기를, 전구의 깜빡임이 낡은 아파트의 거지 같은 배선 때문에 벌어진 일이 아니라 신의 행동이었음을 신이 다시 확인해주기를 바랐다.

'깜빡이면 —' 사이러스는 그렇게 생각하고 있었다. 살면서 처음도 아니었다. '조금만 깜빡이면 가진 걸 전부 팔아서 낙타를 살 거야. 다시 시작할 거야.' 그 순간에 사이러스가 가진 것이란 더러운 빨래 더미와 여러 도서관에서 빌려 와 돌려주지 않은 책 더미뿐이었다. 시와 전기,『등대로』,『나폴레옹 삼촌』. 하지만 그런 건 전혀 중요하지 않았다. 사이러스는 진심이었다. 예언자 무함마드는 왜 대천사한테서 그 대단한 방문을 받은 걸까? 어째서 사울이 다마스쿠스로 가는 길에 문자 그대로 천국의 빛을 본 걸까? 당연히, 그처럼 확실한 계시를 받은 뒤에는 신앙의 기반을 쉽게 세울 수 있을 것이다. 신앙을 가졌다는 이유로 이들을 기리는 게 어떻게 공평한 일이겠는가? 그건 신앙이 아니고 그저 관찰된 뻔한 진실에 대한 복종인데? 그리고 이처럼 명징한 계시를 받는 특권을 한 번도 누리지 못한 나머지 인류를 벌하는 게 대체 어떻게 말이 되겠는가? 다른 모든 사람이 이 위기에서 저 위기로, 절망적으로 혼자가 되어 덜컹거리며 다니게 하는 것이?

하지만 그때, 바로 그곳 인디애나주의 지저분한 침실에서 사이러스에게도 그 일이 일어났다. 그는 신에게 모습을 드러내라고 부탁했다. 신의 정체가 남자든, 여자든, 여럿이든, 혼자든, 뭐든 간에. 그는 끌어다 쓸 수 있는 모든 열의를 담아 부탁했다. 사실은 열의가 넘쳐났다. 모든 관계가 다가가고 물러서는 일의 연속이라면, 사이러스는 거의 절대로 물러서지 않는 사람이었다. 그는 말로든, 미소로든, "이건 그냥 사실인데. 내가 왜 부끄러워해야 하지?"라고 말하는 듯 어깨를 으쓱이는 동작으로든, 자신에게 중요한 거의 모든 것을 표현했다.

그는 웬 시무룩한 왕자라도 되는 것처럼 단단한 나무 바닥 위, 깔개 없는 매트리스에 누워 담뱃재가 드러난 배에 떨어지게 놔둔 채 생각했다. '불을 켰다 끄시면 주님, 제가 당나귀를 한 마리 사겠습니다. 낙타를 사서 타고 메디나든, 겟세마네든, 어디든 가겠습니다. 그냥 불만 깜빡이시면 방법은 제가 알아낼게요. 약속해요.' 그가 이런 생각을 하고 있는데, 바로 그때 뭔가가 일어났다. 전구가 깜빡였다. 아니면 더 밝아진 것일 수도 있었다. 꼭 길거리 건너편에서 카메라 플래시가 터진 것 같았다. 찰나의 찰나에 그렇게 번쩍이고는 다시 원래대로, 그냥 평범한 노란 전구로 돌아왔다.

　사이러스는 그날 한 약물을 다시 세어보려 했다. 술, 대마초, 담배, 클로노핀, 애더럴, 뉴론틴으로 이루어진 일반적 혼합물을 하루 종일 다양하게 했다. 퍼코셋 두어 알이 남아 있었지만, 그건 그날 저녁 늦은 시각에 먹으려고 아껴두었다. 그가 먹은 약물 중 낯선 것은 없었다. 정신을 잃게 하거나 정신을 잃고 환각을 보게 하는 것은 없었다. 사실 그는 평소에 비해 상당히 정신이 맑았다.

　어쩌면 눈이 보고 싶어 하는 것을 볼 때까지 힘을 주게 만든 어떤 욕구, 혹은 그런 지켜보기 자체가 원인인지도 몰랐다. 어쩌면 지금, 이 새로운 세상에서는 그것이 신이 일하는 방법인지도 몰랐다. 타오르는 덤불이나 메뚜기의 기승 같은 현란한 간섭에 지친 나머지, 어쩌면 신은 이제 미국 중서부에 사는 취한 이란 사람의 지친 눈을 통해서, CVS에서 파는 버번위스키나 한 면에 G31이라 쓰여 있는 작은 분홍색 알약을 통해서 일하는 것일지도 몰랐다. 사이러스는 커다란 플라스틱 올드크로 (값싼 버번위스키 브랜드)병을 들고 술을 한 모금 마신다. 평범한 사람에게 침대 옆 탁자가 해주는 일을 사이러스에게는 위스키가 해주었다. 다시 말해, 위스키는 언제나 그의 매트리스 머리맡에서 그에게 꼭 필요한 것을 보관하고 있었다. 위스키는 매일 그를 잠에서 깨우고, 그 잠으로 다시 빠뜨렸다.

사이러스는 자신이 방금 경험한, 있을 성싶은 기적에 대해 생각하며 누워서 신에게 다시 그 기적을 보여달라고 부탁했다. 웹브라우저에 비밀번호를 두 번 넣는 것처럼 확인해달라고. 전지적인 우주의 창조자가 사이러스에게 모습을 드러내고 싶었다면 그 일을 애매하게 하지는 않을 게 아닌가? 사이러스는 천장 조명을 빤히 바라보았다. 조명은 그의 담배 연기로 이루어진 안개 속에서 물기 어린 달처럼 보였다. 그렇게 사이러스는 다시 그 일이 벌어지기를 기다렸다. 하지만 벌어지지 않았다. 그가 인지했던, 혹은 인지하지 못했던 그 작은 깜빡임 같은 것은 돌아오지 않았다. 그러므로 상대적으로 또렷한 정신의 답답한 아지랑이 속에서―그 자체도 일종의 취한 상태였다―속옷과 캔들과 말라붙은 오줌과 빈 주황색 알약병들과 딱딱한 바닥에 책등이 갈라지도록 엎어놓은, 반쯤 읽은 책들 사이에서 — 사이러스는 결정을 해야만 했다.

1

2년 후

월요일

2017년 2월 6일 키디 대학교

"난 **너를** 위해 죽겠어." 사이러스는 병원의 작은 거울에 비친 자기 모습을 보며 혼자 말했다. 진심이라고 확신은 못 해도 그렇게 말하니 기분이 좋았다. 몇 주 동안 그는 죽는 놀이를 해왔다. "다시 했다, 10년에 한 번씩" 하는 식의 실비아 플라스처럼 은 아니었다. 사이러스는 키디 대학교 병원에서 의료용 배우로 일하고 있다. 시급 20달러로 일주일에 15시간씩 "소멸하는 (perish) 사람" 역할을 했다. 그는 "죽을 때까지"가 아니라, "소멸하는 사람 가운데 있기까지"라는 코란의 표현법이 마음에 들었다. 꼭 나를 열렬히 기다리던 새로운 공동체에 들어가는 것 같은 표현. 사이러스가 병원 4층 의국에 들어가면, 비서가 가짜 환자의 이름과 신분이 적힌 메모 카드를 건네주었다. 이름 옆에는 0~10점 통증 척도와 함께 작은 만화 얼굴이 그려져 있었다. 0은 "전혀 아프지 않은" 미소 짓는 얼굴이고 4는 "약간 더 아픈" 무표정한 얼굴, 10은 "가장 심하게 아픈" 흐느끼며 입이 뒤집힌 U로 그려져 있는 섬뜩한 얼굴이었다. 사이러스는 자신의 소명을 찾았다고 느꼈다.

어떤 날에는 죽어가는 사람이었다. 어떤 날에는 죽어가는 사람의 가족이었다. 그날 밤, 사이러스는 세 사람의 어머니인 샐리 구티에레스였고, 얼굴은 6점인 "더 많이 아픔"이었다. 그가 받은 정보는 그게 전부였다. 그리고 잘 맞지 않는 흰 가운을 입은, 불안해하는 의대생이 발을 질질 끌고 들어와 사이러스/샐리에게 딸이 교통사고를 당했으며 의료진이 할 수 있는 모든 것을 다 했으나 그녀를 구하지 못했다고 말했다. 사이러스는 반응 정도를 6으로, 눈물을 흘리기 직전으로 조절했다. 의대생에게 딸을 볼 수 있느냐고 물었다. 욕설을 했고 어느 순간에는 약간 비명도 질렀다. 그날 떠날 때 사이러스는 비서의 탁자에 놓인 작은 바구니에서 초콜릿 그래놀라바를 챙겼다.

의대생들은 보통 낮 시간대 토크쇼 진행자처럼 그를 위로하는 데 과한 열정을 보였다. 아니면 이런 인위적인 상황에 거부감을 느끼고 대충 참여했다. 그들은 누가 시켜서 외운, 목록에 적힌 위로의 말을 건네고 사이러스를 병원 상담 서비스로 연결해주려 노력했다. 마침내 그들이 시험장을 떠나면 사이러스는 남아서 복사된 채점표를 채우며 그들의 공감 정도를 평가했다.

모든 상호작용이 나중에 검토될 수 있도록 삼각대에 얹힌 작은 카메라에 녹화됐다.

때로 의대생은 사이러스에게 사랑하는 사람의 장기를 기증하고 싶은지 물었다. 학교에서 그들에게 훈련시키는 대화 중 하나였다. 학생의 임무는 그를 설득하는 것이었다. 사이러스는 대학 미식축구 팀의 보조 코치이자 독실한 가톨릭 신자인 벅 스테이플턴이었다. 통증 척도 2점, "약간 아픔"에 해당하는 차분한 표정. 작은 만화 얼굴은 약간이긴 해도 아직 미소까지 짓고 있다. 그의 아내는 혼수상태였다. 뇌에서 아무런 활력 징후도 보이지 않았다. "지금도 당신의 아내는 사람들을 도울 수 있어요." 의대생은 어색하게 사이러스의 어깨에 손을 얹으며 말했다. "지금도 생명을 구할 수 있어요."

사이러스에게 가장 재미있었던 부분은 다양한 캐릭터였다. 그는 무릎 아래를 절단해봐야 소용없는 당뇨병 환자 겸 회계사인 데이지 판보하르트였다. 병원에서는 사이러스에게 그녀의 역할을 하기 위해 환자복을 입어달라고 했다. 그는 독일 이민자이자 말기 폐기종을 앓는 엔지니어, 프란츠 링크스이기도 했다. 제나 워싱턴이 되기도 했다. 그녀는 예상치 못하게 빠르게 진행되는 알츠하이머병을 앓고 있었다. 8점 상황. "대단히 아픔."

이 일을 구할 때 사이러스를 면접 본 의사는 굳은 입매에 납처럼 차가운 눈을 가진 나이 든 백인 여자로, 사이러스 같은 사람을 고용하는 걸 좋아한다고 말했다. 사이러스가 한쪽 눈썹을 치켜올리자 그녀는 재빨리 설명했다.

"배우가 아닌 사람들 말이에요. 배우들은 약간……." 그녀는 두 손을 맞잡아 작게 돌렸다. "말런 브랜도처럼 군달까. 도저히 참지 못하고 이 일을 자기 드라마로 만들어버리죠."

사이러스는 룸메이트인 지도 이 일에 참여시키려 했지만, 지는 면접을 날려버렸다. 즈비그니에프 라마단 노바크, 폴란드-이집트 혈통─줄여서 지였다. 그는 알람을 못 듣고 자버렸다고 말했지만, 사이러스는 그가 겁을 먹었다고 의심했다. 지는 이 일이 불편하게 느껴진다고 계속 말했다. 한 달 뒤, 사이러스가 병원으로 가려고 할 때, 사이러스가 준비하는 모습을 지켜보며 지는 고개를 저었다.

"뭐?" 사이러스가 물었다.

답이 없었다.

"뭔데?" 사이러스가 좀 더 날을 세워 다시 물었다.

지는 약간 인상을 쓰더니 말했다. "그냥, 건강해 보이지가 않아, 사이러스."

"뭐가?" 사이러스가 물었다.

지는 다시 인상을 썼다.

"병원 일?"

지는 고개를 끄덕이더니 말했다. "내 말은, 네 뇌는 연기랑 생활의 차이를 모른다는 거야. 그 온갖 엿 같은 상황을 다 겪잖아? 그게 너한테…… 좋을 리가 없어. 네 뇌간에 말이야."

"1시간에 20달러면 나한테 좋아." 사이러스는 씩 웃으며 말했다. "내 뇌간에."

그 돈이 아주 많게 느껴졌다. 사이러스는 술을 마시던 시절에 그 정도 돈을 받으려고 혈장을 팔던 일을 떠올렸다. 한 번 갈 때마다 20달러를 받았는데, 탈수된 숙취 상태의 혈액은 가는 빨대를 통해 나오는 밀크셰이크처럼 걸쭉해서 뽑는 데 몇 시간이나 걸렸다. 사이러스는 그가 한 번 피를 뽑는 동안 사람들이 헌혈 시설에 도착해 튜브를 꽂았다가 나가는 모습을 지켜보곤 했다.

"결국은 내 글에도 좋을 거야." 사이러스가 덧붙였다. "그런 말이 있잖아, 아직 쓰지 못한 시를 살아간다던가?"

사이러스는 시를 쓸 때면 꽤 잘 썼지만, 실제로 쓰는 경우가 거의 없었다. 술을 끊기 전에 사이러스는 글을 쓰기보다는 글을 생각하며 술을 마셨다. 술을 글쓰기 과정에 꼭 필요한 것으로, "거의 성찬식의 성체와 같다"고 묘사했다—정말로 그렇게 말했다. 술이 따분한 "매일의 찌그락빠그락" 이면에 있는 "숨은 목소리에 마음을 열게 해준다"고. 물론, 술을 마실 때면 그는 술을 마시는 것 외에 거의 아무것도 하지 않았다. "일단 술을 마신 뒤에는 술이 술을 마시고, 술이 나까지 마셔버려!" 사이러스는 이 대사를 누구에게서 가져왔는지 잊고 방에서나 바에서나 자랑스럽게 선언하곤 했다.

정신이 맑을 때, 그는 기나긴 작가로서의 슬럼프를 겪었다. 더 정확히 말하자면, 작가의 양가감정이라고 해야 할 것이다. 작가의 반감이라고. 그걸 더 심하게 만든 것은 사이러스가 실제로 뭔가 쓸 때마다 그를 북돋으려는 지의 행동이었다. 지는 룸메이트의 새로운 초고를 치켜세우며 모든 행갈이와 불완전 압운을 칭찬했고, 사이러스의 시를 아파트 냉장고에 붙여놓기 직전이었다.

"쓰지 못한 시를 살아간다?" 지는 코웃음 쳤다. "왜 이래, 더 잘하면서."

"전혀." 사이러스는 날카롭게 말한 뒤 아파트 문을 나섰다.

사이러스는 병원 주차장에 들어갈 때도 열받은 상태였다. 지는 모든 것을 계속 복잡하게 만들지만 모든 일이 복잡해질 필요는 없다고, 사이러스는 생각했다. 때로 인생은 그냥 벌어지는 사건이었다. 쌓여가는 사건들. 이것은 술을 마시던 시절에 세운 막연한 원칙 중 하나로, 정신이 맑은 지금까지 사이러스에게 붙어 있었다. 그가 취해 있지 않다는 이유만으로 다들 그가 자신의 모든 결정을 철저하게 검토할 거라고 예상하다니 불공평한 일이었다. 이 일 아니면 저 일, 이 인생 아니면 저 인생.

술을 마시지 않는 건 그 자체로 어마어마한 위업이었다. 사람들은 그에게 자비를 더 베풀어야 했다, 덜 베푸는 것이 아니라. 그의 왼발에 난 긴 흉터—몇 년 전 사고로 인한 것이었다—가 욱신거렸다.

사이러스는 병원에 이름을 적고 들어가 복도를 걸어갔다. 대기실에 나란히 앉아서 젖을 먹이는 두 엄마를 지났다. 담요가 널브러진 채로 한 줄로 늘어서 있는, 바퀴 달린 빈 들것들을 지나 엘리베이터에 탔다. 4층 의국에 도착하자 접수대 직원이 다시 서명하라고 하더니 오후에 쓸 메모 카드를 주었다. 샌드라 코프먼. 고등학교 수학 교사. 교양 있고 자녀 없음. 남편을 잃음. 통증 척도 6점. 사이러스는 대기실에 앉아서 카메라를 본다. '이형성 모반, 전암성 병변'의 섬뜩한 사진이 담긴 벽의 '피부암의 이해' 차트를 본다. 알파벳 순서로 정리한 흑색종의 특징. 비대칭성(Asymmetry), 경계선(Borders), 변색(Color Change), 지름(Diameter), 진행(Evolution). 사이러스는 샌드라의 머리색이 포스터의 '지름' 부분에 실린 모반 색깔과 똑같은 진홍색일 거라고 상상했다.

잠시 후, 젊은 의대생이 혼자 방에 들어와 사이러스를, 그다음에는 카메라를 본다. 그녀는 사이러스보다 약간 어리고, 적갈색 머리칼을 뒤통수에 깔끔하게 틀어 올리고 있었다. 흠잡을 데 없는 자세 때문에 뉴잉글랜드의 영애 같은, 기숙학교 학생

같은 분위기가 났다. 사이러스는 반사적으로 그녀가 싫었다. 양키 귀족적인 겉모습. 사이러스는 그녀가 완벽한 SAT 점수를 받아 아이비리그 학교에 갔고, 예일이나 컬럼비아가 아닌 키디에서 수련을 받게 되어 실망했으리라고 상상했다. 그녀가 아버지의 동업자의 반듯한 아들과 아무 기쁨 없이, 냉담한 섹스를 하리라고 상상했다. 촛불이 켜진 근사한 레스토랑에서 둘이 함께 주문한 송아지 피카타를 뾰로통하게 깨작거릴 뿐, 식탁에 놓인 빵은 본체만체하는 모습을 상상했다. 설명할 수 없는 경멸감이 인정사정없이 사이러스를 감쌌다. 사이러스는 그녀가 문을 시끄럽게 열어 자신이 즐기던 고요함을 망친 것이 싫었다. 그녀는 다시 카메라를 보더니 자기소개를 했다.

"안녕하세요, 미스 코프먼. 저는 의사 몬포트입니다."

"코프먼 부인이에요." 사이러스가 고쳐주었다.

의대생은 카메라를 빠르게 힐끗 보았다.

"어, 네?"

"코프먼 씨가 돌아가셨어도 전 여전히 그분 아내예요." 사이러스는 왼손에 결혼반지가 끼워져 있는 척 그 손을 가리키며 말했다.

"아, 죄송해요, 부인. 전 그냥 —"

"괜찮아요."

몬포트 의사는 클립보드를 내려놓고, 처음부터 다시 시작하

23

기라도 할 듯이 옆의 싱크대에 손을 짚었다. 그녀가 말했다.

"코프먼 부인, 유감이지만 검사 결과 뇌에 커다란 덩어리가 발견됐어요. 큰 덩어리가 여러 개 모여 있어요. 불행히도 호흡과 심폐 기능을 통제하는 민감한 조직에 달라붙어 있어서, 그런 조직에 심각한 손상이 일어날 위험을 감수하지 않고 안전하게 수술을 할 수가 없어요. 화학적 항암과 방사선 치료를 하는 방법도 있지만, 덩어리의 위치나 성숙도로 봤을 때 이런 치료는 대증요법에 그칠 가능성이 높습니다. 종양 전문의 선생님께서 더 자세히 설명해주실 거예요."

"대증요법요?" 사이러스가 물었다. 학생들은 전문용어를 쓰거나 돌려 말하지 않아야 했다. "좋은 곳으로 간다"라는 말은 안 된다. "죽는다"라는 단어를 최대한 자주 쓰는 편이 권장되었다. 그러면 혼동이 줄어들고, 환자가 현실을 부정하는 단계를 빠르게 지나는 데 도움이 된다.

"음, 네. 통증 완화를 위한 치료라는 뜻이에요. 부인이 이것저것 정리하시는 동안 편안히 지내실 수 있도록요."

이것저것 정리한다. 이 의대생은 솜씨가 형편없었다. 사이러스는 그녀가 싫었다.

"미안한데요, 의사 선생님. 성함이 뭐였더라? 밀턴이었나요? 제가 죽을 거라는 말씀이세요?" 사이러스는 의대생이 여태 소리 내 말하지 않은 한 단어를 말하며 반쯤 미소 지었다. 의대생은 움찔했고 사이러스는 그 움찔거림을 즐겼다.

"아, 네, 미스 코프먼. 어, 정말 죄송합니다." 그녀의 목소리는 보이지 않는 곳으로 달아나기 직전의 야생 토끼를 소리로 표현한 것 같았다.

"코프먼 부인이라고요."

"아, 네, 그럼요. 정말 죄송해요." 의대생은 클립보드를 확인했다. "그냥, 여기 제 서류에는 '미스 코프먼'이라고 쓰여 있어서요."

"선생님, 제가 제 이름도 모른다는 말을 하고 싶으신 건가요?"

의대생은 절망적으로 카메라를 힐끗 돌아보았다.

1년 반 전, 회복 초기 단계에 사이러스는 알코올 중독자 모임의 지지자인 게이브에게 자신이 근본적으로 나쁜 사람이라고 생각한다고 말했다. 제멋대로에 자기 본위적이라고. 심지어 잔인하다고. 사이러스는 술을 끊은 고주망태 말 도둑은 안 취한 말 도둑일 뿐이라고 말했다. 이런 생각을 해낸 게 자랑스러웠다. 그는 나중에 시 두 편에서 이 표현을 여러 형태로 활용했다.

"하지만 넌 착해지려는 나쁜 사람이 아니야. 나아지려는 아픈 사람이지." 게이브가 대답했다.

사이러스는 그 말에 대해 생각해보며 앉아 있었다. 게이브가 말을 이었다.

"바깥세상에는 착한 사람이랑 착한 사람처럼 행동하는 나쁜 사람 사이에 차이가 없어. 사실, 난 신이 두 번째 사람을 좀 더 사랑한다고 생각해."

"착한 사람 드랙(사회에서 주어진 성별의 정의에서 벗어나 겉모습을 꾸미는 행위)이라." 사이러스는 생각나는 대로 말했다. 이후로 둘은 그 표현을 썼다.

"당연히 아닙니다, 코프먼 부인. 절대로 말대꾸하려는 게 아니에요." 의대생이 말을 더듬었다. "서류에 부인 이름이 잘못 인쇄된 게 틀림없어요. 정말 죄송해요. 저희가 전화드릴 만한 분이 계실까요?"

"내가 누구한테 전화를 하라고 하겠어요?" 사이러스가 물었다. "교장 선생님? 난 혼자예요."

몬포트 의사는 땀을 삐질삐질 흘린다. 카메라의 빨간 불이 둘의 행위를 조롱하는 반딧불처럼 깜빡거린다.

"여기, 키디 병원에 훌륭한 상담사들이 있어요." 의대생이 말했다. "전국적으로 높은—"

"죽고 싶어 하는 환자 본 적 있어요?" 사이러스가 말을 끊었다.

의대생은 그를 빤히 바라보며 아무 말도 하지 않았다. 그녀의 몸에서 순전한 경멸감이, 거의 다스려지지 않은 분노가 뿜어져 나왔다. 사이러스는 그녀가 실제로 자신을 칠지도 모른다고 생각했다.

"아니면 죽기는 싫은데―"사이러스가 말을 이었다. "고통이 멈추기만을 바라는 환자 말이에요."

"그게, 말씀드렸다시피, 저희는 다양한 대증요법을 제공하고 있어요." 그녀는 사이러스를, 코프먼 부인 이면의 사이러스-사이러스를 노려보며 식식거렸고 그를 고분고분 복종시키려고 했다.

사이러스는 그녀를 무시했다.

"지난번에 죽고 싶다고 생각했을 때는 에버클리어를 5분의 1 마셨죠. 95퍼센트 알코올 말이에요. 그런 다음 욕조에 앉아 병째로 마시면서, 조금씩 내 머리에 부었어요. 한 잔은 내 것, 한 잔은 내 머리카락 것. 목표는 그런 식으로 한 병을 다 비운 뒤 내 몸에 불을 붙이는 것이었죠. 극적이지 않아요?"

몬포트 의사는 아무 말도 하지 않았다. 사이러스는 말을 이었다.

"하지만 4분의 1쯤을 마시니까 갑자기 아파트 단지에 있는 다른 모든 사람을 태워버리고 싶지는 않다는 생각이 들더라고요."

그 말은 사실이었다. 그 명료함의 작은 반짝거림, 그 빛. 풀밭의 뱀에게 반사되는 햇빛 같았다. 이 일은 사이러스가 술을 끊기 몇 달 전에 일어났다. 그가 다른 사람들의 존재와 불이 번진다는 사실, 1층 욕조에서 자기 몸에 불을 붙이면 다른 모두의 집에도 불이 붙을 가능성이 높다는 사실을 떠올린 건 상당히 취한 뒤였다. 술은 가끔 그런 식으로 작동했다. 그의 정신이 밝힐 수 없는 것을—잠깐이지만—술이 분명히 밝혀주는 것이다. 마치 안경점에 앉아 있는 것 같았다. 술이 얼굴 앞에 다양한 렌즈를 획획 내보이는데, 가끔, 아주 잠깐, 도수가 맞아 그 자신의 슬픔 너머, 그 자신의 파멸 너머 세상을 있는 그대로의 모습으로 볼 수 있는 것이다. 그것은 알코올만이, 다른 무엇도 아닌 알코올만이 주는 명료함이었다. 다른 모든 사람이 그러듯, 삶을 그가 담길 만한 공간으로 보는 것. 하지만 물론 이내 점점 더 불투명해지는 렌즈들이 몰아치는 가운데 명료한 지점이 지나가버린다. 결국 그가 볼 수 있는 것은 자신의 머리통 속 어둠뿐이다.

"믿어져요?" 사이러스는 말을 이었다. "난 불이 욕조에서 나를 집어삼키고 나서도 계속 번지리라는 것조차 술에 취해서야 생각할 수 있었다고요."

"코프먼 부인……." 의대생이 말했다. 그녀는 맞잡은 손을 비틀어대고 있었다. 사이러스가 눈여겨 평가해야 하는 '고뇌 행동(physical distress behavior)' 중 하나였다.

"실제로 욕조에 앉아서 계산을 해보던 게 기억나요. 뭐랄까, 다른 사람들이 나랑 같이 죽는 게 신경이라도 쓰일 만한 일일까? 다 남인데. 난 그 사람들이 나한테 중요한지, 아닌지 알아내야 했어요. 얼마나 엿 같은 일입니까?"

"코프먼 부인, 자살 충동으로 고통받고 계시다면 저희가 지원해드릴⋯⋯."

"아, 왜 이래요. 그냥 말해봐요. 의사가 되고 싶어요? 내가 당신 앞에 앉아서 말하고 있잖아. 난 결국 아파트 단지에서 걸어나갔어요. 알코올에 젖어 있었죠, 너무 젖지는 않았지만. 알코올은 빨리 증발하는 것 같더라고. 얼마나 안 축축한지 놀랐던 게 기억나요. 우리 건물과 옆 건물 사이에는 작은 풀밭이 있어요. 화로가 딸린, 그런 피크닉 벤치하고. 화로 옆에서 내 몸에 불을 붙이면 웃기겠다고 생각했던 게 기억나요. 난 에버클리어랑 라이터를 꺼냈죠. 내 기억에는―이상한 일이지만―시카고 베어스 팀 라이터였어. 어디서 났는지 모르겠다니까. 난 거기, 벤치에 앉아 있었죠. 내 몸 안에도 몸 위에도 에버클리어가 있었고. 딱히 행복한 건 아닌데, 뭐랄까, 단순한? 기분이 들었던 게 기억나요. 그냥 둥둥 떠다니는 해파리가 된 기분이랄까. 누군가 알코올은 삶의 '치명적 강도'를 낮춰준다고 했죠. 아마 그런 거였을 거예요."

밖에서는 구름이 비를 머금어 뚱뚱하고 검게 변했다. 온 하늘이 마지막 광기의 난동을 부리는 상처받은 동물 같았다. 병실에는 벽 높은 곳에 아주 작은 창문이 하나 있었다. 병원 밖 사람들이 들여다볼 수 없도록 그 자리에 배치한 듯했다. 의대생은 움직이지 않았다.

"여기에 그 기관이 있잖아요?" 사이러스는 자기 목 아랫부분을 가리키며 물었다. "늘 뛰는 그 파멸의 장기 말이에요. 매일 고집스럽게 두근거리면서 두려움을 뿜어내는? 커튼 뒤에 검은 표범이 물어뜯으려고 기다리고 있기라도 한 것처럼요. 하지만 검은 표범은 없고, 알고 보면 커튼도 없는데. 내가 멈추고 싶었던 게 그거예요."

"그래서 어떻게 했는데요?" 의대생이 마침내 물었다. 그녀의 어떤 면이 이 순간의 흐름에 물러나 약간 긴장을 푼 것처럼 보였다.

"난 다시 아파트로 돌아갔어요." 사이러스가 어깨를 으쓱했다. "그만 아프고 싶었거든요. 산 채로 불에 타는 게 갑자기 아주 많이 아플 것처럼 느껴졌어요."

의사 몬포트는 미소 지으며 작게 고개를 끄덕였다. 사이러스가 말을 이었다.

"샤워를 하고 기절했죠. 난 남아 있었어요. 하지만 두려움도 남았죠. 술을 끊으면 도움이 될 것 같았어요, 나중에 한 생각이지만. 회복해야겠다고 생각했죠. 그리고 실제로 회복했어요,

나름대로는. 확실히, 술을 끊으니 주변 사람들에게 부담을 덜 주게 되더군요. 사람들한테 두려움을 덜 일으켰죠. 하지만 그건, 그 파멸의 장기는 여전히 내 안에 있어요." 사이러스는 다시 자기 목을 가리켰다. "내 목구멍 안에서 매일, 하루 종일 뛰죠. 회복이니 친구니 예술이니……. 그런 엿 같은 것들은 그 장기를 잠깐 마비시킬 뿐이에요. 아까 썼던 단어가 뭐였죠?"

"대증요법요?"

"맞아요, 대증요법. 모든 게 대증요법이에요. 고통을 가라앉힐 뿐 없애지는 못하죠."

의대생은 잠시 가만히 있다가 사이러스 맞은편 의자에 앉았다. 그녀는 웬 하늘의 스포트라이트를 받는 듯, 창문으로 들어오는 검푸른 광선에 물들어 있었다. 그녀는 매우 공들여 말했다. "저, 코프먼 부인, 정신적 합병증이 나타나는 건 전적으로 가능한 일이에요. 심지어 흔한 일이죠. 중독 문제로 도움을 받아오신 것 같은데, 좋은 일이에요. 하지만 부인에게는 치료받지 못한 채로 진행되는 다른 질환도 있을지 몰라요. 불안 장애나 주요 우울 장애 같은 것요. 그런 문제에 대해서도 도움을 구해보시면 좋을 거예요." 그녀는 살짝 미소 지은 뒤 덧붙였다. "너무 늦지 않았어요, 종양이 있더라도요." 이것은 의대생 나름대로 사이러스를 다시 연기로 불러들이는 방법이었다. 사이러스는 그에 따랐다. 그는 갑자기 당혹감에 얼굴이 달아오르는 것을 느꼈다.

　사이러스는 나머지 연기를 하는 동안 순순히 행동했다. 몇 분 뒤 연기가 끝나고 의대생이 시험장을 떠났을 때, 그는 그녀에게 짧지만 아주 좋게 평가지를 써준 뒤 수치심의 눈보라 속에 서둘러 병원을 나섰다.

2

발신: 윌리엄 M. 포거티 미국 해군 중장
수신: 미국 중부 사령부 총사령관
제목: 1988년 7월 3일 미국 해군 함정 빈센스(CG. 49)에 의한 민항기 격추의 제반 상황에 관한 공식 조사 (공개)

IV. 의견

A. 종합
1. 미국 해군 함정 빈센스는 의도적으로 이란 민항기를 격추한 것이 아님.

그날 저녁, 사이러스는 차를 몰고 키디의 지역 재활 센터인 캠프5의 익명의 알코올 중독자 모임에 갔다. 캠프5는 공예소를 개조한 곳으로, 박공지붕에 삐걱거리는 나무틀은 우중충한 라벤더색으로 칠한 건물이었다. 그곳의 괴팍한 고인물들이 주차장에서 끝없이 줄담배를 피우는 가운데 법원 명령장을 받은 아이들이 겸연쩍어하며 눈길을 피한 채 정해진 시간마다 발을 질질 끌고 드나들었다.

　사이러스는 자욱한 담배와 전자 담배 연기를 가르고 현관으로 들어간 뒤 계단을 올라 작은 창구로 향했다. 낮에 일하는, 헛소리 따위는 통하지 않는 고인물 앵거스 B가 커피와 쿠키를 각 50센트에, 달걀 샐러드 샌드위치를 2달러에 파는 곳이었다. 그 돈은 전부 캠프5의 월세로 쓰였다. 사이러스는 커피를 한 잔 사서 어둑한 지하실로 내려갔다. 여섯 개의 기다란 플라스틱 접이식 탁자가 어둡고 넓은 공간에 펼쳐져 있었다. 각 탁자는 대학교의 남아도는 불편한 나무 의자들로 둘러싸여 있었다.

사이러스의 지지자가 와 있었다. 게이브 B, 게이브리얼 바르도. 그는 50대 후반으로 33년째 금주 중이었다. 오렌지카운티에서 어린 시절을 보냈고 방송업계를 들락거렸으며 지금은 지역 전문대에서 극작을 가르쳤다. 게이브는 청재킷을 입은 참나무처럼 생겼다. 얼굴에서는 턱과 큼지막한 흰색 콧수염밖에 보이지 않았고, 이런저런 프로젝트를 하느라 늘 갈라져 있는 큰 손을 가지고 있었다. 그는 사이러스가 들어갔을 때 이미 그 공간의 가장 안쪽 탁자에 앉아 있었다. 사이러스는 그의 옆 빈 의자에 말없이 자리 잡았다.

사이러스는 모임에 관심을 기울이기가 어려웠다. 주제는 "삶을 있는 그대로 수용하기"였는데, 너무 광범위한 주제라 사실상 아무 의미가 없었다. 중년의 백인 남자가 1년 동안 네 번째로 30일간 금주 성공을 기념했다. 모두가 박수를 보냈다. 어느 고인물은 최근의 사업 분쟁에서 자신이 발휘한 아량을 열광적으로 이야기했다. "수월하게 나아가고 있다면 그 말은 내리막을 가고 있다는 뜻"이라면서. 모두가 고개를 끄덕였다. 그의 셔츠에는 "I don't run, I RELOAD(나는 달아나지 않는다, 재장전한다)"라고 큰 흰색 글자로 쓰여 있었다. 매부리코의 젊은 여자는 딸의 유치원 참관 행사에 갔다가 화장실에서 코카인을 했다고 말했다. 모두가 웃었다. 게이브는 아들이 — 셰인이었다, 서부극 인물의 이름을 따서 — 학교에서 어려운 시간을 보내고 있으며 수업을 빼먹는다는, 일반적인 청소년처럼 굴고 있다는 이야기를 나누었다. 주방을 엉망진창으로 만들어놓았다는 이유로 셰인에게 성질을 터뜨린 이야기를 하면서, 게이브는 이렇게 말했다. "나한테 지옥과 천국의 차이는 그 난장판에 신경을 쓰느냐 마느냐죠."

사람들은 나직하게 맞장구쳤다. 몇 사람이 더 자기 이야기를 나누었다. 사이러스는 어떤 말도 할 계획이 없었다. 대체로 그는 습관이나 타성으로 참석했다. 하지만 모임이 끝나갈 때쯤 내면에서 어떤 초조함이 일었고 그는 이렇게 말했다.

"안녕하세요, 저는 약물 - 알코올 중독자 사이러스입니다." 두어 사람이 그에게 고개를 돌렸지만, 대부분은 그가 누구인지, 어떻게 생겼는지 알고 있었다.

"오늘 일하러 가서 어떤 여자한테 성질을 냈어요. 전혀 모르는 사람이었는데 아무 이유 없이 엿같이 굴었어요. 근데 있잖아요, 기분이 좋았어요. 그 여자를 그렇게 동동거리게 만드니 너무 기분이 좋더라고요. 통제권을 잡는 게요. 우린 언제나 여기에서 내주고, 또 내준다고 하죠. '나를 자아라는 구속에서 풀어주어, 당신의 뜻에 더 잘 따르게 해주십시오'라고요. 통제력을 포기하는 거예요. 하지만 지금 내가 뭐라도 느낄 수 있을 때는, 내가 누군지 기억할 수 있을 때는, 조종석에 달려들었을 때뿐이에요. 조종석에 달려든다? 형편없는 비유네요." 사이러스는 미소를 짓고 심호흡했다. "내 인생에 큰 결정이란 없어요. 난 대부분 앉아서, 내 뇌가 똑같은 개소리를 하고 또 하는 걸 듣고 있죠. '차라리 자위를 하는 게 낫지 않을까?' '차라리 술독에 *빠지는* 편이 낫지 않을까?' 답은 언제나, 언제나 그래, 그래예요. 난 귀가 아플 때까지 헤드폰 소리를 높이고, 그냥 자기 일을 하고 있을 뿐인 아무 여자한테나 진상 짓을 해요. 그러면 아무것도 아닌 거랑은 다른 느낌이 드니까요. 그게 금주의 전부죠. 아무것도 아닌 것. 어느 면에서나 아무것도 아닌 것. 예전에는 아주 극단적인 황홀감이나, 꼼짝도 할 수 없는, 흰 빛이 번쩍거리는 고통만을 느낄 수 있었어요. 약이랑 술이 그 밖의 것들을 사포질해버렸죠. 하지만 지금은 모든 게 이런, 아무 질감 없는 중간 상태예요."

족제비를 닮은 젊은 남자, 조 A가 보란 듯이 크게 고개를 돌려 벽시계를 보았다. 사이러스가 말을 이었다.

"어렸을 때, 아빠는 적당한 술꾼이었어요. 나한테 자기 전에 기도를 하라고 했죠. '그냥 주님께 이야기해라, 네 엄마에게 얘기해. 네 기분이 어떤지 말해라.' 그 두 가지는 똑같았어요, 하나님한테 말하는 것이나 죽은 엄마한테 말하는 것이나. 기도했죠. 하나님에게 내가 개같이 비참하다고 말했고, 엄마한테 슬품을 덜어달라고 빌었어요. 일곱 살, 열 살 때도요. 거래를 제안했죠. '지금 이 비참한 삶을 멈춰주신다면, 제 인생 마지막 20년을 가져가셔도 돼요'라는 식으로. 뭐가 그렇게 슬펐는지도 모르겠어요. 난 친구들이 있었어요. 배가 고프지도 않았어요. 하지만 내 뱃속에 뭔가 썩어가는 게 계속 남아 있었어요. 하나님? 엄마? 그런 건 그냥 말이예요. 그게 문제죠. 오늘 일터에서 만난 그 여자는 그런 말들, 죄다 그런 말들을 했어요. 너무 공허했죠. 그래서 그 여자가 싫었어요. 이 프로그램도 그래요. 그냥 말뿐이죠. 뭐랄까, 난 전에 늘 침대에 오줌을 싸고 자살하려 했어요. 최소한 더 이상 침대에 오줌을 싸지는 않네요. 그러니까 여기 뭔가 있긴 있겠죠? 객관적으로는. 근데 난 거기에 저항해요. 늘 슬퍼요. 화가 나요. 엄밀하게 정직해지자면, 난 지금도 여러분 대부분이 겁나 멍청이라고 생각해요. 우리가 여기 아닌 곳에서 만났다면, 당신들은 아마 나를 추방하려고—"

"바깥 문제예요!" 빅(Big) 수전이 소리쳤다. 그녀는 덩치가 작지만 거친 고인물로, 별명과는 달리 실제로는 키가 150센티미터도 되지 않았다. "알코올 중독과 상관없는 얘기잖아요!" 그녀의 목소리에 방 안의 모두가 약간 허리를 펴고 앉았다.

"봐요, 내가 한 말이 저겁니다." 사이러스는 빅 수전에게 두 손을 들어 보이며 말했다. "회복은 말로 이루어져 있고, 말에는 온갖 규칙이 있죠. 그렇게 제한된 것으로, 씨발 뭐든 간에 '더 고귀한 힘'처럼 큰 것에 닿을 수 있겠어요? 말이 어떻게 내 몸속에 커다랗게 뭉쳐 썩어가는 걸 없앨 수 있겠어요? 거대한 스펀지가 좋게 느껴져야 할 이 세상의 모든 걸 빨아들이는데, 어떤 말이 그걸 건드릴 수 있겠냐고요." 사이러스는 짜증이 나 자신을 비웃었다. "모르겠네요. 모르겠어요. 죄송합니다."

그는 의자에 털썩 무너져 숨을 내쉬었다. 방은 1초, 2초 조용했고—이 모임의 사람들에게는 영원과도 같은 시간이었다—이어서 크랙 중독자였다가 카페 주인이 된 마이크 P가 약을 끊은 하루는 얼마나 좋았는지, 태양과 구름과 나무가 어땠는지 이야기하기 시작했다. 게이브는 찰나의 순간 사이러스를 내려다보며 고개를 까닥이는가 싶더니 입술을 꾹 다물었다. "뭐, 흥미로웠어" 같은 뜻이었다.

모임 이후 게이브는 사이러스에게 시내에 있는 마이크 P의 카페인 '시크릿스태시'에 가고 싶은지 물었다. 사이러스는 그게 사실 질문이 아니라는 걸 알았다. 그들은 각자 자기 차를 몰고 갔다. 게이브는 파란색 볼보를, 사이러스는 낡은 쉐보레 캐벌리어를. 게이브가 먼저 카페에 도착했고 사이러스가 들어갔을 때쯤엔 그가 막 주문을 마친 뒤였다. 자기가 마실 것으로는 더블 에스프레소 한 잔을, 사이러스에게는 블랙 아메리카노를. 두 남자는 아무 말 없이 음료를 기다렸다가 뒤쪽에 있는 작은 2인용

원탁으로 갔다. 벽을 따라 고등학생 미술 작품 같은 것이 쭉 걸려 있었는데, 그들이 앉은 구역에는 손으로 그린 인스타그램 틀 안에서 기괴한 표정을 짓는 10대들을 담은 목탄화 여러 장이 있었다.

"그래서—" 마침내 게이브가 말했다. "말로 만들어진 하나님이라고?" 그는 흑설탕 한 봉지를 뜯어 에스프레소에 붓고 저었다. 카페에서는 하키 경기에 흐르는, 시끄러운 아케이드파이어(캐나다의 밴드) 노래가 나오고 있었다.

"모르겠어요." 사이러스가 말했다. "그냥 슬퍼요. 그런 얘기는 하면 안 되는 거예요?"

"되지." 게이브가 말했다. "되고말고." 그는 탁자 위로 몸을 숙이고 사이러스를 빤히 보았다. "눈에 빨간 게 있는데."

"네?"

"혈관인가?" 게이브는 어디를 봐야 하는지 알려주려고 자기 오른쪽 눈의 한쪽 구석을 가리켰다. 사이러스는 핸드폰을 꺼내 카메라로 자기 모습을 보았다. 흰자 위 빨간색 작은 판게아에서 눈동자로 피가 흘러들고 있었다.

"아, 젠장."

"괜찮아?" 게이브가 물었다.

"뭐, 모르겠어요. 잠을 이상하게 잤든지 했겠죠."

"그래, 그렇겠지. 좋아, 하나님은 말로 만들어졌고, 넌 슬프다는 거지? 계속 말해봐." 그는 에스프레소를 한 모금 마셨다. 흰 콧수염 가장자리에 작은 거품 달이 생겼다.

"그게 다예요, 정말로. 엄청난 병적 슬픔. 그 생각을 실제로 할 때든 아니든 슬프다니까요. 그 슬픔이 침대 위에 놓인 거대한 볼링공처럼 느껴져요. 모든 게 뭐랄까, 그리로 굴러가죠."

"넌 신이 너를 행복하게 해주고 싶어 한다는 걸 믿지 않는 걸지도 몰라. 신, 네 어머니, 시, 그런 뭔가가 말이야. 넌 뭐가 그렇게 특별해서 다른 모두가 누릴 자격이 있는 걸 너만은 누리지 못한다는 거야?"

"대체 그게 무슨 뜻이에요? '신, 네 어머니, 시, 그런 뭔가'는. 난 아저씨든, 빅 수전이든, 마이크든, 그 사람들 중 누구든 '더 고귀한 힘'에 대해 말할 때 그게 무슨 뜻인지 도대체 모르겠어요. 그 사람들 대부분은 아마 내가 남자 거시기를 빨면 화를 내고 모든 이슬람교도를 지옥에 보내버리는, 구름 속의 턱수염 난 늙은이를 말하는 거겠죠. 그런 고귀한 힘이 나한테 무슨 소용이에요?" 사이러스는 잠시 말을 멈추었다. "난 수많은 고대 신비주의 서적들을 읽어왔어요. 페르시아의 고귀한 힘에서, 이슬람에서 뭔가를 찾을 수 있다면……."

"아, 그건 엿 같은 개소리야." 게이브는 연극적으로 눈알을 굴려댔다. 목탄으로 그린 10대들의 쩍 벌어진 입이 아래쪽으로 무시무시하게 이빨을 드러냈다. "넌 내가 아는 가장 미국적인 녀석이야. *네가 셰인에게 매든(미식축구 게임 시리즈) 하는 방법을 알려주고 마블 영화를 토렌트로 다운 받는 방법을 알려줬어. 넌 씨발 엘피판을 산다고. 우린 테헤란이 아니라 인디애나주에서 이 대화를 하고 있고.*"

게이브는 사이러스의 인생에서, 백인이든 아니든 간에, 이런 식으로 말하는 유일한 사람이었다. 그에게는 무언가가, 사이러스가 오랫동안 경외해온, 말하자면 "까고 있네" 하는 노인네식 불량기가 있었다. 다만 그 말은 때로는 게이브가 정치적 올바름의 민감한 선을 훨씬 넘는 곳까지 춤추어 간다는 뜻이었다. 아무튼, 사이러스는 오늘날의 수사적 위생 관념에 방해를 받지 않고 말할 수 있는 게이브의 능력이 막연히 부러웠지만, 여전히 몬포트 의사와의 일로 고통받고 있었기에 빠르게 정당한 분노로 얼굴을 붉혔다.

2년 전 사이러스는 다섯 번째 단계를 진행하면서 ─ 게이브에게 가장 깊은 곳에 숨겨둔 비밀을 전부 열거하는 단계였다 ─ 남자와 잔다는 말을 아무렇지 않게 했다. 사이러스는 게이브가 충격을 받을 거라고 예상했다. 최소한 게이브 특유의 "뭐, 그건 별일이긴 하네"라는 표정을 보게 될 거라고 생각했다. 대신 그는 자기도 수백 명의 남자와 잤다고 알려주었다.

"70년대 캘리포니아주 남부였으니까." 그는 당연한 말을 한다는 듯 어깨를 으쓱했다.

"그것보다는 놀라실 줄 알았어요." 사이러스가 인정했다. "내가 당연히 이성애자인 줄 알았다든지, 뭐든지요."

"아, 귀여운 녀석아." 게이브는 킬킬 웃었다. "네가 이성애자로 보이는 줄 알아?"

게이브는 존 웨인과 닮기도 했고 그를 숭배하기도 했다. 얼굴에서는 턱이 두드러졌고, 푹 꺼진 검은 눈은 축 늘어진 양귀비 같았다. 게이브는 극작 수업을 듣는 학생들과 함께, 키디의 뻗어가는 대학가 주변에서 오래된 팔레트 판을 주워 자기 볼보에 실어다가 손수 세트장을 만들었다. 그는 알코올 중독자 모임에서 만난 아내가 다시 중독의 길에 빠져 아무 흔적 없이 인디애나주에서 사라진 이후로 셰인을 키워온 한부모 가정의 아빠였다. 사이러스는 자신의 지지자가 의외의 모습을 보여주는 걸 당연하게 받아들이게 되었다. 처음에는 그가 특정한 종류의 남자―뻣뻣한 보수주의자―인 줄 알았지만 그라는 책의 표지 이미지와 안에 담긴 이야기 사이의 드넓은 간극을 다시, 또다시 깨닫게 되었다.

사이러스는 게이브의 "테헤란이 아니라 인디애나주"라는 농담에 대해 아무 말도 하지 않기로 했다. 그냥 팔짱을 끼고, 은근히 전투적인 자세로 아랫입술을 내밀었을 뿐이다. 게이브는 말을 이었다.

"네 시를 읽었어, 사이러스. 네가 페르시아계라는 건 알겠어. 거기서 나고 여기서 자랐지. 그게 네 일부라는 건 알아. 하지만 네가 평생 석류를 까면서 보낸 시간보다 오늘, 오늘 단 하루 동안 핸드폰을 보며 보낸 시간이 많아. 석류 깐 시간을 다 합쳐도 말이지. 안 그래? 근데 네가 쓰는 시에는, 씨발, 석류가 대체 몇 개나 나오는 거야? 그에 비하면 아이폰은 몇 번이나 나오냐? 내 말 무슨 뜻인지 알아?"

사이러스는 그의 얼굴을 걷어차고 싶었다. 인종차별적 발언을 한 것에 대해서. 약간 올바른 말(여기에서 '올바르다'로 옮긴 right 라는 단어에는 '우파적'이라는 뜻도 있다)을 한 것에 대해서.

"재수 없게 굴려는 게 아니야." 게이브가 말했다. 목소리가 부드러워졌다. "하지만 그건 상투적인 거라고. 그 상투적인 게 네 회복을 방해하고 있어. 네 예술도. 아무도 나만큼 너한테 선명하게 말해주진 않을 거야. 아무도 그럴 수가 없거든. 난 네가 나한테 화내도 괜찮아. 네가 짓는 그 개똥 같은 표정도. 난 감당할 수 있다고. 내가 감당할 수 없는 건, 네가 도로 나가서 이 일 때문에 술을 마시는 사태야. 너 자신을 해치는 것."

그들 옆의 깡마른 남자는 커다란 헤드폰을 끼고서, 노트북으로 분노의 타자를 치고 있었다. 펜타곤을 해킹하려는 영화 속 해커처럼. 카페의 스피커에서는 사이러스가 모르는, 어떤 숨소리 가득한 발라드가 나왔다.

"이 독백극에 액션 요소도 있나요?" 사이러스가 마침내 으르렁거렸다.

게이브가 몸을 앞으로 숙였다.

"극작의 첫 번째 규칙이 뭔지 알아?"

사이러스는 고개를 저었다. 거의 눈에 띄지 않게. 게이브의 질문을 허용하는 것조차 수긍으로 느껴졌다.

"등장인물이 뭘 원하는지 모른다면 그 등장인물을 절대 무대에 올리지 말라는 거야."

사이러스는 인상을 썼다. "난 내가 뭘 원하는지 알아요."

"그래?" 게이브는 구부정하게 몸을 숙이고, 커다란 두 손바닥을 원탁 위에 평평하게 누르고 있었다. 그 때문에 탁자가 저녁 식사용 나무 접시처럼 보였다.

"난 중요해지고 싶어요." 사이러스가 속삭였다.

"다른 사람도 다 그래. 더 깊은 걸 말해야지."

"난 위대한 예술 작품을 만들고 싶어요. 사람들이 중요하다고 생각하는 작품요."

"좋아. 계속해봐."

"그 정도면 충분하지 않아요?" 사이러스는 짜증이 났다.

"사이러스, 개나 소나 이 세상 사람들은 누구나 자기가 인정받지 못한 천재 예술가라고 믿어. 전례 없고, 다시는 반복되지 않을 너라는 존재에 대해서 네가 구체적으로 원하는 게 뭐야? 너를 다른 모든 사람과 실제로 다르게 만드는 게 뭐냐고." 게이브는 새끼손톱으로 이를 쑤셨다. 그는 송곳니가 하나 없어서 약간 소년처럼 보였다.

사이러스는 잠시 가만히 있다가 마침내 말했다.

"난 죽고 싶어요. 늘 그랬던 것 같아요."

"흠." 게이브는 눈을 가늘게 떴다. "그 얘긴 나중에 다시 하자. 하던 얘기 계속해봐."

"맙소사, 몰라요 몰라. 우리 엄마는 아무 이유 없이 죽었어요. 반올림 오차처럼요. 엄마는 다른 사람 300명과 죽음을 나눠야 했어요. 우리 아빠는 웬 기업형 농장에서 수십 년 동안 닭똥을 치운 끝에 이름 모를 사람으로 죽었고요. 난 내 인생이, 내 죽음이 그보다는 의미가 있었으면 해요."

"순교자가 되고 싶은 거야?" 게이브는 눈썹을 치켜올리며 물었다.

"아마도요. 네, 사실 그래요. 비슷해요."

"사이러스." 게이브가 미소 지으며 말했다. "넌 더러워진 네 옷조차 직접 못 빨잖아." 그는 주름지고 목깃 주변에 커피 얼룩이 남은 사이러스의 티셔츠를 고갯짓으로 가리켰다. "네가 가슴에 폭탄을 묶고 카페에 들어갈 수 있을 것 같아?" '폭탄'이라는 말을 하면서도 그의 목소리는 전혀 바뀌지 않았지만, 사이러스는 움찔했다.

"그 말이 얼마나 인종차별주의적인지는 알아요?" 사이러스가 낮게 말했다. 구멍에서 기어 나오는 뱀처럼 분노가 그의 목구멍을 타고 올라왔다. 고약하게, 공기를 핥으며.

"내 말이 틀려?" 게이브가 진심을 담아 물었다.

"그런 식의 순교를 말한 게 아니에요." 사이러스가 선언했다. "단지—"

"단지?" 게이브가 물었다. 그의 콧수염에 묻은 약간의 에스프레소 거품이 우스꽝스럽게 보였다.

"그런 신앙을 갖는다니, 상상이 돼요?" 사이러스가 물었다. "본 적도 없는 걸 그렇게까지 확신한다는 게? 난 그 무엇에 대해서도 그런 확신이 없어요. 중력도 그렇게까지는 못 믿겠는데."

"그런 확신이 그 사람들 머릿속에 벌레를 집어넣는 거야, 사이러스. 확신을 가지고 말하는 사람은 광신도와 폭군밖에 없어."

"네, 네. 하지만 아저씨한테는 그런 분명함을 부러워하는 비밀스러운 부분이 조금도 없어요? 그런 확신이 부럽지 않아요?"

"난 불확실성 속에 가만히 있는 게 불편하지 않아. 불확실성을 해소하려고 절박하게 더듬거리지 않아. 난 내가 통제력이 있다고 확신했기에 한 달에 네 번 음주 운전으로 걸렸어. 확신이 나한테 한 짓이 그거야. 확신은 나를 18개월 동안 감옥에 넣었다고. 아직 세 번째 단계를 모르나?"

사이러스는 눈알을 굴려댔다. 세 번째 단계는 모든 것을, 인생 전체를, 신이든 시든 할머니든 씨발 무엇을 상대로든 뒤집어 까는 단계였다.

"내 말 듣긴 했어요?" 사이러스가 물었다. "난 내 '더 고귀한 힘'이 뭔지조차 모르겠다고요."

"그래도 1년 전에는 나랑 같이 무릎을 꿇고, 그 고귀한 힘에게 고통을 없애달라고 잘만 부탁하던데."

"*뭐한테* 부탁했다고요?" 사이러스가 물었다. "대체 우리가 뭘 상대로 얘기했는데요?"

"그게 무슨 상관이야?" 게이브가 대답했다. "너 자신의 좆같이 비대한 자아만 아니면 됐지. 중요한 건 그것뿐이라고."

"아저씨 본인이 하는 말이 들리긴 해요?" 사이러스가 물었다. 이제는 뱀이 고개를 쳐들고 꼬리를 떨고 있었다. "아저씨가 다른 사람의 삶을 통제하려 들면서 얼마나 독실한 척하는지 알아요? 아마 자신의 삶이 엉망진창이니까 그런 거겠죠. 자식은 신세를 조졌고 아내는 아저씨보다 술을 선택했으니까. 그래서 내 인생을 징발하려는 거겠죠, 자신의 삶을 좀 낫게 느끼려고. 나더러 가짜 페르시아인이라고요? 딜레탕트라고요?"

"널 딜레탕트라고 한 적은 없는 것 같은데." 게이브가 침착하게 말했다.

"보르헤스가 아버지와 거울에 대해서 뭐라고 말했는지 알아요? 혐오 그 자체래요. 둘 다 남자의 수를 두 배로 늘리니까."

"실은, 확신해." 게이브가 말했다. "'딜레탕트'라는 단어는 한 번도 쓴 적 없어."

"내 말을 듣지도 않네요!" 사이러스의 목소리가 높아졌다. 해커가 그들의 자리를 건너다보았다.

"알았어, 알았어." 게이브가 대답했다. 목소리는 여전히 평온했다. "나한테 화가 나서, 네 위대한 지성으로 나를 뭉개려고 보르헤스를 들먹였잖아. 아주 인상적이야."

"좆까요." 사이러스는 일어서며 말했다. "난 이럴 필요가 없어요. 아저씨 설교도 필요 없고, 개소리나 하는 이런 개소리 모임도 필요 없어요."

사이러스는 손대지 않은 커피를 집어 들고 탁자에서 물러났다. 게이브는 움직이지 않았다. 닉 케이브의 목소리가 스피커에서 나오고 있었다. "헤르니아, 게르니카, 퍼니처." 사이러스는 쿵쾅거리며 자기 차로 가서 시크릿스태시로부터 — 게이브로부터 — 멀리 차를 몰아갔다. 정당한 분노와 자기 연민이 뒤섞인 최면제가 흘러넘쳤다. 발이 욱신거렸다. 백미러로 자신의 모습이 언뜻 보였다. 빨간 점이 오른쪽 눈의 오른쪽 부분 전체를 삼켜버렸다. 색깔이 로스코의 그림처럼 서로 섞여들었다.

사이러스는 자리에서 일어났을 때 '개소리나 하는 이런 개소리 모임'보다 좀 더 가슴을 찌르는 말을 하지 못한 자신에게 화가 났다. 그보다 나은 대안을 생각하며 집으로 향했다. 거시기도 안 서는 공화당원들의 교회, 인종차별주의자 노친네 소굴. 시간을 멈추고 기억을 다시 만져, 동의어 멀티버스를 지나는 상상을 하자니 위로가 됐다. 재미도 없는 말의 사원. 신을 생체 해부하는 인간쓰레기 카이사르들. 그는 자기가 읽었던, 황홀경을 기록하는 언어의 능력조차 압도해버리는 열광적인 황홀경에 관해 썼던 시인들을 모두 떠올렸다. 눈부시게 빛나는, 힘들이지 않고 이루어지는 좋은 것을 어렴풋하게라도 느껴본 게 언제였던가. 알코올 중독자 모임에 더는 안 나간다, 그는 그렇게 결심했다. 그리고 게이브와도 이게 마지막 대화라고.

3

기억이 미치는 오래전부터 사이러스는 몸을 밤마다 재충전해야 한다는 것이 말도 안 되게 이상하다고 생각해왔다. 잠은 뭔가를 삼키거나 화장실에 가는 것 같은 사실이 아니라, 일종의 믿음으로서 발생했다. 사람들은 자는 척을 하다 보면 결국 진짜 잠으로 바뀌리라 믿으면서 자는 척을 했다. 잠이란 매일 밤 실천하는 거짓이었다. 거짓이 아니라면, 최소한 연기이기는 했다. 그런 연기가 반드시 진정성을 없애는 것은 아니지만, 진정성에 변질을 일으키는 건 확실했다. 거울 앞에서 연습하는 연설은 언제나 결과적으로 하게 되는 연설과 달랐다.

다른 무엇도 시늉을 밀고 나가는 방식으로 이루어지지 않았다. 작은 쌀알을 뱃속에 집어넣기 위해 밥그릇 앞에 앉아서 밥을 삼키는 팬터마임을 하지는 않는다. 오직 잠만이 그런 당혹스러운 발표회를 요구했다.

이 모든 시련에 동기를 부여하려는 듯 몸은 꿈을 제공했다. 삶의 3분에 1에 대한 대가로, 거나한 잔치와 이국적인 모험, 아름다운 연인과 날개를 부여했다. 최소한 그런 것을 주겠다는 약속을 해주었다. 악몽이라는 희한한 위협도 그 약속에 도취되는 것을 거의 막지 못했다. 우리의 마음이 무작위로 우리를 밤에 낑낑대거나 헐떡이는 존재로 전락시키는 것이 얼마나 자주이건 간에.

이런 거래 조건은 협상 불가능한 것이었고, 따르지 않으면 미치거나 아프거나 죽게 되었다. 사이러스는 이런 현상에 관해 읽고 또 읽었다. 24시간 동안 잠을 자지 않으면 조정력과 단기 기억력이 손상된다. 48시간이 지나면 혈당 수치가 치솟고 심장이 불규칙하게 뛰기 시작한다.

사이러스는 깨어 있는 상태를 적으로 보지 않기가 힘들었다. 깨어 있는 상태가 존재할 힘을—살아가고 예리하게 생각할 힘을—부식시킨 끝에 사람을 굴복시키는 방식을. 깨어 있는 것은 일종의 독이었고, 꿈만이 해독제였다. 모두가 이런 사실을 더 잘 의식한다면 어떨까? 이렇게 생각하면 인생이 얼마나 시급해질까? "난 중독되었어. 쓰러질 때까지 겨우 16시간 남았어" 하는 식으로.

사이러스는 아주 어렸을 때부터 잠을 형편없이 잤다. 갓난아기 때는 너무 적게 자서, 그의 아버지 알리는 그에게 장애가 있을지도 모른다고 생각했다. 사이러스는 졸음에 겹고 화가 났다고밖에 할 수 없는 조숙한 눈으로 요람에서 내다보곤 했다. "정말 이걸 해야 해요?"라고 묻는 것처럼.

알리는 아들을 앞뒤로 흔들어주고 손가락으로 원을 그리며 그의 두피를 문지르고 노래를 불러주었으며 그를 데리고 심야 드라이브를 가기도 했다. 그래도 사이러스는 처절하고 맹렬하게 깨어 있는 상태에 매달렸다. 진창 같은 호수에서 나오려고 애쓰지만 점점 더 깊이 빠지는 작은 말 같았다. 갓 난 몸이 더 이상 버틸 수 없을 때면 사이러스는 마침내 잠들었고, 그럴 때면 언제나 "누가 이런 생각을 한 거야?"라고 묻는 듯 당혹하고 짜증 난 표정을 짓고 있었다.

사이러스의 잠은 나이를 먹으면서 점점 더 나빠지기만 했다. 어린 소년 시절에는 야경증을 겪기 시작했다. 아무 경고나 자극 없이도 한밤중에 소리를 지르고 울면서 일어났다. 때로는 자기 몸을 심하게 때렸다. 사이러스의 야경증은 알리를 다스리게 되었다. 야경증이 알리에게는 기도하고 간청하고 공물을 바쳐야 할 신이 된 것이다.

알리는 아들이 이런 발작을 일으킬 때마다 아들에게 가서 흔들어 깨우려 했지만, 사이러스는 잠에서 깬다 해도 겁에 질린 상태로 깨어났다. 자기가 어디에 있는지, 무엇이 두려움을 촉발시켰는지 전혀 이해하지 못했다. 아버지는 그를 흔들며 이미 수없이 해온 애원을 반복했다. "코루시 아가, 제발. 그냥 자라. 사이러스 아가(코루시(Koroosh)는 고대 페르시아의 아케메네스를 창건한 왕으로 그 영어식 표기가 사이러스(Cyrus)다). 자."

하지만 사이러스는 계속 비명을 지르거나 울거나 발버둥 쳤다. 때로는 몇 시간이나 그랬다. 그런 뒤에야 쓰러져서 긴장된 휴식을 취했다. 깨물기 직전 입안의 혀처럼.

사이러스는 자주 오줌을 지렸다. 알리는 옷을 갈아입히고 이부자리를 바꿔준 뒤에야 침대로 돌아가 몇 시간 잘 수 있었다. 그 말은 빨래방에 더 여러 번 가야 한다는 뜻이었고, 더 많은 세탁물을 빨고 말려야 한다는 뜻이었다. 한 시간이 더 필요했고, 2달러 50센트가 더 필요했다.

알리는 이 시절에 대해 누구에게도 말하지 않았지만, 만일 했다면 그 시절이 대단히 불공정하게 느껴진다고 말했을 것이다. 그에게서 아내를 빼앗아 갔으니, 우주가 최소한 그에게 다루기 쉬운 아이를 주었어야 한다고. 순한 성질에 잠을 잘 자는 아이를. 알리에게는 사이러스가 다친 데를 또 건드리는 것처럼, 벌어진 상처를 헤집는 것처럼 느껴졌다.

알리의 아내 로야는 사이러스가 태어나고 겨우 몇 달 뒤에 죽었다. 말도 안 되는 상황에서. 그녀는 이라크를 상대로 싸우는 이란군에서 복무한 이후로 건강이 나빠진 오빠 아라시와 일주일을 함께 보내려 두바이로 비행기를 타고 가는 중이었다. 아라시는 몇 달간 두바이에 머무르고 있었으며, 로야는 그를 만나 쇼핑을 하고 먹고 쉬겠다고 충동적으로 결정했다. 그녀는 임신과 출산 이후로 기진맥진해 알리로부터도, 자기 아들로부터도 멀어진 상태였다. 알리는 이번 여행이 그녀가 마음을 다잡는 데 도움이 되기를, 그녀의 온기를 되찾아주기를 바랐다. 로야는 그때 인생 처음으로 비행기를 탔고, 사이러스가 태어난 이후 처음으로 테헤란을 떠났다. 그녀는 긴장해서 안절부절못했다. 좋은 모습을 보이고 싶다며 가장 좋아하는 옷을 입고 집을 나섰다. 7월의 더위 속에서도 늘씬한 흰색 트렌치코트에 세련된 모직 슬랙스 차림이었다. 그녀는 오빠에게 줄 선물을 챙겼다. 새로 발매된 블랙캐츠(페르시안팝 그룹) 테이프와 페르시아 누가 캔디 몇 개였다.

이륙 후 얼마 되지 않아 로야가 탄 비행기가 미국 해군 함정에 격추되었다. 그냥 하늘에서 총을 맞고 떨어졌다. 거위처럼.

미국 해군 전함 빈센스호는 지대공 미사일 두 발을 발사했다. 한 발은 비행기에 명중해 비행기와 290명의 승객을 즉각 먼지로 만들었다. 보고서에는 정말로 이란 항공 655편이 "먼지가 되었다"라고 적혔다. 어쩌면 유족들의 기분을 살펴 그렇게 쓴 걸지도 몰랐다. 사고가 즉각적이었다고. 먼지에서 나서 먼지로 돌아가리니. 너무 많이 생각하지만 않으면, 어떤 면에서는 깔끔했다.

이란 항공 655편에 탄 66명의 어린이가 죽임을 당했다. 67명이 될 수도 있었다. 하지만 로야는 알리에게 둘의 아들이 비행기에 타기에는 너무 어리다고, 자신은 오랫동안 임신하고 있었으니 육아의 부담을 잠깐 내려놓고 쉴 자격이 있다고 말했다. 그러지 않았더라면. 그러지 않았더라면.

아이를 원한 사람은 알리였다. 그의 아내는 그렇게 확신이 없었다. 로야의 어머니는 덮어놓고 사랑을 주는, 무한히 사랑이 넘치는 사람이었다. 자녀들을 위해 놀잇감과 놀이를 고안했다. 하루 세끼에 더해 간식과 쿠키까지 직접 만들었다. 집을 책과 미술과 음악으로 가득 채웠다. 그녀는 주변 엄마들에게 부족한 엄마가 된 기분을 느끼게 하는, 타고난 본능적 엄마였다.

로야는 절대로 자신의 엄마 같은 엄마가 될 수 없다는 것을, 젖은 나뭇가지처럼 사랑으로 떨리는 사람이 될 수 없다는 것을 알았다. 어른이 되어서도 로야는 자기 한 몸 먹이고 씻기기도 벅찼다.

로야의 어머니는 할머니, 할아버지가 손주들의 버릇을 망치듯 자녀들의 버릇을 망쳤다. 로야는 자신이라면 비가 도로를 망치듯 아이를 망칠 거라고 생각했다. 그래도 알리는 자기가 육아 대부분을 담당하겠다며 고집을 부렸다.

"난 전형적인 남자가 아니야." 그는 그렇게 말하곤 했다. "늦게까지 깨어 있고 기저귀도 갈고. 이가 나겠지! 말도 안 되게 작은 이가!" 그는 이런 말을 할 때면 로야의 손을 꼭 잡았다. "그 모든 게 신나."

로야는 고개를 젓곤 했다.

"그건 당신이 몰라서 그래."

하지만 결국 로야는 동의했다. 사이러스는 1988년 3월 13일 노루즈(페르시아의 설날)로부터 일주일 전에 태어났다. 이란 전체에서 사람들이 더 날씬한 몸, 더 나은 직장을 가지고 미래로 나아가는 자기 모습을 상상하고 있었다. 가족들은 새싹과 옻나무, 동전, 마늘, 말린 과일을 아름답게 늘어놓고 새로운 한 해를 맞아들였다. 통통한 금붕어가 작은 그릇 안에서 한가롭게 원을 그렸다.

출산은 빠르게 진행되었다. 로야는 병원 침대에 누워 있었다. 간호사들이 계속 불편한지, 아픈지 물었지만 정말 아무렇지 않았다. 편안한 건 당연히 아니었지만 아프지도 않았다. 그녀는 이것이 나쁜 징조일지 모른다고 생각했다. 몇 시간 뒤, 그녀는 좀 더 큰 압박을 느끼기 시작했고 손을 아래로 뻗어보았다. 아기의 머리카락이 만져졌다. 그녀는 소리쳐 간호사를 불렀다. 15분 뒤, 아이는 세상에 나왔다. 출산은 그녀가 들었던 것과 달랐다. 의사는 출산 순간에 같이 있지도 않았다.

아기는 울부짖지도, 눈물을 흘리지도 않고 태어났다. 로야도 울지 않았다. 그냥 아기의 불가능할 정도로 작은 손가락을 만지작거렸다. 아기가 과일처럼 생겼다고 생각했다. 그래서 아이 이름을 '바뎀잔'이라고 지어야 한다고 농담했다. 페르시아어로 가지를 뜻하는 말이었다.

"가지 스튜를 만들어야겠어. 이 녀석은 토마토랑 가장 친한 친구가 될 거야."

알리는 그들 세 사람 몫을 혼자서 흐느끼며 그녀의 옆에 서 있었다. 계속해서 "알함두릴라('신께 찬양을'이라는 뜻)"라고 말했다. 딱히 신실한 사람은 아니었지만, 아들이 태어났는데 달리 뭐라 말하겠는가?

"눈이 있어! 알함두릴라. 머리칼이 있어! 알함두릴라."

아기는 이 모든 시련 앞에 너무도 점잖고 엄숙했다. 계속 눈을 깜빡이며 주변의 새로운 빛을, 새로운 얼굴들을 탐구했다.

"알함두릴라. 작은 왕 같아." 알리가 말했다.

둘은 아이 이름을 사이러스라고 지었다.

로야가 죽고 나서 몇 주 동안 알리는 육아 대부분을 해야 했다. 그 나머지 육아도. 그는 테헤란에서 벗어나고 싶었다. 로야의 친구들과 가족에게서 벗어나고 싶었다. 그들은 말하지도 않고 끝없이 찾아와 위로와 스튜를 건네며 성가시게 했다. 그는 나이 지긋한 여자들이 덮개를 덮어 가지고 오는 요리에 질렸다. 고르메 사브지, 치킨 쿠비데. 그는 사람들의 동정심에 질렸다.

알리는 자신이 절망감에 충분히 붙들린 상태이지만, 자신과 아들을 돌볼 수 있을 만큼은 괜찮다는 점을 사람들에게 납득시켜야 한다는 게 싫었다. 사람들은 미국을 저주함으로써 그를 도와주려 했고 알리는 그것도 싫었다. 뭘 안다고? 미국이 하늘에서 쏘아 떨어뜨린 건 그들의 아내가 아니라 알리의 아내였다.

로야의 오빠인 아라시에게 전화를 건 사람도 알리였다. 아라시는 두바이의 임대한 아파트에서 누이가 오기를 기다리고 있었다. 아라시는 울부짖으며 통곡했다. 전화 너머, 방 저편에 있던 사이러스까지 움찔할 만큼 깊고도 짐승 같은 울음소리였다. 우는 게 아니라 상처 입은 동물처럼, 분노와 혼란에 미친 동물처럼 울부짖었다. 아라시는 참전 이후로 이미 건강이 좋지 않았는데, 로야의 죽음이 화살처럼 그를 찢어발겼다. 몇 달 동안 아라시는 말을 하지 않았고, 그 후로는 알아들을 수 없는 말을 했다. 알리는 그의 이런 모습에 거의 고마움을 느꼈다. 최소한 정직했으니까. 상투적인 위로나 집 앞 계단에 놓인 냉동 첼로 케밥보다 정직했다.

알리의 분노는 하나의 달이었다. 분노가 너무 커져 겁이 났고, 너무 깊어져 두려움과 다르지 않았다. 그는 뉴스에서 미국

부통령이 말하는 것을 보았다. "사실이 뭐든 신경 쓰지 않습니다. 난 미국을 대신해 사과하는, 그런 사람이 아닙니다."

알리의 가족과 친구들이 분노에 말을 두를 수 있었다는 점은 그들의 감정이 알리가 느끼는 것과 전적으로 다르다는 뜻이었다. 알리의 분노는 허기에 시달렸고, 거의 초자연적이었다. 자기 뼈를 갈망하는, 죽은 개처럼.

때로 그는 사이러스에게서 벗어나고 싶었다. 다른 방에 앉아, 어둠 속에서 담배를 피우다가―그는 다시 담배를 피우기 시작했다―아들이 뒤척이면 최대한 오래 기다린 뒤에야 한숨을 쉬고 마지못해 사이러스를 돌보러 갔다. 요람에서 올려다보는, 죽은 로야의 살아 있는 갈색 눈을 바라보았다. 알리는 더 이상 먹지도, 전화를 받지도 않았다. 그의 분노가 플라크처럼 심장을 감싸고 굳어갔다. 그 역시 느꼈다. 분노가 굳어가는 걸 느끼고, 분노에 기댔다. 그는 이웃에게서 수제 와인을 여러 주전자 사기 시작했고 비자를 신청했다. 거울 속 자기 모습을 살펴보며 치아가 날카로워진 것 같다고 생각했다.

알리는 사이러스에게 차가운 분유를 먹이며 그 가루에 분개했다. 자기 몸으로 젖을 만들 수 있기를 바랐다. 로야가 떠나기 전 몇 주분의 모유를 준비해두었지만, 떨어진 지 오래였다. 무엇으로 만들었는지도 알 수 없는 이 낯선 분유를 사야 한다니 불공평했다. 사이러스가 밤에 깨어 있는 것도 아마 분유 때문일 터였다. 분유 회사가 의도한 일인 듯했다. 가루에 카페인을 넣어서 아이를 깨우는 것이다. 아이에게 분유를 더 먹이고 또 더 먹일 수밖에 없도록. 세상이 돌아가는 방식이 그랬다. 돈에만 관심이 있었다. 그걸 어떻게 할 수가 없었다.

어느 날, 알리는 미국 인디애나주의 농장 일자리를 광고하는 거대 미국 양계 회사의 전단을 보았다. 영어 못해도 됨. "첫날에 현금을 받으세요." 전단에는 그렇게 쓰여 있었다. 모두의 얄팍한 분노, 슬픔, 동정심 연기에서 벗어나 새 출발을 하는 것이, 그 순간 알리가 세상에서 바라는 유일한 일이 되었다. 닭이 그의 아내를 하늘에서 쏘아 떨어뜨린 건 아니었다. 알리는 전단을 챙겨 접어서 주머니에 넣었다.

한 달 뒤, 아내를 잃은 남자와 잠을 잃은 그의 왕은 함께 떠났다. 알리는 이란에 있던 모든 것을 팔거나 줘버렸다. TV와 세간, 군용 권총과 로야의 웨딩드레스, 진주 브로치와 팔라비 왕조 금화 두 닢. 그들은 여행 가방 한 개에 넣을 수 있을 만큼만 가지고 포트웨인의 아파트에 왔다. 그릇, 옷, 출생증명서. 알리의 군화도. 알리는 농장에서 군화를 쓸 수 있을 거라고 생각했다. 로야가 사이러스를 돌볼 때 끼적거린 구겨진 그림도 두어 장 가져왔다. 밤의 창문, 기린. 작은 결혼사진도 챙겼다. 알리와 로야가 몇몇 친척이 들어 올린 흰 천 아래에 함께 앉아 있는 사진이었다. 아라시가 천의 한 귀퉁이를 잡고 따뜻하게 미소 지

64

으며 누이를 내려다보고 있었다. 이 모든 것을 넣어도 여행 가방은 절반이 간신히 찼다. 알리는 비행기가 테헤란에서 이륙했을 때는 울지 않았으나 디트로이트에 착륙했을 때는 조용히 조금 흐느꼈다.

사이러스는 비행기에서 거의 자지 않았지만 자더라도 난리를 부리지는 않았다. 약간 꾸르륵거리는 소리를 내긴 했다. 그는 일어나는 일에, 엔진의 진동에, 끝없는 푸른 전망에 매료된 듯했다. 샴스 집안의 남자들은 부자연스러울 정도로 각성되고 깨어 있는 채로 미국에서의 삶을 시작했다. 블라인드를 뜯어버린 두 개의 창문처럼.

4

이란, 반다르아바스

그녀는 그날 이전에 비행기에 타본 적이 한 번도 없었다. 한
번도 비행기에 탈 일이 없었다. 비행기에 탈 여유가 없었던 건
아니다. 남편은 직업이 괜찮았고, 그들은 부유하지는 않아도
대다수보다 잘 생존하고 있었다. 그녀는 사정이 어떤지 보았
다. 늙은 가모장이 아이들을 키웠던 깔개를, 자기 아이와 종종
형제나 사촌의 아이까지 키웠던 깔개를 둘둘 마는 모습을 말
이다. 그들은 양쪽 겨드랑이에 묵직한 카펫 두루마리를 하나씩
끼고 시장으로 질질 끌고 가 헐값에 팔아버렸다.

테헤란 모든 곳이 그랬다. 남자들은 욕실에서, 옷장에서 닭
을 키웠다. 그런 집은 한 골목 떨어진 곳에서도 냄새를 맡을 수
있었다. 고기가 너무 비싸졌다. 일요일마다 타지리시에서 노인
이 아들과 함께 트럭을 타고 시내로 와 짐칸에 실은 병아리를
팔았다. 병아리를 사려는 사람들이 언제나 길게 줄을 섰다. 수

십 명의 남자와 소년이 몸부림치는 아기 새들로 베갯잇을 채울 기회를 아침 내내 기다리곤 했다. 베갯잇이 빈 채로 집에 돌아간 사람들은 아내에게 한 소리 듣고 아버지에게 등짝을 맞았다. 어떤 사람들은 완전히 빈손으로 집에 가지 않으려고 비둘기와 참새에게 돌을 던져보기도 했다.

밤이면 절박해진 젊은 여자들이 레자샤 거리 ─ 지금은 혁명 거리로 불린다 ─ 의 인도를 걸어 다니며, 접근해 온 남자들이 배려심 있고 깨끗하고 부유한 사람이기를, 비밀경찰이 아니기를 바랐다. 대부분은 바람대로였지만 때로는 아니었다. 한번은 그녀가 남편과 함께 집으로 걸어 돌아가던 중 어느 소녀를 보았다. 겨우 10대였는데, 시동을 켜둔 흰 밴으로 떠밀려 들어가고 있었다. 소녀가 소리쳤다. "왜요?! 전 아무 짓도 안 했어요! 아무 짓도 안 했다고요!"

남자들은 아무 말 없이 소녀를 밀어 넣은 뒤 차를 몰고 떠났다. 이 일을 떠올리면서 여자는 몸을 떨었다. 앉은 채로 움찔거리다가 발로 빈 생수병을 찼다. 이전 승객이 비행기에 두고 간 병이었다. 왠지 그 사실에 마음이 안정되었다. 과거에 이 비행기가 정말로 하늘로 올라갔다가 내려왔다는 증거랄까. 그녀는 그날 비행기에 처음 타봤는데, 이른 오전에 시작된 그녀의 첫 비행은 고맙게도 따분했다. 테헤란에서 반다르아바스로 가는 비행기는 반쯤 비어 있었고, 근처에는 아무도 앉지 않았다. 승무원들이 버터와 시큼한 체리 잼을 곁들인 참깨 빵과 차를 내왔다. 그녀는 아무것도 먹지 않다가, 그날 아침 집에서 나오기 전에 뭔가 먹었는지 떠올려보려 했다. 아침이 일주일 전, 한 달 전, 1초 전처럼 느껴졌다. 그녀는 비행기에서 나오는 음식은 뭐든 먹겠다고 작정했다.

이제는 반다르아바스에서 두바이로 향하는 이 비행기에 그날 두 번째이자 인생 두 번째로 올라섰을 때, 그녀는 비행기가 거의 차 있는 것을 보았다. 이상했다. 게이트는 비교적 한적했는데 말이다. 한 부부가 우는 남자아이 둘을 조용히 시키려고 애쓰고 있었다. 갓난아이들이 울부짖는 소리를 들으니 안도감이 슬슬 흐려지다가 죄책감이 느껴졌다.

그녀는 조용히 뒤쪽으로 가서, 짙은 콧수염에 노란 렌즈 안경을 낀, 약간 뚱뚱한 중년 남자 옆에 앉으려 했다. 그는 경멸과 위협이 섞인 눈으로 그녀를 말없이 노려보았다. 승무원이 재빨리 허둥대며 다가와 그녀의 표를 확인했다. "25D가 아니라 27D네요, 손님." 그러고는 그녀를 맞는 자리로 안내했다. 검은색 차도르를 두른 나이 든 아랍 여자 옆의 창가 자리였다. 그 여자는 별 뜻 없이 미소 짓고는 다시 책을 보았다.

녹음된 비행기 안전 수칙이 인터폰으로 들려오는 동안 그녀는 창밖을 내다보며 아무 생각도 하지 않으려고 노력했다. 활주로를 서둘러 다니는 작은 남자들을 지켜보았다. 비행기가 땅에 있는데도 그들은 너무 작아 보였다. 터무니없었다. 그녀는 여권이 있는지 코트 주머니를 두드려보았다. 아직 있었다. 여권과 여권 안의 얼굴은 소중했다. 그녀는 여권을 보호하려는 듯이 몸을 약간 웅크렸다.

비행기가 구르기 시작했고 활주로의 남자들은 희미하게 멀어져갔다. 불안한 기운을 내보내고 싶었던 그녀는 앞자리에 끼인 이란 항공 잡지를 펼쳤다. 휙휙 넘기며 "카샨 러그: 세계에서 가장 유명한 제품"이라는 제목의 글을 훑어보았다. "고대 문명의 중심지 슈시 여행"이라는 글도. 그 글에는 돌에 새겨진 날개 달린 스핑크스를 찍은 전면 사진이 실려 있었다. 사진 아래의 캡션에는 "다리우스의 궁전에서"라고 적혀 있었다. "로마의 콜로세움보다 오래된 곳!" 역사 속 다른 문명도 자멸했음을 아는 데서 약간의 위안이 느껴지는 걸까. 사실, 기록은 그런 식의 파괴가, 모든 사람의 종점이 불가피하다고 암시하는 것만 같았다.

이란 곳곳에서 샤들의 조각상이 끌어 내려지고 아야톨라들의 조각상이 그 자리를 대체했다(1979년 이란 혁명 이후 국왕(샤)이 아닌 종교 지도자(아야톨라)가 최고 권력을 가지는 이슬람 공화국이 수립되었다). 시아파 이슬람교도들의 성지 쿰에서는 미래의 물라(율법학자)들이 아야톨라의 얼굴을 자세히 살피며, 욕실 거울에서 자신만의 사나운 눈빛을 연습했다. 지역 포스터는 "이곳에는 다른 어느 문화권보다 성직자가 많습니다"라고 자랑했다.

옛 수도 이스파한에서는 군인들이 예고도 하지 않고 나이 든 여자들의 문 앞에 나타나 말했다. "축하합니다, 아드님이 순교했습니다."

어머니들은 눈물을 참아야 했다. 입술을 비틀어 남은 평생 완성할 딱히 미소 아닌 으스스한 표정을 지었다. 그들은 운이 좋은 편이었다. 테헤란의 혁명 광장 안에서는 다른 어머니들의 아들들이 크레인에 매달렸다.

비행기가 하늘에 오르자마자 그녀는 마침내 긴장을 풀었다. 최소한 잠깐은 두려움을 떠나왔다. 지상에, 과거에 사는 두려움을. 하늘은, 그녀가 존재하는 현재는 차분했다. 고요했다. 비행기가 평화롭게 울렸다. 옆자리의 아랍 여자는 책을 덮어 무릎 위에 놓고, 이제는 고개를 복도 쪽으로 기울인 채 늘어지게 졸고 있었다.

그녀는 남겨두고 떠나온 사람들을 생각하지 않으려고 애썼다. 그녀에게는 그럴 자격이 있었다. 있고도 남았다. 목구멍에 솟아오르는 뜨끈한 죄책감의 멍울을 거부했다. *네가 필요하진 않을 거야.* 그녀는 머릿속으로 그 죄책감에게 말하며 침을 삼켰다. 물론, 지금도 아주 많은 것이 잘못될 수 있었다. 하지만 그녀가 기억하는 한 처음으로, 숨을 한가득 들이쉬고 폐 아랫부분을 채우는 공기를 느낄 수 있었다. 이런 숨쉬기에도 무게가 실리는 기분이었다. 갑자기 이런 동작 하나하나가 더 의미 있게 느껴졌다. 부자보다 가난한 사람에게 돈이 더 큰 의미를 띠듯이.

"엠카낫." 그거였다. 가능성. 그녀는 마지막으로 그 단어를 말해본 게 언제인지 기억나지 않았다. 창밖을 내다보며 떠올리려 애썼다. 그녀는 그날 아침 테헤란에서 너무 이른 시각에 잠에서 깼고, 뇌는 아직도 덜 깬 것만 같았다. 태양은 발갛게 부풀어 올랐다. 아래로 보이는 구름은 식어가는 우유에 덮어놓은 얇은 천 같았다. 그 아래에는 바다가 있었다. 파랑, 파랑, 파랑. 먼 곳에 떠 있는 두 개의 아주 작은 흰 자갈. 움직이고 있나? 다가오는 건가?

그녀의 남편, 가족, 친구들……. 그녀가 이란에서 알던 모든 사람은 냉소적이었다. 희망은 무식한 것이고, 목숨이 위태로울 만큼 순진한 것이라고 생각했다. 하지만 내일은 오늘보다 나을 것이다. 아주 오랜만에 처음으로, 그녀는 정말 그 말을 믿었다.

5

워싱턴, 7월 3일 — 페르시아만의 미국 해군 전함이 오늘 이란 여객기를 격추했다. 해군은 해당 비행기를 전투기로 오인했다고 밝혔으며, 이란은 승객 290명 전원이 사망했다고 말했다.

"이러한 조치를 옹호하다"
「뉴욕타임스」, 1988년 7월 4일

사이러스와 알리 샴스

미국 인디애나주

사이러스에게는 아니더라도 알리에게는 다행스럽게도, 아이는 아동기를 거쳐 청소년기에 접어들면서 야경증을 덜 겪게 되었다. 결국은 야경증이 완전히 사라지며 심한 불면증으로 바뀌었다.

사이러스에게는 어린 시절부터 불면증이 더 심각하게 느껴졌다. 불면증의 영향을 의식하고 있었기 때문이다. 그는 매일 밤 뜬눈으로 누워서 하루 동안 있었던 일을 끝없이 다시 생각했다. 이런 반복 속에, 일이 벌어지는 순간에는 걱정할 생각조차 못 했던 무례와 대화상의 실수를 발견했다. 그는 이런 모욕이 상상일 뿐이라고 자신을 설득하려 했지만, 뇌가 반박을 내놓았다. 그런 모욕은 진짜였으며 그가 막 대한 모든 사람은 그 말을 영원히 기억할 거라고. 사이러스가 알아봐주지 못한 새 운동화를 신고 온 친구도, 사이러스가 어쩌다 마주 인사를 하

77

지 못한 선생님도. 이런 과정이 끝없이 반복되었다.

때로 사이러스는 추방당할까 봐, 기억도 나지 않는 이란으로 돌려보내질까 봐 걱정했다. 혹은 그보다 더 심한 일이 벌어질까 봐. 그는 아버지의 비자 상태를 알지 못했지만, 위태롭다는 건 알고 있었다. 언제나 서류 작업이 있었다. 알리는 사이러스에게 "어디서 왔느냐"는 질문에 "기억 안 나요"라고 대답하라고 경고했다. 아무리 말이 안 되어도 알리 또한 사람들이 포기할 때까지 모르는 척했다. 알리에 따르면, 그러지 않을 경우—자신의 이란성을 드러낼 경우—폭력과 피해를 불러일으키게 될 터였다. 사이러스의 아버지는 언제나 이 부분에 대해 모호하게 말했고, 그 모호함 역시 사이러스를 잠들지 못하게 했다.

사이러스의 자유연상은 종종 아버지가 깨는 4시 30분까지 쭉 이어졌다. 아버지는 일주일에 여섯 번, 5시 30분에 근처 공장식 양계장에 도착해, 다른 노동자들이 나타나 달걀을 수거하기 전까지 닭들에게 모이를 주고 필요한 수치를 쟀다. 사료와 물을 얼마나 썼고, 배설물은 얼마나 나왔는지. 동료들보다 한 시간 먼저 기꺼이 왔기에 알리는 추가 수당 1.25달러를 벌었다. 알리는 종종 사이러스에게 이런 티끌도 모이는 법이라고 말하곤 했다.

어느 날에는 알리가 그 '가욋돈'으로 빅마우스 빌리 배스를 샀다. 보비 맥퍼린의 〈돈 워리 비 해피〉의 디지털 버전에 맞춰

주둥이를 움직이는, 받침대에 고정한 싸구려 고무 물고기였다. 터무니없는 사치였다. 샴스 집안의 두 남자는 소름 끼치리만치 말 그대로 그것을 사랑했다. 알리가 노래를 틀면 사이러스는 뭘 하고 있었든 간에 그만두고 아파트의 하나밖에 없는 침실에 있는 아버지에게로 갔다. 그렇게, 원초적 로봇이 팔딱거리고 첫소리를 내는 모습을 보며 웃었다. 몇 년 후 알리가 죽고, 사이러스는 아버지의 물건들을 정리하기 위해 대학에서 집으로 돌아왔다. 옷과 그릇 몇 상자를 굿윌에 기부했는데, 사실 별로 많지도 않았다. 노래하는 물고기는 아버지의 유품 중 사이러스가 간직한 몇 안 되는 물건 중 하나였다.

미국에 있는 샴스 집안 남자라고는 이들 단둘이었다. 세상 어디를 봐도 샴스 집안 남자는 둘뿐이었다. 1년에 한 번, 노루즈에 알리는 죽은 아내의 오빠인 아라시에게 전화를 걸었고, 둘은 잠시 대화하곤 했다. 오직 피상적인 얘기만 했다. 사이러스가 학교에서 좋은 성적을 거두고 있다거나(사이러스가 겪는 어려움은 절대 이야기하지 않았다) 뭘 먹고 지낸다거나, 이란 축구에 관해서나.

때로 알리는 사이러스에게 전쟁 중에 아라시가 무슨 일을 겪었는지 설명하려 노력했다.

"이라크와 싸우다가 네 삼촌이 아프게 된 거야." 알리는 아들에게 말했다.

알리는 아라시 삼촌이 페르시아군에서 가장 이상한 임무를 하게 됐었다고 설명했다. 밤에, 인해전술과 겨자가스로 수많은, 수십 명 혹은 수백 명의 이란 사람이 전쟁터에서 죽어갈 때, 조용히 비밀리에 긴 검은색 망토를 입고 말을 탄 채 얼굴 아래에 손전등을 비추며 사람들이 쓰러져 있는 전쟁터를 돌아다니는 것이 아라시의 일이었다. 천사처럼 보이는 것이. 죽어가는 사람들이 존엄과 확신을 품고 죽게 해주고, 자살하지 않도록 하기 위해서였다. 혼미한 채 죽어가는 남자들은 말을 탄 아라시를, 빛 받은 후드를 쓴 그의 모습을 보고 다름 아닌 가브리엘 천사의 방문을 받았다거나 열두 번째 이맘(이슬람 시아파의 메시아 같은 존재)이 그들을 위해 돌아왔다고 믿게 될 터였다.

"네 삼촌은 천사였어." 알리가 아들에게 말했다. "문자 그대로. 아주 많은 사람을 도왔지."

죽어가는 이란 남자 수백 명에게는 말에 탄 아라시가 마지막으로 본 대상이었다. 그 말은, 아라시가 수백 명이 죽어가는 모습을 지켜보았다는 뜻이었다. 사이러스는 그 상황을 가늠하기가 어려웠다. 솔직히 말하면 알리도 그랬다.

그렇게 많은 죽음을 보았기에 아라시는 언제까지나 아프게 되었다. 다른 곳에서는 이런 상태를 PTSD라 부를 수도 있다. 아라시는 알보르즈산맥 어귀의 작은 언덕에서 정부 보조금을 받으며 혼자 살았다. 그는 자기 몸을 건사하고 요리하고 청소

할 수 있었으나 일자리를 유지하지는 못했다. 며칠씩 잠을 자지 않고 지내는 경우가 많았다. 여동생이 죽은 뒤 아라시는 이란으로 돌아와, 신경증에 더욱 깊이 빠져들었다. 그는 창밖에서 식시귀를, 악마와 천사와 이라크 병사를 보기 시작했다. 다른 누구도 듣지 못하는 총성에 움찔했다. 알리는 사이러스에게 아라시가 지금도 때로는 전쟁 시절에 입던 검은 망토를 걸치고, 탁자에 함께 앉아 있기라도 한 것처럼 가브리엘 천사에게 말을 건다고 말했다.

샴스 집안의 남자들은 1년에 한 번, 사이러스의 생일 직후에 아라시에게 전화를 걸어 행복한 노루즈를 기원했다. 사이러스의 삼촌은 언제나 조카로부터 소식을 듣는 걸 좋아했다. 하지만 물론, 아라시의 목소리에는 피할 수도 없고 오해할 수도 없는 슬픔의 음색이 있었다. 페르시아어로, 세계 반대편에서 전화를 통해 전해지는데도. 부모가, 그다음에는 누이가, 이제는 매제와 조카가 모두 그를 유령의 만찬으로 남겨두고 떠났기 때문이었다.

미국에서 알리는 밤에 잠드는 데 도움을 받으려고 진을 마셨다.

"사람의 몸은 아직 해가 떠 있을 때 자도록 만들어지지 않았어." 그는 냉동고에서 진이 담긴 플라스틱병을 꺼내며 사이러스에게 말하곤 했다. 그는 앉아서 겨울에는 농구 경기를, 겨울이 아닐 때는 뭐든 공짜 영화 채널에서 틀어주는 것―가벼운 스릴러나 경찰 드라마였다―을 보며 최종 점수나 영화 크레디트가 올라갈 때까지 오렌지 주스를 섞은 진을 마시곤 했다. 그런 뒤에는 자기 방으로 가서 산처럼 잤다.

아버지가 쉽게 잔 반면 사이러스는 고생했다. 어떤 밤에는 그냥 포기하고 일어나 뭔가 읽거나 그리거나 간식을 먹었다. 둘의 아파트가 너무 작았기에 이건 위험한 행동이었다. 알리의 잠을 방해하지 않고 돌아다니기란 어려웠다. 한번은 사이러스가 포도가 담긴 그릇을 쳐서 바닥에 떨어뜨렸는데, 아버지가 당황하고 화가 난 채 깨더니 자기 방에서 나와 반의식 상태로 사이러스의 뺨을 때리고 도서관에서 빌려 온 심슨 만화책을 책등을 따라 반으로 찢어버렸다. 이런 폭력은 샴스 집안에 드물게 나타났지만, 그 유령이 사이러스의 의식을 지배했다.

망가진 책을 반납하면서, 사이러스는 사서에게 남동생이 실수로 책을 찢었다고, 정말 죄송하다고 말했다. 사서는 웃으며 아무 벌금을 물리지 않았지만, 그 이후로 몇 년 동안이나 사이러스를 볼 때마다 동생은 어떻게 지내느냐고 묻고 동생에게 가져다주라며 이런저런 책을 추천했다.

"이 책은 책장이 플라스틱으로 되어 있으니 동생한테 빌려줘도 안전할 거야!" 사서는 웃곤 했다. 때로 사이러스는 당혹감에 뭐든 그녀가 추천하는 책을 빌렸다.

포도 그릇 사건이 있었던 그날 밤 이후로 사이러스는 대체로 침대에 머물렀다. 전날이나 다음 날에 대해 걱정하는 경우가 많았고, 때로는 자려고 노력했으며, 대체로는 그냥 생각하지 않으려고 애썼다.

언젠가 한번은 TNT 채널에서 어떤 영화를 보았는데, 샌드라 불럭이 연기한 인물이 명상이란 숨을 쉴 때 윗입술을 스쳐 지나가는 공기를 느끼는 데에만 집중하는 과정이라고 이야기했다. 그는 가끔 그렇게 해보았다. 공기가 콧속으로 들어가는 물처럼 더 차갑게 느껴졌다.

때로는 신과 협상하며, 하룻밤만 깊이 자게 해주면 그 대가로 이제 코란을 읽겠다고, 혹은 샤워를 하면서 수음하지 않겠다고 약속했다. 간절하게, 시급하게 청했으나 이런 방법이 통하는 경우는 거의 없었다. 신도, 사이러스도 합의를 지키려는 진지한 시도를 하지 않았다.

어느 순간, 사이러스는 이처럼 자신을 좀먹는 끝없는 생각의 주기를 깨기 위해 머릿속으로 대화문을 쓰기 시작했다. 일종의 철학적 연습이었다. 다만, 사이러스는 위대한 고대 사상가 대신 자신의 개인적 영웅들이나 사랑하는 사람들 사이에 오가는 대화를 썼다. 그는 아버지가 마이클 조던에게 이야기하는 장면이나 학교에서 한눈에 반한 아이가 마돈나와 이야기하는 장면, 배트맨이 에밀리 디킨슨과 이야기하는 장면을 상상하곤 했다.

보통 이런 것은 그냥 재미있는 게임, 글쓰기 놀이로 머릿속을 채워 한 번에 5분 정도 불안을 쫓을 수 있는 방법이었다. 그래도 종종, 아마 사흘에 한 번쯤은 뇌가 장단을 맞추기 시작했다.

사이러스는 의식적으로 대화를 상상하고, 대본을 쓰고, 신디 크로퍼드가 가제트 형사에게 뭐라고 말할지 생각했다. 그들이 주고받는 농담과 예리한 말장난을 떠올렸다. 그러다가 천천히 가벼운 잠으로 빠져들곤 했다. 그의 무의식이 이런 대화를 점점 더 많이 쓰기 시작하더니, 마침내 컨디션이 아주 좋을 때는 등장인물들의 상호작용을 온전히 꿈으로 꾸었다. 그들이 그를 위해 서로에게 이야기했다. 그가 직접 캐스팅하고 무대에 올린 영화인 셈이었다.

이것은 사이러스가 마음속 거물들을 방문하는 한 가지 방법, 불면증에 대한 파우스트적 거래였다. 사이러스가 마리 퀴리, 앨런 아이버슨, 커트 코베인과 시간을 보낼 수 있는 유일한 방법이었다. 어머니의 목소리를 들을 수 있는 유일한 시간이었다.

인디애나주에 있는 주립 대학교로서 그에게 보조금을 꽤 준 키디 대학교로 문학을 공부하러 갔을 때, 사이러스는 즉시 술을 마시기 시작했다. 그는 신입생 오리엔테이션 날보다 일주일 먼저 도착했다. 그와 같은 층에 사는 사람들이 어떤 녀석의 형의 아파트에서 열리는 파티에 간다는 이야기를 하고 있었다. 사이러스는 함께 가서 어울리겠지만 술은 마시지 않겠다고 말했다. 새로운 사람들과 함께 있고 싶었지만 아버지가 진을 마셨을 때처럼 졸리고 못된 사람이 되고 싶지는 않았다. 사이러스는 그날 저녁 처음으로 술에 취했다. 그날 밤이 끝날 때쯤 그는 웃으며 모르는 사람들의 손에서 맥주 캔을 빼앗아대고 있었다. 실수로 샤워 커튼을 찢었다. 그 사건이 사이러스 본인을 포함해 모두를 웃게 했다.

사이러스는 자라면서 음주란 오직 비천한 사람들만이 하는 것이라고 알았을 뿐, 나머지는 전혀 몰랐다. 아버지가 술 마시는 사람들을 그렇게, "비천한 사람들"이라고 불렀다. 알리는 사이러스에게 그들은 보통 술로 죽는다고 말했다.

"그 전에 먼저 감옥에 들어간다면 모를까."

그의 아버지가 매일 밤 진과 함께 벌이는 일은 다른 것이었다. 알리는 이 점을 설명하고 또 설명했다. 그의 음주는 통제된 것, 약이었다. 술이 아니라면 어떻게 4시 30분에 일어나 양계장에 갈 수 있을 만큼 일찍 잠들 수 있겠는가? 알리에게는 술이 필요했다. 비천한 사람들이 술을 마시는 건 마시고 싶어서였다. 그들에게는 상상력이나 추진력이 없으니까. 그래서 그들은 술로 고생했다.

한번은, 사이러스가 초등학교 1학년 때 학교에서 척 E. 치즈 (게임 센터가 있는 피자 체인점)로 놀러 갔다. 반 아이들 모두가 그해에 정해진 권수만큼 책을 읽어서 가게 된 것이다. 대단한 일이었다. 칠판에 선생님이 날짜를 카운트다운하는 공간이 따로 있었다. "척 E. 치즈까지 24일!" "척 E. 치즈까지 21일!"

마침내 그날이 왔을 때, 그들은 버스를 탔다. 모두가 피자를 먹고 탄산음료를 마셨다. 종업원이 종이컵에 담긴 콜라와 루트비어(약초즙으로 만든 탄산음료)를 돌렸다. 사이러스는 루트비어가 뭔지 몰랐고, 어린아이들에게 루트비어를 준다는 걸 믿을 수 없었다. 그는 콜라를 달라고 했지만, 한 모금 마셔보니 콜라 같지 않았다. 약 맛이 났다. 그가 상상한 알코올의 맛이었다. 그건 맥주, 루트비어였다. 학교에서 모두에게 5달러어치의 게임 토큰을 주었지만, 사이러스는 그냥 화장실에 숨어서 학교에 돌아갈 시간이 될 때까지 칸 안에서 울기만 했다.

그날 밤 버스가 그를 집에 내려주었을 때 아버지는 등장인물이 알코올 중독으로 죽어가는 〈월턴스〉의 한 에피소드를 보고 있었다. 그 에피소드에는 노랗게 분한 등장인물이 술에 취하고 황달에 걸린 채 물음표 같은 모양으로 옷장 속에 몸을 말고 있는 장면이 나왔다. 사이러스가 아버지에게 물었다. "맥주를 마시면 누구나 죽는 거예요? 아주 조금만 마셔도?"

알리는 TV를 보다가 고개를 들었다.

"응." 알리는 딱딱하게 말했다.

사이러스는 남은 한 주를 죽을 준비를 하며 보냈다. 알리에게 아무 말도 하지 않았다. 아직 아버지와의 사이에 문제가 생기는 것에 대한 두려움이 다른 모든 두려움을, 심지어 죽음에 대한 두려움까지도 압도하는 나이였다. 그는 알리가 양치하고 발톱을 깎는 모습을 지켜보며 생각했다. '아버지가 양치하는 모습을 보는 것도 지금이 마지막이겠지. 아버지가 발톱 깎는 모습을 보는 것도 지금이 마지막이겠지.'

키디 대학교 기숙사에 들어가고 한 달도 채 못 되어 사이러스는 매일 밤 술을 마시며 대마초와 벤조디아제핀을 실험했고, 한번은 몹시 취해 헤로인도 해보았다. 그는 섹스를 하고 담배를 피우기 시작했다. 태어나는 것 같았다. 한 번도 경험해보지 못한 감정이 너무 많았다. 명상과 캐모마일 차로 너무 많은 세월을 낭비해왔다. 세상에는 아무도 말하지 않던 이 모든 계절이 있었다. 새로운 우기, 새롭고 온화한 더위. 그는 그 모든 계절에서 살고 싶었다.

사이러스의 아버지 알리는 아들이 대학교 2학년이 되자마자 급성 뇌졸중으로 사망했다. 갑작스럽게 일어난 일이었다. 사이러스는 소식을 듣고 완전히 무너져 내리긴 했지만, 아버지가 그저 아들이 성인기로 안전하게 이행하는 것을 보려고 살아왔을 뿐이라는 점은 금세 깨닫게 되었다. 알리는 그 무엇에 대해서도 깊은 기쁨을 표현한 적이 거의 없었다. 때로 그는 막상막하의 농구 경기가 끝날 때 고함을 질렀지만, 그러고 나면 거의 자신이 부끄러운 듯이 완전히 입을 다물고 전보다도 더 심각해졌다. 대체로 알리의 화강암 같은 얼굴은 필요와 의무 때문에 어쩔 수 없을 때만 동작하는 것처럼 보였다. 일단 사이러스를 대학에 들여보내고 자율적으로 살아갈 수 있게 하고 나자, 알리는 의식적으로나 무의식적으로나 지상에서의 길고 어려운 여행을 마칠 수 있겠다고 생각했을지도 모른다. 죽음은 오래전에 알리의 정신을 점령했다. 이제 죽음이 그저 그의 몸을 가져간 것뿐이었다.

알리가 19년간 일한 양계장의 남자들은 작은 추도식을 마련하고 사이러스에게 저가 생활용품점에서 사 온 커다란 파티용 글자로 '알리 샴스'라고 만들어 붙인 보드 판을 주었다. 그들은 (아니, 그들의 아내일 가능성이 더 컸다) 지난 세월 동안 농장에서 찍힌 알리의 사진들을 알록달록한 판지에 얹어 보드 판을 장식했다. 농장 작업복을 입고 닭의 날개 아래를 잡고 있는 알리, 커피를 마시며 휴게실에서 인상을 쓰고 있는 알리. 사이러스는 보드 판을 가지고 기숙사 방으로 돌아갔지만, 그걸 보면 형용할 수 없는 방식으로 우울해졌다. 어느 날 오후, 그는 보드 판을 기숙사에 있는 커다란 쓰레기통에 던져버렸다.

알리가 죽었기에 사이러스는 세상에 혼자 남았다. 그는 조부모를 몰랐고, 아라시 삼촌을 제외하면 남은 가족이 없었다. 어쩌면 이런 점에 외로움이나 두려움을 느껴야 했을지도 모르지만 사실 별다른 감정을 느끼지 않았다. 이미 아버지와 단둘이 너무 오랜 세월을 보냈고 마지막에는 거의 집에 전화를 걸지도 않았기에, 완전한 고아 상태로의 미묘한 이동은 그를 원래 상태에 비해 현저히 더 외롭게 하지는 않았다. 이런 사실은 인정하기도 힘들었고, 사이러스는 나쁜 사람이 된 것 같은 기분이었다.

대체로 사이러스가 느낀 것은 공허함이었다. 무너질 듯한 텅 빈 느낌. 그 느낌이 사이러스를 지배했다. 그는 어머니와 함께 비행기에서 죽었어야 했지만 집에 남겨졌다. 이젠 아버지가 죽었으니, 사이러스에게는 그를 걱정할 부모가 더 이상 없었다. 남은 삶에는 더 이상 고유한 의미가 없다는 걸 그는 알았다. 그런 의미는 다른 사람과의 관계에서만 만들어질 수 있으니까.

사이러스는 그나마 느껴지던 슬픔을 다스렸다. 사실은 그 슬픔에서 젖을 짜내고 그 슬픔에 기댔다. 술을 더 많이 마시고 약을 더 많이 쓰면서. 사이러스는 아버지가 돌아가셨다고 알리는 처량한 이메일을 교수들에게 보냈고, 교수들은 사이러스가 수업에 빠져도 봐주었으며 그를 관대하게 보아 넘겼다. 때로 그들은 학교의 상담 서비스를 권유하기도 했는데, 사이러스는 이미 그런 서비스를 이용해 마약성 처방 약을 단단히 챙겼으면서도 그에 대해 들어본 적 없는 척했다. 재냑스, 애더럴, 암비엔, 뉴론틴, 플렉세릴, 하나하나 생경한 꽃 이름 같았다.

사이러스는 이런 약물로 초소형 경제를 만들어냈다. 약물을 대마초나 코카인이나 MDMA나 헤로인 같은 길거리 약물과 교환했다. 그런 뒤에는 종종 그 약물을 술과 교환했다. 약물은 흥미진진한 새 연인이었다. 하나하나가 그를 어루만질 신선한 방법과 흥분시킬 새로운 방법을 지니고 있었다. 약물은 오고 가고 오고 또 왔다. 하지만 사이러스의 진정한 사랑, 그의 토대이자 솔메이트는 알코올이었다. 알코올은 충실했고 어디에나 있었으며 예측 가능했다. 알코올은 아편제나 필로폰처럼 일부일처제를 요구하지 않았다. 알코올은 밤이 끝날 때 제게로 돌아올 것만을 요구했다.

사이러스와 알코올은 일종의 편안하고 은혜로운 가정과 같은 상태로 정착했다. 학교가 애도를 위한 휴식 기간을 내주었으므로 그는 받아들였다. 두 학기가 통째로 미뤄졌고, 그런 뒤에는 한 학기에 수업을 하나만 들으며 천천히 전일제 학생으로 돌아가기로 했다. 이런 식으로 졸업하자면 몇 년이 더 걸리겠지만, 사이러스는 상관하지 않았다. 키디는 다른 어디와 비교해도 살기 좋은 곳으로 보였다. 그가 한때 미래에 대해 품고 있던 허세나 고귀한 목표는 현재라는 달콤한 우선순위에 길을 내

주었다. 사이러스는 자신이 모두가 원하는 것을 원한다는 것을 파악했다. 언제나 기분 좋기를 말이다. 합리적으로 보였다. 좋은 기분이라는 선택지가 있는데, 대체 누가 엿 같은 기분을 선택하겠는가? 그는 아무 생각 없이 연인과 친구, 상사, 상담사, 교수를 맴돌았다. 그들 각자가 크고 작은 위기를 짊어지고 있었다. 사이러스는 그들 사이에 있는 것이 안전하다고 느꼈다. 그들 중 누군가가 너무 심각해지거나 너무 감정적으로 변하면, 사이러스는 그저 술을 마셔 그들을 내버려두고 높이 떠오르면 됐다. 그는 아무도 이런 말을 해주지 않았다는 데 화가 났다. 이런 인생의 무적 치트키가 있는데.

사이러스는 아버지의 죽음 이후 몇 년간 쉽게 잠을 잤다. 노력도 하지 않고 순순히 술을 마시거나 약을 먹어 잠에 빠져들었다. 때로는 이런 행동이 어린 시절의 야경증을 다시 일으켰다. 그는 침대에서 벌떡 일어나 헛소리를 하곤 했다. "웅얼웅얼 유령"이라거나 "좋아 뿌리가 손뼉을 쳐"라거나 "내가 불타는 곳은 여기 간호사!" 같은 말을.

아침에 사이러스는 아무것도 떠올리지 못했다. 신탁이라도 내리는 듯했던 독백도, 그런 독백을 하게 만든 기이하고도 기억나지 않는 꿈도.

사이러스의 잠에 양분을 제공하는 마약이 그의 몸을 완전히 차지하기도 했다. 창문으로 훅 들어오는 산소에 사무실 화재가 점점 더 커지듯이. 그는 냉장고로 걸어가서 — 두 눈은 뜨여 있었고 부숴서 코로 흡입할 수 있는 알약처럼 공허했다 — 맥주를 한 캔 더 들이켰다. 사람들이 말을 걸면, 자러 돌아가는 길에 툴툴거리곤 했다. 그런 잠은 언제나 더 어둡고 끝없는 것에 위태롭게 걸쳐 있는, 꿈이 없는 잠이었다.

그의 취기는 때로 이런 식으로, 혼자 움직였다. 스스로 살아 있으려는 열정을 보였다.

종종 사이러스는 이처럼 무의식적으로 술을 마신 결과로 오줌을 쌌다. 그는 차가움을 느끼며 눈을 뜨고서는 — 언제나 차가움이 먼저 느껴졌다. 너무 축축한 차가움이었다 — 얼음에 빠진 차를 끌어내는 사람처럼 격분에 찬 결단력을 보이며 자기가 엉망으로 만들어놓은 것을 치우곤 했다. 세상을 헤쳐나가기 위해 치러야 하는 불쾌하지만 필요한 비용이었다.

이런 식으로 몇 년을 살다가, 아버지가 돌아가신 이후로 몇 년이 지나 술과 약을 끊었을 때, 사이러스는 자연스럽게 잠드는 능력이 쓰이지 않아 완전히 위축되었다는 걸 깨달았다. 단주 상태의 불면증은 그가 청소년기에 경험한 것보다도 심각했다. 멜라토닌, 명상, 캐모마일, 베나드릴(항히스타민제의 일종)……. 그 무엇도 그의 불면을 건드리지 못했다. 마치 사이러스의 몸이 술을 마시는 동안 잃었던 깨어 있는 상태를 되찾으려고 고집스럽게 노력하는 것만 같았다.

가끔 조금이나마 도움이 된 것은 어린 시절의 꿈 대화 게임으로 돌아가는 것뿐이었다. 약물을 과다 사용해 잠든 수년 동안은 그 게임을 할 이유가 없었다. 처음 시도했을 때는 이런 게임이 감상적이고 작위적으로 느껴졌다. 하지만 최소한 그의 초조한 정신에 써볼 수 있는 방법이었다.

가끔 그는 특정한 문구나 아이디어가 떠올라, 글을 쓰면서 더 탐구해보려고 적어두곤 했다. 때로는 기적 중의 기적으로, 대본이 알아서 쓰이기 시작했다. 잠이 주도권을 잡으면, 사이러스는 이번에도 영웅들이나 사랑하는 사람들 사이에 오가는 대화에 자기도 모르게 귀 기울이고 있었다.

그렇게 그는 셰에라자드, 스파이더맨, 랭보와 이야기하기 시작했다. 그렇게 아버지와 다시 만났다. 꿈 없는 침묵을 몇 년 겪고 난 뒤 그렇게 그는 다시 어머니와 이야기하기 시작했다.

리사 심슨과 로야 샴스

리사는 (애니메이션 〈심슨 가족〉의 등장인물) 사이러스의 어머니에게 눈을 흘겼다.

"당신을 여기서 보게 될 줄은 몰랐는데." 리사가 말했다. 모든 인간의 목소리 중에서 오직 그녀의 목소리만이 표현할 수 있는, 특정한 불신감이 "당신"이라는 말에 실려 있었다.

"우리가 만난 적이 있던가?" 로야가 물었다.

그들은 흰 방에 있었다. 그 공백이 압도적이었다. 흰 방을 배경으로, 로야의 파란색 립스틱과 리사의 노란 피부가 네온사인처럼 맥동했다.

"난 사이러스의 친구예요. 이름은 리사 심슨."

로야의 눈이 커졌다.

"사이러스를 알아? 사이러스는 어떻게 지내? 몇 년 동안 못 봤어."

"그러니까요! 사이러스가 나한테 당신 얘기를 했어요. 당신도 지금 있는 곳에서 지켜보고 있었던 거 아니에요?" 리사는 로야의 얼굴을 찬찬히 살펴보았다. 그 얼굴은 말할 때도 거의 움직이지 않았다. 어쩌면 아예 움직이지 않는지도 모른다, 입술마저.

"사이러스는 지금, 그러니까, 몇 살이지?" 사이러스의 어머니는 페르시아식인 '코루시' 대신 미국식으로 '사이러스'라고 했지만, '사이러스'를 이란식으로 "사이-이-루스"라고 발음했다. 중간에 반음절을 추가하고, 태피 사탕처럼 'ㄹ'을 딱 끊으면서.

리사는 불안해졌다. "정말 사이러스가 안 보여요?"

로야는 움찔했다. 주변의 방이 선명해지기 시작했다. 천장이 높고 창문은 긴 진홍색 휘장으로 가려져 있는 큰 홀. 짙은 색 나무로 만들어진 긴 탁자 하나. 풍성한 식사가 있었던 듯했다. 멜론 껍질과 양고기 뼈, 반쯤 찬 와인 잔이 식탁 전체에 흩어져 있었다. 원래는 피스타치오로 속을 채운 구운 오리였던 것도 있었다. 난로가 있고, 그 안에서 통나무 몇 개가 조용히 타면서 실제 크기보다 몇 배는 더 크게 로야와 리사의 그림자를 드리우고 있었다.

"그런 식이 아니야." 로야가 말했다. "날아다니면서, 구름에서 행복하게 미소 지으며 내려다보는 게 아니야."

의자 두 개가 나타나자 둘 다 불꽃을 마주 보며 자리에 앉았다. 리사는 납작한 2차원 캐릭터로, 고개를 돌려 로야의 자리를 볼 때는 찰나의 순간 완전히 사라졌다.

"그럼 지구에서 일어나는 일은 아무것도 볼 수 없어요?" 리사의 목소리는 조바심과 불신감이 뒤섞인 무언가를 전달했다.

"나비 효과라고 들어봤어?" 로야가 물었다.

"후버 선생님 수업에서 그 얘기를 읽었어요." 리사가 말했다. 다소 지나치게 신이 나 있었다. "레이 브래드버리(미국의 SF 작가)."

"맞아. 사람들은 과거 여행을 생각할 때 어떤 말도 안 되는 오만을 품곤 해. '저 꽃은 밟지 말아야겠다. 밟았다간 우리 할아버지가 태어나지 않을 거야'라는 식으로. 하지만 현재에는 늘 잔디를 깎고 개미 약을 치고 파티에 빠지고 생일을 까먹지. 그런 것들이 미치는 영향에 대해서는 절대 생각하지 않아." 로야는 흥분하고 있었다. "아무도 현재를 미래의 과거라고 생각하지 않아."

식탁 위, 포크와 나이프와 접시 사이에서 풀이 자라기 시작했다. 풀은 매 순간 점점 길어져 자라는 모습이 육안으로도 보였다. 싱싱하지도 고르지도 않았지만, 그래도 빠르게 자라고 또 자랐다. 결국 식탁 위의 식기들과 남은 음식은 그 안으로 완전히 사라졌다.

"미래에 대해서도 마찬가지야." 로야가 말했다. "우린 언젠가 아이들이 그 아래에서 놀 거라고 상상하며 나무를 심거나, 상관이 우리를 골라내 승진시킬 자리일지도 모른다고 생각하기에 거지 같은 미팅에 가. 온갖 사소한 결정이 중요성이라는 진창에 빠지고, 우리는 꼼짝도 못 하게 돼."

리사는 빤히 쳐다보았다. 이건 그녀의 경험과 달랐다. 리사에게는, 말도 안 되는 거창한 일들이 자기 행동의 결과로 빠르게 일어났다. 거의 으스스했다. 그녀는 산책을 가거나 미니 동물원에 갈 때조차 정신 없는 소동을 불러일으키지 않을 수가 없었다.

"모르겠어요." 리사가 말했다. "난 모르겠어요."

로야가 말을 이었다.

"우리는 과거와 미래의 우리 자신을 보는 것과 똑같은 방식으로 역사 속 현재의 자아를 보는 걸 어려워해. 내가 말하려는 건 그게 전부야."

풀로 가득한 식탁은 리사의 침대가 되었다. 커다란 홀이 리사의 침실로 변했다. 창밖에 폭풍이 몰아치고 있다. 때로 번개가 유리창 근처의 우락부락한 참나무를 비추었다.

"네, 말이 되네요." 리사가 말했다. 그녀와 로야는 침대에 나란히 앉아 있었다. 리사의 두 발이 바닥에서 30센티미터쯤 위에서 달랑거렸다. "근데 그게 사이러스랑 무슨 상관이죠?"

로야가 말했다. "뭐랄까, 우리는 하루하루를 날 듯이 지나쳐. 한 결정에서 다른 결정으로 이동하지. 단지 그게 결정이라는 것조차 인식하지 못할 뿐이야. 우리는 우리의 정신을 왕관처럼, 우리의 훌륭한 자율성에 씌운 훌륭한 왕관처럼 대해. 하지만 정신은 왕관이 아니야. 시계지. 그래서 우리가 모든 것을 우리 이야기에 쏟아붓는 거야. 이야기는 시간의 배설물이거든. 누군가 한 말인데."

"아델리아 프라두(브라질의 시인, 작가, 철학자)." 리사가 말했다.

"아델리아 프라두, 맞네." 로야가 대답했다. "넌 그걸 어떻게 알았어?"

리사가 눈을 깜빡였다. 둘 사이에 침묵이 종소리처럼 맴돌았다.

"난 날아본 적이 있어요." 마침내 리사가 말했다. "교정기를 끼던 날이었는데 사람들이 내 얼굴에 산소호흡기를 씌웠죠. 갑자기 난 거대한 들판 위를 날고 있었어요. 꽃과 눈알과 손으로 이루어진 거대한 들판 위를."

"무시무시한데." 로야는 이제 차를 홀짝이며 점점 커졌다. 침대에 기댄 리사의 원피스가 빨간 손수건처럼 보였다.

"사실 그렇게 나쁘지 않았어요." 리사가 말했다. "나는 게 너무 신나서 겁은 전혀 안 났던 것 같아요."

로야가 웃었다.

"왜요?" 리사가 물었다. 로야는 그녀를 빤히 바라보며 기다렸다. 리사는 더욱 쪼그라들었다. 이제는 빨간색 페인트 한 방울에 찍힌 노란색 페인트 한 방울 같았다.

"아, 세에에에상에." 리사는 방금 어려운 수학 문제를 푼 사람처럼 *세*를 길게 끌며 말했다. "정말 미안해요……. 잊어버렸어요……."

"괜찮아." 로야가 키득거렸다. "나도 무섭지 않아. 한순간에는 날고 있었는데 다음 순간에는 먼지가 됐거든."

리사의 얼굴이 아주 납작해졌다. 거의 흐릿했다.

"먼지가 됐다." 그녀가 숨죽여 중얼거렸다.

"먼지가 됐지." 로야가 대답했다.

그들은 잠시 조용히 앉아 있었다. 밖에 폭풍이 부는데도 빛은 따뜻하고 푸르렀다.

"내 나이였을 때는 뭐가 되고 싶었어요?" 리사가 물었다. 이제 그녀는 곰 인형 크기였다.

"네가 몇 살인데?"

"여덟 살인 것 같아요. 가끔은 일곱 살인지도 모르고요."

창문으로 비가 들이치기 시작했다. 유리가 심하게 흐물흐물해졌다.

"난 그 나이였을 때 해양 원예가가 되겠다는 생각을 했어."

"하! 그게 뭔데요?" 리사는 태양을 향해 몸을 구부리는 해바라기처럼 로야에게로 몸을 기울였다.

"꽃을 파는 삼촌이 있었거든." 로야가 말했다. "그 삼촌이 밭을 빌려서 꽃을 키웠어. 매일 아침 꽃을 몇 다발 꺾어다가 자전거 바구니에 넣고, 자전거를 타고 시장에 가서 꽃을 팔았지."

리사가 이야기에 맞춰 고개를 끄덕였고 로야는 은찻잔에 담긴 차를 한 모금 마셨다.

"어느 날, 난 테헤란 도서관에서 빌려 온 책에서 산호초 사진을 보고 세계 최초로 산호를 꺾어다 아름다운 부케를 만들어야겠다고 생각했어. 삼촌의 아이디어를 가져다 발전시킨 거야."

"아, 너무 귀엽다!" 리사가 말했다. "하지만 산호는 살아 있는걸요!"

"꽃도 마찬가지라고 생각했지, 난. 이스트도 그렇고. 난 사실 산호를 잘 몰랐어. 그냥 헤엄치면서 손가락을 산호 사이에 넣어보고 싶었어."

"곧 하나도 남지 않게 될 거예요." 리사가 말했다.

"뭐가?" 로야가 물었다.

"산호요. 다 죽어가고 있어요."

둘 다 잠시 말을 멈추었다.

"이 모든 아름다운 것들을 파괴하지 않고 그 사이로 움직이는 방법은 뭘까?" 로야가 물었다.

리사는 그녀를 쳐다보았다. 이제는 리사가 머리를 움직일 때마다 이목구비가 얼굴의 나머지 부분을 1초쯤 늦게 따라온다.

그래서 눈과 입이, 뭐랄까, 잠시 허공에 질질 끌린 뒤에야 자리 잡는다.

"그만해요." 리사가 말했다.

"뭘 그만해?" 로야가 물었다.

"모든 것에 의미를 부여하지 말라고요." 리사가 말했다. "모든 걸 상징이나 의미로 납작하게 만들지 말아요. 산호가 죽어가는 건 보디워시에 들어 있는 미세 플라스틱과 몬산토(2018년에 해체된 다국적 농업 생명공학 기업) 때문이고, 산호에 대해 뭔가 할 수 있을 만큼 힘이 있는 사람 중에는 그런 일을 할 이유가 있는 사람이 아무도 없기 때문이죠."

로야는 어린 소녀를 내려다보았다. 이제는 어린 소녀 크기였다. 노란 피부, 흰 진주 목걸이, 빨간 원피스. 침실은 물로 채워지고 있었다. 색소폰이 침대 밑에서 둥실둥실 올라오자 리사가 색소폰을 집어 들었다. 그녀는 동물들의 무한한 자비에 관한 것인 듯한 노래를 연주하기 시작했다. 비록 가사는 없었지만 그렇게 느껴졌다.

6

로야와 아라시 시라지

1973년 테헤란

로야는 지난달에 며칠 밤을 오줌을 뒤집어쓴 채 깨어났다.
그녀는 열 살이었다. 아직도 침대를 적시기에는 너무 나이가
많았다. 오빠 아라시는 거의 열두 살로, 어깨가 이미 벌어지고
있었다. 그는 아침 식사 시간에 로야를 보면, 로야가 이미 씻고
젖은 옷을 갈아입었는데도 코를 감싸 쥐며 이렇게 말했다. "윽,
로야. 너한테서 죽은 소 냄새가 나."

"머리에 흙을 덮어버릴라." 로야는 마주 식식대곤 했다.

로야는 더 이상 저녁을 먹으면서 물을 마시지 않았다. 뻑뻑
한 밥과 감자 코틀렛(이란식 완자 요리)을 삼키며 어머니가 앞에
놓아준 물잔을 홀짝거리는 시늉만 하다가 식사가 끝나면 그 물
을 싱크대에 버렸다. 잠들기 직전에 화장실을 썼고, 오줌을 마
지막 한 방울까지 내보낸 게 확인된 뒤에도 오랫동안 화장실에
머물렀다. 바싹 마른 혀가 입천장을 세게 긁었다. 그래도 그녀

는 악취를 풍기며 젖은 채 잠에서 깨곤 했다.

로야의 부모는 이 문제를 대체로 모른 체했다. 아버지 캄란은 조용히 면도하고 장화를 솔질한 뒤 인사 없이 테헤란 발전소로 출근하곤 했다. 어머니 파르빈은 이불과 옷을 둘둘 말아 바구니에 넣고 세탁장으로 가져가며, 답답해하고 가여워하는 눈빛으로 로야를 흘낏 보았다.

열 살이 되면 장식용 글자를 깁듯 수치심이 몸에 달라붙어, 온 세상에 그 사람을 붙들고 있는 것이 무엇이며, 무엇이 그 사람의 영혼을 지배하는지 알린다. 학교에서 로야는 눅눅한 곰팡내를 맡을 수 있었다. 비누로 씻어내고 새 옷으로 갈아입었는데도. 그 냄새는 로야에게 묻어 있는 냄새라기보다는 로야 자체에서 나오는, 그녀를 구성하는 냄새였다. 그 냄새는 일종의 썩은 내처럼 로야의 콧속에 달라붙었다. 그녀는 다른 모든 사람이 그 냄새를 맡을 수 있으리라고 확신했다.

나중에 로야는 코 성형수술을 받는 공상을 하곤 했다. 때로 그녀는 집착을 보였다. 자기 코가 지나치게 커서 마음이 무너질 것 같았다. 영국인 학자였던 한 연인은 언젠가 그녀를 두고 "고대 그리스인"처럼 생겼다고 말했다. 그녀라면 차라리 "새 부리 같다"라고 했을 것이다. 나이 들어 점점 더 얼굴이 자리를 잡아가면서 로야는 그 코를 일종의 페르세폴리스적(페르세폴리스는 고대 페르시아의 수도로 이란 남서부에 있었다) 귀족성으로 보려고 노력했다. 얼굴에 달고 있는 왕관이라고 말이다. 이 방법은 절반밖에 통하지 않았다.

학교에서는 고르바니 선생님이 반 아이들에게 x의 값을 구하라고 하면 아이들은 그 문제를 풀었다. 그는 아이들에게 가장 좋아하는 단어와 문구를 늘어놓으라고 했고, 아이들은 마흐탑, 피루즈, 두셋 다람(각각 '달빛', '승리', '널 사랑해'라는 뜻) 같은 말을 했다. 선생님은 가장 아름다운 단어들이 모음으로 끝난다는 주장을 하려는 것이었으나 학생들이 내놓은 예시는 그의 가설을 뒷받침하지 않았다. 로야는 반 아이들의 얼굴을 자세히 살펴보며, 누가 그녀의 악취를 맡을 수 있을지 생각하고 있었다. 모두의 눈짓이, 찡그린 이마 하나하나가 로야에게는 자신을 향한 것으로, 자신으로 인한 것으로 보였다.

"로야?"

그녀는 관심을 기울이지 않고 있었다.

"죄송해요. 뭐라고 하셨죠?"

"가장 좋아하는 단어요, 카눔(이란에서 여자를 부르는 호칭으로 영어의 Miss나 Mrs에 해당한다)?"

로야는 당황했다.

"비니요?" 로야는 코를 뜻하는 페르시아어를 말했다.

학생들은 이 말에 대놓고 웃었지만 고르바니 선생님은 고개를 끄덕였다.

"좋아! 코 자체는 아름답지 않지만, 이 단어의 소리를 들어봐라. *비-니이.*"그는 마지막 음절을 길게 끌며 말했다. "이 소리는 부정할 수 없이 아름답지."

교실 앞쪽의 두 소녀가 로야를 돌아보더니 서로를 보고 웃었다. 로야는 의자 깊이 스르륵 미끄러져 내려갔다. 당혹감이 가슴에 놓인 돌처럼 그녀를 땅속으로 끌어 내렸다.

그날 밤, 로야는 가족들이 주변에서 대화를 나누는 가운데 음식을 깨작거렸다. 오빠와 아버지는 가장 좋아하는 선수가 미심쩍은 레드카드로 퇴장했다며 어느 축구 경기에 대해 이야기했다. 어머니는 지금 먹고 있는 페센잔(페르시아의 전통 스튜)에 베이킹소다를 써서 석류청의 시큼한 맛을 없앴다는 얘기를 하고 있었다.

"그렇게 하면 설탕을 덜 써도 된단다, 로야 잔(페르시아어에서 애정을 담아 상대를 호칭할 때 붙이는 말)."그녀가 딸에게 말했다. 로야는 미래의 요리책에 메모라도 하듯 고개를 끄덕였다. 어머니는 로야를 무척 사랑했고, 자신의 미래와 똑같은 미래의 로야에게 도움을 주려는 듯 집안일의 비법을 나누는 걸 좋아했다. 베이킹소다와 석류청으로 가득한 미래. 겨우 열 살인 로야는 이미 어머니와 똑같은 미래를 살게 되지 않으리라는 걸 알고 있었다. 자신이 어떤 미래를 원하는지 몰랐지만, 그녀가 상상한 미래에는 식탁도, 주방도 없었다. 대체로 그 미래에는 탁 트인 공간, 자유와 열정, 양초 심지에 줄렁거리는 불꽃처럼 모든 것을 무색케 하는 열기가 있었다.

그날 밤, 잠자리에 들기 전에 로야는 변기에 너무 오래 앉아 있었다. 아버지는 로야가 괜찮은지 확인하려고 문을 두드렸다. 로야는 아침 식사 때 몇 모금 마신 것을 빼면 물을 전혀 마시지 않았고 목구멍이 벗겨진 것처럼, 바스라질 것처럼 느껴졌다. 몸을 웅크리고 잠자리에 들면서 그녀는 신에게 실수하지 않고 깨게 해달라고, 부모님에게 또 한 번 축축한 아침이라는 실망감을 안기지 않게 해달라고 기도했다.

"오늘은 제발 자제 좀 해줄래?" 아라시가 같이 쓰는 침실의 자기 공간에서 물었다. "벌써 여기까지 냄새가 나."

로야는 아무 대꾸도 하지 않았다. 반박했다간 더 잔인한 말을 부추기는 셈이라는 걸 알았기 때문이다. 오빠의 말이 옳다는 것도 알았고. 둘은 같은 것을 원했다.

그날 밤, 로야와 아라시가 둘의 방에서 선잠을 자고 있을 때 둘의 부모는 옆방에서 부모들이 으레 속삭이는 말을 속삭이고 있었다. 캄란이 발전소가 문을 닫을 거라는 통지를 받았다. 그는 전기공을 고용하는 쿰 지역의 방직물 유통업자에 관해 들었다. 쿰은 테헤란에 있는 집에서 두 시간 거리였다. 파르빈은 캄란이 그곳에 취직해 가족과 떨어져 살기를 바라지 않았다. 하지만 둘 다 다른 선택지가 거의 없다는 것을 알고 있었다. 그들 같은 사람에게는 경제가 점점 더 나빠졌다. 그들은 먹고살기 위해 이미 입에 담을 수 없는 범죄의 길로 들어선 사람들 — 타인을 상대로 한 범죄든, 자신을 상대로 한 범죄든 — 을 알고 있었다. 파르빈은 사촌 한 명과 대화를 해서는 안 됐는데, 그 사촌이 월세를 내는 방식 때문이었다. 거의 매주 다른 사연이 들려왔다.

밖은 테헤란치고 이상하게 날이 추웠다. 여우들이 자고새를 사냥하러 어둠 속을 살금살금 돌아다녔다. 단단한 나무들과 나사말이 자라는 공원이 도시의 흙에서 칼륨을 빨아들였다. 로야는 꽃이, 사방에서 노란색과 빨간색의 커다란 꽃이 자라는 꿈을 꿨다. 꽃은 건물 벽에서도, 염소들의 눈에서도 자라났다. 그녀가 잠에서 깬 것은 풍선에서 바람이 빠지는 것 같은 쉬익 하는 소리 때문이었다. 그녀는 압박감이 몸을 감싸는 느낌을, 공간 속으로 접혀 들어가는 느낌을 받았다. 움직이지 않고 어둠 속에서 눈만 조금 떴다. 그녀의 침대에서, 그녀를 내려다보고 서 있는 사람은 아라시였다. 오빠의 바지 지퍼가 내려져 있었다. 그가 로야를 향해 오줌을 누고 있었다.

7

발신: 윌리엄 M. 포거티 미국 해군 중장
수신: 미국 중부 사령부 총사령관
제목: 1988년 7월 3일 미국 해군 함정 빈센스(CG. 49)에 의한 민항기 격추의 제반 상황에 관한 공식 조사(공개)

(t) 미사일이 발사되는 소리가 국제 조난 주파수망에 잡혔음.

화요일

사이러스 샴스, 지 노바크, 새드 제임스
2017년 2월 7일 키디 대학교

사이러스는 오픈 마이크 행사의 쉬는 시간에 나폴리 카페의 파티오에 앉아 지와 둘의 친구인 새드 제임스에게 게이브와의 싸움에 대해, 지지자가 보여준 백인 특유의 밉살맞은 뻔뻔스러움과 그 뻔뻔스러움이 어떻게 글쓰기 프로젝트의—심지어 책 한 권이 될 수도 있는—새로운 아이디어를 굳히게 해주었는지에 관해 이야기하고 있었다. 순교에 관한 글쓰기 말이다.

"그러니까, 죽은 사람들에 관해서만 시집 한 권을 쓰겠다는 거야?" 새드 제임스가 뒷주머니에서 비닐로 된 작고 빨간 뷰글러 담배 파우치를 꺼내며 물었다.

"그 짐 캐럴 노래처럼(짐 캐럴 밴드의 노래 〈죽은 사람들(People Who Died)〉을 말한다)." 지가 덧붙였다.

"아직은 정확히 모르겠어." 사이러스가 말했다. "내가 알아보려는 게 그거야. 난 글을 쓰고 있고, 쓰면서 형체를 갖춰가고 있

113

어. 시만 쓸 건지도 잘 모르겠어."

　키디 대학가에는 카페가 두 곳 있었다. 블루반은 단일한 공급지에서 조달해 온 원두와 '에스프레소 아카데미'에서 연수받았다고 광고하는 자격증을 액자에 넣어 걸어두고 대단한 척하는 바리스타들, 아름다운 미드센추리 모던 양식의 가구가 특징이었다. 사이러스가 그곳에 갈 때마다 바리스타들은 거의 반감이 들 정도로 살갑게 굴었다. 『스텝포드 와이프』의 로봇들 같았달까(아이라 레빈의 소설 『스텝포드 와이프』에는 부자연스러울 정도로 완벽하고 친절한 아내들이 나오는데, 나중에 남편들이 아내를 로봇으로 교체한 것으로 드러난다). 사이러스는 인간 혐오를 아주 약간만 곁들인 커피를 주세요, 라고 말해보고 싶다는 충동을 느꼈다. 최소한 부루퉁한 양가감정이라도 보여달라고. 그들의 열정은 불쾌하게, 견딜 수 없을 만큼 지나치게 느껴졌다.

　다른 카페는―팔레스타인인-튀르키예인 부부가 주인인데도 나폴리 카페라고 했다―코스트코에서 사 온 원두와 단 한 대의 녹슬고 믿음직스럽지 않은 에스프레소 기계, 대학에서 쓰고 남은 불편한 탁자와 의자가 특징이었다. 두 카페는 같은 구역에 있었고 나폴리 카페가 블루반에 비해 딱히 싼 것도 아니었지만, 어떤 비뚜름한 문화적 충성심이나 계급적 반감 때문에 이곳이 그 지역의 젊은 반문화주의자들에게는 가장 좋아하는 곳이 되었다. 나폴리 카페는 종이를 반으로 접어서 스테이플러로 철한 「쥐새끼!」나 「스펑크 GXRLS(girls의 철자를 탈형식적으로 쓴 것으로 펑크 문화의 한 특징이다)」 같은 이름의 펑크 잡지가 의자 위에 남겨져 있기도 하고, 학부생들의 민주사회주의자회 지부 회의가 밤늦게까지 이어지는가 하면, 10대 마르크스주의자들이 달달한 라테를 마시고 지저분한 수염을 흔들면서 크게 웃기도 하는 곳이었다.

　나폴리 카페의 화요일 밤 오픈 마이크 행사는 사이러스와 지에게는 우정의 버팀목이 되었다. 이 작은 행사는 이 나라 어느 곳에서든 열리는 수많은 오픈 마이크 행사와 그리 다르지 않았다. 옛 히피들이 피트 시거 노래를 부르고 트랜스젠더 아이들이 해방에 관한 랩을 하고 간호사와 10대와 교사와 요리사가 열정적으로 낭송이나 연설로 이루어진 공연을 했다. 다만 이 행사는 그들의 오픈 마이크 행사이자 아름다운 괴짜들로 이루어진 그들의 유기적 공동체였다. 여느 대학가 오픈 마이크 행사와 마찬가지로 때로는 남학생회의 누군가가 와서 능글맞게 웃으며 어쿠스틱 랩 커버 공연을 하고 지나치게 열의를 담아 실연에 관한 이야기를 전하기도 했다. 하지만 그들조차 환영받았다. 대체로 이런 행사는 인디애나주의 대학 마을이라는 상대적인 사막에 있는, '함께함'이라는 작고 안전한 오아시스처럼 느껴졌다. 더 이상 술이나 약에 취하는 데 쓰지 않는 시간을 보내기 위한 건강한 방법처럼.

당연하게도 나폴리 카페에는 자체 음향 장비가 없었으므로, 지가 보통 15분 먼저 낡아빠진 야마하 확성 장치를 가져와 매주 호스트를 맡은 새드 제임스를 위해 설치해주었다. 그가 새드 제임스라고 불리는 건, 밤마다 대학가 바 여러 곳을 맴도는 DJ 제임스와 구분하기 위해서였다. DJ 제임스는 딱히 흥미로운 예술가가 아니었으나 이 제임스에게 접두사를 붙일 수밖에 없을 만큼 대학가 사람들에게는 잘 알려진 인물이었다. 새드 제임스의 '새드(sad)'는 농담으로 시작되었으나 어찌어찌 굳어졌고, 새드 제임스도 성격 좋게 그 별명을 받아들였다. 심지어는 그 이름으로 가끔 작은 쇼를 하기도 했다. 그는 조용한 백인 남자로, 긴 금발이 수염 자국으로 거뭇거뭇한 얼굴을 감싸고 있었다. 그는 강렬하고 엄숙한 일렉트로닉 노래를 틀었고, 드문드문 회로를 개조해 만든 삑삑대거나 윙윙거리는 잡음이 끼어들었다. 시간이 지나면서, 그는 키디에서 지와 사이러스의 가장 기력 좋고 믿음직한 친구가 되었다.

이날 밤, 사이러스는 일찍 시 낭송을 마쳤다. 비교적 오래된 실험작으로, 0부터 9에 이르는 숫자 하나하나에 단어를 배정한 다음, 엑셀 문서를 활용해 피보나치수열에 나타나는 숫자에 따라 그 단어들로 시구를 완성했다. "입술 땀 치아 입술 벌어진 치아 입술 방울 깊은 깊은 땀 피부" 같은 식이었다. 형편없었지만, 사이러스는 이 시를 큰 소리로 읽는 걸 무척 좋아했다. 운율과 반복과 거기에서 출현하는 이상하고 짧은 반복 음률을. 새드 제임스는 개조한 낡은 게임보이가 내는 늘어지는 삑삑 소리를 배경으로 "인간의 얼룩으로 타오르는 / 그녀는 말라붙어, 빗속의 먼지로"라는 가사가 반복되고 변형되는 더 오래된 곡을 재생했다. 지는―그는 시간이 날 때 활동하는 드러머로, J 딜라와 존 보넘과 맥스 로치와 잭 힐을 똑같이 숭배했다―그날 저녁에 공연할 자기 작품을 아무것도 가져오지 않았으나, 원하는 어쿠스틱 연주자가 있다면 누구에게나 도움을 주려고 작은 봉고를 가져왔다.

지는 파티오에서 사이러스가 새 프로젝트에 대해 하는 이야기를 듣다가 말했다. "다양한 역사적 순교자들에 관한 집착에서 나온 목소리로 다양한 시 묶음을 만들겠다는 얘기야?" 그러더니 그는 새드 제임스에게 덧붙였다. "사이러스가 온갖 순교자의 무시무시한 얼굴이 찍힌 커다란 흑백 인쇄물을 우리 아파트에 도배하고 있어. 주방에는 보비 샌즈(아일랜드 공화주의자로 단식 투쟁 중 사망했다)가 있고, 복도에는 잔다르크가 있어."

새드 제임스가 눈을 일부러 크게 떴다.

"난 그냥 그 사람들의 존재감을 느끼고 싶어." 사이러스는 의자에 깊이 몸을 묻으며 말했다. 도서관에서도 그 신비로운 순교자들에 관한 책을 읽고 있으며, 그들의 얼굴을 흑백으로 뽑아 커다란 격자 형태로 침대 위에 붙여놓았다는 말은 덧붙이지 않았다. 그 인쇄물들을 붙여놓은 것은 자는 동안 스페인어 테이프를 틀어놓으면 스페인어를 익히게 된다는 식으로, 순교자들이 살아낸 지혜가 어떻게든 꿈을 꾸는 동안 전수될 거라고 반쯤 믿었기 때문이다. 톈안먼 광장의 탱크맨, 보비 샌즈, 잔다르크로 분한 팔코네티 사이에 사이러스는 부모님의 결혼식 사진을 두고 있었다. 어머니가 긴팔 흰 드레스를 입고 앉아서 카메라를 보며 긴장된 미소를 짓고 있었고, 초라한 회색 턱시도를 입은 아버지는 옆에 앉아 그녀의 손을 잡고 씩 웃고 있었다. 둘의 머리 위에서는 참석자들이 장식된 흰 천을 들고 있었다. 그게 사이러스가 가지고 있는 유일한 어머니 사진이었다. 어머니 옆에서 아버지는 활짝 웃었다. 자체 발광이라도 하는 듯한 밝은 모습으로.

지가 말을 이었다. "그럼 잔다르크가, '와, 이 불은 너무 뜨겁네' 같은 말을 하는 시를 쓸 수 있겠다. 그런 다음에는 이맘 후사인이 '와, 무릎이 안 굽혀지다니 거지 같네'라고 말하는 시도 쓸 수 있겠고. 내 말 무슨 뜻인지 알지?"

사이러스가 웃었다.

"그런 것도 써보긴 했어! 근데 거기서부터 진부해지는 거야. 후사인이든 잔다르크든 누구든, 그 사람들의 순교에 관해 이미 누가 한 말 말고 무슨 말을 할 수 있겠어? 할 만한 가치가 있는 말이라든가?"

새드 제임스가 후사인이 누구냐고 묻자 지는 사막에서의 재판에 관해, 후사인이 무릎을 꿇지 않겠다고 해서 살해당한 사건에 관해 빠르게 설명했다.

"그거 알아? 후사인의 머리가 지금도 카이로에 묻혀 있을 거래." 지가 미소 지으며 말했다. "카이로가 어느 나라에 있댔지?"

사이러스는 친구를 보며 눈알을 굴려댔다. 그가 지구 최고의 고대 문명에 관해 너무 떠벌리기 시작하면 사이러스가 곧잘 지적하듯 그는 반만 이집트 혈통이었다.

"젠장." 새드 제임스가 말했다. "나라면 그냥 무릎을 꿇고 등 뒤에서 손가락을 꼬았을 거야(영미권에서는 거짓말을 할 때 검지와 중지를 교차해 액막이를 하는 풍습이 있다). 누구한테 잘 보이겠다고? 나중에 취소하면 되지. 그냥 발을 헛디뎌서 무릎을 꿇게 됐다거나, 그렇게 말할 거야."

세 친구는 웃었다. 저스틴이 밖으로 나와 지에게 담배를 청했다. 그녀는 《블론드 온 블론드》 시절의 피코트를 입고 하모니카 거치대를 목에 두른 밥 딜런처럼 공연을 해서 오픈 마이크 행사의 대들보가 된 단골 참여자였다. 지는 저스틴에게 아메리칸스피릿옐로를 기꺼이 주었고, 저스틴은 구석에서 담배에 불을 붙이고 핸드폰에 대고 뭔가 말하기 시작했다.

이런 순간에 사이러스는 여전히 자기도 한 대 달라고 하고 싶은 마음이 들었다. 그는 금주하기 전에 하루에 한 갑 반을 피

우는 흡연자였고, 다른 모든 걸 집어치운 뒤에도 흡연 습관만
은 이어갔다. "널 죽이는 순서대로 끊어." 게이브가 언젠가 그
에게 말했다. 1년 동안 술을 끊은 뒤 그는 담배로 관심을 돌렸
고, 차차 흡연량을 줄인 끝에 마침내 완전히 금연할 수 있었다.
하루에 한 갑 반에서 한 갑으로, 반 갑으로, 다섯 개비로. 그렇
게 해나간 끝에 며칠에 겨우 한 개비만 피웠고, 그다음에는 아
예 피우지 않았다. 아마 가끔 담배를 얻어 피우는 건 괜찮을 수
있을 것이다. 하지만 사이러스는 중차대한 무언가를 위해 그
한 개비를 아껴두겠다고 생각하고 있었다. 총에 맞아 죽어가며
풀밭에 누워 있는 마지막 순간이나, 슬로모션으로 불타는 건물
에서 걸어 나갈 때라거나.

"그럼 뭘 생각한 거야? 소설? 아니면…… 시적인 순교 실전
안내서?" 지가 물었다.

"아직 잘 모르겠어. 근데 나는 평생 그 비행기에 탄 엄마를
생각해왔어. 엄마의 죽음이 얼마나 의미 없었는지에 대해서.
진짜 문자 그대로, 뭐랄까, 무의미하잖아. 의미가 없어. 290명
의 죽음과 289명의 죽음의 차이랄까. 보험 계리 같은 거야. 비
극적이지도 않다니까? 그래서 엄마가 순교자였을까? 그 단어
에 엄마를 담을 수 있는 뜻도 있어야 해. 내가 찾는 건 그거야."

새드 제임스와 지는 지지한다는 뜻으로 고개를 끄덕였다. 둘
다 사이러스의 직선적인 말에 당황하지 않을 정도로 그를 잘

알았다. 하지만 사이러스는 사이러스 나름대로 자기 입에서 나오는 말들에 조금 놀랐다. 그 말들이 사이러스의 내면에서 오랫동안 형태 없이 존재하던 무언가에 형태를 주었다는 사실에. 마치 그날 밤 허공에 떠 있던 언어가 그의 호기심을 둘러싸고 틀을 잡아준 것 같았다. 유령에게 부은 밀가루처럼.

"인간적인 차원에서 네 어머니의 죽음은 비극적이야." 새드 제임스가 반박했다. "290명과 289명의 차이는 너에게, 네 아버지에게, 네 가족에게 비극적이었어."

"그래, 그래. 하지만 그런 차원의 비극을 미국이나 이란은 알아볼 수 없어. 제국은 알아볼 수 없지. 내가 무의미하다고 말하는 건 제국의 차원에서 무의미하다는 거야. 우리 삼촌처럼. 우리 삼촌은 죽지도 않았는데, 이란-이라크 전쟁으로 너무 심하게 망가져서 더 이상 집에서 나오지도 않아. 삼촌은 아직도 유령이랑 군인처럼 거지 같은 게 보인다고 생각해. 삼촌은 대학교 무상교육이든 건강보험이든, 여기 사는 사람들이 원하는 뭔가를 위해서 이란군에 입대한 것도 아니었어. 이란에는 선택지가 없어. 남자면 징병되는 거야. 내가 오늘 돌아가면 군 복무를 마치기 전까지는 못 나와."

공기 중에서는 담배 냄새가 길 건너편 가게에서 나는 포장용 중국요리 냄새와 옆 가게 바에서 흘러나온 맥주 냄새와 뒤섞였다. 도시의 두 초소형 스카이라인 ―아파트 단지와 대학교 건

물, 은행, 학생 주택으로 이루어져 있었다―사이의 공백에는 별 몇 개가 검은 우유 그릇에 남은 치리오스 시리얼 몇 알처럼 떠다녔다. 사이러스는 열을 내고 있었다.

"우리 삼촌에게 다른 길이 있었다면 전쟁에서 죽는 거였어. 아무 이유 없이. 삼촌이 개인적으로 미치는 건 전쟁에서 이기고 지는 거랑 아무 상관이 없었어. 무의미해. 내가 엿 같다고 생각하는 건 그거야. 아빠는 나를 대학교에 넣어주더니 그냥, 겨우 1년 만에 죽었어. '난 가엾어'라거나 '우린 가엾어'라고 말하려고 이 모든 얘기를 하는 게 아니야. 하지만 그런 죽음 중에 의미가 있었던 건 하나도 없어. 내 죽음에 의미가 있기를 바라는 게 미친 짓은 아니라고 생각해. 중요하게 여겨지는 죽음을 맞이한 사람들을 공부하는 것도. 내 말 알겠지? 최소한 자기 죽음이 의미를 띠게 만들려고 노력했던 사람들 말이야."

"미친 짓은 아니지." 지가 말했다. "이해해. 아니 뭐랄까, 이해는 못 하지. 난 너랑 같은 경험을 하지 않았으니까. 하지만 네가 왜 이걸 쓰고 싶어 하는지는 알겠어." 그가 잠시 말을 멈추었다.

새드 제임스가 물었다. "이런 얘기를 책에 넣을 거야? 네 어머니랑 아버지랑 삼촌 얘기를? 아니면 좀 더 보고서처럼 쓰려고? 논문처럼?"

"좋은 질문이야." 사이러스가 어깨를 으쓱하며 말했다. "내가 아는 건 내가 이 주제에 매료되었다는 것뿐이야. 이란에는 있잖아, 전쟁에서 죽은 남자들, 거기서 '순교자'라 부르는 사람들의 자녀를 위한 학교들이 있어. 그런 순교자 학교가 좋은 학교, 멋진 학교야. 사람들은 자식을 그런 학교에 보내려고 노력해. 건강한 부모를 둔 아이들이 고아들을 질투하면서 자라. 순교자의 아이들은 자동으로 대학 입학 자격을 얻고, 모든 특별 대접을 받으니까. 그 아이들은 모든 특권을 부끄러워하기라도 하는 것처럼 순교자의 자식이라는 사실을 숨기려 한대. 신탁 기금이 있는 아이들처럼 말이야. 대신 걔들은 신탁 대신에 죽은 부모가 있는 거지. 미쳤다니까."

새드 제임스는 그 정보를 받아들이며 믿을 수 없다는 듯 고개를 저었다. 지는 이제 자기 담배에 불을 붙이고 있었다. 그는 이른 시기에, 엄청난 분위기를 풍기며 담배를 피우기 시작했다. 재를 떨 필요가 없을 때 재를 떨고 길고 과장되게 연기를 들이마시는, 그런 10대 흡연가였다. 세월이 지나면서 약간 나아지긴 했지만, 그가 담배를 피우는 방식에는 지금도 연극적인 느낌이 있었다. 꼭 스크린 속 엘리자베스 테일러가 담배를 피우는 모습을 지켜보는 것 같았다. 천천히 타는 아메리칸스피릿 종이가 이런 느낌을 강화했다.

새드 제임스가 말했다. "뉴욕에서 하는 그 미술 전시회가 생각난다. 내 생각엔 MoMA인 것 같은데. 예술가가 미술관에서 죽어간다나? 그 비슷한 거였는데. 너흰 봤어?"

"미술관에서 죽는다고?" 지가 물었다.

"응, 트위터에 얘기가 돌았어. 너희도 아마 봤을걸."

사이러스와 지는 서로를 보고 어깨를 으쓱했다. 사이러스는 SNS라는 버스를 완전히 놓쳐버렸다. 지금의 그에게는 그 사실이 조그마한 자랑거리였다. 비록 친구들이 매일매일의 분노할 일과 바보 같은 밈, 수동 공격성을 띤 뼈 있는 농담을 서로에게 던져대는 유명 인사들의 소식을 전부 채워주었지만. 새드 제임스는 핸드폰을 꺼내 잠시 이리저리 뒤졌다. 그의 담배가 오른손 검지와 중지 사이에서 고르지 않게 타고 있었다.

"아, 여기 있다. MoMA가 아니라 브루클린 미술관이네."

그가 사이러스에게 핸드폰을 건넸고, 지는 사이러스의 의자 위로 허리를 숙여 보았다. 보이는 것은 좋아요 2200개가 눌리고 465번 리트윗된 전단이었다. 전단 왼쪽에 한 여자의 얼굴이 있었다. 죽어가는 사람에게서 너무도 자주 보이는, 그 한없는 너절함이 흩뿌려진 얼굴이었다. 사진 속 그녀는 나이가 아주 많아 보이지 않았다. 한 50살쯤 되어 보였다. 다만 그녀가 매우 아팠고, 머리가 벗어져 누르께한 피부가 두개골에 딱 붙어 있는 모습이 강조되어 나이를 확실히 알기는 어려웠다. 핸드폰으로 보는 아주 작은 사진 속에서도 그녀의 두 눈은 말라버린 깊은 우물처럼 보였다. 거의 그 건조한 메아리가 들리는 듯했다. 전단의 오른쪽에는 커다란 글자로 **죽음-말**(DEATH-SPEAK)이라고 적혀 있었다. '죽음이여 말하라'라는 뜻의 명령으로도, '죽음의 말'이라는 뜻의 수식된 단어로도 읽힐 수 있는 희한한 구성이었다. 그 아래에는 이렇게 적혀 있었다.

"세계적 명성의 시각예술가 오르키데가 마지막 설치미술 작품인 **죽음-말**을 선보인다. 관람객들은 인생의 마지막 몇 주, 며칠을 미술관이라는 현장에서 살기로 한 예술가와 이야기할 수 있다. 예약 불필요. 1월 2일 공개."

"와." 사이러스가 지에게 핸드폰을 건네며 말했다.

"네가 한 말과 정확히 똑같은 것 같지, 안 그래, 사이러스?" 새드 제임스가 말했다.

"그러게, 그런 것 같네. 와. 그니까, 뭐랄까, 심지어 이란 사람인 것 같은데."

"뭐?" 지가 핸드폰을 보다가 말했다. 그러고는 대화를 따라잡으려 덧붙였다. "잠깐, 그걸 어떻게 알아?"

사이러스가 어린아이였을 때, 아버지 알리는 1년에 한 번씩 그를 차에 태우고 시카고의 페르시아 음식점에 데려갔다. '알리의 소프레'라는 음식점이었다("아빠가 식당을 가지고 있는 거 몰랐어?" 알리 샴스는 아들에게 농담하곤 했다). 그들이 아는 한, 그 음식점은 포트웨인에서 차로 갈 수 있는, 합리적인 거리 안에 있는 유일하게 페르시아적인 곳이었다. 이런 여행은 알리 샴스로서는 엄청난 호사였다. 그는 싸구려 패스트푸드조차 사치라고 생각했으니 말이다. 사이러스에게 이런 여행은 막대한 기대감의 원천이었다. 사이러스는 차를 타고 가는 길에 읽을 책들에 대해서나 음식점에서 주문할 것에 대해서 며칠 전부터 공상하곤 했다. 아버지가 돌아가시고 몇 년이 지난 뒤에도, 어떤 파블로프적 흔적일까, 뭐든 시카고에 관한 것 ─ 시어스타워, 네이비피어, 농구 선수 스코티 피펜 ─ 을 생각하면 사이러스는 여전히 배가 고파졌다.

한번은, 사이러스가 여덟 살 때 알리의 소프레로 온 여행 중에 알리가 조용히 음식점 직원 하나하나를 가리키기 시작했다. "페르시아 사람." 그는 물을 따르는 여자를 보며 사이러스에게 속삭였다. "아랍 사람." 지저분한 탁자를 치우는 머리가 덥수룩한 아이를 가리키며 말했다. "페르시아 사람." 서류와 계산기를 가지고 식탁에 혼자 앉아 있는 대머리 남자에 대해서 말했다. "백인." 바 뒤에서 핸드폰 통화를 하고 있는 곱슬머리 여자에 대해 말했다. 사이러스는 아버지가 이런 것을 어떻게 아나 싶었다. 사이러스가 보기에 알리가 가리킨 모든 사람은 약간씩 그 자신과 닮은 것 같았다. 짙은 피부에 검은 머리카락.

"여기 사람 모두가 우리랑 비슷한 줄 알았는데요." 사이러스가 아버지에게 말했다.

"당연하지! 그게 여기서 원하는 거야." 알리가 설명했다. "이곳 사람 전부가 이란 사람이라고 생각하기를 바라지. 그러면 음식점이 현지 느낌으로 보이거든."

종업원이 식사를 살피러 오자 알리는 계산서를 달라고 했다. 그녀가 계산서를 가지러 가자 그는 아들을 보았다.

"어디 사람인 것 같아?" 그가 물었다.

사이러스는 잠시 가만히 있었다.

"아랍?"

사이러스의 아버지는 고개를 저으며 웃었다. 종업원이 계산서를 가지고 돌아오자 알리는 잠시 계산서를 살펴보더니 그녀에게 카드를 건넸다.

"페르시아 사람이야." 그가 아들에게 속삭였다.

사이러스는 혼란스러웠다. 그는 못 믿겠다는 듯 물었다. "어떻게 알아요?!"

알리가 미소 지으며 말했다. "쉬워. 그냥 우리가 더 못생겼거든."

다른 사람의 입에서 나왔다면 이 말은 자기 비하적이고, 심지어 잔인한 말이었을지도 모른다. 잠시 사이러스는 알리가 영어를 헷갈린 건지, 그 반대 의미를 말하려 한 건지 생각했다. 다른 모든 사람이 이란인보다 못생겼다고 말이다. 하지만 아버지의 능글맞은 웃음 속 무언가가 사이러스에게 그는 자기가 무슨 말을 하는지 정확히 알고 있음을 암시했다. 그 말을 할 때, 이란인들이 더 못생겼다는 말을 할 때, 알리의 얼굴에는 일

127

종의 자긍심이 있었다. 사이러스가 풀어헤치는 데 몇 년이나
걸린 만족감이.

그날, 카페 파티오에서 친구의 핸드폰으로 죽어가는 예술가
의 사진을 보면서 사이러스는 아버지가 볼 수 있었던 것을 정
확히 보았다. 알리가 '못생김'이라고 불렀던 것을. 그건 비웃음
이 아니었다. 이 예술가, 오르키데는 아름다웠던 게 분명했고
심지어 지금도 아름다웠다. 높은 광대뼈와 크고 둥근 눈은 부
정할 수 없이 인상적이었다. 하지만 그 못생김, 알리가 말했던
이란인의 못생김을 지니고 있었다. 사이러스의 아버지는, 미국
에 오기 전부터 거의 배타적으로 롤링스톤스의 노래만 듣고 비
틀스를 "소녀들을 위한 밴드"라고 하던 사람이었다. 정확히 세
벌의 바지를 가진 사람이었다. 두 벌은 직장용, 한 벌은 가정용.
사이러스의 아버지의 팔은 농장에서 생긴 오래되고 새로운 흉
터로 언제나 이리저리 줄이 가 있었고, 겁먹은 새들의 바보 같
은 두려움에 빨갛게 찢겨 있었다. 사이러스의 잘생기고 못생긴
죽은 아버지.

사이러스는 10년, 아니 그 이상이 걸려서야 알리의 '못생겼
다'라는 말이 무슨 뜻인지 정말로 알 수 있었다. 웃을 때 생기는
주름의 단단함, 눈 밑에 늘어진 살의 부드러움. 이 죽어가는 예
술가의 얼굴에서는 그 못생김이 모든 곳에 분명히 드러났다.

하지만 사이러스는 이 모든 것을 친구들에게 설명하려고 노

력하는 대신 간단히 말했다. "오르키데(orkideh)가 난초(orchid)를 의미하는 페르시아어일 거야."

"와." 지가 말했다.

"와아, 그니까. 와." 새드 제임스가 덧붙였다. "네 프로젝트에 이 사람에 대한 얘기를 써봐. 이 사람한테 이메일 보낼 방법이 있으려나." 그는 잠시 핸드폰을 두드려댔다. 저스틴이 그들 뒤쪽 나폴리 카페 문을 여닫자 녹음된 그저 그런 어쿠스틱 발라드가 파티오의 공기 속으로 쏟아졌다.

"네 말이 맞았어!" 새드 제임스가 핸드폰을 쿡 찌르며 알렸다. "여기에, 오르키데가 이란에서 어린 시절을 보냈고 '혁명 이후 언젠가' 떠났다고 적혀 있어. 말기 암 진단을 받았고 방사선 치료를 거부하고 있대. 통증 관리를 제외하고는 어떤 치료나 약물도 거부하고 미술관에서만 완전히 먹고 자고 산다는 거야. 더 이상 말할 수 없을 때까지 관람객들과 하루 네 시간씩 말하겠대."

"진짜, 너 전시회에 가서 이 사람을 만나봐야겠다." 지가 말했다.

사이러스는 코웃음을 쳤다. 가게로 차를 몰고 가듯, 이 나라의 건너편으로 그냥 비행기를 타고 간다는 생각이 그에게는 리처드 브랜슨, 빌 게이츠나 할 수 있는 사치처럼 보였다. "그래, 미술 전시회를 보겠다고 뉴욕으로 날아가야지. 그런 다음에는 마드리드로 날아가서 투우를 봐야겠네. 오리엔트로 날아가서 향신료 거래를 하고."

새드 제임스는 웃었지만 지는 고집을 부렸다.

"진지하게, 사이러스. 안 될 이유는 뭐야? 넌 '대안적 순교'든 뭐가 됐든, 그걸 중심으로 큰 프로젝트를 시작하고 있어. 그런데 우연히도 '나한테 와서 죽음에 대해 말해요'라고 얘기하는 죽어가는 이란 여자가 있잖아? 나는 구름이 갈라지고 덤불이 타오른다는 식의 얘기를 하는 사람이 아니야. 하지만 뭔가 징조랄 게 있다면, 이게 바로 징조 같아."

사이러스가 고개를 저었다.

"넌 대체 어떤 세상에 살길래 내가 그냥 마음 내키는 대로 뉴욕으로 훌쩍 날아갈 수 있다고 생각하는 거야?" 그가 말했다.

"내 말은⋯⋯." 새드 제임스가 고개를 갸웃하며 말했다.

지는 탁자 너머로 몸을 숙이며 말했다. "야, 넌 여기 있어봐야 시간만 허비하는 거야. 몇 년째 그랬어. 넌 죽어가는 시늉을 하는 건지 뭔지, 그 이상한 일을 하지. 심지어 풀타임도 아냐. 넌 몇 년 전에 졸업했고 애인도 없지. 그냥 글을 쓰지 않고 어슬렁거리면서 너 자신을 불쌍히 여기고 있을 뿐이야. 너는 그냥 가도 될 상태 그 자체야."

"세상에." 사이러스가 말했다.

"유연하다는 얘기지." 새드 제임스는 지의 표현을 완곡하게 고쳐주었다. "넌 지금 운명의 *변화무쌍함*에 열려 있어."

"넌 작가가 되고 싶어 하잖아." 지가 말을 이었다. "*이게* 작가들이 하는 일이야. 작가는 이야기를 쫓아가. 이건 전환점이야. 계속 작가가 되겠다고 이야기하는 인디애나주의 술 끊은 슬픈 녀석으로 있거나, 실제로 작가가 되거나."

사이러스는 지의 얼굴을 살펴보았다. 지의 얼굴이 갑자기 냉혹하고도 건조해졌다. 룸메이트의 황갈색 피부가 좀 더 팽팽하게 당겨진 것처럼 보였다. 피부가 그 아래 단단한 살과 함께 떨리는 듯했다. 사이러스는 자신이 시간을 허비하고 있었음을, 술을 끊은 것 말고는, 속임수를 쓰고 조작을 해서 얻어낸 쓸모없는 영문학 학사 학위 말고는, 내세울 만한 유의미한 성취 하나 없이 30대에 접어들고 있음을 부정할 수 없었다.

"아직 엄마 목숨값이 있긴 할 거야." 마침내 사이러스가 말했다.

그는 미국이 어머니의 죽음에 대해 아버지에게 치른 돈을 "목숨값"이라 불렀다. 미국은 한 번도 엄마가 탄 비행기를 격추한 것에 대한 책임을 온전히 인정하지 않았지만, 1996년에는 결국 각 피해자의 가족에게 수표를 지급했다. 돈벌이를 하던 남자에게는 30만 달러, 여자와 아이에게는 15만 달러(사망자의 대다수가 여자와 아이였다). 사이러스의 아버지는 그 돈에 한 번도 손을 대지 않고, 아들이 대학을 졸업할 때 주려고 계좌에 넣어두었다. 사이러스는 학자금 대출을 갚느라 그중 일부를 썼고, 이렇게 저렇게 쌓인 카드 빚을 갚느라 또 일부를 썼다. 그런 뒤에는 남은 돈을 그냥 살아가는 것 같은 흔해빠진 일에 쓰는 것이 역겹다고 느껴졌다. 피의 대가로 받은 돈이기에 아무리 좋은 일에 쓴다 해도 나쁘게 느껴졌다. 어쩔 수가 없었다. 그러나 예술가를 만나러 간다는 생각은 자라나고 있었다. 새드 제임스와 지는 그가 "목숨값"이라고 말했을 때 약간 움찔했다.

"좋아, 일주일은 갈 수 있을 것 같아. 가능성의 영역 안에 있는 일이야. 하지만 그 사람한테 뭐라고 말해야 할지는 모르겠어."

"그냥 왜 그런 일을 하느냐고 물어봐." 지가 말했다. "네가 하는 얘기랑 비슷한 것 같거든. 그 사람도 자기 죽음에 어떤 의미가 있기를 바라는 것 같아."

"솔직히, 그냥 의료비로 엄청나게 많은 빚을 지고 있는 걸지도 몰라." 새드 제임스가 덧붙였다. "가족이 수십억 달러의 병원 빚을 상속받지 않게 마지막 쇼를 하는 거지."

"젠장. 그게 정말 이유일 수 있다는 게 엿 같다." 사이러스가 말했다.

새드 제임스는 고개를 끄덕인 뒤 내저었다. 지는 연극적으로 담뱃재를 떨더니 말했다. "잘 들어. 네가 뉴욕에 가게 된다면 나도 같이 갈 거야. 후진 호텔 방을 구하고 방값을 나눠 낼 수 있겠지. 난 일주일 동안 나 대신 일해줄 사람을 구할게. 이번 주말에 갈 수도 있어. 뭐 하러 기다려? 네가 책 작업을 하는 동안에 잠깐 도시를 돌아다닐 수 있다면 아주 좋을 것 같은데."

"와, 씨. 난 너희 둘과 영혼으로 함께할게." 새드 제임스가 말했다. 그는 주말 휴무조차 마지못해 내주는, 무자비한 기업의 영수증 처리 업무를 하고 있었다. "아무튼 난 너희 둘이 정말로 그 일을 해야 한다고 생각해."

안에서는 오픈 마이크 참석자들이 동요하기 시작했다. 다들 나폴리 카페의 창문 너머로 이 친구들의 자리를 바라보며, 이들이 언제 담배를 다 피우고 안으로 돌아와 저녁 행사를 다시 시작할지 궁금해하고 있었다. 사이러스에게는 사치스럽게 돈을 쓰는 습관이 없었다. 아니, 많은 돈을 쓰는 습관이 아예 없었다. 병원에서 일하고 제이드 카페에서 일주일에 며칠 야간에 전화를 받으며, 그는 먹고살며 월세를 낼 만큼의 돈을 벌었다. 하지만 이 예술가는, 그녀가 하는 일은 매우 특별해 보였다. 기회처럼 보였다. 심지어 으스스하기도 했다.

사이러스가 술에 취해 살 때는 그를 무릎 꿇리는 공포와 절망, 또는 그를 거의 몸에서 끌어내다시피 하는 도취감 넘치는 신체적 황홀경만이 그의 아득하고 무딘 혼미 상태를 깨뜨릴 수 있었다. 술을 끊은 상태에서도 그는 때로 애먼 우주에게 이런 일을 기대했다. 황홀경이 실체화되는 엄청난 충격을, 하늘에서 떨어져 그를 명료함의 각목으로 후려치는 천사를 기대했다. 사이러스는 세상이 사실 그런 식으로 작동하지 않는다는 것을, 때로 계시란 친구가 트위터에서 본 것을 보여주는 식으로 미묘하게 발생한다는 것을 깨닫기 시작했다.

"이번 주말?" 사이러스가 머뭇거리며 물었다.

"이 사람이 죽어가잖아, 사이러스." 지가 말했다. "지체하면 안 될 것 같은데."

사이러스는 아랫입술을 잘근거렸다.

"씨발. 해야겠다." 그는 갑자기 전율을 느끼며 말했다.

8

지 노바크

2014년 4월 키디 대학교

초봄. 내가 그를 사랑하는지도 모르겠다고 처음 생각한 때가 그때였다. 인디애나주에서는 오후에 태양이 나와 전날 밤의 눈을 녹이는 계절이었다. 호기심 많은 싹이 표토를 뚫고 미심쩍은 열기 속으로 고개를 내밀었다가, 밤이면 갑작스러운 서리에 심한 꾸지람을 듣고야 마는, 그런 시기. 나는 그린나일에서 웨이터 일을 하며 친구들에게 이리저리 대마초를 날라주었다. 사이러스는 여전히 제이드 카페에서 전화 받는 일을 하고, 도서관에서나 럭키스 바에서 놀았다.

우리는 1년째 함께 살고 있었다. 둘 다 졸업한 지 얼마 안 된 때였는데, 사이러스가 나보다 먼저 입학했지만 졸업은 내가 한 학기 더 일찍 했다. 우리는 누구든 우리 앞에 있는 사람과 데이트하고 술을 아주 많이 마시며 시간을 보냈다. 사이러스가 술을 끊기 1년 전, 게이브와 알코올 중독자 모임이 나타나기 전,

사이러스가 좀 더 편하게끔 나도 서서히 함께 술을 끊기 전이었다. 한참 뒤에 깨달은 것이지만, 사이러스가 좀 더 편하게끔 하는 일에 내 에너지를 엄청 많이 쓰고 있었다.

우리는 일주일에 한 번씩 고속도로에서 좀 떨어져 있는, 주드라는 남자의 집에 갔다. 사이러스가 크레이그리스트(미국의 온라인 벼룩시장)에서 주드의 게시물을 찾았다. 정원 일을 좀 해주면 그 대가로 신선한 식품을 줄 수 있다는 내용이었다. "신선한 식품"이 더 흥미로운 무언가를 돌려 말한 것일지 모른다는 가능성에 특히 구미가 당겨 우리는 그에게 연락했다. 알고 보니, "신선한 식품"은 말 그대로 신선한 식품을 의미했다. 우리는 매주 토요일 약간 약에 취해 주드의 집으로 갔다. 겉으로는 정원 일을 하기 위해서였지만 실제로는 주드가 속옷을 입고 삐걱거리는 접이식 의자에 앉아 맥주를 마시며, 우리가 정원 일을 하는 척하는 모습을 지켜보도록 해주기 위해서였다.

그는 절대 수음하지 않았다. 우리를 만지지도 않았다. 달랑 더러운 흰색 속바지와 샌들 차림으로 그곳에 늘어져 우리를 지켜보기만 했다. 일은 문제가 아니었다. 잔디를 깎고 산울타리를 다듬고 나면, 그는 그냥 우리에게 오래된 널빤지 더미에서 못을 뽑거나 정원에서 커다란 구덩이를 파거나 메우라고 했다. 그에게 중요한 건 우리가 일하는 모습을 지켜보는 것이었다. 중요하다는 게 무슨 뜻이든 간에. 그 대가로, 우리가 매주 한 시

간을 보낸 뒤 그는 식료품을 선반마다 가득 보관해둔 주방으로
우리를 데려가 종이 쇼핑백 몇 개를 채우게 해주었다. 식료품
은 쌀, 리마 콩, 절인 복숭아 등으로, 대부분 흠집 나고 우그러
지고 유통기한이 지난 것이었다.

그는 어느 장작더미를 옮겨야 하는지, 어느 각목에 색칠을
해야 하는지에 관한 이야기를 제외하면 입을 연 적이 거의 없
었지만, 한번은 자기가 지역 슈퍼마켓 몇 곳에 납품하는 식료
품 도매상이라고 했다. 때로는 "이런 물건"을 집에 가져올 수
있다고. 사이러스는 토요일에 주드의 집에 가는 것을 "식료품
쇼핑"이라고 불렀다.

"협동조합에서 자원봉사하는 것 같아." 한번은 주드의 집으
로 가는 길에 그가 말했다.

"더 성적인 것만 빼면." 내가 덧붙였다.

"아, 세상에." 사이러스가 말했다. "그럼 우리, 성 노동을 하는
거야? 이게 성 노동일까? 우리, 몸 파는 거야?"

"앤절라 데이비스(미국의 정치 활동가)라면 우리 모두가 몸을
판다고 하겠지." 나는 미소 지으며 말했다. "광부와 성매매 종
사자의 차이는 섹스에 관한 우리의 복고적이고 청교도적인 가
치관밖에 없다고. 또 여성 혐오랑."

사이러스가 눈알을 굴려대더니 물었다. "지 노바크의 의견은
어떠신가?"

난 웃었다. "지 노바크는 공짜 식품은 공짜 식품이라는 의견이야."

그래서 우리는 매주 토요일마다 그 집에 가서, 주드의 소름 끼치지만 궁극적으로는 위협적이지 않은 시선 아래 일했다. 그는 우리보다 나이가 그리 많지는 않았으나 이미 머리가 벗어져 가는, 새우처럼 생긴 남자였다. 언제까지나 찡그린 표정에 성긴 금발이 얹혀 있었다. 평생 사람들한테 푸대접을 당했기에 그에 관해 불평하는 것조차 포기한 듯한, 의기소침한 사람이었다. 깡마르고 피부가 창백해서 우리가 햇볕에서 일하는 모습을 지켜보는 그 시간이 그가 일주일 중 실외에서 보내는 유일한 시간이지 싶었다.

그 일이 벌어진 토요일에 우리는 평소보다 약간 늦게 도착했다. 사이러스가 처방받은 약 일부를 펜타닐 패치로 교환해 와서, 전날 저녁을 화학자처럼 보낸 터였다. 패치를 알코올에 녹인 뒤 오래된 유리 체스판 위에서 알코올을 증발시키면서.

"딱 64번 할 분량!" 그는 팅크제가 다 마르자 활짝 웃으며 체스판을 들어 올렸다. 그는 약을 잘 다루는 것을 그토록 자랑스럽게 여겼다. 난 약을 해도 그만, 안 해도 그만이었다. 엄마가 언제나 처방 약 혼합물이나 아유르베다식 엉터리 약, 벤조디아제핀, 『토트의 서』에 근거한 전통 이집트 요법으로 엉망진창이기도 했고.

"조상들이 당뇨를 진단하고 치료할 수 있었다는 거 아니?"
엄마는 우리의 이집트 조상들에 대해 그렇게 말하곤 했다.

'우리도 할 줄 알잖아요.' 나는 그렇게 생각했지만 말하지는 않았다.

아무튼 사이러스의 열정에는 전염력이 있었으므로, 우리는 각기 체스판의 펜타닐을 두 칸씩 핥고 주드의 집으로 차를 몰아 갔다. 처음 느낌은 둥실둥실 뜨는 것 같았다. 사이러스의 자동차 조수석 의자 위로 2센티미터쯤 떠오른 듯했다. 차 자체도 길에서 2센티미터쯤 떠 있는 것 같았고. 그다음에는 바람이 우리를 들어 올리는 것만 같았다. 바람이 나뭇잎을 들어 올리듯, 자기 이름을 말하듯. 그처럼 불가사의하고도 가볍게.

주드의 집은 고속도로에서 아주 조금 떨어져 있는 깔끔한 단층집이었다. 그는 우리가 문을 두드리기도 전에 문으로 다가왔다. 여느 때처럼 헐렁한 흰 속바지만 입은 채였다. 그 속바지는 사타구니와 허리 주변이 버터같이 누렸고, 그의 얼룩덜룩하고 창백한 피부가 늘어진 살에 늘어져 있었다. 그는 우리를 데리고 집을 가로질렀다. 거실에 있는 철사로 만든 개집 안에서 금빛 털을 가진 개 두 마리가 서로 엉킨 채 잠을 자고 있었고 우리는 뒤뜰로 나왔다. 거기서 보면 집의 모든 창문 앞에 풍경(風磬)이 매달려 있었다. 다만 창문 안쪽에, 저차원 도난 경보 장치인 양. 어떤 창문에는 풍경이 여러 개 달려 있었다. 심지어 거실 천장 선풍기 날개에도 걸려 있었다.

"개들은 이름이 뭐예요?" 나는 대화를 해보려고 주드에게 물었다.

"큰 녀석은 노아. 시끄러운 녀석은 샤일로."

개들은 형제처럼 보였다. 언뜻 보기에 크기가 같았고, 둘 다 소리를 내지 않았다. 사이러스가 내게 스치듯 히죽 웃어 보였다.

뒤뜰에는 거대한 장작더미가 있었고, 만화에 나올 법한 커다란 도끼가 큰 나무 그루터기에 기대어 있었다.

"오늘 밤에 친구들을 초대해서 모닥불을 피울 거야." 주드가 말했다. "장작을 패야 해." 그의 분홍색 젖꼭지는 안 보이다시피 했다. 거의 그의 피부만큼 창백했다. "빨리." 그는 다른 말은 한마디도 없이 접이식 의자를 파티오 처마의 그늘 안으로 끌어다 놓고 헤드폰을 쓰더니 우리를 지켜보기 시작했다.

공기가 텁텁했다. 나는 이미 펜타닐 때문에 땀을 흘리고 있었다. 산들바람이 불어 축축한 팔에 더욱 찬 기운이 느껴졌다. 민트 껌을 씹으면 물맛이 시원해지는 것처럼. 사이러스는 나무더미를 보다 나를 보고 물었다. "너, 음, 장작 패본 적 있어?"

우리는 둘 다 웃었다.

"어떨 것 같아?" 내가 말했다.

사이러스는 어깨를 으쓱했다.

"우리보다 훨씬 멍청한 사람들도 늘 장작을 패." 그는 도끼를 집어 들며 말했다.

"여기서 지능이 성공 변수인지는 잘 모르겠는데." 내가 말했다. 사이러스는 키가 컸지만 도끼는 거대했다. 도끼 때문에 그가 작아 보였다.

"여기, 이걸 잡아." 그가 말했다. 그는 나무 그루터기에 삼각기둥 모양의 장작을 균형 잡아 올려놓고, 럭비공인 양 끄트머리에 한 손가락을 얹었다.

"뭐?" 내가 말했다. "이걸 내 손가락으로 잡고 있으라고? 내 손가락은 내 소중한 손에 달려 있고, 내 손은 아직 내 소중한 팔에 달려 있는데? 〈피너츠〉 루시처럼 하라는 거야? 그러는 동안 넌 도끼를 휘두르겠다고?"

사이러스가 잠시 가만히 있었다.

"젠장, 우린 이 일을 하기에 너무 멍청한 걸지도 몰라." 그가 웃었다.

"아니면 약에 너무 취했거나." 내가 덧붙였다.

주드는 자기 의자에서 꼼짝도 하지 않고 우리를 지켜보고 있었다. 어딘가에서 꺼내 왔는지, 쿠어스 라이트 맥주 한 캔이 밀봉된 채 그의 발치에서 땀을 흘리고 있었다.

나는 사이러스에게서 도끼를 받아 들고 장작을 나무 그루터기 위에 세웠다. 도끼는 방금 화산에서 치솟거나 마법 돌에서 뽑혀 나온 듯한, 기분 좋게 원초적인 느낌을 주었다. 나의 하루 대부분은 일터에서 주문을 포스기에 입력하며, 실제로는 드럼을 칠 시간도 자리도 없이 드럼 치는 생각을 하는 데 쓰였다. 도끼에는 드럼스틱과 같은 단순한 목적의식이 있었다. 이걸 쥐고, 저걸 친다. 나는 도끼를 머리 뒤로 가져갔다가 나무 위로 내리쬤었다. 서툴렀지만, 장작의 귀퉁이를 조금 쬐어냈다.

"불쏘시개다!" 사이러스가 흥분해 소리쳤다. "네가 불쏘시개를 만들었어!" 자기혐오와 자기 연민 사이에 그리 동요하면서도, 사이러스는 언제나 친구들의 가장 진부한 성공에도 진심으로 기뻐하는 듯 보였다. 이런 순간에조차.

"우린 진정한 조니 애플시드(미국 전역에 사과나무를 심으며 다녔다는 개척 시대의 전설적인 인물) 커플이야." 그가 말했다.

"우리의 커다란 푸른 황소는 저기 있고." 나는 주드 쪽을 고갯짓으로 가리키며 말했다.

사이러스는 이마를 찌푸리더니 고개를 끄덕였다.

"네가 생각하는 건 폴 버니언이야." 그가 고쳐주었다.

"음?"

"폴 버니언한테 커다란 푸른 황소가 있었다고." 사이러스는 언제나 그런 식으로 사람들의 말을 바로잡았다. 펜타닐에 취해 있을 때도. 상상할 수 있는 가장 백인스러운 허튼소리도.

"야, 닥쳐." 나는 다시 도끼로 나무를 쬐으며 말했다. 태양이 구름 뒤로 들락거리고 있었다. 주드는 사타구니께를 바로잡고 맥주 캔을 땄다.

사이러스와 나는 천천히 엉망진창으로 장작을 팼다. 우리가 물리법칙을 우리 뜻에 맞게 굽히고 기하학을 통제하는 것만 같았다. 때로는 참새들이 우리 주변 뜰로 와 흙을 쪼았다.

"귀여운 벌레잡이들." 사이러스는 한가롭게 말했다. 그 말에 우리는 둘 다 너무 지나치게 웃었다.

우리가 15분, 20분쯤 그 일을 하고 있으려니 주드가 약간 자세를 바꾸고 소리쳤다. "어이!" 그는 뜰 구석에 있는 잔가지 더미 속의 고무 타이어를 가리켰다. "원하면 저걸 써도 돼."

사이러스와 나는 타이어를, 그다음에는 서로를, 그다음에는 다시 주드를 보았다. 혼란스러웠다.

주드는 한숨을 쉬고 일어서더니 연극적으로 타이어를 향해 걸어갔다. 과장되게 힘을 쓰며 타이어를 들어 올려 그루터기 위에 내려놓았다.

"장작을 이 안에 넣는 거야." 주드가 말했다. "그러면 나무가 사방으로 쪼개져도 집으러 갈 필요가 없어."

그의 목소리는 이상한 바리톤이었다. 마치 작은 새가 튜바 소리를 내는 것만 같았다. 그는 과장되게 짜증 난 기색을 보이며 다시 한숨을 쉬더니 자기 의자로 돌아갔다. 등에는 기름진 흰 선탠로션 자국이 줄무늬처럼 남아 있었다. 그의 창백한 피부를 배경으로는 거의 보이지 않았지만.

144

"감사합니다." 나는 타이어 안에 장작 두어 개를 세우며 그에게 소리친 다음, 사이러스가 도끼를 휘두를 수 있도록 뒤로 물러났다. 그는 세차게 장작을 도끼로 찍었다. 장작은 타이어 안에서 깔끔하게 갈라졌다.

"저 사람 말이 맞네." 사이러스는 살짝 놀라며 말했다. "멋진데."

"난 지금도 이게 엿 같은 상황인지 잘 모르겠어." 내가 말했다. "저 사람이 이런 식으로 우리를 지켜보게 하는 것 말이야. 우리가 윤리적인 타협을 하고 있는 걸까?"

"네 답은 너만 알지, 지." 사이러스가 말했다.

"돈이 모든 인간 능력의 외재화라던가, 그게 무슨 말이었지?" 내가 물었다. "식료품은 거기에 어떤 식으로 맞는 거야?"

"나 우람한 것 좀 봐!" 사이러스는 씩 웃으면서, 도끼를 세차게 내리찍었다.

"비트 통조림이랑 버섯 수프라." 내가 말했다. "그게…… 낫겠지? 돈보다?"

사이러스는 더 이상 듣지 않았다. 땀이 그의 초록색 티셔츠 목둘레에 호를 그리더니 울대 아래로 작은 갈색 포물선을 만들었다.

"집에 가면 몇 칸 더 핥아 먹을 수 있을까?" 그가 물었다. "토하지 않고도?"

"모르겠어. 난 지금도 꽤 기분이 좋아."

내 뇌는 물이 넘친 과수원처럼 느껴졌다. 모든 꽃이 — 황금색, 남색, 흰색, 자주색 — 그냥 물 위를 떠다녔다. 사이러스가 다시 도끼를 들어 올렸다. 세게 나무를 쪼개는 소리 한 번 한 번이 위대한 사람의 탄생을 알리는 것처럼 중요하게 느껴졌다. 안에 있던 개들 중 한 마리가 우지끈 소리에 짖기 시작했다.

"닥쳐, 노아!" 주드가 최면에 빠진 듯 관찰하다가 깨어나, 짜증을 내며 소리쳤다.

"시끄러운 녀석은 샤일로라고 하지 않았어?" 내가 사이러스에게 속삭였다. 사이러스는 그냥 미소 지으며 도끼를 내리쳤다. 도끼가 둔하게 쿵 울리며 그의 손에서 튕겨 나왔다. 나는 도끼가 풀밭에 떨어진 것을 보았지만, 뭔가 잘못되었다는 것은 잠시 뒤에야 이해했다.

"아, 너 괜찮아?" 내가 사이러스에게 물었다. 도끼가 타이어 고무를 친 뒤 그의 손아귀에서 튕겨 나간 것이다.

"젠장—" 사이러스가 말했다. 나는 내려다보았다. 도끼가 그의 왼발 옆 풀밭에 놓여 있었다. 유심히 보니 그의 파란색 캔버스 신발이 찢긴 채 보라색으로 물들어갔다.

"아, 씨발." 내가 말했다.

샤일로인지 노아인지가 이제 통제할 수 없이 짖고 있었다. 주드가 벌떡 일어섰다.

"무슨 일이야!" 그가 소리쳤다. 그는 우리에게 달려와 사이러스의 발을 보더니 말했다. "무슨…… 뭐야 이거?"

"씨발." 사이러스가 말했다.

"피예요, 주드!" 내가 쏘아붙였다. "괜찮으시 — 욕조 좀 써도 돼요?"

사이러스는 창백해져 있었다. 다른 각도로 자기 발을 보려고 고개를 움직였다. 믿지 못하겠다는 듯 살펴보았다. 무슨 속임수를 쓴 거지? 진짜 무슨 일이 벌어진 거야? 하는 식으로.

주드는 우리를 데리고 다시 빠르게 집을 가로질러 욕조로 갔다. 사이러스가 내게 기대 괜찮은 발로 깡충깡충 뛰었다. 욕실 거울 앞에 나무 풍경이 걸려 있었다. 유리에 그 모습이 겹쳤다. 더 작은 풍경이 수건걸이에서도 달랑거렸다.

"솔직히 아프지도 않아." 사이러스는 충격을 받아 피투성이가 된 신발을 뚫어지게 보며 말했다.

"좋은 게 아니야." 나는 우리가 말기 환자에게 쓰도록 고안된 강력한 진통제를 핥았다는 걸 일깨워주려고 그를 쏘아보았다.

"제기랄 제기랄 제기랄 제기랄." 주드가 말했다. 속옷만 입은 바보 같은 모습이 삶은 닭 같았다.

"신발을 벗어야지?" 사이러스가 질문처럼 말했다.

"아마 보이는 것만큼 심각하진 않을 거야." 주드가 혼잣말했다. 관찰 가능한 현실에 대해 평가라기보다는 소원 같았다.

사이러스는 변기 뚜껑에 앉아 욕조 위로 발을 들고 있었다. 그는 충격을 받은 동시에 약에 취한 모습이었다. 솔직히 나도 그랬다. 내 머릿속, 물이 흘러넘친 과수원은 이제 요동치는 바다가 되어 있었다. 꽃들은 모두 들끓는 포말 아래 사라졌다. 주드가 욕실과 복도를 서성이다 우리가 끌고 들어온, 카펫에 남은 핏자국과 진흙을 내려다보고 고개를 저었다.

나는 사이러스가 신발을 벗게 도와주었다. 너절한 파란색 캔버스 반스 운동화가 그의 발가락 바로 아랫부분에서 찢겨 있었다. 울컥울컥 쏟아지는 검붉은 피가 신발을 적셨다. 나는 조심스레 신발을 미끄러뜨려 벗겼다. 사이러스는 움찔했고 나는─달리 표현할 방법이 없다─피를 쏟아냈다. 신발 안에 피가 어찌나 많은지, 사이러스의 양말과 신발 자체에 흡수되지 않은 피가 얼마나 많은지 충격적이었다. 신발에 그렇게 많은 피에 더해 발 하나가 통째로 들어 있을 수 있다니, 물리법칙에 어긋난 것 같았다. 주드가 우리 뒤에서 연극적으로 헛구역질을 했다. 사이러스가 살짝 미소 지었다─

"그래, 방금 건 아팠어." 내가 젖은 검은색 양말을 잡아당겨 벗기자 그가 악문 잇새로 숨을 들이마시다 말했다. 그는 어째서인지 여전히 씩 웃고 있었다.

"너희 혹시…… 장갑 필요해? 장갑? 장갑이 몇 켤레 있는데, 어딘가에." 주드는 헛구역질을 극복하고 말하더니, 떠날 핑계를 찾아 신이 난 듯 복도로 사라졌다.

개 한 마리가 짖고 있었다. 나는 욕조 수도를 틀었다. 복도에서 주드가 소리쳤다. "노아! 씨발! 닥! 쳐!"

"있잖아, 이슬람교에서 노아는 완전히 제정신이 아닌 예언자야." 사이러스가 으스스하게도 태연하게 말했다. "노아의 이웃들은 그가 자신들을 개종시키려 하자 그를 무시해. 그래서 노아가 신한테 그 이웃들을 익사시켜달라고 빌어." 나는 그의 발을 흐르는 물 아래로 가만히 당겼다. 물은 선홍색으로 변해 배수구로 빠져나갔다. 이제야 상처가 보였다. 크기는 25센트짜리 동전과 비슷했지만 깊어 보였다.

"병원에 가야 할지도 모르겠어, 사이러스." 내가 말했다.

그는 관심을 기울이지 않고 있었다.

"그 모든 게 미친 짓이야." 사이러스가 말을 이었다. "아마 노아가, 뭐더라, 므두셀라의 손자일걸. 신한테 사실상 온 인류를 죽여달라고 부탁하더니 자기는 천 년을 살았다니까."

"사이러스—" 내가 말했다.

주드가 흙이 덕지덕지 붙은 꽃무늬 원예용 장갑 한 켤레를 들고 문 앞에 나타났다.

"이게—" 그는 묻기 전에 자기 질문에 대한 답을 깨닫고 말을 멈췄다. "혹시 뭐 필요해?"

사이러스의 발에 난 구멍은 도끼로 생긴 것이라기에는 이상하게도 둥근 모양이었다. 나는 그렇게 말하고 덧붙였다. "도끼로 난 상처가 어떻게 생겨야 하는지는 잘 모르겠지만."

"진짜 병원에 가야 할까?" 사이러스가 말했다. "피가 멎어가는 것처럼 보이는데."

사이러스의 말이 맞았다. 배수구에서 맴도는 물이 이제는 노을의 산란하는 가장자리처럼 좀 더 부드러운 분홍색이었다.

"그래, 내 생각에도 그런 것 같아." 내가 말했다. 그런 다음 주드에게 말했다. "거즈 있어요? 반창고나?" 주드가 다시 빠르게 사라졌다. 욕실 거울 앞에 걸려 있는 풍경이 그가 나가면서 일으킨 바람에 덜그럭거렸다.

"병원에 가고 싶어?" 내가 사이러스에게 물었다. "네가 결정할 문제야."

"병원에 안 갔다고, 뭐랄까, 죽거나 하지만 않으면 안 가고 싶어." 사이러스는 그렇게 말하고는 덧붙였다. "우리의 벌목계 진출 사건에 대해 네가 설명하려는 걸 보면 웃기긴 하겠지만."

나는 살짝 웃었다. 우리는 병원에 갔어야 했을 것이다. 그 일이 있은 뒤로 몇 주, 아마 몇 달 동안 사이러스는 약간 다리를 절며 걸었다. 상처는 결코 제대로 낫지 않았다. 그냥 뭐랄까, 퍼렇게 변했다가 퍼져나가면서 사이러스의 말에 따르면 결코 완전히 사라지지는 않는 둔한 통증이 되었다. 비록 사이러스는 그에 대해 거의 말하지 않았지만 말이다. 하지만 그 순간, 그 이상한 상황 속에, 말도 안 되는 주드의 말도 안 되는 욕실에 앉아 있을 때는 나도 그냥 웃으며 물을 잠갔다. 상처는 분홍색이었고, 분홍색은 천천히 빨간색으로 변했지만, 더 이상 피가 뿜어져 나오지는 않았다. 내 귀에서는 몇 년 동안 울린 적 없는 징소리가 났다. 주드가 포장을 뜯지 않은 두루마리 휴지를 겨드랑이에 끼고 나타났다. 손에는 둥그런 회색 무광 덕트 테이프와 네오스포린 연고 튜브가 들려 있었다.

"진심이에요?" 나는 주드가 마련한 응급처치용품을 보고 말했다. 사이러스가 낄낄거렸다. 주드는 여전히 속옷만 입고 있었다. 여기서 나간 핑계를 반바지나 티셔츠, 뭐든 간에 이 상황의 긴급성에 더 어울리는 옷을 입을 기회로 활용하지 않았다.

"씨발, 내가 간호사냐?" 그가 으르렁거렸다. "그리고 이제 너희 둘은 나가줘야겠어. 두 시간 뒤면 사람들이 올 텐데, 이젠 이 난장판을 다 치워야 한다고." 그는 피 묻은 카펫을 가리키며 말했다. "너희가 집에 가든, 병원에 가든 난 상관하지 않아." 그가 고음으로 징징거렸다. "아무튼 가줘야겠어." 그는 내게 휴지를 건넸고, 나는 비닐 포장지에서 휴지를 꺼내 사이러스의 발을 두드려 물기를 닦아내는 데 썼다.

"코코넛즙 있어요?" 사이러스가 주드에게 물었다. 그러고는 내게 말했다. "그거 맞지? 코코넛즙이 피랑 같잖아? 혈장이던가? 마시면 말이야."

나는 어깨를 으쓱했다. 주드가 말했다. "여긴 트레이더조(미국의 잡화점)가 아니야. 빵 굽는 데 쓸 말린 코코넛은 좀 있을지도 모르겠다. 어쩌면 말이야."

"그것도 괜찮을 것 같은데." 나는 아무 근거 없이, 대체로는 주드가 우리를 가만히 내버려뒀으면 해서 말했다. 주드는 실제로 그렇게 했다. 나는 사이러스의 상처를 연고로 채운 뒤 그의 발을 휴지로 조심스럽게 감쌌다. 사이러스는 아직도 딱히 큰 통증을 느끼는 것 같지 않았지만 말이다.

"이제 집에 가면, 반드시 몇 칸을 더 핥아야겠어." 사이러스가 씩 웃으며 말했다.

나는 살짝 힘을 주어 그의 종아리를 쥐었다가 그의 얼굴을 올려다보았다. 창백하긴 해도 어째서인지 침착했다. 심지어 명랑해 보였다. 아마 펜타닐을 더 할 새로운 핑계가 생겨서 그랬을 것이다. 내 가슴속에서 섬세한 무언가가 풀려났다. 황금 반지가 우유 그릇에 떨어지는 것 같았다.

주드는 이미 개봉된, 설탕이 첨가된 코코넛칩 봉지를 가지고 와 사이러스에게 건넸다. 사이러스는 어깨를 으쓱하더니 코코넛칩을 집어 행복하게 우적우적 먹기 시작했다. 그동안 나는 테이프 절반을 다 쓸 때까지 그의 발을 감싼 휴지를 테이프로 감았다. 내가 만들어준 임시 깁스는 거의 만화에 나오는 것처럼 두껍고 농구공만 했다. 하지만 달리 뭘 어쩌겠는가? 주드는 여전히 욕실 문 앞에 서서, 이따금 어깨 너머로 자기 개들을 죽일 듯이 노려보았다.

"이번 주에는 식료품을 몇 봉지 더 주셔야겠는데요?" 사이러스가 미소 지으며 주드에게 말했다.

나는 사이러스를 본 다음, 그를 거들었다. "아, 그래요. 새 신발을 살 현금도 좀 주시고요. 진짜 반창고랑 거즈도 사게요."

주드는 사이러스를, 그다음에는 다시 나를 노려보았다. 누런 속옷을 입고 그곳에 서 있는 그에게 위압감을 느끼기란 불가능했다. 그래도 그는 온 힘을 다해, 오래전에 상실한 위협적인 느낌을 불러일으키려 애썼다.

"너희를 여기서 내보내서 다시 돌아오지 못하게 하려면 얼마를 줘야 하나?" 그가 단어 하나하나를 위협처럼 들리게 하려고 애쓰며 일부러 속삭였다.

"한 100달러요?" 사이러스가 빠르게 대답했다.

"최소한요." 내가 덧붙였다.

"그래요." 사이러스가 말을 이었다. "아니면 뭐, 150 정도. 새 신발은 확실히 필요할 테니까요."

주드는 욕실에서 나가며 식식댔다. 그가 귀에 들릴 만큼 식식댔던 것이 분명히 기억난다.

"저기 ─ " 그가 복도 저쪽에서 소리쳤다. "이 일로 나도 돈이 들어. 너희가 부주의했기 때문이야. 바닥 닦을 청소용품을 사야 한다고. 개들은 미쳐 날뛰고 있어."

개들은 조용했다. 나는 웃음을 참으며 사이러스를 보았다. 사이러스도 마찬가지였다. 주드는 구겨진 돈뭉치를 가지고 돌아왔다. 어떤 식으로든 정리된 돈은 아니었다. 대체로 5달러와 1달러짜리였다.

"120달러다." 주드가 말했다. "가."

"저 풍경도 갖고 싶어요." 사이러스가 말했다.

"뭐?" 주드가 물었다.

나는 사이러스를 보았다. 사이러스의 얼굴은 갑자기 몹시도 진지했다.

"저거요." 사이러스가 욕실 거울에 걸린 커다란 풍경을 가리키며 말했다. 다양한 길이의 나무 관 대여섯 개가 사과 크기의 홍관조 조각상에 달려 있었다.

주드는 눈을 가늘게 뜨고 사이러스를 잠시 노려보았다. 사이러스는 코코넛칩을 집어 입으로 천천히 욱여넣고 씹으며 시선을 돌리지 않았다. 주드는 아무 말 없이 거울로 손을 뻗어 고리에서 풍경을 내렸다. 그러는 동안 계속 어깨 너머를 돌아보고 있었다. 자기 얼굴을 보지 않으려는 것처럼. 풍경이 그의 손에서 울렸다. 그 섬세하게 내뻗는 딸랑딸랑 소리는 주드가 화가 나서 사이러스에게 풍경을 쑥 내민 행동이 낳은 기이한 음향적 결과였다.

"이제 *가*." 주드가 말했다.

사이러스는 웃으며 풍경을 두 손으로 받아 들고 실제로 "믿을 수가 없는데"라고 소리 내서 말한 뒤에야 한 발로 깡충거리며 일어났다.

나는 돈뭉치를 쥐고 사이러스가 한 발로 깡충깡충 현관까지 가도록 도와주었다. 샤일로와 노아가 개집 안에서 꼿꼿이 서 있었다. 둘은 서로를 복사한 것처럼 보였다. 사이러스가 깡충거리며 앞으로 갈 때마다 풍경이 약간 짤랑거렸고, 짤랑거리는 소리가 날 때마다 개들이 귀를 쫑긋 세우고 또 세웠다. 그렇게 사이러스는 씩 웃으며 깡충깡충 뛰어 문을 나섰다.

그날 밤, 우리는 현금으로 술을 한 아름 사서 우리 아파트에 친구 몇 명을 초대했다. 누가 도착해서 발에 대해 물을 때마다 사이러스는—내가 휴지와 덕트 테이프로 만든 깁스 안에 발을 그대로 놔둔 채—자랑스럽게 그 이야기를 다시 해주었다. 이야기는 반복되면서 조금씩 더 소름 끼치게 변했다. 주드의 속옷은 결국 끈 팬티가 되었다. 벽에 풍경 말고도 익히지 않은 베이컨까지 테이프로 붙여놓게 되었다. 개집에 있던 개 두 마리는 우리 얼굴을 뜯어 먹으려 드는 사나운 마스티프가 되었다. 나는 언제나 사이러스의 상상력 넘치는 바꾸어 말하기를, 뭐랄까, 존경해왔다. 그는 결국 쓰게 될 이야기의 실시간 워크숍을

155

여는 것처럼 보였다. 나는 그의 열정을, 그의 불운을 사랑했다.

"잠깐, 코코넛은 왜 달라고 했다고?" 우리 친구 자인이 신나게 웃으며 물었다.

"그래서, 그 사람이 추리닝 바지조차 끝내 안 입었다는 거야?" 엘레니가 물었다.

"다음 주에 돌아가면 코코넛즙을 좀 갖다줘야겠다." 새드 제임스가 낄낄거렸다.

모두가 체스판을 핥고 웃고 풍경을 울려댔다. 내가 풍경을 거실에 있는 레코드플레이어 귀퉁이에 걸어둔 터였다. 우리는 모두 술을 마셨고, 이것저것이 담긴 그릇들을 서로에게 건네고 노래하고 좀 더 웃었다. 어느 시점에 나는 침실로 돌아가 정신을 잃었다. 거실에 있는 친구들은 오브몬트리올(미국 인디 밴드)의 노래를 따라 불렀다. 노랫소리가 밝게 "어서, 화학 물질, 어서, 화학 물질!"이라고 간청했다.

다음 날 아침 잠에서 깼을 때, 나는 방에서 나와, 모두가 떠나고 빈 거실에 사이러스만 남아 있는 것을 보았다. 그는 정신을 잃은 채 반쯤 코를 골며, 그때까지도 아픈 발을 트로피처럼 커피 테이블 위에 균형 잡히게 올려놓고 소파에 앉아 있었다. 휴지 깁스의 바깥 한 겹은 이제 더러웠다. 잿빛 회색이 덕트 테이프 사이사이로 보였다. 발가락 근처에는 체리처럼 작은, 젖은 붉은 원이 이제 막 고개를 내밀기 시작했다.

9

보비 샌즈
1954~1981

테헤란에는 보비 샌즈 거리가 있다
피르다우시 거리에서 블록 하나 떨어진 곳,
실화다, 아일랜드, 이란, 교환 가능한 신화,
산유국, 그리고 비폭력까지

그건 후추나무나 어울릴 얘기다 — 폭력, 그게 교회가
그대의 단식 투쟁에 붙인 이름이었다
대처는 그대를 유죄 판결을 받은,
스스로 죽음을 택한 범죄자라고 불렀다, 반동, 골이 진 철판,
민트 잎 하나 없이 버틴 예순여섯 날

빵 한 조각도 없었다, 벨파스트에서 겨우 40분 거리,
하루면 걷고도 하루가 남는다,
대부분의 이념은 평생을 그렇게 보낸다

그렇게 목적을 찾아 헤맨다,
운이 좋다면, 면도한 얼굴로, 벌거벗은 채,
민트, 종달새
인간의 철창엔 녹이 슨다

사이러스 샴스, 순교자의서.docx에서 발췌

금요일

사이러스 샴스와 오르키데
브루클린 미술관, 1일 차

"죽는 것에 대해서 생각해왔어요." 사이러스는 예술가의 맞은편 검은 의자에 자리 잡으며 그녀에게 말했다. 말이 서둘러 나와서 약간 놀랐다. "곧 죽는 것에 대해서. 아니면, 날 죽이는 것에 대해서. 근데 그렇게 말하면 너무 기계적으로 들리니까." 그는 엄지와 검지로 턱수염을 조금 꼬집어 만지작거렸다. "연습하고 있었어요. 제가…… 죽는 일을 하거든요." 그의 머릿속에서는 훨씬 더 깔끔하게 정리됐었건만.

예술가는 둘 사이의 탁자 위에 놓인 작은 검은색 공책에 빠르게 무언가를 휘갈겨 쓰고 다시 내려놓았다. 그런 다음 흰 머그잔에 담긴 물을 천천히, 공들여 홀짝인 뒤 다시 발치에 내려놓았다.

"뭘 기다리고 있어요?" 그녀가 천천히 물었다. 목소리가 티슈처럼 얇았다.

159

사이러스는 잠시 말을 멈추었다.

"그게 문제예요. 사실 잘 모르겠어요. 죽는 것에 어떤 의미가 생기기를 기다리는 걸까요? 저는 이 일을 하면서 자기가 믿는 것을 위해 죽은 온갖 사람을 연구해왔어요. 굴원, 잔다르크, 보비 샌즈. 죽는 것. 아무 이유 없이 그냥 죽는 건 너무 낭비처럼 느껴져요. 단 한 번의 훌륭한 죽음을 낭비하다니."

예술가는 시선을 들어 사이러스를 보며 입술 끝을 말아 올려 미소 지었다. 그녀는 사이러스가 *그녀야말로* 그 순간 말기 암으로 문자 그대로 죽어가는 사람이라는 것을 떠올리는 모습을 잠시 잠깐 지켜보았다.

"어, 낭비'한다'는 말을 하려는 건 아니었어요." 그가 재빨리 말을 바로잡았다. "'훌륭하다'는 얘기도요. 제 말은, 죽음은 죽음이죠. 죽음은 전부 낭비이고 전혀 훌륭하지 않아요. 죽어가는 동물적 몸에 매인, 욕망으로 앓는 불멸의 영혼, 뭐 그런 존재니까. 하지만 당신은 당신의 죽어감을 낭비하지 않잖아요. 안 그래요? 여기서 이런 일을 하고 있고. 그러니 당신의 죽어감에는 실제로 의미가 있죠."

사이러스는 "이런 일"이라고 말하며 한쪽 팔을 들어 어두운 갤러리를 가리켰다. 중요한 승부를 앞두고 주사위를 흔들어대는 도박꾼처럼 손을 허공에 휘저었다. 너무 빠르게 말해 불안감을, 미국을 가로질러, 며칠을 이동해 당도한 이 순간에 대한 기대감을 드러내고야 말았다. 오른쪽 무릎이 미친 듯이 통통 튀었다.

예술가는 코웃음 치듯 작게 웃더니 조용히 기침했다.

"속도를 좀 늦추죠." 그녀는 펼친 두 손바닥으로 공기를 다독이며 말했다. "난 오르키데예요. 당신 이름은 뭐죠?"

얇은 검은색 방석만을 사이에 두고 단순한 검은색 금속 접이식 의자에 앉아 있는 오르키데는 자신이 작품 활동 초기에 직접 만들었을 법한 조각상과 좀 닮아 있었다. 전시실 구석에 세워놓은 단 하나의 스탠드가 그녀의 뒤쪽 벽에 뚜렷한 그림자를 드리웠다. 그림자 속, 점점 각도가 좁아지는 턱과 목 위로 호선을 그리는, 머리카락 없는 머리통의 부드럽고 둥근 형태가 보이지 않는 끈에 매달린 예언의 수정구 같았다.

그녀의 뒤로 브루클린 미술관의 담황색 벽에 **죽음-말**이라는 글자가 검은색 헬베티카 서체로 크게 쓰여 있었다. 그 아래에는 오르키데라고만 알려진 예술가가 말기 암으로 죽어가고 있으며, 두 달 전 모든 치료를 중단했다는 내용의 전시 설명이 적혀 있었다. 그녀는 최후의 나날을 이곳 미술관에서, 누구든 이곳에 오는 사람과 뭐든 그들이 하고 싶어 하는 이야기를 하며 보낼 터였다. 관람객들은 죽어가는 것이 어떤 느낌인지 묻거나, 그냥 예술가와 함께 조용히 앉아 있도록 권장되었다. 오늘 예술가는 느슨한 검은색 스웨터와 포인트가 되는 **빳빳한 남성**

용 슬랙스를 입고 있었다. 남색에 가느다란 흰색 세로 줄무늬가 들어간 슬랙스로, 발목 위로 접어 올렸다. 그녀의 파리하고 뼈밖에 남지 않은 맨발이 더 강조되었다.

오르키데는 과거에 ─ 오래전 어떤 인터뷰에서 ─ 발의 비밀스러운 숭고함에 대한 자신의 관점을 이야기한 적이 있었다. 몸의 가장 내밀한 부위로, 대체로 세상으로부터 숨겨져 있다고. 하지만 어딘가에 쑤셔 넣어진 다른 부위들과 달리 발은 생색도 안 나는 종종 품위가 떨어지는 일을 지속적으로 한다고. 대부분의 다른 부위는 나일론이나 면이나 레이스에 감싸인 채 꾸벅꾸벅 조는데 말이다. 샌들이나 하이힐처럼 노출이 되는 것을 신더라도 발바닥만은 가려져, 은밀히 세상에 스스로를 갖다 대고 세상을 밀쳐낸다. 계속 다가오는 세상을 멈추기라도 하듯.

"사이러스요." 그가 말했다.

"사이러스!" 오르키데가 미소 지으며 말했다. "왕자 같은 이름이네요!" 그녀는 페르시아 억양을 진하게 섞어, 모음을 늘여 음절을 덧붙여서 **"와앙자아"**라고 말했다. "성은 뭐예요?" 그녀가 물었다.

사이러스는 성을 말해주었다. 그녀는 잠시 가만히 사이러스의 얼굴을 살폈다. 사이러스는 그녀가 자신에게서 무엇을 볼지 상상했다. 형편없는 분장 같은, 얼굴의 털. 짧지만 다듬지는 않았고 어딘가는 ─ 콧수염, 턱 ─ 다른 부위보다 더 빽빽하게 자란

털. 그는 정확히 말해 늙어 보이지는 않았으나 얼굴만은 몸의 나머지 부분에 비해 나이 들어 보였다. 푹 꺼진 눈구멍과 그 아래에 축 늘어진 살이 그의 둥근 눈알을 더 둥글어 보이게 하면서 묘하게 급한 느낌을 주었다. 그에게는 미소 지을 때 얼굴 전체를 삼켜버리는, 깊은 입가 주름이 있었다. 조용히 앉아 있으면 그 주름이 그의 페르시아적 코에서 — 그는 종종 그 코를 "귀족적"이라고 평했다. 그가 자신의 얼굴에서 좋아하는 유일한 부분이었다 — 얼룩덜룩 지저분한 턱수염으로 시선을 끌어 내렸다.

"사이러스 샴스." 오르키데는 천천히, 그의 얼굴에 소리를 덮듯 말했다. 그녀는 한쪽으로 고개를 기울였다. "아름다운 이름이네요. 몇 살이죠, 코루시?"

"스물여덟 살요. 한 달 뒤면 스물아홉 살이 돼요." 그는 갑자기 수줍음을 느끼며 대답했다. "당신은요?"

오르키데는 쓩 소리를 냈다. 약간 눈을 가늘게 뜨고 뭔가 말하려 입을 열었다가 다물었다. 마침내 그녀가 대답했다.

"난 쉰네 살이에요." 그녀가 사이러스의 얼굴을 살펴보았다. "이란 사람이죠?"

"네. 테헤란에서 태어났지만 아기 때 미국에 왔어요."

오르키데가 사이러스를 그린다면, 그녀가 가장 먼저 눈여겨보았을 부분은 그의 크고 촉촉한 눈이었다. 언제나 좀 걱정하고 있는 것처럼 반영구적으로 찌푸린 눈썹. 왼쪽 가슴에 주머니가 달린, 구겨진 황갈색 티셔츠. 짙은 검은색 곱슬머리. 닳고 닳은 얇은 회색 데님 바지. 더러운 파란색 캔버스 운동화. 그는 여윈 느낌으로 날씬했다. 달리기 선수처럼이 아니라 까먹고 식사를 거르는 수학자처럼. 그녀는 민머리 뒤통수를 긁적였다. 옆 전시실 어딘가에서 한 여자가 재채기했다.

"걱정되나요?" 오르키데는 한 번 더 오랜 침묵 끝에 말했다. "클리셰가 될까 봐?"

"무슨 뜻이에요?"

"죽음에 집착하는 또 한 명의 이란 남자가 될까 봐서요."

사이러스는 바람이 빠졌다. 의자에 축 처지며 조용히 한숨을 내쉬었다.

"보세요, 그게 문제라니까요. 저는 비교적 최근까지 그 모든 순교자 컬트에 대해서는 알지도 못했어요. 전사자 묘지로 가족들이 소풍을 간다거나, 그 사람들 묘지에서 낭독하라고 정부에서 시인을 고용한다거나 하는 것도 몰랐고요. 전 그러지 않았거든요."

"하지만 당신은 죽고 싶어 하죠. 그 죽음이 영광스럽기를 바라고요. 모든 이란 남자들이 그렇듯이."

"그게, 네, 하지만 다들 결국은 그걸 바라지 않아요? 자기 죽음이 중요해지는 걸요. 그러면 안 되나요?"

오르키데는 한쪽 눈썹을 치켜올리며 몸을 앞으로 숙였다.

"그럼, 당신은 죽음으로부터 차단된 채 어린 시절을 보낸 거예요?"

"뭐, 그것도 딱히 사실은 아니에요. 하지만 페르시아적인 건 아니었죠. 저는 핫포켓(전자레인지에 데워 먹는 고기 파이 브랜드명)을 먹고 마이클 조던을 보면서, 후사인이나 아슈라 의식이나 빌어먹을 이란-이라크 전쟁에 대해서는 생각하지 않으면서 자랐어요. 아빠가 집에서 페르시아어로 말하지도 못하게 했거든요."

"그래요?"

"아빠는 집에서 페르시아어를 쓰면 영어 배우는 속도가 느려질 거라고 생각했어요. 아니면 어린 제가 혼란스럽거나. 제가 미국인이 되기를 바라셨죠. 실제로 도서관에서 어마어마한 SAT 수험서들을 빌려오기도 했어요. 아빠는 뒤에 있는 모든 단어를 독학했어요. 아무도 실제로 쓰지 않는, 말도 안 되는 단어들을요. 그런 단어를 배우고 나서, 저한테 말을 할 때마다 양념처럼 뿌리기 시작했죠. 아파트는 지저분한 게 아니라 추루했고, 세지 않고 계수하는 식으로. 저는 신발 끈도 혼자 묶을 줄 모르면서 땅콩버터 크래커를 먹을지, 치즈 크래커를 먹을지 '갈피를 못 잡겠다'고 말하는 아이였어요."

오르키데가 미소 지었다. 사이러스 뒤로 세련된 독일인 관광객 커플이 들어왔다. 턱이 짧은 남자들로, 한 명은 어두운 전시실에서도 검은색의 둥근 선글라스를 끼고 있었다. 그들은 뒤로 물러서서 속삭이며 서로에게 미소 지었다.

"제 말은—" 사이러스가 말을 이었다. "제가 그 문제에 정직하게 다가간다는 거예요. 순교자 문제에."

"순교자라니!" 오르키데가 말했다. "세상에, 이젠 순교자가 되고 싶은 거예요?"

사이러스는 그 말을 그냥 넘겼다.

"이슬람적인 게 아니에요. 교과서에 나오는 순교자들이나 모스크 벽에 사진이 걸린 죽은 군인들이나 제 목에 걸 천국으로 가는 황동 열쇠나, 그런 게 아니라고요. 하지만 빠져나갈 수 없겠죠. 순교자 문제에 관한 이란식 컬트에서. 내일 제가 인종 학살을 저지르는 독재자를 살해하려다 죽으면, 뉴스에서는 좌파 미국인이 자기 동족을 위해 숙고 끝에 원칙적 희생을 했다고 말하지 않을 거예요. 이란 테러리스트가 국가적 암살을 시도했다고 하지."

오르키데가 키득거렸다.

"인종 학살을 저지르는 독재자를 죽일 생각인가요?"

독일인 관광객들이 불편한 듯 움찔거렸다. 사이러스가 다시 한숨을 쉬었다.

"당연히 아니죠. 그런 용기가 있었으면 좋겠네요. 하지만 아니에요. 전 그냥 서사시를 쓰고 싶어요. 책을요. 비종교적이고 평화주의적인 순교자들에 관한 책요. 자신보다 큰 무언가를 위해 목숨을 바친 사람들에 관한 책. 손에 칼을 들지 않은 사람들에 관한 책."

"아, 세상에. 그럼 당신은 시인이기도 한 거네요! 페르시아인의 체크리스트에 전부 맞아요."

이제는 사이러스의 양쪽 무릎이 다 통통거리고 있었다. 두 무릎이 서로가 추는 열정적 춤의 박자를 조금씩 끌어당겼다. 그의 이마에 얇은 땀의 막이 생겨났다.

"시를 쓸 거라고는 안 했어요! 뭐가 될지 모르겠어요. 지금까지는 그냥 타자만 치고 있어요. 진짜, 진심이에요, 저는 그 책을 쓰는 게 제가 태어난 이유라고 생각해요."

"그리고 순교자들에 관한 그 책을 당신 자신으로 끝내고 싶고요."

사이러스는 움찔했다. 그는 맬컴 엑스, 톈안먼의 탱크맨, 알렉산드리아의 히파티아에 관해 읽고 이 생각을 한 적이 있었다. 그는 바가트 싱(인도 독립 운동의 상징적인 혁명가), 술리의 여자들(19세기 초 오스만 제국에 맞서 싸운 그리스 여성들), 에밀리 와일딩 데이비슨(영국의 여성 참정권 운동가)의 이미지를 보고 또 보았다. 사이러스는 그들에게 합류할 준비가 되었다고, 영광스러운 죽은 자들의 대열에 들어갈 태세를 갖췄다고 느꼈다. 그 끝까지 자신을 이끌어갈 준비가 되어 있다고도 느꼈다. 대부분의 시간에는. 그는 준비가 되어 있다가도 되어 있지 않다. 영원히 움직이는 뉴턴의 진자처럼 죽음의 욕망에 그의 죽음을 극적인 것으로, 중요한 것으로 만들고 싶다는 욕망이 계속해서 똑같이 부딪혀 왔다. 에고 때문일까? 잊힌다는 두려움 때문일까?

"아직 모르겠어요. 미리 나 자신을 위한 애도가를 쓰는 게 순교자로 여겨질 권리를 무효화하는 것 같아요. 비종교적인 순교자든, 다른 순교자든 말이죠. 안 그래요? 하지만 아직 책을 쓰지 않았으니 모든 규칙을 정말로 아는 건 아니죠."

"규칙이라! 당신은 다른 사람들을 위해 죽는 사람들 얘기를 하는 거예요. 영광을 위해서나, 그런 행동에 감명받는 신을 위해서가 아니라. 자신의 창창한 내생을 위해서도 아니고. 당신은 세속의 순교자들을 말하는 거예요."

사이러스의 눈이 휘둥그레졌다.

"세속의 순교자라……. 그거 좋네요."

옆 전시실 어딘가에서 카메라 플래시가 터졌다. 도슨트의 목소리가 사진 찍은 사람을 시끄럽게 나무랐다. 두 독일인 남자는 꼼짝도 하지 않고 서 있었다.

"여기에 왜 왔죠, 사이러스 샴스?"

그는 이제 온통 땀이 났다. 겨드랑이에도, 배꼽 주변에도 둥그렇게. 이렇게까지 긴장하게 될지 몰랐다.

"그게, 당신에 대해서 쓰고 싶어요. 책에요. 당신은……." 그가 망설였다. "당신은 여기서 죽어가고 있으니까요, 이렇게."

오르키데는 바지 주머니에서 손수건을 꺼내 기침했다. 사이러스는 그녀의 눈을 보았다. 그녀의 눈빛이 흐려지고 있었다. 갈색 달에 흰 구름이 드리운 듯했다. 그는 오르키데가 재미있어하며 포용하거나 폭풍처럼 화를 낼 것이라고 생각했지만 둘 다 감지되지 않았다. 예술가는 그냥 그곳에 앉아 10초, 15초, 30초 동안 그를 바라보고 있었다. 그녀의 표정이 보이는 것보다 크게 느껴졌다. 그녀의 얼굴 너머 어딘가로 이어지는 것만 같았다. 마침내, 영원처럼 느껴지지만 겨우 1분이 지났을 때 그녀가 탁자 너머로 손을 뻗었다.

"당신을 만난 건 믿을 수 없는 행운이었어요, 사이러스."

사이러스는 거의 무게가 느껴지지 않는 그녀의 손을 자기 손으로 맞이했다.

"음. 감사합니다. 근데—"

"내일 다시 나를 만나러 와요, 그때도 우리 둘 다 여기 있다면."

"실은, 저는 며칠만 시내에 머물 거라서요. 그래서 하고 싶은—"

오르키데는 독일인 커플에게 미소 지으며 그들에게 와서 앉으라는 뜻으로 고개를 기울였다. 사이러스는 일어나 자세를 다잡았다. 독일인들은 그의 시선을 피했다. 선글라스를 쓰지 않은 사람이 천천히 의자에 미끄러지듯 앉았다. 사이러스는 혼란스러운 마음으로 전시실에서 나가며 방금 일어난 일을 머릿속에서 재생해보았다. 독일인들은 뉴욕에서 만난 택시 기사 이야기를 하고 있었다. 그 기사가 로버트 드니로를 공항으로 태워다 준 이야기를 했다고. 둘은 그 이야기의 펀치라인을 동시에 함께 말했다. *택시 드라이버의 택시 드라이버라니까요!*(영화 〈택시 드라이버〉에서 로버트 드니로는 택시 운전사로 분했다)

　사이러스는 빠르게 미술관을 가로질러 정문으로 나갔다. 노인이 웃통을 벗은 채 거대한 계단에 앉아 있었다. 노란색과 흰색의 카트들에서 핫도그와 할랄 고기, 소프트아이스크림을 팔고 있었다. 사이러스는 문득 간절히 목이 말라 할랄 고기를 파는 카트의 여자에게서 콜라를 샀다. 그는 그 근처에 서서 화학적 당을 꿀꺽꿀꺽 삼키며 진정하려 애썼다. *세속의 순교자.* 그는 생각했다.

　책에 대한, 그 자신의 죽음에 대한 아이디어는……. 미술관에 들어갈 때는 그 형태를, 그게 왜 중요한지를 이해하고 있었다. 그것은 단순히 살아가는 것보다 큰 무언가를 위해 삶을 떠난다는 정돈되고 용감한 개념이었다. 세속의 순교자가 되는 것. 말이 됐었는데, 갑자기 말이 되지 않았다. 그 개념에 형태가 있었는데 갑자기 없어졌다. 끓는 물을 잔에 부었다가 그의 머리 위에 부은 것만 같았다. 그는 덴 것 같았다. 혼란스러웠다. 갑자기 살아 있는 기분이 들었다.

10

나는 만나본 적 없는 사람들을 위한 애도가로 이루어진 책을 쓰려 한다. 그렇다. 그들의 삶의 어떤 일면이든 그것을 상상하고 그에 관해 감히 글을 쓰겠다는 데에는 용서받을 수 없는 오만함이 있다. 다른 무엇에 대해 쓸 때에도 오만함은 존재한다.

사이러스 샴스, 순교자의서.docx에서 발췌

알리 샴스

내가 포트웨인에서 일하던 양계장은 보통의 농장이 아니었다. 우리는 사람이 먹도록 닭을 기른 게 아니었다. 우리는 사람이 먹는 닭의 조부모들을 길렀다. 그곳은 육종 양계장이었다. 사실, 농장보다는 실험실에 가까웠다. 목표는 선택적 교배를 통해 최소한의 시간에, 최소한의 사료만 먹고도 달걀에서 도축 단계의 닭으로 자라날 닭을 만들어내는 것이었다. 닭은 곡물을 단백질로 바꾸는 기계였다. 그게 원칙이었다. 쉬웠다.

사이러스는 1학년이 되자마자 혼자 옷을 챙겨 입고 버스를 타고 학교에 갔다. 나는 사이러스가 우리의 공동 침실에 아직 잠들어 있는 5시에 포트웨인 외곽에 있는 우리 아파트에서 나섰다. 일터에 도착하면, 샤워를 하고 작업복으로 갈아입어야 했다. 간호사처럼. 우리 닭들은 가장 먼저 면역 체계가 변형되었다. 생물학적으로 안전한 계사에서 절대 벗어나지 않을 닭들에게 면역은 칼로리 낭비니까. 사람에게 묻어 온 병균은 무엇이든 그런 닭들을 전부 없애버릴 수 있었다.

아마 당신은 흙을 쪼며 돌아다니고 진흙탕에서 물을 튀겨대는 닭을 상상하겠지만, 우리 닭들은 진짜 흙에서는 절대 살아남지 못할 것이다. 박테리아, 바이러스. 산업화 닭, 우리는 우리 닭을 그렇게 불렀다. 그 닭들은 마법 같았다. 잡초처럼 자랐고, 거의 먹이를 줄 필요도 없었다. 우리 닭들은 약 3킬로그램이 되는 35일째에 도축되었다. 뒤뜰에서 키우는 닭은 1년이 걸려도 그 무게에 이르지 못할 것이다.

집에서 나는 토요일이면 스튜와 밥을 크게 한 솥씩 했다. 그런 뒤에 우리는 일주일 내내 그걸 먹었다. 감자, 싸구려 내장육. 토마토 몇 개. 금요일 밤에 사이러스와 나는 냉동 피자를 구워 같이 영화를 보곤 했다. 사이러스는 일주일 내내 그 시간을 기다리며 도서관에 가서 빌려 올 VHS나 DVD를 골랐다. 우리는 각기 한 편을 골랐다. 사이러스는 내가 좋아하는 모든 것을 좋아했다. 나는 대체로 서부극을 좋아했다. 존 웨인과 클린트 이스트우드. 그들은 좋은 일을 했고 결국 모든 일이 잘 풀렸다. 사이러스는 실없는 멍청한 코미디를 좋아했다. 애덤 샌들러, 에디 머피. 나는 사이러스가 웃는 모습을 지켜보는 게 좋았다. 농구 시즌이면 우리는 인디애나 페이서스 팀의 경기를 보곤 했다. 우리가 가장 좋아하는 선수는 레지 밀러였다. 우리는 그가

174

못되게 구는 게, 득점한 뒤 자신을 막으려 했던 선수를 놀리는 게 아주 마음에 들었다. 우리는 원칙적으로 무슬림 선수들도 좋아했다. 특히 카림이 좋았지만, 하킴 올라주원과 샤리프 압두르라힘도 좋아했다. 스포츠는 농장에서도, 사이러스의 학교에서도 모두가 쓰는 언어였다. 그래서 우리도 그 언어를 말하는 법을 배웠다.

나는 진을 대량으로 샀다. 영국식 이름이 붙은, 커다란 1.8리터짜리 플라스틱병이었다. 바턴, 베넷, 고든. 이란에는 물라란 이란 사람들이 계속 뒤처져 있도록 영국인들이 심어놓은 존재라 믿는 사람들이 있었다. 어쩌면 영국인들이 진으로 내게 똑같은 일을 하는 건지도 몰랐다. 더러운 약물. 하지만 대안이 무엇일까?

일터에서 나는 왕처럼 먹었다. 작은 기쁨이었다. 우리의 첫 쉬는 시간은 10시였고, 그다음에는 점심시간으로, 12시 30분이었다. 농장 관리자들은 일터의 냉장고와 냉동고를 우리가 먹을 간식으로 채웠다. 방역을 위해 우리는 각자의 음식을 가져올 수 없었다. 그들이 우리에게 준 것은 전부 채식 먹거리였다. 고기에는 병균이 너무 많기 때문이었다. 하지만 양에는 제한이 없었다. 나는 콩 부리토, 냉동 쌀 음식을 먹었다. 다른 남자들은 스포츠에 대해서, 여자에 대해서 말하거나 그냥 말을 하지 않았다. 대부분은 나 같은 이민자였으므로 우리는 모두 연습할 수 있도록 영어만 쓰려고 노력했다. "접시가 더러워." "커피가 더 없어." 나는 그들에게서 스페인어와 프랑스어를 조금 배웠다.

내가 가장 먼저 해야 하는 일은 계사에서 계사로 걸어 다니며 달걀을 모으는 것이었다. 각 계사에는 대팻밥에 달걀이 1000~2000개 파묻혀 있었다. 어떤 암탉들은 대팻밥 안에 작은 둥지를 만들곤 했고, 우리는 그런 둥지 하나하나가 어디에 있는지 알게 되었다. 하지만 숨겨진 장소도 있었다. 이러저런 폐기물 더미 사이에 알이 모여 있었다. 새들은 그 알들을 정말로 파묻어두었다. 우리는 깊이 파헤쳐야 했다. 물론, 새들은 바로 거기에 똥을 싸곤 했다. 달걀은 언제나 온갖 종류의 체액으로 뒤덮여 있었다.

우리 일은 매일 최대한 달걀을 적게 깨뜨리면서 주워다 눈높이에 걸려 있는 모노레일 쟁반에 올려놓는 것이었다. 달걀은 끈적끈적하고 수정이 된 것으로, 사람들이 상상하는 것보다 단단했다. 손에서 알 하나를 떨어뜨려도 보통은 대팻밥에 떨어져 괜찮았다. 그래도 나는 어디를 어떻게 딛는지 조심했다. 내가 어느 쪽으로 움직이든 새들은 도망치곤 했다.

다른 사람들은 집에 대해서 거의 말하지 않았다. 옛 집에 대해서도, 새 집에 대해서도. 다행스러운 일이었다. 음식 얘기는 했다. 콩고 사람 장조제프는 늘 요리 이야기를 하곤 했다. 카사바, 푸푸, 생선. 프랑스 요리에 대해서도. 사람들은 이란 음식에 관심을 보였고, 나는 해줄 수 있는 이야기를 해주었다. 그러나 나는 대단한 요리사가 아니었다. 석류청, 호두. 가지. 쌀. 쿠비데. 우리는 나눠 먹을 음식을 아무것도 가져올 수 없었으므로, 우리가 묘사한 것은 그저 우리 머릿속에서만 살아야 했다. 한번은 장조제프가 들어와, 스페인 녀석들에게 타말레를 만들어보았다고 신나서 말했다. 그걸 먹으니 집에서 먹던 쾅가가 생각난다고. 하지만 물론, 그중 누구도, 우리 중 누구도 쾅가가 뭔지 몰랐다. 그런 식이었다.

사이러스는 자랐고 나는 일했다. 더 할 말이 있겠는가?

사이러스는 사이러스 나름대로 처음부터 사실상 어른이었다. 나는 사이러스가 물을 때마다 엄마와 삼촌에 대해서, 우리 가족에 대해서 말해주었다. 하지만 대체로 사이러스는 묻지 않았다. 착한 아이였다.

내가 어렸을 때 한번은 선생님이 우리에게 굶주린 사람에 관한 하디스(이슬람교에서 무함마드와 그의 교우들이 한 언행을 모아둔 책)를 말해주었다. 그 남자는 사막에서 죽어가다가 무릎을 꿇고 신에게 빌었다. "제발 도와주세요. 저는 굶주려 죽어갑니다. 너무 지쳐서 물을 계속 찾을 수도 없습니다. 더는 고통받고 싶지 않습니다. 전지전능한 주님, 제발 불쌍히 여기시어 제 고통을 끝내주소서." 신은 그 무한한 지혜로 남자에게 한 아기를 보냈다. 돌봐야 할 아기를. 그렇게 남자에게는 목적이, 살아 있어야 할 이유가 생겼다.

그 이야기가 말이 되지 않는다고 생각했던 게 기억난다. 그 냥 그에게 음식과 물, 침대를 보내지 않고서? 신 이야기는 언제나 그런 식인 듯했다. 돌아가고, 복잡하고. 대단히 공들여 말도 안 되게 만든, 정교한 연쇄 반응 장치 같았다. 궤도와 스프링과 양초와 풍선을 이용해 종을 울리는.

하지만 사이러스는 착한 아이였다. 공부에도 전혀 문제가 없었다. 아이는 제 엄마와 똑같이 독서를 좋아했다. 때로 나는 사이러스를 거의 모른다고 느꼈다. 우리는 1년에 한 번, 사이러스의 생일과 가까운 노루즈 때 장거리 국제 전화로 아이의 삼촌 아라시에게 전화를 걸곤 했다. 그럴 때면 나는 새로 알게 되는 사실에 놀랐다. 아이가 삼촌에게 책을 보고 체스를 독학했다거나, 자기가 직접 그린 작은 체스판에 종이를 오려 만든 기물로 혼자 연습을 해왔다고 말하는 식이었다. 전화를 끊은 뒤, 사이러스는 내게 체스판을 보여주며 체스를 가르쳐주려 했다. 사이러스는 삼촌에게 교지 편집부에서 활동하면서 영화와 음악에 관한 글을 쓰고 있다고 말했다. 나는 사이러스의 학교에 교지가 있는지도 몰랐다. 아이는 교수처럼 영어를 썼다.

점심을 먹은 뒤 농장에서 과테말라 친구 에드가르와 내가 하는 일은 달걀을 하나하나 씻는 것이었다. 어마어마한 일이었다. 에드가르는 미식축구에 대해서, 자기 아이들에 대해서 불평했다. 더러운 농담을 하곤 했다. 대체로 나는 그의 말을 듣고 약간씩 웃으며 회색 달걀에서 점액과 똥을 헹궈냈다. 여러 해 동안 매일, 일주일에 6일씩, 수천 개의 달걀을 씻었다.

사이러스는 책에서 배운 내용을 내게 보여주는 걸 무척 좋아했다. 나는 사이러스를 샴스 박사님이라고 부르곤 했다. 아이는 학교에서 집으로 돌아온 뒤, 혹은 우리의 공용 침실에서 책을 들고 신나게 나와, 해마는 수컷이 새끼를 품고 다닌다고, 태양은 커다란 핵 용광로라고, 러시아어로 10까지 세는 방법은 뭐라고 말해주곤 했다. 그는 티나 터너를 위해, 브루스 스프링스틴을 위해 노래를 쓰고 싶어 했다. 중국으로 가서 선생님이 되겠다며 만다린어를 배우고 싶어 했다. 나는 대체 무슨 말을 해야 할지 알 수 없었다. 보통은 "뭐, 일단 주방부터 치우는 게 좋겠다" 같은 말을 했다.

한번은 사이러스가 내게 아주 오래된 점토판 사진을 보여주었다. 바빌론 것인지 수메르 것인지, 4000년쯤 된 그런 물건이었다. 나는 그 내용이 신성한 것, 풍요의 여신에게 바치는 시나 고대 우화일 거라고 예상했다. 하지만 사이러스의 말에 따르면, 그냥 엉뚱한 종류의 구리를 받았다며 사업상 거래에 대해 길게 불평하는 내용이었다. "구리의 품질이 표준 이하입니다. 나는 무례한 대우를 받았습니다. 구리를 받지 않았지만 그전에 그 값은 치렀습니다." 나는 이 이야기를 절대 잊지 않았다.

물론 사이러스는 웃고 있었다. 그게 우습다고 생각했다. "고대의 별점 1점짜리 리뷰네요!" 아이가 말했다. 나는 아무 말도 하지 않았다고 거의 확신한다.

나는 느리게 생각하곤 했다. 언어의 움직임보다 느리게. 무언가에 대한 생각이 자리 잡았을 때쯤에는 무언가를 말할 순간이 지나가버린 뒤였다. 로야는 내가 잘 듣는 사람이라고 말하곤 했다. 하지만 대체로, 나는 그냥 말을 못했을 뿐이다.

몇 주 동안 나는 그 점토판에 대해 계속 생각했다. 대팻밥 사이를 돌아다니며, 암탉들이 내 장화를 피해 도망치는 가운데 그 오래된 점토판의 이미지가 내 머릿속에 걸려 있었다. 과학에서 이룬 우리의 모든 발전에도 불구하고 — 알에서 도축까지 한 달 만에 도달할 수 있는 닭, 세상을 가로지를 수 있는 비행기, 그 비행기를 쏠 수 있는 미사일 — 우리는 계속 똑같이 밉살스럽고 썩어빠진 영혼을 가지고 있었다. 과학이 성장하는 수천 년 동안 곪은 영혼들. 이 구리 배달은 얼마나 불공평한가. 이 삶은 얼마나 불공평한가. 내 상처는 네 상처보다 훨씬 더 깊다. 피해자성의 오만함. 자기 연민. 숨이 막힌다.

어쩌면 이런 차이는 우리가 과학을 물려줄 수 있기 때문에 생기는지도 모른다. 책에 사실을 쓰면 사실이 그 자리에 남는다. 500년 뒤에 태어난 누군가가 그 사실을 개선할 때까지. 그 사실을 가다듬고 더 쓸모 있게 운용할 때까지. 쉽다. 그러나 영혼의 학습은 그렇게 작용하지 않는다. 우리 모두가 0에서 시작했다. 실은, 0보다 못한 데서 시작했다. 품위 없이 징징거리며 시작했다. 우리 자신의 욕구에만 집착하며. 그리고 죽은 자들은 그 점에 대해 우리에게 아무것도 가르쳐줄 수 없다. 어떤 사실도, 표도, 증거도 없다. 그냥 살면서 괴로워하다가, 아이들에게 똑같이 하라고 가르쳐야만 한다. 멀리서 보면 습관은 행복으로 받아들여진다.

직장에 간다. 대팻밥을 파헤치고 달걀을 찾는다. 먹는다. 달걀을 닦는다. 새 대팻밥을 깐다. 급수기를 뚫는다. 집에 간다. 사이러스와 밥을 먹는다. 농구 경기를 켠다, 영화를 튼다. 술을 마신다. 꿈꾸지 않고 잔다. 약물로 깊이. 직장에 간다. 달걀을 찾는다.

불평할 게 뭐가 있을까? 살해당한 아내? 아픈 등? 원치 않는 등급의 구리? 삶은 더 이상 삶이 발생하지 않을 때까지 발생한다. 그 안에 선택이란 없다. 새로운 날에 거절 의사를 밝히는 것은 생각할 수 없는 일이다. 그래서 매일 아침 네, 라고 말한 뒤 그 결과 속으로 발을 디뎠다.

금요일

사이러스 샴스
브루클린, 1일 차

브루클린 미술관에서 프로스펙트 공원으로 걸어가는 동안
에도 오르키데의 말은 보이지 않는 후광처럼 사이러스의 머리
주변을 빙빙 돌았다. 세속의 순교자들, 페르시아인 체크리스
트. 살아 있기를 원하지 않는 것과 죽기를 바라는 것의 차이. 사
이러스는 콜라를 다 마시고 신발 끈을 묶으려 허리를 숙였다.
그는 시계태엽을 감듯이 6개월에 한 번씩, 밑창이 닳아 뚫리면
교체해주어야 하는 짙은 파란색 캔버스 반스 운동화를 신었다.
6개월마다 그는 반스 웹사이트에서 같은 신발을 주문했다. 고
무 밑창에 검은 신발 끈을 맨 짙은 파란색 운동화. 그는 비 오는
날이면 일부러 닳게 하려고 새 신을 신고 돌아다녔고, 부유한
백인 남자들이 완벽하게 맑은 날에만 자본을 과시하려고 뚜껑
연 컨버터블을 몰고 다니는 식으로, 구멍 뚫린 오래된 신발을
점점 덜 신었다.

사이러스의 구멍 난 신발들도 무언가를 과시하긴 했다. 그의 진정성, 계급적 반감, 프롤레타리아와의 연대. 그 모든 게 그의 발에서 두 개의 초라한 깃발처럼 흔들렸다. 그랬다. 그것들은 10억 달러짜리 신발 회사에서 만든 초라한 깃발이었다. 그러나 후기 자본주의 아래에서 윤리적 소비란 없었고, 사이러스는 때로는 싸움도 골라가며 해야 한다고 생각했다. 그는 이런 모순에 대해 너무 많이 생각하지 않으려고 애썼다.

2년을 꽉 채워서, 그의 룸메이트 지는 매일, 어디에서든 똑같은 진녹색 위장 무늬 크록스를 신었다.

"패션은 자본주의의 무기야." 지는 누가 그 신발에 대해 물어보면 히죽거렸다. 얼마 지나지 않아 그가 발에 다른 뭔가를 신는 모습을 상상하기는 불가능해졌다. 사이러스는 그의 운동화를 지가 신는 크록스의 좀 조용한 정치적 동지로 여겼고, 무엇을 신어야 할지 생각할 필요가 없는 게 좋았다. *순교자는 단순한 신발을 신어.* 그는 혼자 생각했다.

근처에서는 한 여자가 존 F. 케네디 구리 흉상의 입술에 긴 대마초 시가를 가져다 대고 있었고, 그러는 동안 그녀의 친구가 사진을 찍었다. 사이러스는 이런 순간을 더 잘 알아채려고, 그런 것들이 삶에 내어주는 질감과 구체성에 감사함을 느끼려고 애썼다.

순교자들에 관한 그 책을 당신 자신으로 끝내고 싶고요. 오

르키데는 그렇게 말했다. 정말 그럴까? 사이러스는 공원 의자에 앉고 싶었다. 뭔가 먹을 것을 얻고 싶었다.

사이러스는 감사할 일에 초집중하면 종내 찾아오는 죽음이 좀 더 통렬하고 가치 있어지리라고 생각했다. 삶을 증오하는 멍텅구리가 자살한다면, 그가 정말 포기하는 건 뭘까? 안 그래도 싫어하던 삶? 사이러스는 즐기던 삶에서 자신을 들어내는 것이 훨씬 더 의미 있다고 생각했다. 차는 아직 따뜻하고 꿀은 아직 달콤할 때. 그게 진짜 희생이었다. 거기에는 어떤 의미가 있었다.

그는 이것을 자기 책의 필수적인 요소로 삼는 것을 생각해보았다. 아끼는 삶을 떠나오는 것을. 이는 사이러스가 가장 열심히 해야 할 작업 중 하나였다. 그에게는 괜찮은 인생이 있었다. 그는 지금 있는 곳에 머물기 위해 너무 애쓸 필요가 없었다. 임대료는 쌌고 친구들이 있었으며 신나게 읽을 책들이 있었다. 하지만 어느 날에는 그 모든 것이 완전히 무의미해질 만큼 추상적으로 느껴졌다. 사이러스는 종종 아무 이유 없이 흐느꼈고, 피가 날 때까지 엄지를 씹어댔다. 어떤 밤에는 아침이 올 때까지 뜬눈으로 누워 있으면서, 잠을 원하는 그 간절함으로 잠을 겁주어 쫓아 보냈다.

사이러스는 또한 감사라는 생각 전체가 계급주의적이거나 그보다 나쁠 수 있다고 걱정했다. 사악한 인간들의 살인적 변덕에 따라 삶과 죽음이 지울 수 없이 새겨진 가엾은 시리아 아이가, 오직 자신의 시련 너머를 보고 돌무더기를 뚫고 자라는 단 한 송이 꽃의 아름다움을 알아볼 초인적 능력을 가지고 있을 때만 고결하다고 할 수 있을까? 그 꽃에 대한 고마운 마음은 꽃 아래에서 흙으로 변해가는 시신에 대한 자각으로, 혹은 무지로 오염될까?

그리고 그 아이 자신이 박격포 유탄에 맞아 폐허가 된다면, 눈은 눈물로 가득한 채 살아 있는 마지막 순간에 그 꽃을 향해 있다면, 우주적 규모에서 무엇이 더 무거울까? 재를 뚫고 올라오는 꽃의 위대한 아름다움에 대한 고마움의 눈물? 혼미해지는 분노로 인한 눈물?

사이러스는 감사의 경험이 그 자체로 사치일 수 있다고, 비 한 방울 오지 않는 인생에 몰고 다닐 뚜껑 연 컨버터블일 수 있다고 생각했다. 비극—이혼, 반려동물의 죽음—이후에 주어지는 상투적인 말도, 감사가 어느 정도 필수적인 슬픔의 구간을 지나면 돌아가게 되는 기준점이라는 기대를 중심으로 구성되는 것 같았다. "시간이 지나면 기쁨만 기억날 거야." 사람들은 정말로 그렇게 말했다. 사이러스처럼, 영혼을 충분히 훈련하면 모든 나뭇잎과 소리와 박격탄 없는 하늘에서 고마움을 거의 끝없이 공급해줄 원천을 발견하게 되리라고 기대하는 사람들이.

오르키데는 말했다. *죽음에 집착하는 또 한 명의 이란 남자.*
자신의 죽음에 대해 공상하는, 용서할 수 없는 허영. 계속 살아
간다는 것이 인위적으로 방해받아야 하는 증여된 것, 타성인 양.

사이러스는 자신의 상대적 행운을 돋보이게 할 장식으로,
감사의 윤리에 관한 자신의 심리극의 소품으로, 죽은 시리아
아이를 상상하는 것이 옛 같은 일이 아닌가 잠시 생각해보았
다. 그는 오르키데에게 이 문제에 대해 어떻게 생각하는지, 넓
은 의미에서 감사에 대해 어떻게 생각하는지 묻고 싶었다. 사
이러스의 심리적 대역폭은 너무 많은 부분이 정치적인 것과의
연결로 인해 상충하는 생각들로 점령되어 있었다. 아몬드 밀
크의 도덕성. 요가의 윤리. 소네트의 정치학. 그의 삶에는 그가
대체로 아무 생각 없이 "후기 자본주의"라 부르는 것으로 오염
되지 않은 것이 없었다. 사이러스는 그게 싫었다. 모두가 그걸
싫어해야 했다. 하지만 그건 아무 일도 일어나지 않게 하는 증
오였다.

뭔지는 모르지만, 사이러스는 "역사의 바른 편"에 있고 싶었
다. 하지만 무엇보다(사이러스는 엄격하게 정직해지는 연습을
할 때 스스로 이 사실을 인정했다) 다른 사람들이 그를 역사의
바른 편에 있는 것에 신경 쓰는 사람으로 인지해주길 바랐다.
열성적인 우생학자이거나 무솔리니를 지지한 사람인 동시에
세속의 순교자인 사람을 상상하기란 어려웠다. 역사의 바른 편

에 있다는 것은 그가 관심을 가지는 사람들의 근본적인 특징으로 보였다.

사이러스는 미술관에서 오르키데를 보았을 때 그녀가 맨발이었다는 것을 떠올렸다. 그게 갑자기 중요하게 느껴졌다. 그는 세 블록을 걸어 지하철역으로 돌아가기에 앞서 허리를 숙여 운동화 끈을 풀었다.

11

알렉산드리아의 히파티아

370~415

도서관과 다르지 않게
그대는 자신도 위험하다 믿었고
타올랐다

그대의 아스트롤라베를, 그대의 손을 부순
철사 어미처럼 무자비한 남자들,
이것저것을 물려받는 온유한 자들

달콤한 천국은 이미 흩어졌다, 친구여,
이곳 미래는 외롭다,
우리의 모든 약과 우리가 아는 모든 것으로도

이것은 원이고 이것은 원뿔이다,
무모하게 선언하는
그대 준장이여

새벽녘 붕괴의 한가운데에서
x와 y의 돌 같은 위안

사이러스 샴스, 순교자의서.docx에서 발췌

아라시 시라지

1984년 2월 알보르즈산맥

나는 입대해야 하기에 입대한다. 빠져나갈 길 — 만성질환, 배우자를 잃은 사람의 장남, 부유함 — 은 별로 없고 그나마 내게는 해당하지 않는다. 나는 허리가, 무릎이, 심장이 좋지 않다고 의사들을 설득하려 했던 남자들을 안다. 때로는 그런 방법이 통하기도 했다. 그 남자들은 가족과 함께 집에 머물고 이웃들은 그들에게 딱히 잔인하게 굴지 않는다. 대부분은 더 이상 알아보기도 힘들어진 나라를 위해 죽고 싶어 하지 않는 마음을 이해한다. 어째서인지 멍청한 광신도들이 결국 모든 총과 탱크를 갖게 되었다. 학생과 이상주의자, 가슴 주머니에 히아신스를 꽂은 평화주의자가 이끄는 혁명이 이루어지고 5년 뒤. 어쩌다 이렇게 되었을까? 광신도들. 총, 탱크. 그리고 이젠, 전쟁.

내가 죽으면 사람들이 모스크에 내 사진을 걸 것이다. 아라시 시라지, 면도한 머리, 면도한 얼굴. 두개골이, 턱의 각이 더 두드러져 보이게 하는 방식으로 털이 없다. 정확히 말하면 잘생긴 얼굴은 아니지만, 통하는 방식으로 못생겼다. 모스크 벽에 줄무늬처럼 줄줄이 걸린 우리의 사진. 순교당한 사람들. 어느 죽은 대머리 순교자가 당신에게 속했던 사람인지, 지금도 당신에게 속한 사람인지 어떻게 알아볼까. 뺨에 난 흉터, 눈 위의 사마귀.

훈련받기 전 백신을 맞고 있는데, 대기실의 젊은 여자가 나보다도 젊은 다른 남자에게 열을 낸다. 그는 아직 면도도 안 해본 것처럼 보인다.

"네가 원한 일이야." 여자가 말한다. "그 사람들한테 비타에 대해서 말할 수도 있었어. 여기서 빠져나올 수 있었다고. 지금 너는 당해도 싼 일을 당하는 거야."

남자는 자기 손을, 길고 부드러운 손가락을 바라본다. 나는 그가 뛰어난 피아니스트, 신동일지도 모른다고 상상한다. 비타는 그의 선생, 피아노 교습자일지도 모른다. 그가 입대하면서 실망시킨 사람. 어느 방송국은 AM 라디오로 목요일과 일요일 아침마다 클래식 음악을 틀어주는데, 나는 가능할 때마다 그 방송을 듣는다. 종종 그러는 내내 눈을 감고 침대에 누워 있노라면 노래가 행성들처럼 내 주위를 빙빙 돈다. 나는 시끄러운 것들을 가장 좋아한다. 라흐마니노프, 말러, 비발디. 하지만 나는 이 남자가, 실은 이 소년이, 이 연약한 소년이 드뷔시를 연주하는 모습을 상상한다. 그는 쇼팽도 좋아하지만 특히 드뷔시를 좋아할 것처럼 생겼다. 나는 그가 헤엄쳐 물속의 대성당을, 스테인드글라스와 작은 물고기들을 가로지르는 모습을 상상한다. 오직 그의 손가락으로만, 잠긴 대성당에 소리를 일으키는 그 손가락으로만. 그가 해야 하는 일이 그것이다. 나는 아무것도 할 수 없다, 내게는 대단한 재능이 없고 사소한 재능조차 없다. 나는 이곳에 속해 있다. 하지만 그는, 이 소년은, 그의 대성당의 손은 아니다.

여자가—아내일까? 누이일까?—그를 꾸짖는 동안 그의 두 손에서 움찔거림의 그림자가 보인다. 분노가 번뜩이더니 성냥의 연기처럼 꺼진다. 어쩌면 비타는 둘의 딸일지도 모른다. 선천적인 질병을 앓고 있는. 둘은 친척일지도 모른다. 어쩌면 비타는 이미 죽은 그의 어머니이고, 그는 동생들을 돌보는 유일한 사람일지도 모른다.

나는 무엇이 소년으로 하여금 전쟁에 나서기로 선택하게 했을지 상상한다. 이데올로기, 개인적 신념, 그렇겠지. 이라크가 우리를 침공했다. 그들은 문을 걷어차 넘어뜨리면 집 전체가 무너질 거라고, 그런 식으로 생각했다. 우리는 혁명 이후 약해져 있었다. 그들은 후제스탄주(州)의 기름을 원했고 사담 후세인은 우리가 그의 손에 입 맞추기를 원했다. 그래, 절하기를. 물론 우리는 아야톨라의 헛소리를 믿지 않았다. 하지만 아야톨라보다 외세가 간섭한다는 생각이 더 싫었다. 그래서 장단을 맞추었다. 내 앞에 앉아 있는 이 남자, 아내나 누이에게 야단맞는 이 소년에게는 다부진 턱이, 이데올로그의 확신이 없다. 그의 두 손은 민족주의자의 것이라기엔 너무 예쁘장하다. 어쩌면 그의 아버지가 그를 압박했을지 모른다. 이맘(영적 지도자)이 그랬을지도.

나로 말할 것 같으면, 나의 복무에 대해 어느 쪽으로든 별 느낌이 없다. 내게 이것은 빠져나갈 수 없는 일, 질병이나 죽음 같은 일이다. 소용돌이가 이미 빨아들이고 있는데 뭐 하러 몸부림치겠는가? 모스크와 시장에서 전사자들의 얼굴을 본 적이 있다. 오직 그들만이 볼 수 있는 곳을 향해 앞을 바라보는, 우리의 못생기고 아름다운 순교자들. 나는 그들이 '그곳'에 도착하기 전에 그곳을 어떻게 상상했을지 궁금하다. 그들이 실망했을지, 아예 도착할 곳이 없었을지 궁금하다.

어머니는 내가 백신을 맞기 전에 내 머리를 밀었다. 어머니는 이발기의 윙윙대는 소리가 거의 숨죽인 자신의 흐느낌을 감춰주리라 생각했고, 나는 어머니가 그렇게 믿도록 놔두었다. 나는 가난하다, 미혼이다. 고등학교를 마치지 않았다. 그냥 일할 수 있는 곳에서 일하고 여자애들을 따라다니며 몇 년 동안 시골에서 빈둥거렸다. 그 말은 내가 소모품이라는, "제로(0) 병사"라는 뜻이다. 교육 제로, 특별한 기술 제로, 나라 밖에서 질

책임 제로. 이런 표현이 있다. "제로 병사가 목숨을 부지한 채 탈출하기 위해 수류탄을 써야 한다면, 수류탄을 낭비하지 말아야 한다."

'소모품'이라는 말은 자신의 삶을 묘사하기에 나쁜 단어처럼 보일지 모른다. 다만 나는 사실 이 단어가 해방적이라고 느낀다. 이 단어는 무언가가 되라는 모든 압력을 배출한다. 그냥 나로 있으라고 청한다.

나는 면도하고 백신을 맞은 다른 젊은 남자 20여 명과 함께 버스를 타고 집을 떠나 알보르즈산맥 아래 임시방편으로 만들어놓은 훈련소로 간다. 어머니는 내게 몇 년 전에 찍은 가족사진을 준다. 나는 생각에 잠긴, 혼자 심각한 10대다. 콧수염이 이제 막 나기 시작했다. 여동생 로야는 그녀가 사진에서만 짓는 미소를 짓고 있다. 윗니와 아랫니가 모두 드러나 있다. 어머니와 아버지는 우리 뒤에 돌사자처럼 심각하게 서 있다. 사진을 찍은 뒤 동생과 부모님은 싸움을 벌였다. 이웃이 체포되었다. 투데당 사회주의자들이 웬 비밀 만남을 했다는데 부모님은 로야가 그에 대해 알고 있었다고 생각했다. 밤새 고함이, 일주일 동안 침묵이 이어졌다.

훈련소에서 모든 병사는 교육 수준에 따라 세 구역으로 보내졌다. 학기 사이 여름에 이미 훈련을 시작한 대학교 졸업자들은 장교 훈련을 받는 구역으로 보내졌다. 고졸들은 고급 보병 훈련을 받는 구역으로 보내졌다. 나처럼 ― 덮어놓고 사랑해준 어머니와 기대 이상의 성과를 내는 누이가 있는데도 ― 고등학교 미만의 학력을 가진 사람들은 제로 병사다. 우리는 모두가 처음 떨궈진 알보르즈 구역에 그대로 머문다.

춥다. 나는 이 산맥에 와본 적이 없다. 이게 진짜라는 게 믿기 어렵다. 산맥은 그 자체를 찍은 사진과 너무 닮았다. 밀랍 같달까, 하늘을 배경으로 거의 납작하게 보인다. 흙바닥은 단단하고 훈련소 자체는 하루 만에 세워진 것처럼 보인다. 벽 전체가 플라스틱 판과 천막 기둥으로 되어 있다. 몇 분 만에 무너뜨리고 대피할 수 있다. 아마 그게 중요한 거겠지만.

군복을 입은, 짙은 콧수염에 선글라스를 낀 남자가 우리 제로 병사 모두를 키에 따라 분류하고, 줄 선 순서에 근거해 번호를 붙인다. 나는 키가 크므로 내 번호는 208명 중 11이다. 그게 내 이름이 된다. 11. ᄋᆞᆯᄂᆞᆸ. 야즈다. 단일체 같은 느낌을 주는 이름이다. 깔끔하다.

언젠가, 내가 아직 어린애였을 때 동생 로야와 함께 우리 아파트 근처의 얼어붙은 연못으로 걸어갔을 때 일이다. 내가 아마 아홉 살이었을 테니, 로야는 일곱 살이었을 게 틀림없다. 그곳에는 우리를 제외하고는, 물 위에서 거의 느껴지지 않을 만큼 오르락내리락하는 거대한 얼음덩어리들뿐이었다. 도로 위로 1센티미터쯤 떠 있는 자동차들 같았다. 우리는 가끔 그곳에 가 서로를 쫓아다니거나 물에 핀 꽃에 돌을 던졌다. 다른 사람을 본 적은 거의 없었다.

동생은 무엇도 두려워하지 않았지만, 연못을 도는 동안에도 그 애가 내게서 감추려고 떨림을 억누르는 걸 볼 수 있었다. 당시에 나는 모든 여동생이 그런 식이라고 생각했다. 오빠에게 자신의 강인함을 증명하려 안달이라고. 그래서 나는 동생에게 화가 났다. 그 애가 그토록 간절하게 구하는 인정을 해주기 싫었다. 로야는 절대 내가, 소년이, 전도유망한 남자가 될 수 없었다. 그 모든 남성성과 그에 내포된 고통에 대한 인내를 갖춘 존재가 될 수 없었다. 로야는 세상이 아니라 내게서 그 점을 배우는 편이 더 나았다.

우리 연못은 일종의 계곡 한가운데에 있었다. 커다란 그릇 밑바닥에 몇 숟가락 남은 수프 같았다. 그곳으로 이어지는 언덕에는 덤불과 가을밀이 얼어붙은 채 점점이 박혀 있었다. 꼭대기에서, 우리는 가느다란 갈대를 꺾어 다른 갈대를 후려치는 데 썼다. 우리는 떠 있는 얼음에 돌을 던졌다. 로야는 자기 돌이 내 것만큼 멀리 가지 못하면 약간 토라져서 시도하고 또 했다. 그곳, 언덕 꼭대기에서 땅은 평평해지며 얼어붙은 들판이 되었다. 가끔 죽은 덤불로만, 한때 푸르렀던 무언가의 메마른 줄기로만 끊기는, 온통 단단한 흙밭이었다. 그 위에서 연못은 막이 뒤덮인 보랏빛 눈처럼 보였다. 우리의 눈먼 마마바조르그('할머니'라는 뜻)의 눈이 그랬다. 병유리처럼 두꺼운 백내장.

"손잡아." 로야가 연못을 내려다보며 말했다. 나는 로야의 요구를 기꺼이 두려움에 대한 인정으로 받아들이고, 고소해하며 그 손을 잡았다. 로야의 장갑은 검은색이고 부드러웠다. 아마 면이었을 것이다. 내 장갑은 밝은 보랏빛이고 비닐이었다. 그때까지도 무척 어린이 장갑 같은 것을 끼고 있었다. 그 순간이, 로야가 "물까지 언덕을 따라 달려 내려가자. 먼저 달리기를 멈추고 손을 놓는 사람이 겁쟁이가 되는 거야!"라고 말을 이었을 때의 놀라움이 기억난다.

물론 내게 선택지는 하나뿐이었다. 거절한다면 가장 나이가 많고 용감한 사람의 지위를 빼앗기게 될 것이다. 로야의 안전을 이유로 뻗댄다고 해도 우리는 둘 다 그 말을 제대로, 두려움의 표현으로 알아들을 터였다. 나는 살짝 코웃음 쳤고 새 몇 마리가 우리의 대화 소리에 근처에서 날아올랐다. 정말 나와 여동생만을 남겨두기 위해서였을까. 나는 로야의 손을 꽉 잡았고, 우리는 언덕을 따라 달려 내려갔다.

이곳에서 나이가 많은 축에 드는 남자 중 한 명이자 아마 나보다 몇 살 더 많을 137번이 식사 시간에 묽은 아브구슈트(양고기 스튜)를 먹으며 우리에게 2년의 강제 복무를 두 번 따로 한,

가족의 오래된 친구에 관한 이야기를 해준다. 그 이웃, 알리레자라는 이름의 남자에게는 그가 태어나기 2년 전에 죽은 형이 있었다. 알리레자의 부모는 학교에 더 일찍 보내려고 그에게 죽은 형의 이름을 쓰게 했다. 이 일은 관련된 서류 작업 전체가 좀 더 표준화되기 전에 일어났으므로 알리레자는 순조롭게 죽은 형이 되어, 죽은 형의 이름으로 모든 교육을 마쳤다. 물론, 교육을 마친 뒤 형의 2년짜리 병역을 마쳐야 했다. 그는 의무적으로, 불평 없이 병역을 마쳤다.

하지만 그 뒤에, 그가 집에 돌아오고 겨우 한두 달이 지났을 때 그의 부모는 알리레자가 복무할 때가 되었다는 통지문을 받았다. 알리레자라는 이름의 아기가 받은 교육이나 병원 진료 기록을 전혀 가지고 있지 않던 정부가 18년이 지난 그날까지 군대에 복무할 시간만은 기억하고 있었던 것이다. 당연하게도.

그때 알리레자가 할 수 있었던 선택은 부모가 해온 여러 해의 기만을 인정하고 그들을(또 자신을) 국가에 거짓말한 결과에 따르게끔 하거나, 2년을 또 복무하는 것이었다. 137번의 말에 따르면, 알리레자에게 선택지는 하나였다. 그는 몇 년 만에 처음으로 진짜 이름을 써서 다시 입대했다(부모조차 그를 죽은 형의 이름으로 불렀다). 두 번째 복무를 시작한 지 한 달도 안 되어서 알리레자는 훈련 중 사고로 죽었다. 알리레자, 순교자. 최소한 그는 자기 이름으로 순교했다.

137번이 이 이야기를 하는데 다른 남자들이 웃는다.

"정말 그런 일이 있었을 리 없어." 한 사람이 말한다. "징병되기 수년 전에 누군가 그 사람들 속임수를 알아냈을걸."

"그냥 진실을 말했어야지." 다른 남자가 말한다.

"이제는 아들 둘이 죽은 슬픔도 그 부모의 것이네." 첫 번째 남자가 말한다.

나는 그게 우스운 이야기라고 생각한다. 까마귀가 우스운 새인 것과 비슷하다. 녀석들은 드러내는 것보다 많은 걸 알고 있다. 이 이야기는 이름에 관한 것인 척하지만, 실제로는 시간에 관한 것이다. 시간이 모든 것을 납작하게 눌러버린다는 점에 관한 이야기다. 가족이든, 의무든, 뭐든. 먼지로 만든다. 그 점이 뭔가 위안이 된다. 뭔가 심대하고, 그래, 피할 수 없다. 밝은 잉크가 동시에 모두에게 쏟아지는 것 같다.

그래서, 로야와 나는 언덕 꼭대기에서 손을 잡고 있었다. 나는 운동화를 신고 면바지를 입고 있었다. 나의 평소 복장 역시 추위를 무시한다는 또 하나의 표현이었다. 동생은 비닐 후드가 달린 두꺼운 코트와 헐렁한 데님 바지로 꽁꽁 싸매고 있다. 평퍼짐한 옷으로부터 머리와 두 손, 두 발 끝까지 전부 뾰족하게 가늘어졌기에 불가사리처럼 보였다. 우리는 손을 잡았고 나는 크게 ─셋, 둘, 하나, 지금이야! ─숫자를 헤아렸다. 그렇게 얼어붙은 연못을 향해 풀밭을 달려 내려갔다. 우리는 즉시 멈출 수 없게 되었다. 그렇게 느껴졌다. 물방울 두 개가 차가운 유리 면을 따라 구슬져 내려가는 것 같았다.

그 무엇도 우리가 내려가는 것을 막을 수 없었다. 우리 다리는 더 이상 달리기조차 아닌 그런 달리기를 하면서 그냥 몰아치는 세상과 우리 아래에서 움직이는 땅의 속도에 맞추려고 간절히 노력했고, 우리의 서툴고 깡마른 다리만이, 이 멍청한 테크놀로지만이, 우리가 한 덩이로 고꾸라지는 것을 막았다. 동생은 웃고 있었고, 나는 겁에 질려 소리쳤지만 로야는 연못이 점점 더 커지는 동안 웃어댔고, 나는 어떻게 세상을 늦출지, 어떻게 세상이 달리는 속도를 다리가 따라잡을 수 있을 정도로 늦출지 알아내려 애썼지만, 키가 1미터도 안 되는 불가사리 여동생은 웃으면서, 칠면조처럼 꾸르륵대면서, 내 손을 잡고 계속 앞으로 곧장 달렸고, 그 애의 다리는 더 이상 흐릿하게 보이지도 않고 단 하나의 곧은 형체, 광고 속에서 커브를 틀 때조차 흔들리지 않는 자동차의 바퀴처럼 보였으며, 마침내 우리 앞에는 연못밖에 없게 되었고, 나는 어쩌다 미끄러졌고, 운동화가 얼어붙은 흙에 박혀 다리가 멈추고 얼음을 차올린 걸까, 정확히 왜 그렇게 됐는지는 모르겠지만, 뇌가 쏠려 두개골에 부딪히는 것이 느껴질 만큼, 심지어 땅이 스스로를 바로잡으려고 뒤로 조금 움직였다 싶을 만큼, 땅이 너무 갑작스럽고 빠르게 멈추며 미끄러지는 바람에 로야의 손을 놓쳤고, 내 주변 세상이 멈추자 그제야 로야가 얼마나 빠르게 움직이는지, 그 엄청나게 거친 속도를 볼 수 있었고, 로야 안 돼! 라고 소리쳤던 게 기억난다. 로야는 손을, 내 손을 잡고 있던 손을 복싱 선수처럼, 복싱 선수의 트로피나 그보다 더 귀한 것인 양, 마침내 팔을 뻗어 잡게 된 작은 태양의 조각처럼, 그렇게 허공으로 뜨겁고 힘차게 들어 올렸다. 의기양양하게 웃으며 얼음장 같은 물속으로 곧장 들어가던 그녀에게 필요한 온기는 그게 전부였다.

　나는 사람들이 기억에 가장 가깝게 붙어 있는 감각은 후각이라고 말하는 것을 들었지만, 내게 그런 감각은 언제나 언어다. 언어도 감각이라고 생각할 수 있다면 말이다. 물론, 그렇게 생각할 수 있다. 아무리 무딘 개와 비교해도 인간은 아무 냄새도 맡지 못하는 셈이다. 하지만—우리를 뭐에 비교할까? 손짓으로 '사과'라고 말할 수 있는 원숭이?—우리는 언어의 신이다. 다른 모든 것은 그냥 지저귐이나 트림일 뿐이다. 하나의 종족으로서 우리가 가진 초능력이, 우리 신성의 원천이 이처럼 망가진 발명품에서 유래한다니 얼마나 적절한가.
　물론 언어는 발명된 것이다. 첫 번째 아기는 페르시아어나 아랍어나 영어나 뭔가를 말하며 나오지 않았다. 우리는 이것을, 한 사람은 이라크인으로 불리고 다른 사람은 이란인으로 불리기에 그들이 서로를 죽이는 언어를 발명했다. 한 사람이 장교로 불리기에 다른 사람들을, 자신과 똑같은 크기의 머리와 심장을 가진 사람들을 보내 철조망에 배를 찢기게 하는 언어를. 언어 때문에, 이런 소리는 이런 것을 의미하고, 저런 소리는 저런 것을 의미하며, 이 모든 발명된 소리가 수탉처럼 확신을 품은 채 뽐내며 돌아다닌다. 우리가 이렇게 엉망이 된 것도 이상한 일은 아니다.

그 자리에 엉덩이를 깔고 앉아서 나는 그냥 그 애가 사라지는 모습을 지켜보았다. 동생이 물속으로 풍덩 달려들었다. 너무 빠르게 뛰어들어, 이 연못이 얼마나 즉각적으로 푹 꺼지는지 예상하지 못했다. 인공 연못은 때로 그런 식이다. 그냥 곧장 아래로 푹 꺼진다. 로야가 얼마나 즉각적으로 삼켜지던지.

잠시 나는 엎드려서 로야를 찾아보았지만, 거의 물에 닿은 순간 사라졌다. 로야가 남긴 유일한 흔적은 뛰어든 자리에서부터 번져가며 얼음덩어리를 둥실둥실 움직이게 하는 거대한 호선들뿐이었다. 귀를 찾아가는 음파처럼 보이는 호선들. 그때, 내가 무슨 일이 일어났는지 이해하기도 전에, 내가 용감해질지 겁쟁이가 될지 결정할 겨를도 없이, 남은 평생 나 자신에 대한 개념을 형성하게 될 게 틀림없는 그 분기점에 도착하기도 전에, 물이 부서지며 로야의 말도 안 되는 젖은 얼굴이 불쑥 솟아올라 들썩였다. 그녀는 불가사리 팔로 자세를 잡으려고 물을 첨벙거렸고, 들썩였고, 하늘에 맹세컨대 웃고 있었다. 올라갔다 내려갔다 하는 사이에 미친 사람처럼 웃었다.

"오빠 겁쟁이!" 로야가 소리쳤다. 기침으로 물을 뱉어내며 발장구를 쳐 연못가로 돌아오면서. 로야의 움직임에 떠 있는 엄청나게 큰 얼음덩어리들이 서로 멀어졌다. "이 쫄보야!"

나는 쉽게 눈물을 흘리는 남자가 아니다. 나는 그런 남자들, 여자처럼 흐느끼는 남자들, 매일 밤 불이 꺼지면 흐느끼는 우리 소대 남자들을 봐왔다. 로스탐도 그랬다. 그는 거의 매일 자기 집에서 나와 헤매며 웅얼거리고 울고 웃는, 때로는 그 모든 것을 동시에 하는 머저리 이웃이었다. 그는 짜증이 난 여자 조카 중 한 명이 나와서 그를 다시 집으로 데려갈 때까지 그렇게 했다. 물론 그런 남자들에게는 한심한 점이, 용서할 수 없는 연약함이 있지만 나는 남몰래 언제나 그들을 조금 부러워했다. 신체적인 감정 반응의 명료함. 슬픔을, 공포를 어떻게든 할 수 있는 무언가. 그것들을 놓아버릴 수 있는 방법.

이란 어디서든 모든 것이 변하고 있었다. 꽃이나 새의 이름을 따서 지은 거리 이름들이 성직자와 순교자의 이름을 따서 다시 명명되었다. 손목시계, 자동차, 영화를 광고하는 포스터는 찢기고 아야톨라의 노려보는 얼굴로 바뀌었다. 나는 그게 다 무슨 의미인지 전혀 몰랐지만, 그 의미가 강렬하다는 것만은 알았다. 어른들은 우리가 자고 있다고 생각할 때 소리 죽여 속삭였다. 때로 나는 어머니가 우는 소리를, 아버지가 그만하라고 어머니를 꾸짖는 소리를 들었다. 하지만 나는 그게, 눈물의 명료함이 행운이라고 생각했다. 내 가슴속에, 머릿속에 뒤엉킨 채 아마 내 창자와 뇌에 손상을 입히고 있을 혼란과 두려움의 느슨한 폭동과는 달리.

학교에서 팔라 선생님이 돌을 실에 매달아 들어 올리며, 그 돌에 잠재적 에너지(potential energy, 위치 에너지) ─ 잠재적 에너지라니, 우리가 붙이는 이름을 보라 ─ 가 가득하다고 말했던 것이 생각난다. 돌이 떨어지면 그 잠재적 에너지 전부가 운동으로, 운동 에너지인지 행동 에너지인지 그런 것으로 바뀐다고 했다. 그런 변화가, 잠재적 에너지의 운동으로의 전환이 돌을 강력하게, 무시무시하게 만든다. 돌은 그렇게 사람들을 박살낸다. 때로 나는 그런 식으로, 잠재적 에너지가 가득 채워진 채 돌아다니는 것 같다고 느낀다. 밧줄을 끊을 만큼 날카로운 칼이 없는 채로 공중에 매달린 돌 같다고.

때로는 정말이지 운다는 게 어떤 기분일지 궁금하다. 장례식의 노파처럼 가슴을 치며 울부짖는다는 게, 나중에 쓸 잠재적인 무엇도 저장해두지 않고 온 움직임을, 온 에너지를 쓴다는 게. 나는 그런 생각을 하면 상상 속에서조차 꽉 막힌 기분이 든다. 숨을 쉴 수 없는 코처럼. 나의 뇌는 나를 그런 상태로 움직일 수조차 없고, 심지어 그런 상태가 있는 척할 수도 없다. 그저 한 가지 일이 일어나고, 그다음 일이 일어난다. 오래, 아주 오랫동안.

말할 필요도 없지만, 로야의 머리가 물에서 불쑥 나왔을 때, 로야가 웃으며 첨벙첨벙 연못가로 발장구를 쳐 돌아오면서 나를 욕했을 때 나는 울지 않았다. 그때조차도. 나는 지금, 만일 그때 내가 울었다면 여동생이 안전하다는 행복감 때문이었을지, 나 자신의 안도감 때문이었을지 생각한다. 오늘은 내가 당시에 정확히 어떤 감정이었는지 떠올리기가 힘들다. 로야가 나왔을 때 나도 모르게 일어나 물가로 달려갔다는 것만 기억난다.

로야는 웃으며 나를 겁쟁이라고 했고, 나는 "대체 뭐 하는 거야! 나와! 나와!"라고 소리쳤다. 나는 두려움에 완전히 사로잡혔고, 불확실성이 행동에 고개를 숙이고 있었다.

"가고 있어, 비둘기야." 로야가 웃었다. "가고 있어!"

로야가 발장구를 치며 물가로 와서 내게 손을 내밀었을 때는 그 손을 쳐내고 싶었다. 네가 혼자 달려 들어갔으니 알아서 나오라고 말하고 싶었다. 아니, 어쩌면 내가 겁먹었던 만큼, 여전히 겁이 나는 만큼, 로야를 겁먹게 만들고 싶었는지도 모른다. 로야의 웃음이, 그 미소가, 그토록 무적이 된 것처럼 구는 모습이 어쩐지 나를 분노로 가득 채웠다. 어쩌면 정확히 분노는 아니었을지도 모른다. 그 감정에는 당혹스러움이, 얼얼한 화가, 너무 깊어 약간은 각인될 수밖에 없는 격정이 있었다.

결국 나는 로야의 손을 잡았다. 로야를 물에서 끌어냈다. 로야가 물을 첨벙거린 건 아마 꼭 필요해서는 아니었을 것이다. 나도 적시려고, 자기가 만들어놓은 축축한 난장판에 나를 더더욱 끌어들이려고 그랬을 것이다. 나는 당겼고 로야는 기어 나와 겨이삭띠에, 진창에 누웠다. 푹 젖어서 숨을 몰아쉬고 웃으며 멍청한 물고기처럼 헐떡거렸다, 바보 같은 계집애.

훈련소에서 우리는 매일 아침 4시 30분에 일어나, 30분 동안 하루를 준비할 시간을 가진다. 우리는 우두, 즉 아침 세정식을 한 다음, 모여서 파즈르 기도를 함께 한다. 우리는 서로를 형제라고 부른다. 실례합니다, 형제. 형제, 수건 좀 건네줘요. 나의 부모는 어린 시절에 딱히 종교적이지 않았고, 우리가 가족으로서 함께 기도한 시간은 고모나 쿰에서 온 할머니 할아버지가 우리와 함께 묵을 때뿐이었다. 파즈르는 언제나 내가 가장 좋아하는 기도였는데, 겨우 두 차례의 라크아로만 이루어져 있어 매우 짧았기 때문이다. 기도라는 경험 전체는 하나의 꿈이라는 범위 안에 깔끔하게 들어갔다. 내맡김, 순종, 신, 뭐든 간에 그런 것으로 향하는 15분간의 몽유병. 신이 참 똑똑하다고, 나는 생각했다. 제 종들의 정신이 아직 꿈으로 끈적끈적할 때, 우리 세상과 자기 세상의 구분이 가장 얇을 때 기도하도록 요구하다니.

　이는 물론 군대에 의해 모두 망가진다. 군대는 파즈르와 아침 식사 사이에 신체 훈련을 요구한다. 그 말은 다시 잠들 수 없다는 뜻이고, 꿈으로 끈적끈적한 정신도 없다는 뜻이며, 일단 일어나면 일어나는 거라는 뜻이다. 파즈르는 이곳에서 완전히 다른 의미를 띤다. 상대적 고요함의 마지막 순간, 하루의 마지막 고요, 우리 하나하나를 초조하고 이상하게 바꿔놓는 상관들의 편재하는 시선 이전의 시간. 우리의 공용 화장실에는 거울이 없다. 자의식이나 우상 숭배를 막기 위한 조치라지만, 실제 결과는 흐트러진 제복, 빠진 단추, 비뚤어진 옷깃으로 가득한 소대일 뿐이다. 우두를 하며 물로 얼굴을 씻을 때면 가끔 그 물이 일종의 용해제여서 내 피부를, 그 아래 근육을, 더 깊은 뼈까지도 녹여버리는 상상을 한다. 그 물이 내 머릿속의 꿈뿐 아니라 머리 자체를 씻어 내린다고. 결국 허영심이 아닌 무언가를, '존재한다는 것' 그 자체를 닦아낼 때까지. 내 몸 아래 숨겨진 모든 것과 나를 이곳에 붙들어두는 장치들까지. 나는 내가 씻는 모습을 그렇게 상상한다. 나의 '존재함'이 다른 사람들의 그것보다 더 더럽다고 느낀다. 그 모든 때로 인해 더 무거운 것처럼.

　로야가 거기에, 그 연못의 진창에서 들썩거리며 누워 있을 때, 나는 로야의 목을 조르고 싶었다. 정확히 말해 해를 끼치기 위해서가 아니라, 겁을 주기 위해서. 내가 겁이 나는 만큼, 아니면 내가 마땅히 겁을 먹어야 한다고 느꼈던 만큼, 내가 감정을 통제당한다고 느끼는 만큼. 어쩌면 나는 그냥 무적의 느낌을 빼앗고 싶었는지도 모른다. 여자애는 아무도 자기를 해칠 수 없다는 듯 굴면서 삶을 헤쳐나갈 수 없다. 이 세상에서? 안 된다. 하지만 그렇게 내 분노를—하얗게 달궈진 핀이 내 눈을 콱 찌르는 듯한 분노를—목적의식이 있거나 고귀한 것으로 틀 지운다 해도, 그건 사실이 아니었다. 그냥 로야의 괜찮음이 어쩐지 내게 역겹게 느껴졌다. 분노로 어질어질했다.

"뭘 한 거야, 이 염소야?" 내가 식식댔다. "이제 어쩌려고?"

로야는 젖어서 물을 뚝뚝 떨궜다. 곧 로야의 코트와 몸에 닿은 채 얼음이 되고 말 물이 뚝뚝 떨어졌다.

"오빠 왜 그렇게—" 로야가 말했지만 내가 말을 잘랐다.

"뱀의 독 같으니!" 나는 소리쳤다. "닥쳐!"나 "개소리하지 마!"와 같은 말을 하려던 것이었지만, 둘 모두보다 못된 말이었다.

나는 로야를 집으로 데려가려면 어머니가 못 보게 몰래 데리고 들어가야 한다는 걸 깨달았다. 다행히 아버지는 출근하고 없었다. 테헤란 어디에서든 전기가 끊겨 사람들이 아버지 회사에 전화를 걸면 아버지가 고쳤다. 주말에도 밤낮으로 언제나 말이다. 그 주에 아버지는 아르크 모스크 근처의 도시 한복판에서 오랫동안 일하고 있었다.

나는 로야를 집까지 데려갔다. 로야의 자부심이 떨림에, 심한 떨림에 물러났다. 로야는 그 점을 숨기려 했지만 오래지 않아 그럴 수 없게 되었다. 로야를 보지 않고도 소리로, 로야의 치아가 떨리는 소리로 알 수 있었다. 나는 결국 로야에게 외투를 주었다. 로야가 괴로워하기를 바랐는데도, 로야가 부끄러워하며 후회하기를 바랐는데도 내 재킷을 벗어주었다. 집에 도착하자 나는 주방에서 오이를 썰고 있던 어머니에게 달려가 대화를 시작했다. 이 얘기 저 얘기를 했다. 무슨 얘기였는지 기억도 안 난다. 어머니는 내가, 평소에는 너무도 조용한 아이인 내가 자신에게 말을 건다는 사실이 너무 좋아서 아무 생각을 하지 않았던 것 같다. 로야는 내가 들어가고 나서 몇 초 뒤에 들어와 몰래 욕실로 갈 수 있었다. 거기서 로야는 틀림없이 20분을 머물렀다. 난 어머니와 내가 무슨 말을 했는지, 어머니가 결국 무엇을 요리했는지 기억하지 못한다. 그저 우리가 별것 아닌 이야기를 하는 동안, 어머니가 내게 친구들이나 학교에 대해 묻거나 그냥 하나밖에 없는 아들이 곁에서 수다를 떤다는 것에 전반적으로 기뻐하는 동안, 위층 샤워실에서 로야의 소리가 들려왔다는 것만 기억난다. 로야가 발을 구르고 온기를 되찾으며 키득거리고 웃고 노래하는 소리가.

12

질 들뢰즈는 애가(哀歌)를 라 그랑드 플랭트, 즉 "큰 불만"이라고 불렀다. "지금 일어나는 일이 내게는 너무 과하다"라고 말하는 방법인 것이다. 이란에서 아슈라는 서기 680년 카르발라 전투에서 55살 생일에 사망한 이맘 후사인의 순교를 애도하며 금식하는 애가의 날이다. "13세기 전에 일어난 일이 우리에게는 지금도 너무 과하다"라고, 이란 사람들은 말한다. 라 그랑드 플랭트, 셰카야트 보조르그는 우리 핏줄에 있다. 우리는 기억한다. 당연히 우리는 기억한다.

사이러스 샴스, 순교자의서.docx에서 발췌

사이러스 샴스

2012년 6월 키디 대학교

인디애나주 여름의 독특한 폭풍이 몰아치고 있었다. 시작도 끝도 없는, 무자비한 폭풍. 이 시기, 사이러스에게 폭풍과 그 외의 모든 기상 현상은 곧장 그를 향해 일어나는 일이었다. 그에게 반하는 일. 폭풍은 노골적으로 사이러스의 화를 돋우려고 존재했고, 눈은 사이러스가 대학가 야간 중국 음식 배달점에서 전화를 받는 일에 늦도록 내렸다. 태양은 딱 사이러스를 그을리려고, 그 백열로 사이러스를 움찔거리게 하려고 나왔다.

그해 여름, 사이러스는 공화당 지지자와 연애하면서 지평을 넓히려 시도하는 중이기도 했다.

그는 미국 중서부에서, 9/11과 그 이후의 맹목적 애국주의와 잔디에 꽂은 국기, 노란 리본, "여기 와 있어서 다행 아니야?"로 이루어진 종합 세트 한가운데에서 이란인으로 컸다. 사이러스는 자신을 보는 사람들의 가슴에서 무언가를 볼 수 있었다. 미국인들에게는 증오-공포를 위한 장기가 하나 더 있는 듯했다. 그 장기가 두 번째 심장처럼 그들의 가슴에서 맥동했다.

한번은, 9/11이 벌어지고 얼마 지나지 않아 사이러스의 중학교 수학 선생이, 밝은 주황색 머리카락이 귀 주변에 지저분하게 고리를 이루고 있을 뿐 대머리인 그가 칠판에 조지 부시 포스터를 걸었다. 학기 후반에 그는 방과 후 사이러스에게 공모라도 하는 듯한 말투로 사이러스 같은 사람을 부르는 새로운 용어를 들었다고 말했다. 교실에 둘밖에 없었는데도 속삭였다. 두 단어로 된 그 표현의 첫 번째 단어는 "모래"였다. 사이러스의 선생은 웃었다. 사이러스도 그 농담에 함께한다는 듯이. 사이러스는 뭘 해야 할지 알 수 없어서 함께 웃었다. 그런 자신이 혐오스러웠다.

사이러스의 사회 선생이 이런 적도 있다. 이제 막 대학을 졸업한 그녀는 수업 중에 사이러스를 가리키며 "우리 군대"가 "저쪽에서" 사이러스의 사람들이 "민주주의를 이해하도록" 돕고 있다고 지적했다. 교실의 학생 대부분은 그 생각에 찬성하는 듯 고개를 끄덕였다. 무슨 말인지 조금이라도 이해했는지는 모르겠지만. 그래서 사이러스도 고개를 끄덕였다. 우리 군대가 저쪽에서 사이러스의 어머니에게 한 일을 언급하지 않았다. 그런 자신도 혐오스러웠다.

이란성과 중서부성의 교차로에는 병적인 공손함이, 다른 사람에게 괴로움을 주지 않기 위해 아무것도 할 수 없는 강박이 있었다. 사이러스는 이 문제에 대해 많이 생각했다. 그들의 못생긴 아기를 귀엽다는 듯 어르고, 그들의 인종차별주의적 개소리에 고개를 끄덕였다. 이란에서는 이런 일을 '타로프'라고 했다. 모든 사회적 상호작용의 지침이 되는 정교하고 거의 완전히 비언어적인 에티켓의 짜여진 안무. 문이 열렸다 닫히는 동안 두 이란 남자가 그냥 계속해서 "먼저 타세요", "아니 먼저 타세요", "아니 아니 먼저 타세요", "먼저 타셔야죠"라고 말하는 바람에 영영 엘리베이터에 타지 못했다는 오래된 농담도 있었다.

사이러스는 중서부의 공손함도 그렇게 느껴진다는 걸 알게 되었다. 그 공손함이 영혼을 태워 담배 구멍을 내는 것 같았다. 혀를 깨물었고, 그다음에는 조금 더 세게 깨물었다. 동조하지 않았다고, 최소한 주변에서 벌어지는, 내게 벌어지는 일을 부추긴 건 아니라고 자신을 달랠 수 있을 만큼은 무표정을 유지하려 노력했다.

캐슬린은 그가 사귀어본 첫 공화당 지지자이자 첫 부자이기도 했다. 그녀는 키디의 그 유명한 모리스 경영대의 경영학 전공 대학원생이었고, 애리조나주의 부자 집안 출신이었다. "우리 엄마가 치과 의사야" 하는 식의 부자가 아니었다. 사이러스가 포트웨인에서 어린 시절을 보내며 간접적으로나마 본 적이 있는, 돈 있는 자들에 대한 평생의 거부감을 불러일으킨 그런

215

식의 부자가 아니었다.

캐슬린은 석유 부자였다. 사교 수업과 가족 마구간이 있는 부자, 사이러스의 도덕적 나침반이 경멸을 지나서 호기심으로 완전히 한 바퀴 돌아오게 만드는 새로운 종류의 부자. 한번은 그녀가 사이러스에게 자기 학교 졸업 파티에 존 매케인 의원이 왔었다고 말했다.

"우리 아빠랑 오래된 친구야." 캐슬린이 어깨를 으쓱했다.

두 달 동안 사이러스는 이런 새로움을 위해 그녀의 정치 성향에 대한 거부감을 성공적으로 억눌렀다. 캐슬린은 책을 여러 권 사서 4분의 1만 읽은 채로 카페에 놔두곤 했다. 바에서 술을 마시면 이번에는 100퍼센트의 팁을 내고, 다음에는 팁을 아예 내지 않았다. 그녀에게 돈은 아무 의미가 없었다. 그녀는 사이러스의 재킷을, 후드티를 빌려 입고 절대 돌려주지 않았다. 그에게 다른 옷이 없다는 걸 몰랐다. 그녀는 유모의 아이와 아버지의 헬리콥터를 모는 남자의 이름을 알았는데, 자신의 아량을 보여주는 증거로 그 이름들을 자주 들먹였다. 그녀는 기독교인이었지만 예수에게는 그저 더 큰 총이 필요했을 뿐이라고 믿는 미국적 기독교인이었다.

사이러스는 그녀가 자신보다 더 야심이 있고 추진력이 강하고 더 아름답다는 게 참 좋았다. 같이 잘 때면, 그녀는 그냥 뭐랄까, 편하게 누워서 약간 미소를 지었다. *천만에*, 라는 식으로.

그런 식으로 아름다웠다.

아주 엄격하게 정직해지자면, 사이러스는 그녀가 모든 음식값과 술값을 낸다는 것도 참 좋았다. 그녀가 아무 생각도 하지 않고 하루에 두 번 배달 음식을 시킬 수 있다는 게. 그녀가 식료품을 알디가 아니라 홀푸드에서 시킨다는 게. 갓 짠 자몽 주스만으로도 인지 부조화를 겪을 가치가 있는 듯했다.

어느 날 밤, 둘은 캐슬린의 아파트에서 그녀의 BMW를 몰고 여름 폭풍을 가로질러 그린나일로 갔다. 그린나일은 대학가의 물담배 바였다. 사이러스는 그곳에서 지를 처음 만났다. 지가 둘에게 서빙했다. 지는 자기 이름 그대로 즈비그니에프라고 소개했고, 이 말에 캐슬린은 즉시 물었다. "즈비그니에프? 그게 뭐예요?"

지는 잠시도 망설이지 않고 씩 웃으며 말했다. "재채기 같죠? 전 폴란드-이집트 혈통이에요. 이름은 폴란드식이죠. 친구들은 그냥 지라고 불러요."

사이러스는 아파트에서 나오기 전에 클로노핀이라는, 깨물면 시트러스 맛이 나는 작은 노란색-주황색 알약—사이러스는 재미로 약물을 쓰는 사람들을 위해 제약 회사에서 일부러 그런 색깔을 입혔다고 믿었다—을 좀 씹어 먹고 취기를 조정하느라 포칼린을 조금 코로 들이켠 상태였다. 그린나일에서, 그는 캐슬린이 곧 더 주문할 '하우스 상그리아'를 한 주전자 주문하는 동안 그냥 게으르게 고개를 끄덕였다. 여러 달이 지난 뒤에 지는 사이러스에게 '하우스 상그리아'가 그냥 냉동 사과 덩어리가 들어간, 차가운 프란지아(미국의 저가 와인 브랜드명) 레드와인일 뿐이라고 말해주었다.

캐슬린과 사이러스가 첫 번째 물담배를 다 피우고 났을 때 지가 둘에게 다음 물담배를 "특별하게" 만들어주겠다고 제안했다. 사이러스는 미국식 물담배 바에서 제공하는 경험 전체가 좀 정이 안 가고 오리엔탈리즘에 젖어 있다고 느꼈다. 콩 재배 농부와 보험 판매원의 자녀들이 둘러앉아 코스트코 후무스에 오래된 팔라펠을 찍어 먹으며, 대만에서 만들어진 물담뱃대로 라즈베리 맛 전자 시샤를 피우다니. 하지만 그는 자기 신념이 열광을 방해하게 두는 사람이 아니었다. 그에게만 공짜인 술과 대마초를 생각하자 신이 나서 몸이 꿈틀거렸다.

"에드워드 사이드(『오리엔탈리즘』을 쓴 문학 비평가 겸 학자)에게는 미안." 사이러스는 숨을 죽이고, 자신이 매우 영리하다고 생각하며 읊조렸다.

"응?" 캐슬린이 물었다. 사이러스는 그냥 고개를 저었다. 사이러스의 중독자 계산법에 따르면, 캐슬린의 대단한 부와 아름다움에도 불구하고, 그녀에 비해 도덕적으로나 지적으로 우월감을 느끼는 것이 어째서인지 둘을 동등한 위치로 만들었다. 둘 다 서로에게 매료되었다.

지는 두 번째 물담배를 가지고 나오며 말했다. "이건 꽤 센 거니까 천천히 해."

그들은 천천히 하지 않았다. 처음에 사이러스는 편집증적으로 대마초 냄새가 시샤 냄새를 압도한다고 느꼈다. 지는 향을 가리기에 가장 좋은 맛으로 "화이트 곰 젤리" 맛을 추천했었다. 사이러스는 대마초를 피우면 종종 그런 식으로 느꼈다. 불안했고, 모두가 그라는 인간의 아주 세세한 정보에까지 엄청나게, 또 부정적으로 집중할 거라는 생각에서 빠져나오지 못했다. 그래서 대마초는 사이러스가 가장 좋아하는 약물 10위에 들지 못했다. 사실상 매일 대마초를 피웠지만 말이다. 그건 대마초가 어디에나 있기 때문이었다. 그는 편집증을 녹여내려고 더 많이, 더 빠르게 술을 마셨다. 알코올이 그를 약간 진정시켰고, 그는 다른 손님 중 누구도 대마초 냄새를 알아차리지 못한 듯 보인다는 걸 깨닫게 되었다. 최소한 누구도 신경 쓰지 않는 듯했다. 바깥의 비가 잦아들어 부슬비로 변하면서, 밤은 자연스러운 결론을 향해 고조되어갔다.

캐슬린은 친구들에 대해, 수업을 같이 듣는 사람들에 대해 사소한 불만을 말했다. 절대 이메일에 답장을 보내지 않는 교수에 대해서, 남자 친구를 두고 바람을 피우며 캐슬린이 지지해주기를 기대하는 친구에 대해서 불평했다. 사이러스는 그녀의 눈에 집중하려고 노력했다. 그녀의 눈은 금발인 사람들 다수의 눈이 그렇듯 파란색이었다. 비둘기처럼 너무 흔해서 얼마나 예쁜지 잊게 되는 그런 눈. 어느 순간에 그녀가 소리쳤다. "여기서는 내가 수적으로 너무 밀리는 것 같아!" 그녀는 상그리아를 한 모금 쭉 들이켜면서 웃었다. 세 번째, 혹은 네 번째 주전자였다.

사이러스는 그녀의 얼굴을 자세히 살폈다. 그 푸르고도 푸른 눈. 어깨 아래까지 내려오는 금발 직모. 그녀의 새발 격자무늬 블레이저가 약간 빙빙 돌아갔지만, 그건 벽지도 마찬가지였다. 그녀는 특유의 극성스레 미국적인 방식으로 찬란했다. 감기약 광고에서 볼 만한 여자였다. 사이러스는 그녀가 언젠가 LA에서 제임스 프랭코와 함께 연기 수업을 받았다고 했던 것을 떠올렸다. 캐슬린은 그가 자기와 자려 했다고 말했다.

"수적으로 밀린다고?" 사이러스는 그녀의 눈에 초점을 맞추려 애쓰며 물었다.

그린나일의 장식은 애매하게 범중동 느낌을 주었다. 액자에 든 아랍어 캘리그래피, 낙타와 피라미드와 강과 깔개의 사진. 계산대에는 중국의 행운 고양이(미국 내 중국계 커뮤니티에서 흔하게 볼 수 있어 이렇게 불리기도 하지만 일본의 마네키네코를 말한다)가 물담배 연기를 가르며 팔을 위아래로 흔들고 있었다.

"모르는 척하긴. 여길 좀 봐. 너랑 웨이터랑 음악이랑 벽이랑. 인디애나주 바그다드 같다니까!"

사이러스는 캐슬린이 지적할 때까지 음악을 의식하지 못했다. 그렇게 특징 없는 음악이었다. 이상하게 조용한, 일종의 팝 스타일 시타르 연주. 라비 샹카르의 곡일지도 몰랐다. 사이러스는 대체 자신의 어떤 부분 때문에 캐슬린이 그도 "인디애나주 바그다드"가 재밌다고 생각할 거라 느꼈는지 궁금했다. 외국인 억양이 없는 영어? 둘이 한 섹스? 그가 언제까지나 깨물고 있는 혀, 그녀의 반동적인 정치적 입장에 거의 문제를 제기하지 않는 그의 태도? 이 모든 것이 캐슬린이 경험한 그들성(性)의 바깥에 있었다. 그래서 캐슬린에게 사이러스는 우리였다.

사이러스는 자신의 삶 중 얼마만큼이 그의 '우리'성(性)에 대한 다른 사람들의 가정에 의존하고 있는지 궁금했다. 은밀히, 같이 까서 나눠 먹을 즙 많은 오렌지라도 된다는 듯 그에게 인종차별주의적 욕설을 말했던 중학교 선생. 그의 이름조차 백인의 것으로 받아들여질 수 있었다. 사이러스 샴스. 이상하고, 소수 인종의 이름 같지만 어딘지 불가해한 방식으로 백인스러운. 사이러스는 블레이드가 된 기분이었다. 웨슬리 스나입스가 분한 이 영웅은 반은 인간이고 반은 뱀파이어로, 두 종의 강점을 모두 가지고 있어서, 엄청나게 힘이 세지만 대낮에도 돌아다닐 수 있었다. 블레이드처럼 사이러스도 대낮에 돌아다니는 자, 미국인이 되는 편이 좋을 때는 미국인이 되었다가 그렇지 않을 때는 이란인이 되는 자였다. 총알은 그의 가슴에 부딪혀 튕겨 나갔다! 그의 치아는 금속을 뚫을 수 있었다! 그는 정말로, 정말로 취해 있었다.

"바그다드에서 나가자." 사이러스는 잠시 충격과 경이감을 불러일으킬 농담을 생각해보다가 실패하고, 그런 실패에 감사해하며 말했다. 그는 자신에게 실망하기에는 너무 취해 있었다. 캐슬린이 미소 지으며 지를 불렀다. 그에게 신용카드를, 광택 잃은 검은색 금속 카드를 건넸다.

"기분 어때요?" 지는 카드를 다시 가지고 돌아와 물었다.

"아주. 씨발. 좋아요!" 캐슬린은 과장되게 시를 읽는 10대처럼 단어를 하나하나 말했다. "우리가 비를 멈추게 했나 봐요." 바깥은 아직 약간 젖어 있었지만 캐슬린의 말이 맞았다. 분노 가득한 폭풍은 잦아든 뒤였다.

지는 미소 지으며 사이러스가 알아듣지 못한 무슨 말을 했다. 하지만 그 말에 캐슬린이 웃었기에 사이러스도 웃었다. 지는 그를 한 번 쏘아보았다. 찰나의 찰나 힐끗한 지의 시선을 사이러스는 "넌 진짜 애가 괜찮아?"라는 뜻으로 받아들였다. 하지만 "운전하려는 거 아니죠?"라는 뜻일지도 몰랐다. 사이러스는 아무도 없는 쪽을 향해 어깨를 으쓱하며 비틀거리지 않으려고 조심스레 몸을 자리에서 일으켰다.

그들이 캐슬린의 차에 도착했을 때는 비가 완전히 멈춘 뒤였다. 낙엽이 주변 인도에 떨어졌고 웅덩이는 바람에 물결쳤다. 캐슬린이 사이러스를 태우고 올드 233을 달렸다. 가는 길 내내

가로등이 무겁게 숨을 쉬었다. 케슬린의 아파트에서 사이러스는 그녀를 침대에 눕히고, 자기는 산책을 하러 가야겠다고 말했다. 캐슬린은 너무 졸려 막지 못했다.

몸을 굴리며 "조심해"라고 한 것이 그녀가 한 말의 전부였다.

사이러스는 근사한 자몽 주스를 플라스틱 컵에 따르고 어둠 속으로 가지고 나갔다.

대략 대학가 방향으로 돌아가면서, 그는 아이팟으로 소닉유스의 《시스터》를 첫 번째 트랙부터 들었다. 와인과 대마초의 취기가 가라앉으며, 정신적 과부하와 고조된 감정적 각성의 찐득찐득한 틈새 상태에 있던 사이러스는 킴과 서스턴이 조화롭게 노래하는 소리에 갑자기 울기 시작했다.

"소원이 이루어지는 것만 같아, 천사가 네 꿈을 꾸는 것만 같아……."

볼썽사나운 울음. 사실상 그는 걸어가면서 자지러지게 울었다. 사이러스는 그 순간 왕관을 쓰고 있는 것 같다고 느꼈다. 소닉유스, 가로등, 비 온 뒤 신선한 공기 냄새……. 그 모두가 사이러스를 위한 것이었다. 그의 자몽 주스는 암브로시아로 변성되었다. 맛이 너무 좋아 어질어질했다. 사이러스는 새로워진 느낌이었다. 죄 없는 느낌. 무적이 된 느낌.

그는 앞으로 다가올 몇 해 동안 이 생각을 아주 많이 할 터였다. 중독은 나쁘게 느껴지기 전에는 정말, 정말 좋게 느껴졌다.

당연히 그랬다. 마법. 속눈썹을 부딪칠 수 있을 만큼 신에게 가까이 간 느낌.

"기억 속에 마법의 바퀴가 있어. 나는 시간 속에 허비되고……."

대리석 덩어리가 있었다면 그는 다비드상을 조각할 수 있었을 것이다. 칼이 있었다면 자동차라도 벨 수 있었을 것이다. 어머니가 있었다면 어머니는 그를 가슴에 꼭 끌어안고 그의 눈물을 닦아주며, 자랑스러움에 어쩔 줄 몰랐을 것이다.

어느 정도 시간이 지나고—15분, 한 시간—사이러스는 어느새 강을 건너 그린나일 쪽으로 걸어가고 있었다. 그의 단골바인 럭키스는 한 블럭 떨어진 곳에 있었다. 그곳의 구식 네온 간판 앞에서 단골 두어 명이 담배를 피우고 있는 모습이 보였다. 보통은 사이러스도 그들 사이에 끼어 담배를 빌려 피운 뒤, 안으로 들어가 혼자 마실 5달러짜리 PBR 맥주 한 주전자를 주문했다. 하지만 무언가가 사이러스를 다시 그린나일로 불러들였다. 들어가자 인도 남자들이 아직 테이블에 앉아 새 물담배를 피우고 있었다.

"워어, 안녕하세요." 지가 그를 보고 말했다. "여자 친구를 잃었네요."

사이러스는 우산을 두고 갔다고 거짓말할까 생각해보았다. 한편으로는 "여기 와서 계속 술을 마시려고 여자 친구를 침대에 놓여졌다"라는 말보다 그게 더 고상한 것 같았다. 다른 한편으로는, 자신이 무슨 말을 하든 술을 마시러 돌아오고 싶었다는 욕구가 훤히 드러나리라는 것을 알고 있었다. 가짜 우산도 여느 결정적 증거만큼 뻔했다.

"집에 갔어요." 사이러스가 대답했다. "여자 친구의 복무 시간이 끝났습니다." 사이러스는 이 농담이 자랑스러웠다. 지가 그 농담을 이해하지 못하더라도. 이 농담은 앞서 잃은 품위의 조각을 되찾은 기분을 느끼게 해주었다. "마지막 주문 시간이 지났나요?"

지는 바 뒤로 돌아갔다. "아슬아슬하게 오셨네요. 뭘 드릴까요?"

"여기서 제일 싸게 술 마시는 방법이 뭐예요?" 사이러스는 이런 질문을 던지며 부끄러움을 느끼는 단계를 오래전에 지났다.

지는 작은 냉장고에서 하이라이프 두 병을 꺼냈다.

"한 병은 내가 사줄게요."

지는 다부진 체격이었다. 머리 선에 섞여 들어가는 옅은 수염 자국이 보였다. 머리는 이틀에 한 번씩 바짝 깎았다. 피부는 구릿빛이었고 수염 자국은 검은색이었다. 어머니의 이집트인 유전자가 폴란드인 아버지의 유전자를 압도했다. 그의 압축된 신체는 전혀 작게 느껴지지 않았다. 쥐처럼 본질적으로 작은 게 아니라, 도약하려고 준비하는 고양이처럼 웅크리고 몸을 만

듯한 느낌이었다.

오래지 않아 인도인들은 계산을 마치고 어둠 속으로 나갔다. 지는 그들 한 명 한 명의 이름을 부르며 잘 가라고 인사했다. 그러고는 가게 스피커에 꽂혀 있는 아이팟으로 가, 거의 들리지 않게 흐르던 시타르 연주곡 대신 EPMD의 〈스트릭틀리 비즈니스〉로 시작되는 그 자신의 맞춤형 플레이리스트를 재생했다. 볼륨을 훨씬 높인 지는 사이러스가 바에 앉아 있는 동안 테이블을 닦기 시작했다.

"뭐 도와줄까요?" 사이러스가 물었다. 뭔가 몸으로 할 일이 있으면 좋겠다고 생각했다.

지는 그냥 웃으며 말했다. "아뇨, 거의 다 했어요."

지는 이런저런 것에 관해 가벼운 농담을 던졌다. 그는 노래에 사용된 샘플을 짚어냈다. 에릭 클랩턴, 쿨앤더갱. 마감을 계속하며 비행 중인 항공기에 대해서, 키디에서 재미로 듣는 항공학 수업에 대해서 말했다. "하늘에 떠 있을 때는 한 시간에 물을 200밀리리터 넘게 잃지만, 소변 볼 곳이 없으니까 사실 물을 마실 수도 없죠." 아버지가 뜨뜻미지근한 마음으로 이슬람으로 개종한 이야기도 했다. "우린 크리스마스랑 부활절에만 성당에 가는 가톨릭 가족 정도의 무슬림이었어요." 에리카 바두의 음반 《마마스 건》의 드럼 연주에 대해서도 말했다. "붐 틱 붐 붐이에요, 붐 붐 틱 붐이 아니라." 사이러스는 그가 하는 말 대부분을 따라가지 못했지만, 하이라이프 맥주를 어루만지고 있는 것만으로 만족했고 지의 마구잡이식 열정에 은근히 열광했다. 재즈 앙상블 공연에서 킥드럼을 터뜨려버렸다는, 다소 혼란스러운 이야기를 한 뒤 지는 남은 테이블을 헤아리기 시작했다.

"하나, 둘, 셋, 넷, 다섯 개만 더 하면 끝이네." 그가 말했다. 그는 손가락을 써서 숫자를 셌다. 하나는 검지, 둘은 중지, 셋은 약지, 넷은 새끼손가락. 그런 다음에는 다시 검지로 돌아와 다섯 번째 자리를 셌다. 사이러스는 그게 매력적이라 생각해서 그렇게 말했고―

"엄지로는 안 세요?"

지가 사이러스를 보더니 다시 자기 손을 보았다. 갑자기 손이 있다는 게 기억난 것처럼.

"아." 그가 말했다. 멋쩍어한다기보다는, 갑자기 두 사람이 처음 만난 사이라는 걸 떠올린 듯했다. "어렸을 때, 말이 정말 늦게 트였거든요. 그래서 엄마가 손가락으로 숫자 세는 법을 가르쳐줬어요. 하나, 둘, 셋, 넷, 그런 다음에 엄지는 '여러 개'. 엄마는 나한테 감자튀김이나 크레용을 몇 개나 원하냐고 물었고, 나는 그냥 엄지를 내밀어서 '엄청 많이!'라고 말하곤 했어요. 엄지는 다른 손가락처럼 수를 세는 데 쓰는 게 아니었어요. 별로 생각해본 적은 없는데."

"와." 사이러스가 말했다. 이렇게 반응한 게 갑자기 멍청하게 느껴졌다. 뭔가 언뜻 심오한 말을 덧붙여 회복을 꾀했다. "당신 손의 엄지에 무한성을, 영원한 시간의……." 그런 뒤에는 더욱 우스꽝스러워진 기분이었다.

하지만 지는 그냥 웃으며 말했다. "하, 그러게요! 잘 모르지만. 당신은 뭘 하고 살아요, 사이러스?"

사이러스는 자기가 한 헛소리를 빠르게 지나갈 기회에 고마움을 느꼈다.

"아직 학생이에요." 그가 말했다. "대학교 5학년이랄까……, 뭐 그래요. 여기 온 지는 꽤 됐어요. 영어 전공이고. 밤에는 대부분 제이드 카페에서 배달 주문을 받아요."

"학교나 돈에 대해서 물어보려던 건 아닌데." 지가 말했다. "뭘 하느냐고 물었어요. 뭘 좋아해요?"

지는 막 테이블 하나를 다 닦고 영수증을 확인하느라 자리에 앉은 터였다. 스피커에서 에밀루 해리스가 민들레 홀씨를 날렸노라 노래했다.

"글쎄, 난 글을 써요. 시를 쓰는데 출판한 적은 없고."

지는 영수증에서 고개를 들었다. 눈이 휘둥그레져 있었다. "시인이구나!"

"그건 아니에요." 사이러스는 하이라이프병을 입 쪽으로 기울이며 대답하다가, 병이 이미 비었다는 걸 깨달았다. 지가 미소 지었다.

228

"글쎄, 시를 쓴다면서요?"

"네."

"그럼 자신을 시인이라고 불러야죠." 지는 '시인'이라는 단어를 의기양양하게, 어떤 주장을 마무리 짓는 변호사처럼 말했다. "난 음반을 녹음한 적이 없지만 나 자신을 드러머라고 부르는 게 전혀 어렵지 않던데."

사이러스는 반박하고 싶었다. 자신을 시인이라고 부르는 것의 *책임감*에 대해 모호하면서도 정치적인 무언가를 지적하고 싶었다. 하지만 지의 자신감은 전염성이 있었고, 거기다 사이러스는 다시 좀 취한 기분이 들었다. 그가 글을 많이 쓰는 건 사실이었다. 확실히, 그가 아는 어느 누구보다 시를 많이 읽기도 했다. 도서관의 811.5 구역에서 책을 한 움큼씩 무차별적으로 뽑다가 집에서 면밀히 읽었다. 실제로, 바로 그날 오후에도 그는 엘리자베스 시대 연극 수업의 '헤로와 레안드로스'에 관한 쪽지 시험을 놓치고 말았는데, 진 밸런타인의 시를 읽는 데 너무 몰입해서였다. "저는 당신께 왔습니다, 주여, 세상의 엿 같은 *과묵함* 때문에."

지는 바 뒤로 가 영수증을 계산대 안에 넣었다. 그는 사이러스를 보며 말했다. "촌시까지만 가면 우리 집에 럼주가 좀 있는데. 《마마스 건》들을래요? 내 파트너가 시카고에 있는 부모님 집에 가 있어서, 소리를 아주 크게 틀 수 있어요."

아직도 새벽 두 시를 조금 지났을 뿐이었다. 게다가 사이러스는 공짜 술을 거절하는 것에 이데올로기적으로 반대했고 체질적으로 무능했다.

"좋아, 그래요." 그가 말했다.

그들은 자리를 정리하고 몇 블록 걸어 지의 아파트로 갔다. 리버로(路)를 내려다보는 4층의 원룸이었다. 주방 싱크대 앞에 오래된 산악자전거 두 대가 있었다. 지는 냉동고에서 반쯤 차 있는 캡틴모건 750밀리리터짜리 한 병을 꺼내고 아이팟을 싸구려 컴퓨터 스피커에 연결했다. 그들은 삼베로 씌운 것처럼 보이는 초라하고 낡은 소파에 앉았다.

병을 주고받으며, 잠깐씩 대화하며 지는 이따금 중요한 음악적 혹은 일대기적 정보를 조명했다. 이건 스티비 원더의 샘플이고, 이 가사는 앙드레 3000과의 실연에 관한 거라고. 〈마이 라이프〉를 반쯤 들었을 때 사이러스는 밖에 나가서 담배를 피우게 앨범을 잠시 멈춰달라고 했다. 바람이 많이 불었고, 지는 담배를 입술 사이에 물고 허리를 숙여 코트로 가린 채 불을 붙이려 했다. 사이러스는 그게 아주 멋지다고 생각했다. 대체로, 둘은 술을 마시며 조용히 음악을 들었다. 〈그린 아이즈〉가 나오기 전 어느 시점에 사이러스는 정신을 잃었다. 다시 일어나 보니 아침이었다. 병은 그와 지 사이의 소파 위에 거의 빈 채로 놓여 있었고, 둘의 어깨는 아주 살짝 닿아 있었다.

13

톨스토이의 말을 빌려 전하는 금주의 철칙은, 중독자들의 이야기는 모두 비슷하지만 저마다 다르게 금주하게 된다는 것이다(『안나 카레니나』의 첫 문장, "행복한 가정은 모두 비슷하지만, 불행한 가정은 저마다 다르게 불행하다"의 변형). 중독은 오래된 컨트리음악이다. 개를 잃고, 트럭을 잃고, 고등학교 시절의 연인을 잃는다. 회복하면서는 그 노래를 거꾸로 연주한다. 거기서부터 상황이 재미있어진다. 트럭은 어디에서 찾을까? 개가 당신을 기억할까? 당신을 다시 보면 연인은 뭐라고 말할까?

내가 술을 끊은 건 경찰을 때리거나 차를 몰고 버거킹에 들어갔다거나 하는 극적인 일 때문이 아니었다. 나는 밑바닥을 열두 번은 찍었고, 합리적인 사람이라면 누구나 문제의 심각성을 자각했을 법했다. 그러나 난 합리적인 사람이 아니었다. 내가 마침내 도움을 향해 허우적거리며 나아간 날은 여느 하루와 비슷했다. 나는 내 방 바닥에서 혼자 깨어났다. 전날 마신 술로 아직 취해 있었다. 내 매트리스 옆에 있는, 거의 빈 올드크로버번병에서 한두 모금을 마신 게 기억난다. 그런 다음 안경과 자동차 열쇠를 찾아 주위를 뒤졌다. 찾은 뒤에는 침착하게 차를 몰고 도움을 받으러 갔다.

아름답고 끔찍하다. 금주는 그대가 이런저런 약물 왕관 사이로 발을 질질 끌고 돌아다니는, 세상이 알아보지 못한 쓰레기 왕자라는 착각에서 벗어나게 해준다. 피상적인 세부 사항이야 달라질 수 있지만 — 트럭이 아니고, 사업이 아니고, 연인이 아니고, 가족이었다든지 — 알고리즘은 피할 수 없다. 약물은 더 이상 통하지 않을 때까지 통한다. 의존성은 중독자의 인생에서 다른 모든 것이 빛을 잃을 때까지 커진다. 썩어버린 태양. 기쁨은 빛이 없어 시든다. 열정, 일자리, 자유, 가족도. 우리 모두에게는 화장실 타일에 쏟은 코카인을 코로 흡입했다는 경험담이 있다. 그런 이야기는 실제 중독자를 알지 못하는, 우주의 드문 축복을 받은 사람에게만 흥미롭다. 현재 진행형 중독은 압도적 동일성이라는 하나의 알고리즘이다. 이야기는 그 이후에나 나온다.

사이러스 샴스, 순교자의서.docx에서 발췌

로야 샴스

1987년 8월 테헤란

나는 살아 있다는 것을 정말로 좋아해본 적이 한 번도 없다. 일종의 거리감 없이 그런 경지에 이르기란 어렵다. 구름 안에서는 구름의 형태를 묘사하기가 힘들다. 10대 때 허공을 떠도는 문제를 겪었다면 중력에 좀 더 감사했을 것이다. 그러므로 나 자신을 위해 쓰는 소소한 시간도 오직 이타적인 기준선과 비교했을 때만 특별하게 느껴졌다. 혼자서 조용히 차를 홀짝거리거나 아무 생각 없이 빈둥거리기 위한, 훔쳐낸 아침의 30분은 단지 다른 모든 것 — 요리, 청소, 장보기 — 에서 해방될 수 없었기에 해방처럼 느껴졌다.

레일라를 만났을 때 그토록 짜증이 났던 이유가 그래서다. 우리의 남편들은 군 복무 이후로 친구였다. 둘은 1년에 한 번, 카스피해 근처 라슈트 숲이 있는 북쪽으로 차를 몰고 가 시가를 피우고 술을 마시고 낚시하고 매년 서로에게 하는 똑같은 이야기를 다시 하곤 했다. 레일라의 남편 길가메시는 땅딸막한 남자로 근육질에 머리가 벗어져가고 있었다. 레일라는 그보다 키가 컸다. 너무 많이 큰 건 아니지만, 그래도 눈에 띄었다. 한번은 레일라가 내게, 남편이 하이힐을 신지 말아달라고 부탁했다고 말했다. 자신은 기꺼이 그 말에 따르겠다고 했다. 길가메시는 전역한 이후로 테헤란 경찰에서 일해왔다. 알리는 내게 함께 여행하는 동안 그가 가끔 근무용 권총으로 다람쥐나 비둘기를 쏜다고 말해주었다. 나는 그게 별로 마음에 들지 않았지만, 매년 며칠간 우리 집을 나 혼자 차지하고 싶은 열망에, 뭐든 알리가 하는 일이나 그 일을 같이 하는 사람에 대한 거부감은 상대적으로 작아졌다.

나는 당시에 남편의 허락을 먼저 받지 않고서는 화장실을 쓰지 못하는 아내들을 알았다. 알리와 나의 결혼은 절대 그런 결혼이 아니었지만, 인지된다는 것, 늘 인지된다는 것만으로도 진이 빠졌다. 알리의 휴가는 내게도 휴가였다.

그즈음이 내가 사이러스를 임신했다는 걸 깨달은 시기였다. 아직 임신 테스트를 하기 전이었고, 이미 아는 사실을 확인하고 싶지 않았다. 하지만 부정 출혈이 보였고 침에서는 구리 선 같은 맛이 났다. 가슴이 묵직하고 아렸다. 너무 깊이 숨을 들이쉬면 아팠다. 나는 무슨 일이 일어나고 있는지 알고 있었다. 임신 테스트기에 파란 선들이 나타나도록 한다는 건 알리에게 말해야 한다는 뜻이었고, 일단 알리에게 말하면 모든 것이 달라지리라는 걸 나는 알았다. 나는 그냥 조금 더 텅 빈 채로 있고 싶었다. 그의 헌신적인 관심으로부터, 그의 동정심으로부터 자유롭게.

길가메시는 알리를 데려가려고 우리 집에 나타났을 때 자동차 가득 캠핑 장비를 싣고 있었다. 텐트, 작은 냄비 여러 개, 진, 와인. 그는 그해 여름에 레일라와 결혼했다. 그들의 작은 결혼식을 내가 기억했던 이유는 대체로 신부 쪽 친척이 너무 적었기 때문이었다. 러시아 담배를 연달아 피우는, 완고하고 밀가루 반죽 같은 아버지. 양가감정을 품은 사촌 몇 명. 그리고 이제 그들이, 길가메시와 그의 새 신부가 우리 집 진입로에 있었다. 그녀는 스물넷, 스물다섯 살쯤 되어 보였으며 다부진 체격이었다. 눈은 소년의 장난기를 담고 끊임없이 움직였다. 길가메시는 알리에게 레일라를 집에 혼자 놔두는 건 안전하지 않다든가 하는 말을 하며, 여행 기간에 그녀가 나와 함께 머물러도 되느냐고 물었다. 그녀를 혼자 두면 그녀가 안전하지 않다는 건지, 길가메시 자신에게 안전하지 않다는 건지 잘 알 수 없었다. 나는 알리에게 표정으로 거절하라고 애원했다. 완전한 자율성을 누리는 나의 소중한 며칠을 간절히 지키고 싶었다. 하지만 알리는 망설임 없이 동의했고, 의논할 것은 아무것도 없었다. 길가메시는 나를 거의 보지도 않고 그 근육을 걸친 채, 뇌 크기에

236

어울리는 것보다 두 배는 큰 몸집으로 우리 집에 들어와 뒤뚱 거리며 돌아다녔다. 은행에 오기라도 한 듯, 그는 아내를, 낯선 그 여자를 맡기고 알리를 데려갔다. 남자들은 떠났고 레일라와 나는 단둘이 남겨졌다.

　레일라가 온순한 태도라는 베일 뒤에서 나오기까지는 오랜 시간이 걸리지 않았다. 남자들이 레일라의 수줍음도 함께 가져 가버린 것 같았다. 나는 첫날 밤에 제레슈크 폴로(제레슈크라는 열매와 사프란으로 맛을 낸 밥(폴로)으로 다른 요리에 곁들여 낸다)를 만 들었지만, 그때도 지금도 요리를 잘하지는 못한다. 나는 조바 심이 나고 주의가 산만해져 절대 타이밍을 제대로 맞추지 못한 다. 밥은 질게 되고 케밥은 탄다. 음식을 내가니, 레일라는 내가 내 몫을 덜기를 기다리지도 않고 자기 음식에 덤벼들었다. 그 녀는 옹골찼고, 머리가 아주 짧았다. 그녀가 음식을 씹을 때마 다 동전 크기로 곱슬거리는 머리가 이리저리 움직였다. 우리는 2초 동안 사소한 것들에 대해 이야기했다─네, 오디는 시장에 서, 그 덥수룩한 개를 데리고 다니는 상인한테 사 온 거예요. 아 뇨, 길가메시는 제레슈크 폴로를 좋아하지 않아요.
　"단걸 싫어하거든요." 레일라가 말했다. "가끔은 그냥 수마크 가루 한 자밤, 소금 한 자밤을 가져다 빨아 먹어요. 그게 정상인 가요?" 레일라가 물었다.

"그런 건 들어본 적 없는데요." 내가 인정했다.

"사람인 척하는 외계인 같다니까요. '아, 이게 음식이야? 먹어봐야겠군. 아, 춤? 한번 춰봐야겠군.'" 그녀는 일종의 춤 발작을 일으키는 남편을 팬터마임으로 흉내 내며 말했다.

나는 참지 못하고 약간 미소 지었다. 거기에 레일라는 용기가 생긴 듯했다.

"진짜예요! 차에다 감기 시럽을 부어 먹는다니까요! 매일 아침, 매일 밤에!"

나는 얼굴을 어떻게 해야 할지 알 수 없어서 무표정을 유지하려 노력했다. 이 여자를 전혀 몰랐기에, 왜 그녀가 내게 이런 말을 하는지 알 수 없었다. 갑자기 레일라가 말했다. "아, 남편들 얘기는 더 하고 싶지 않네요. 어쨌든 그 사람들은 가버렸으니까요. 알함두릴라!"

나는 아무 말도 하지 않았지만 약간 모욕감을 느꼈다. 길가메시 이야기를 한 건 레일라였다. 나는 알리에 대해 아무 말도 하지 않았다.

"네." 내가 말해보았다. "그럼 무슨 얘기를 하고 싶으세요?"

"아 세상에! 그런 질문을 해야 한다면 우린 이미 망한 거 아닌가요?" 레일라는 웃었지만, 나는 난감한 기분이 들었다.

"산책하러 가는 건 어때요?" 레일라가 말했다. "보여주고 싶은 게 있는데."

이미 늦은 시간이었다. 아마 오후 7시쯤. 그래도 나는 아무리 달갑지 않은 손님이라지만, 아무리 내게 무례하게 군다지만 그녀에게 무례하게 굴고 싶지 않았다. 레일라는 접시를 있던 자리에 그대로 두고 일어나, 문 옆의 코트 걸이로 걸어갔다. 나는 일부러 레일라의 그릇과 포크와 나이프, 잔을 천천히, 꼼꼼하게 챙겼다. 레일라가 "아 이러지 말아요, 로야 잔. 그냥 내버려 둬요! 대체 누굴 위해서 청소하는 거예요?"라고 말하는 지점에 이르기까지.

나 자신 아닐까요? 나는 반사적으로 그렇게 생각했지만 말하지 않았다.

"그냥 들러붙지 않게 전부 빠르게 헹궈놓고 싶어서요." 나는 더 이상 짜증을 숨기지 않고 말했다.

레일라는 눈알을 굴려댔고, 내가 시간을 들여 포크와 나이프를 헹구는 동안 토라진 10대처럼 문 옆에 조바심을 내며 서 있었다. 마침내 코트를 챙겨 문 옆에 선 그녀와 마주했다. 그녀는 우리가 문간 근처에 걸어둔 작은 금색 거울에 자기 모습을 비춰보고 있었다. 시간이 지나면서 나는 레일라의 이 모습을 좋아하게 되었다. 레일라가 늘 자신을 바라보는 방식은 나르시시즘이 아니었다. 나중에 나는 그 방식 안에 일종의 경이로움이 있음을 알아차렸다. 손가락으로 자신의 입가 주름을, 이마의 피부를 만져보는 그 모습에. 그녀는 마치 "넌 어디서 왔니? 이 피부라니, 참 이상한 봉투이기도 하지!"라고 말하는 듯했다. 하지만 그 순간에 나는 그냥 바보 같고 허영심 넘치는 소녀를 보았을 뿐이다.

"어디로 갈까요?" 나는 문을 열며 물었다.

"호수요." 레일라가 말했다. "보여주고 싶은 게 있어요."

나는 손님 대접을 제대로 하려고 노력했지만, 환대할 마음이 소진되고 있었다. 호수까지는 차로 20분이 걸릴 터였고, 날은 이미 어두워지고 있었다. 이 낯선 사람의 변덕에 따라야 한다는 게 화가 났다. 고독을 잃어 슬펐다.

"좀 멀지 않나." 나는 마뜩잖음을 티 내며 물었다.

"급한 약속이라도 있어요?" 레일라가 악동처럼 물었다.

나는 인상을 찡그리면서도 머리에 스카프를 둘렀다. 밖이 어두워지기 시작했는데도 레일라는 선글라스를 꺼냈다. 얼굴 절반을 가리는, 두꺼운 검은 테의 선글라스였다. 그렇게 우리는 밖으로 향했다.

14

굴원

BC 340~BC 278

혀와 돌의 계관시인이여,
가장 밝은 밝음에서
가장 어두운 어둠까지의 스펙트럼 속
드문 색조를 띤 자여

마을 사람들은 강에 쌀을 던져
그대의 시신에서 물고기들을 꾀어내려 한다

여전히 명멸하며 빛을 내뿜는,
분홍빛 안에서 용선(龍船)들은 질주한다

아니, 나 역시 늙음의 대열에는 들지 않겠다
구렁이와
흔하디흔한 진주들이여

시작의 시작에서,
누가 그 이야기를 했을까?

그대였다, 그대였다

사이러스 샴스, 순교자의서.docx에서 발췌

토요일

사이러스 샴스와 오르키데
브루클린, 2일 차

사이러스는 지의 엄지를 입에 문 채로 브루클린의 호텔에서 깨어났다. 그들은 일주일 동안 싱글베드 하나가 들어가는 1인실의 방값을 나눠 냈다. 그러자 숙박비가 놀랍도록 저렴해졌다. 심지어 그들이 찾은 호텔은 시끄러운 음악이 나오고 밤에는 로비에서 라이브 DJ 공연이 열리는, 브루클린의 힙한 시설 중 하나였다. 미니바는 두 종류의 메스칼(멕시코 전통 증류주)을 뽐냈고, 상자 겉면에 글로리아 스타이넘을 '컵의 여왕'으로 그려 넣은 "페미니스트 아이콘" 타로 카드도 있었다.

사이러스는 늦은 나이까지 엄지를 빨았다. 그가 열세 살 때, 아버지는 이 문제를 아예 고쳐놓기로 작정했다. 사이러스에게 매일 밤 저녁을 먹은 뒤 고추즙에 엄지를 적시도록 시킨 것이다. 사이러스는 몇 주나 한밤중에 잠을 깼다. 엄지가 입에 들어 있었고 입술과 혀에는 불이 붙은 것 같았다. 그 무엇도 고통을

243

줄여주지 못했다. 잠든 자아가 엄지를 독극물로 여겨 거부하기까지는 아주 오랜 시간이 걸렸다. 나이가 더 들어서, 사이러스의 무의식은 거의 반항이라도 하듯 누구든 같이 침대를 쓰는 사람의 엄지를 자기 엄지 대신 쓰기 시작했고, 지의 엄지는 가장 흔한 대용물이었다.

둘은 만나고 얼마 지나지 않아 같이 살기 시작했고, 그로부터 얼마 지나지 않아 서로의 침대도 함께 쓰게 됐다. 동침은 대체로 성적이지 않았다. 둘이 이 문제에 관해 대화를 나눈 아주 드문 경우에 사이러스는 지에게 이런 상황이 『모비딕』에 나오는 말과 비슷하다고 했다.

"품위 있는 인간이라면 참고 그의 담요 절반을 덮겠다는 부분?" 지가 물었다.

사이러스는 다른 부분을 생각하고 있었다. 술 취한 기독교인과 함께 자는 것보다는 제정신인 식인종과 같이 자는 게 낫다는 내용이었다. 그는 자신을 제정신인 식인종으로, 대체적으로 말해서 미국인들을 술에 취한 기독교인으로 생각했다. 하지만 그는 그냥 웃으며 말했다. "그래, 그거. 네 담요는 아주 훌륭해."

사이러스는 지의 엄지를 잘 알게 되었다. 엄지는 지의 손에 비하면 길었지만 사이러스의 엄지보다는 상당히 짧았다. 키가 190센티미터가 넘는 사이러스는 룸메이트보다 거의 30센티미터 컸지만, 그래도 둘이 끌어안을 때면 종종 지가 큰 숟가락 역할(뒤에서 끌어안는 형태를 말한다)을 했다. 지의 엄지는 지 자신의 미니어처 같아서 짧지만 강인하고 견고했다. 마사지사나 조각가, 침모나 목수의 손가락이라 할 만했다.

둘은 거의 입을 맞추지 않았고, 입을 맞춘대도 결코 입술에 하지는 않았다. 대체로 둘은 서로를 안고 서로의 피부와 등과 손가락에 장난을 쳤다. 대체로 둘은 잠을 잤다.

때로 사이러스는 돌아누워 지를 마주 보며 그의 반바지 쪽으로 손을 뻗었다. 아니면 지가 사이러스의 몸에 팔을 두르고 손가락으로 그의 사타구니 털을 쓸며 살을 훑었다. 그들은 그런 식으로 서로를 보내주곤 했다. 눈을 감고, 무겁게 숨을 쉬면서. 때로는 서로를 마주 보며 각자 자신의 몸을 만지기도 했다. 쓰지 않는 손으로는 상대의 젖꼭지와 목울대, 입술을 따라 그리며.

하지만 보통 둘은 그냥 서로를 안고 잤다. 그런 식으로 단순한 일이었다. 절반쯤 품위 있는 두 남자가 담요를 같이 쓰는 것뿐.

둘 중 한 명이 연애를 할 때는 룸메이트를 가장 친한 친구라고 소개했다. 둘 다 연인이 있을 때는 더블데이트를 하러 나가고, 섹스 소리를 감추려 각자의 침실에서 음악을 크게 틀었다. 사이러스는 애인들에게 지와 잔다는 말을 절대 하지 않았고, 지 역시 남자 친구 중 누구에게도 그 말을 하지 않았다.

비밀이어서, 또는 부끄러워서가 아니었다. 지는 공개적인,

행복한 게이였다. 사이러스는 그냥 어찌어찌 사람들과 얽히는 스타일이어서, 상대방의 젠더에 크게 관심을 두는 경우가 거의 없었다. 그들은 둘이 나누는 종류의 친밀함을 과장하거나 폄하하지 않고 다른 사람들에게 자신들의 관계를 설명하는 게 불가능하다고 느꼈다. 그래서 시도하지 않았다.

그날 아침, 지나치게 힙한 그린포인트 호텔에서 사이러스는 지의 엄지를 입에서 빼 가만히 내려놓고는 침대에서 빠져나와 샤워실로 들어갔다. 지는 자다가 몸을 굴리며, "안녕 조용히 해 좋은 하루 보내 쉿"과 비슷한 무슨 말을 꿍얼거렸다.

사이러스는 샤워실에서 나와 재빨리 깨끗한 옷을 입었다. 자신의 선택에 대해 너무 많이 생각하지 않으려고 많이 노력하며 어제 입었던 바지와 깨끗한 검은색 티셔츠를 입기로 했다. 그는 한 차례 빠르게 뒤를, 지를 힐끗 보았다. 지는 여전히 깊이 잠들어 있었다. 사이러스는 그렇게 문을 나섰다.

사이러스는 1시쯤 브루클린 미술관에 도착했다. 그가 오려던 시간보다 훨씬 늦었다. 전철을 잘못된 방향으로 타서 업타운까지 갔다가, 하릴없이 길을 잃은 탓이었다. 핸드폰의 지도 앱은 도움이 되지 않았다. 그는 뉴욕에 와본 적이 없었고—서른이 되어가는 작가로서는 인정하기 부끄러운 일이었다—길을 잃은 것처럼 보이지 않으려고 절박하게 노력했다. 불행히도 그 바람에 더욱 방향을 잃었다. 그는 관광객만이 이 도시에서 위를 쳐다보고, 뉴욕 원주민들은 똑바로 앞을 본다는 말을 들은 적이 있었다. 정신을 차리고 보면, 그는 무의식적으로 고개를 들어 거대한 강철 건물들을 보고 있었다. 그와 같은 인간들이 저런 알프스를 세웠다니 상상이 불가능했다. 이런 경이감에 기분이 좋아졌다. 여전히 경탄에 젖을 수 있다니. 하지만 부끄러울 만큼 촌뜨기가 된 기분이기도 했다. 시골 쥐가 된 기분.

마침내, 반쯤 길을 잃고 헤매며 정말로 브루클린으로 돌아가고 있는지 확인하기 위해 전철에 탔다 내렸다 하느라 영원처럼 느껴지는 시간을 보낸 뒤, 사이러스는 다시 미술관을 찾을 수 있었다. 어제는 그렇게 쉽게 찾았다니 놀랄 만한 행운이었다. 사이러스는 미술관에 들어가 곧장 죽음-말 갤러리로 나아갔다. 놀랍게도 갤러리는 북적였고, 길고 구불구불하게 줄을 선 사람들이 오르키데와 이야기하려고 기다렸다. 전날과 같은 도슨트 ─ 두꺼운 코걸이, 깃털 귀고리 ─ 가 갤러리 입구 근처에 앉아 핸드폰을 들여다보고 있는 게 보였다.

"오늘 무슨 일 있어요?" 사이러스가 그에게 물었다.

"음?" 도슨트가 꿍얼거렸다.

"왜 이렇게 줄이 길어요?"

도슨트가 어깨를 으쓱했다.

"주말이라서요? 토요일에는 늘 이래요." 그러더니 그는 다시 핸드폰을 내려다보았다.

사이러스는 어느 아버지와 어린 딸 뒤에 줄을 섰다. 둘 다 운동복 차림이었다. 사이러스의 머릿속에는 갤러리에서 기다리고 있는 다른 모든 사람에게 화가 나는, 대수롭지 않을 수 없는 부분이 있었다. *침입자들.* 사이러스는 그렇게 느낄 수밖에 없었다. 천박한 구경꾼들이 죽어가는 여자를 멍청하게 바라보고 있다. "땅콩을 씹는 군중"이 그녀의 괴로움을 보겠다고 밀고 들어왔다. 사이러스는 자신이 어떤 사명 때문에 ─ 그리고 아마도, 어쩌면 바라건대, 그 자신의 죽음을 계획하고자 ─ 이곳에 와 있었기에, 이 역겨운 관음 혐의에서 제외된다고 생각했다. 머릿속에 이런 생각이 떠오르는 순간에도 자신이 정말 그 말을 믿는지는 확실하지 않았지만.

오르키데는 미국 국기가 흑백으로 그려진 셔츠를 입은 근육질의 백인 남자와 탁자에서 이야기하고 있었다. 그 남자는 오른팔이 뭉툭하게 잘려 있었고 열정적으로 이야기하며 거친 손짓을 했다. 그러는 동안 예술가는 당혹감을 잘 견디는 듯한 미소를 지었다.

사이러스는 핸드폰을 확인했다. 지가 자신의 하루에 관한 메시지를 몇 통 보냈다. 커버에 여자의 상반신이 그려진 대니얼 존스턴 음반 사진. 인도의 웅덩이에 쫙 펼쳐진 채 버려진 단테의 「연옥」 페이퍼백. 어느 특징 없는 가게에 있는, 여름 느낌 가득한 유럽풍 종탑 위에 선 믹 재거와 클라우스 킨스키가 담긴 얇은 포스터. 지는 그 포스터 사진에 "이거 살까?"라는 메시지를 덧붙여 보냈고 사이러스는 "**당연히** 사야지"라고 답장을 보냈다. 지는 엄지를 든 이모지 세 개로 답장했다.

줄이 조금 움직였다. 사이러스는 다른 메시지를 확인했다. 사이러스와 함께 일했던 여자가 고양이를 돌봐줄 수 있느냐고 묻는 문자를 보냈다. 새드 제임스는 밴드 로커스트의 오래전 공연이 담긴 유튜브 영상 링크를 보냈다. 알코올 중독자 모임의 지지자인 게이브가, 싸운 이후 처음으로 보낸 메시지도 있었다. "계속 술 끊고 있나?" 게이브는 그렇게 썼다. "네." 사이러스는 무미건조하게, 반사적으로 그렇게 입력했다. 문자가 더 잔인해 보이도록 종말의 온점을 찍기로 했다. 몇 초 뒤 그는 덧붙였다. "아저씨는요?"

은행 앱에서 그가 지난달에 비해 이미 411퍼센트 많은 돈을 썼다고 알려주는 알림이 하나 더 떴다. 사이러스는 재빨리 알림을 끄고 핸드폰을 치웠다. 그는 갤러리와 그곳에 온 사람들을 살펴보는 데 집중했다. 사람들은 하나씩, 하나씩 예술가 앞에 앉았다. 선원처럼 덥수룩하게 턱수염을 기른 대머리 남자, 비니를 쓴 10대. 사이러스가 보기에 오르키데는 반쯤 마음이 딴 데 가 있는 듯했다. 아니면 그냥 지쳤거나. 그녀는 상대방이 대부분의 이야기를 하도록 놔두었다. 짧은 순간, 그녀가 선원

턱수염을 기른 남자에게서 시선을 들어, 줄에 선 사이러스를 언뜻 보았다. 사이러스는 그녀에게 미소 지었고 그녀는 온 얼굴로 미소 지으며 ─ 이런 식으로 미소 지을 때 눈썹 위가 보조개처럼 살짝 들어갔다 ─ 사이러스에게 아주 약간, 기쁘게 고개를 끄덕인 뒤 자기 앞의 남자에게 관심을 돌렸다. 그는 어리둥절해 어깨 뒤를 돌아보았다.

마침내, 세 명이 더 의자에 앉았다가 일어난 뒤 사이러스의 차례가 되었다. 사이러스가 의자에 앉기도 전에, 인사를 건네기도 전에 오르키데가 말했다. "사이러스 샴스! 돌아왔네요!"

"당연하죠." 사이러스가 말했다. "당신하고 이야기하려고 뉴욕에 왔는걸요!" 그는 이렇게 말한 뒤, 그 말이 예술가에게 부담이 될지도 모른다고 생각했다. 그의 여행이 가치가 있도록 이 대화를 충분히 기발하게 만들어야 한다는 압박감을 느낄지도 몰랐다. 그가 덧붙였다. "제 말은, 다른 일도 하긴 하지만요. 돌아다니고, 구경하고, 먹고, 쓰고. 하지만 당신이 여기서 하는 일이 아주 놀랍다고 생각해요."

오르키데가 약간 눈알을 굴려대며 왼손으로 손사래를 쳐 사이러스의 말을 떨쳐냈다. 그녀의 손가락은 길고 뼈만 남았고 손톱은 물어뜯어 펜촉처럼 보였다.

"뉴욕에 처음 왔을 때 내가 한 일도 그게 전부예요." 오르키데는 화제를 돌려 말했다. "헤매고, 구경하고, 헤매고, 구경하고. 실은 테헤란이랑 참 비슷하죠. 곳곳이. 가난한 사람들은 거리에 담요를 깔고서 액자와 영화와 손목시계를 팔아요. 그들 바로 옆의 센트럴파크와 샤한샤히 공원에서는 부자들이 하인들에게, 유모들에게 풀밭에 담요를 깔라고 하죠. 아기들과 함께 과일을 먹고 햇빛을 받으며 잠을 잘 수 있도록요."

"전 이란에 가본 적이 없어요." 사이러스가 당황해서 말했다. 그는 예술가가 한 말에, 다 안다는 듯 고개를 끄덕일 수 있기를 열망했다.

"그래요?"

"그게, 아기였을 때 말고는요."

"별다른 걸 놓쳤다고는 할 수 없어요." 오르키데가 미소 지었다. "어디나 사람 사는 데죠. 풀은 풀이고 담요는 담요고. 나라는 나라고."

"그립지 않아요?" 사이러스가 물었다.

"글쎄, 잘 모르겠네요. 장소는, 음식은 그리워요. 상쾌한 정오의 바르바리 빵, 진짜 망고. 그런 것들요."

"당신은 여기에 있는 것만으로도 아주 많은 걸 이루어냈어요."

오르키데가 다시 눈알을 굴렸다.

"정말로요." 사이러스가 말을 이었다. "저는 누가 이거랑 비슷한 일을 했다는 말을 들어본 적이 없어요. 그러니까……. 최후의 며칠이든, 뭐든 간에요. 이거야말로 정확하게 내가 글을 쓰고 싶었던 주제예요. 죽음을 어떻게 유용하게 만들 것인가. 이 사람들 중에 —" 그는 자기 뒤의 줄을 향해 손짓했다. "당신하고 이야기해야만 하는 사람이 얼마나 많을지 누가 알겠어요? 얼마나 많은 인생이 바뀌겠느냐고요. 이건 영웅적이에요, 말 그대로 이건 —"

"그래요, 사이러스." 오르키데가 단호하게 말했다. "이제 그 얘기는 다 한 걸로 쳐요. 지금은 그냥 친구가 될 수 있을까요? 다른 사람들처럼 이야기하고."

사이러스는 잠시 가만히 있었다. 익숙한 수치심이 번뜩이는 것을 느꼈다. 그의 인생 전체는 다른 사람들이 거의 좋아하지 않는 것을 열정적으로 사랑하며, 모든 것에 얼마나 큰 의미가 있는지, 왜 그런지 다른 모두에게 설명하느라 애쓰다가 대체로 실패하는 꾸준한 과정이었다. 그는 새드 제임스가 언젠가 "그거"라고 불렀던 행동을 했을지도 모른다는 걸 깨달았다. 무언가를 지나치게 좋아하고, 다른 사람들이 숨 막힌다고 느끼는 방식으로 무언가에 집착하는 것.

사이러스의 당혹감을 느꼈는지 오르키데가 덧붙였다. "사이러스, 이게 당신에게 의미 있는 일로 느껴진다니 참 기뻐요. 하지만 난 나 자신을 너무 잘 알아서, 누군가가 내 맞은편에 앉아 나를 영웅이라고 부르게 놔둘 수 없어요. 무슨, 내가 암에 걸렸고 웬 미술관에 금속 의자 두 개를 두고 있어서?" 그녀가 웃었다. 사이러스도 약간 미소 지었다. "거기다가―" 오르키데는 함께 음모를 꾸미듯이 속삭였다. "난 이 엿 같은 진통제에 너무 취해 있어요. 죽어갈 때는 사람들이 정말 좋은 걸 주거든요."

오르키데가 웃었다. 사이러스도 웃었다.

"웃기네요." 그는 구체적으로 어떤 진통제를 맞고 있느냐고 즉시 묻고 싶어진 뇌의 일부를 억눌렀다. 아편제일 게 거의 확실했다. 어쩌면 펜타닐일지도 몰랐다. 몇 밀리그램이나 될까? 패치 형태일까? 약을 끊었는데도 이건, 중독의 반사 신경은 늘 푸른 야생과 같이 너무도 강력하게 남아 있었다. *머리 한구석에서 중독은 팔굽혀펴기를 하며 점점 강해져. 그냥 네가 미끄러지기만을 기다리지.* 어떤 고인물이 그에게 말해준 적이 있었다. 사이러스는 대화 주제를 바꾸어 말했다. "우리 대화에 대해서 생각했어요, 아주 많이. 당신이 얼마나 기억할지는 모르겠지만……."

"하, 사이러스. 난 우리 대화를 완벽하게 기억해요. 여기 사람들 대부분은 순교에 빠져 있는 이란 남자가 아니니까." 그녀가 키득거렸다. "당신은 정말 이상한 사람이에요. 당신 때문에 우리 둘 다 CIA 명단에 올랐을까 봐 걱정된다고요!"

사이러스가 미소 지었다. "솔직히, 실제로 그 걱정을 했어요, 농담이 아니고요. 젊은 이란 남자가 순교에 대한 책을 만들면서, 사람들한테 순교자가 되는 것에 대해 말하다니. 이건 가만 히 있는 게 아니잖아요?"

사이러스 뒤로 줄이 거의 전시실 전체를 채웠다. 이미 둘의 대화는 앞의 몇몇 대화보다 길어졌다. 사이러스가 말을 이었 다. "미국 사회학자 W. E. B. 듀보이스의 저작에 대해서 아세 요?"

"몰라요." 오르키데가 말했다. "말해주세요."

"저도 전문가는 아니에요. 그냥 학교에서 그 사람 글을 많이 읽었어요. 듀보이스는 시민권, 인종차별주의에 대해서 썼어요. 아마 '이중 의식'이라는 개념을 만들었을 거예요. 미국에 사는 흑인들은 언제나 인종차별주의자 백인이 자기를 어떻게 볼지 의식해야 한다는 거죠. 같은 개념을 수많은 경계인들에게도 적 용할 수 있어요. 늘 자기를 싫어하는 사람들의 눈으로 자신을 봐야 한다고. 이란 사람으로, 모호한 무슬림으로 그런 것들을, 그런 것 하나하나를 싫어하는 나라에서 살면, 거기다가 또 순 교에 대해 쓰고, 그 단어가 내 삶에서든 죽음에서든 어떤 의미 일지에 관해 내놓고 집착하면……. 그냥, '날 싫어하는 사람은 이런 것에 대해 어떻게 생각할까'라는 식으로 생각하지 않기가 힘들어요."

"왜 당신을 싫어하는 사람들이 당신 예술에 대해 뭐라고 생 각할지 걱정하죠?"

"뭐, 그야 저를 싫어하는 사람들이 총도, 감옥도 다 가지고 있기 때문이죠." 사이러스가 웃었다.

"하. 아, 그러네요. 그 문제가 있네." 오르키데가 말했다.

"때로는 그냥 폭스뉴스의 헤드라인을 상상해요. '이란 출신 무슬림이 쓴 죽음의 컬트 선언문, 인디애나주를 사로잡다' 같은 거요."

"예술 작품을 만들기도 전에 그 작품에 대한 헤드라인을 상상하는 건 아마 좋은 방법이 아닐 거예요, 사이러스 잔."

"하지만 보세요." 사이러스가 미소 지었다. "그것도 이 일의 총체적인 일부예요. 이 일 전체 중에 얼마만큼이 제 자아일까요? 얼마만큼이 다른 사람보다 중요해지기를 원하는 제 문제일까요? 살아서든 죽어서든?"

"어젯밤에 생각했는데, 당신 프로젝트는 페르시아의 모든 위대한 거울 예술을 떠올리게 해요." 오르키데가 말했다. "그에 대해서 잘 알아요?"

"전혀 몰라요. 말해주실 수 있을까요?" 사이러스가 말했다. 그는 오르키데에게 하고 싶은 모든 말로 폭발할지 모른다고 느꼈지만, 오르키데가 자신에게 가르침을 주기를 바라는 마음도 간절했다. 그녀의 발치에 앉아 배우고 싶은 마음이. 이기적이게도 그는 줄이 줄지 않게 놔두고 그 의자에 하루 종일, 일주일 내내 앉아 있고 싶었다. 오르키데를 혼자 차지하고 싶었다.

"수백 년 전에, 페르시아의 옛 수도 이스파한에서 사파비 왕조의 탐험가들이 유럽에 갔어요. 프랑스, 이탈리아, 벨기에로. 가서 온갖 곳에 그 모든 어마어마한 거울들이 붙어 있는 걸 봤어요. 궁전이나 대전당 어디에나 정교하고 거대한 거울이 있었죠. 건물 크기의 거울이요. 그 사람들은 돌아와서 샤에게 그 얘기를 했고, 당연히 샤는 자기도 그런 거울을 잔뜩 갖고 싶어 했어요. 그래서 탐험가들에게, 사절들에게 유럽으로 돌아가 거울들을, 그 거대한 거울들을 가지고 오라고 했죠. 아무리 많은 돈을 내도 좋으니 사 오라고요. 그래서 그 사람들은 그렇게 했어요. 하지만 아니나 다를까, 그들이 거대한 거울을 가지고 세상을 가로지르는 동안에 거울은 박살 나버리죠. 십억 개의 조그만 거울 조각으로 깨져버려요. 이스파한에서 샤의 건축가들은 커다란 거울 판 대신 엄청나게 비싼 깨진 거울 유리를 가지고 작업하게 돼요. 그렇게 그 놀라운 모자이크를, 사원과 벽감을 만들기 시작하죠."

"와."

"난 이 이야기를 많이 생각해요, 사이러스. 유럽의 허영을, 사실상 그들의 자기 반영을 베껴내려고 수백 년 동안 노력했던 페르시아 사람들을요. 그런 것이 우리에게는 파편으로 도착했고, 우리는 깨진 파편을 통해 우리 자신을 봐야 했어요. 그 거울 타일이 모든 모스크와 타일 공예에, 그 정교한 모자이크에 들어가게 되었죠. 그런 공간이 우리 자신의 조각난 단편들을 마주하는 일을 거의 신성하게 느껴지게 만들었어요." 오르키데는 잠시 말을 멈추고 흰 머그잔에서 물을 한 모금 마신 뒤 말을 이었다.

"그러니까, 별것 아닌 내 의견이지만, 우리가 브라크나 피카소나 그 어떤 유럽인보다도 수백 년 앞서 큐비즘에 도달했다는 뜻이에요. 우리가 우리 자신의, 우리 본성의 복잡한 다중성 안에 앉아서 오랫동안 훈련해왔을지도 모른다는 거죠. 최소한 한동안은요. 단일체로 이루어진 선량한 지크프리트식 영웅과 단일체로 이루어진 못된 용의 대결이 아니라."

사이러스는 그녀가 바그너의 오페라에 나오는 영웅과 악당에 대해 이야기한다는 걸 알았지만, 그 이유는 단지 〈심슨〉의 오래된 에피소드에 나오는 농담 때문이었다. 그가 고개를 끄덕이자 오르키데가 말을 이었다.

"그런 식의 총체적 선과 총체적 악의 대결에 대한 믿음이 어떤 결과로 이어졌는지 봐요. 히틀러는 뉘른베르크에서 바그너를 들었죠. 내가 하려는 말이 그거예요. 알겠죠? 내가 이 영웅적 예술가가 되는 것의 평면성이나, 당신이 순교자로서 국가안보국의 위협이 되는 것의 평면성요. 그런 건 전혀 진짜가 아니에요. 당신도 그걸 알죠. 당신이 용이 아닌 것처럼 나도 지크프리트가 아니에요."

사이러스와 오르키데는 이제 탁자 위로 몸을 숙이고 서로에게 이야기하고 있었다. 친숙하고 조용한 목소리로. 그들 뒤에서는 줄 선 사람들이 수동적 공격성을 보이며 움직거리기 시작했다. 줄 가운데에 있던 나이 든 여자가 큰 소리로 한숨을 쉬었다.

"알아요." 사이러스가 말했다. "진짜로요. 어쩌면, 부분적으로는 저의 작디작은 인생에 뭔가 규모 있는 것이 있으면 좋겠다는 바람 때문인지도 몰라요. 여태 감수해온 위험이 중요한 의미를 띠었으면 좋겠어요." 그는 잠시 말을 멈추고 덧붙였다. "제가 살아왔다는 사실이요."

오르키데는 미소 짓고 사이러스의 손에 손을 얹었다. 차갑고 건조했다. 캔버스처럼.

"우리는 함께 늙어가지 않을 거예요, 사이러스. 하지만 이게 중요하다는 게 느껴지지 않나요? 지금 이 순간이?"

사이러스가 망설이자 그녀가 말했다. "나한테는 중요해요. 그걸 알아둬요. 깊이 중요해요." 그러더니 그녀는 줄 선 사람들을 쳐다보고 한숨을 쉬며 등받이에 기댔다. "내일 다시 나를 만나러 올 거죠?"

"네, 그럼요. 네, 당연하죠. 여기 있을 거예요. 네, 감사합니다." 사이러스는 미처 깨닫기도 전에 일어서서 예술가와 그녀의 탁자와 접이식 의자로부터, 그녀의 건조한 손과 더욱 건조한 입술과 조바심 내는 관람객들의 구불구불한 줄로부터 멀어져가고 있었다. 어느새 미술관에서 나와 놀라운 2월의 공기로 걸어 들어간 사이러스는 예술가와의 대화가, 그녀의 목소리와 정신과 존재가 머릿속 전체에 들불처럼 번지는 것을 느꼈다. 사파비 왕조의 유리, 위험. 그녀의 눈썹 위 보조개. 우리는 함께 늙어가지 않을 거예요, 사이러스. 하지만 이게 중요하다는 게 느껴지지 않나요? 사이러스는 느꼈다. 깨달았다. 그 말을 했으면 좋았겠다고 생각했다.

15

물체로, 손에 쥐고 분류한 다음 안전하게 보관할 사물로 만들어지지 않았다는 이유로 꿈을 폄하하는 것은 너무도 미국적인 일로 느껴진다. 꿈은 우리에게 목소리, 비전, 아이디어, 치명적 두려움, 떠나버린 사랑하는 사람들을 준다. 꿈만큼 개인에게 중요하고, 제국에 중요하지 않은 것은 없다.

사이러스 샴스, 순교자의서.docx에서 발췌

카림 압둘자바르와 베토벤 샴스

사이러스가 처음 본 것은 배경이었다. 땅에서 2층 높이로 들어 올려져 있으며 나무로 둘러싸인 빈 주차장. 한 번도 이런 적은 없었다. 보통 사람들이 먼저 나와 이야기하기 시작했다. 보통 이런 꿈은 그렇게, 맥락이 없다기보다는 맥락이 필요하지 않은 상태로 시작되었다. 매력적인 발화자 하나가 주변 공간을 흐릿하게 만들고, 둘이 그 공간을 완전히 사라지게 만드는 방식으로. 하지만 이 경우에는 꿈속 주차장이 꿈속 인물들보다 먼저 명료해졌다. 주위의 나무들은 만개할 꽃으로 가득했다. 아마 목련인 듯했다. 정확히 말하면, 이곳은 숲이 아니었다. 나무들 너머로 노란 풀의 평원이 마구 뻗어나갔으니까. 하지만 나무가 많았고 그 한가운데에, 깔끔하게 비워진 광장에는 자동차가 없는 주차장이 땅에서 12미터쯤 떨어져 있었다.

주차장 안에서, 결국 두 남자가 걸어 들어와 선명해졌다. 한 명이 다른 한 명보다 30센티미터쯤 키가 컸다. 둘 다 농구복 차림이었고, 키가 큰 쪽은 투명한 플라스틱 고글과 노란색 반바지, 33번이라고 새긴 지나치게 꽉 끼는 상의를 입고 있었다. 키가 작은 사람은 젖은 흙 색깔의 긴 곱슬머리를 가지고 있었으며 파란색과 흰색이 섞인, 낡아빠진 조던 운동화 위로 빨간색 나이키 바지를 입고 있었다.

"넌 뭘 좋아해?" 카림 압둘자바르(미국의 전 농구선수)가 키 작은 남자에게 물었다. 사이러스는 그 작은 사람이 그가 어렸을 때 있다고 상상했던 남동생이라는 걸 알아보았다. 카림은 이런 장면에 자주 나왔지만, 사이러스는 상상 속 동생을 한동안 보지 못했다. 그는 평소 캐스팅되는 꿈속 인물이 아니었다. 사이러스는 지금 그를 보게 되어 신났다. 그의 머리카락이 길게, 어깨 아래까지 자란 걸 보며 신이 났다.

"네?" 사이러스의 가짜 동생이 물었다. 그의 이름은 베토벤이었다. 1992년의 가족 영화 〈베토벤〉에 나오는, 동명의 개 이름을 딴 "베토벤". 다시 지어주어야 한다면, 사이러스는 상상 속 동생에게 더 나은 이름을 지어줄 것이다. 인간적이고 내놓고 이란스러운 이름, 샤바항이나 로스탐이나 샤흐리야르 같은 이름. 하지만 사이러스는 일단 누군가에게 이름을 지어주면, 어린 시절에 한 일이라도 그 이름을 다시 지어줄 기회는 오지 않는다는 걸 알고 있었다. 그래서 "베토벤"이 그대로 남았다.

"넌 뭘 좋아해?" 카림이 다시 말했다.

"농구겠죠." 베토벤이 대답했다. 두 남자는 주차장을 빙빙 돌며, 네모난 벽돌 경계선을 따라 걷다가 꺾이는 각도를 만나면 오른쪽으로 돌았다. 나무들이 따라서 고개를 끄덕였다. "보르헤스. 피칸. 마술. 아마 〈트윈 픽스〉(1990년대에 방영된 미국의 미스터리 TV 시리즈)도 좋아할 테고요."

두 남자가 다 웃었다.

"〈트윈 픽스〉?" 카림은 얼굴을 구기며 물었다. "와. 너 그런 녀석이었구나. IPA도 마셔? 주말에 하이킹 가는 걸 좋아하고?"

베토벤이 미소 지었다.

"그러니까, 아마도 저런 참을 수 없는 것들 중 하나에 빠져 있겠죠? 어쩌면 저는 사람들을 『무한한 재미』(미국 작가 데이비드 포스터 월리스의 1996년 소설로 방대하고 난해한 것으로 유명하다)에 빠지게 하는 데 엄청 빠져 있을지도 몰라요. 아니면 크로스핏. 아니면 테슬라."

둘 다 다시 웃었다. 카림이 말했다. "글쎄, 모르겠다. 넌 디제잉이나 비트코인 해킹에 빠져 있을 것 같은데. 아니면 즉흥 연극 수업이나."

"완전, 장담하는데 저는 실제로 즉흥 연기를 정말 잘할 거예요. 그게 당연하죠." 베토벤은 자기 머리를 쓸어 넘겼다. 그의 곱슬머리가 탄산음료 거품처럼 팡팡 터졌다.

"농담 하나 해봐." 카림이 말했다.

"즉흥 연기는 그렇게 하는 게 아니에요." 베토벤이 말했다.

"상관없어. 농담을 해봐. 날 웃겨봐."

베토벤은 잠시 걷기를 멈추었다. 그의 눈이 커지면서 네온으로 변했다. 잠깐 그의 두 눈이 마르가리타 칵테일처럼 보였다. 그만큼 노랬다. 이제 베토벤이 말했다. "빨간색이고 안 보이는 건?"

카림은 어깨를 으쓱했다.

베토벤이 말했다. "토마토 없음."

카림이 움찔했다.

"끔찍한 농담이다, 베토벤."

둘 다 웃었다. 하늘이 머리 위에서, 또 그 너머에서 파랗게 빛났다. 실에 매여 빙글빙글 돌아가는 거울처럼. 베토벤이 카림을 쳐다보며 물었다. "당신은요? 당신은 뭘 좋아해요?"

"나도 농구 좋아해." 카림은 망설임 없이 말했다. "여전히. 또 영화도 좋아해. 재즈도. 너, 그 화재에 대해서 알아?"

"네, 당신 집이 타버리고 음반 전부가 망가졌을 때 말이죠?"

카림이 고개를 끄덕였다.

"수천 장이나 됐어. 몇 년이나, 아주 오랫동안 모아온 건데. 일부는 정말 희귀한 거였어. 대체할 수 없는. 아버지가 재즈를 연주했는데 아버지의 오래된 음반도 그 불로 타버렸어. 그래서

266

레이커스 팬 모두가 나한테 각자가 가진 음반을 보내주기 시작했지. 각자의 개인 소장품을."

"그거 아주 이상하네요." 베토벤이 말했다.

"이상하다고?" 카림이 물었다. 이제 나무들은 작은 분홍색과 보라색 왕관을 꽃피우고 있었다.

"뭐 —" 베토벤이 입을 열었다. "제가 당신을 대신해서 말하고 싶지는 않아요. 하지만 당신한테 중요한 건 물리적인 음반이 아니라, 그 이면의 이야기였던 것 같거든요. 그 음반들을 발견한 곳이라거나 당신 아버지가 당신한테 주었다거나 하는 얘기들요. 그리고 당신은 아마 당신한테 음반을 보내준 사람들의 99퍼센트보다 돈을 많이 벌었을 거예요. 아마 엄청나게 더 많이요. 안 그래요?"

"와." 카림이 베토벤을 내려다보았다. "이거 네가 하는 말이야, 사이러스가 하는 말이야?"

베토벤이 움찔했다. "그걸 내가 도대체 어떻게 알겠어요?"

둘은 잠시 조용히 걸었다. 두 마리의 노란 새, 황금방울새가 주차장을 사이에 두고 양옆에서 날아 들어와 공중에서 세게 부딪혔다. 깃털들이 옥신각신하며 주차장 아스팔트에 떨어졌다. 거기서 새들은 만화에서 싸울 때 보이는, 분노의 먼지 구름 같은 것을 일으켰다. 발톱, 부리, 느낌표.

"일단 —" 카림이 입을 열었다. "문제는 절대적으로 음반 자체였어. 지금처럼 유튜브에 들어가서 아무거나 들을 수 없었거든.《니나 앳 뉴포트》를 듣고 싶으면, 나는 턴테이블에《니나 앳 뉴포트》를 얹어야 했어. 아버지랑 같이 연주했던 사람 중 몇 명이 아버지한테 데모 음반을, 집에서 녹음한 걸 줬지. 대체 불가능한 것을."

베토벤은 땀을 흘리기 시작했다. 카림이 말을 이었다. "네가 가장 사랑한 모든 예술에 접근하지 못하게 된다니 상상이나 돼? 네 삶에 목적을 주던 모든 것에 말이야. 목적과 능숙함을 주던 것에. 너를 인간이라는 종족의 일원처럼 느끼게 해주던 것에. 너한테 살아 있고 싶다는 생각을 하게 만든 것에."

"상상 안 돼요." 베토벤이 정직하게 말했다. "살아 있다, 그걸 상상 못 하겠어요."

"그 모든 게 사라진다고 상상해봐." 카림이 말을 이었다. "문자 그대로 연기가 된다고."

베토벤은 아무 말도 하지 않았다. 둘은 계속 걸었다.

"그런 다음에는―" 카림이 말했다. "널 한 번도 만나본 적 없는 사람들이, 너를 그냥 신화로만 아는 사람들이 너한테 네가 사랑했던 예술 작품이나 자기들이 사랑한 예술 작품을, 너도 좋아할지 모른다고 생각해서, 보내준다고 상상해봐. 나이 지긋한 여성분이 오래된 유명곡 앨범을 잔뜩 보낸다거나. 여덟 살짜리 소년이 자기가 아끼는 몽키스 음반을 보낸다거나. 그게 다른 사람들과 함께한다는 네 감각에 어떤 기여를 할지 상상해봐. 지구가 어쩌면, 사실은 너한테 맞는 장소일지 모른다는 느낌이 들 거야."

"그런 식으로 생각해본 적은 없네요." 베토벤이 고백했다.

"그래 보여."

"하지만 —" 베토벤이 조심스레 말을 이었다. "사람들은 당신을 잘 몰라요. 당신도 직접 그렇게 말했죠. 당신은 그 사람들한테 일종의 신화였다고. 신화는 삶을 견딜 수 있게 하려고, 엿 같은 인생을 견딜 가치가 있는 것으로 보이게 만들려고 우리가 우리 자신에게 말하는 이야기예요. 신들이 올림포스에 살았잖아요, 정상이 뻔히 보이는 올라갈 수 있는 산에."

"이런……." 이제는 카림도 땀을 흘리고 있었다. 그는 오른쪽 팔등으로 이마를 훔쳤다. 막상막하의 경기 4쿼터에서 그랬듯이.

"사람들의 친절함은 얼마나 그들 각자의 책임감이나 자기 선량함에 대한 강박과 관련되어 있을까요? 타네히시 코츠(아프리카계 미국인 작가)는 '개인적 면죄의 정치학'에 대해서 말하는데……."

카림이 웃었다.

"잠깐, 잠깐, 잠깐. 네가 거기 서서 나한테 타네히시 코츠를 인용하려 든다면 난 너랑 이 대화를 이어갈 수 없어." 카림이 말했다. "너 자신을 봐. 너한테 무슨 일이 일어나고 있는지 보라고."

베토벤은 자기 손을 보았다. 그의 손은 매 순간 점점 더 창백해지고 있었다. 포토샵에서 누군가가 천천히 밝기를 올리는 것 같았다.

"젠장." 베토벤이 말했다. 그의 얼굴이 농구공 가죽의 갈색에서 심판 유니폼의 흰색으로 변해갔다. "제기랄, 빌어먹을."

베토벤은 사이러스보다 최소한 조금은 어려야 했지만, 이제는 훨씬 더 나이 들어 보였다. 심지어 카림보다도 나이 든 것 같았다. 그의 긴 검은 곱슬머리가 마구 뒤엉켰다. 나뭇가지들과 함께 물결치며 점점 잿빛으로 변했다. 그는 사람과는 덜 비슷해지고 풍경의 일부와 더 비슷해져갔다. 거의 날씨 같았다.

"가끔은 네가 실제로 살아 있었던 적이 없다는 걸 잊어버려." 카림이 말했다.

"그건 사실이죠, 맞아요." 베토벤이 말했다. "저도 그래요."

눈이 내리기 시작했다. 카림과 베토벤은 둘 다 시인 파블로 메디나의 한 구절 "부자는 눈을 살 수 없기에"를 말하려다가 상대방이 그 말을 하는 걸 듣고 멈추었다. 둘은 미소 지었다. 나머지 부분, 둘 다 소리 내서 말하지 않은 부분은 "그리고 가난한 자는 눈썹에 눈을 뒤집어써야 하기에"였다. 둘 다 자신을 그 부자라 생각했다.

"농담 하나 더 해줄래?" 카림이 말했다.

"정말이지, 당신은 즉흥 연기를 어떻게 하는 건지 모르는 것 같아요." 베토벤이 말했다.

"아니면 그냥 네가 즉흥 연기를 아주 잘하지는 못하는 걸지도 모르지."

베토벤이 쓴 소리를 냈다.

"좋아요. 하나 해볼게요. 허수아비는 왜 승진했을까요?"

"왜?"

"자기 필드(field, 들판)에서 눈에 띄었으니까요."

카림은 끙 소리를 내더니 웃었다. 땅과 하늘 자체를 뒤흔드는 듯한 큰 웃음이었다.

16

발신: 윌리엄 M. 포거티 미국 해군 중장
수신: 미국 중부 사령부 총사령관
제목: 1988년 7월 3일 미국 해군 함정 빈센스(CG. 49)에 의한 민항기 격추의 제반 상황에 관한 공식 조사(공개)

1. 배경 정보
a. 걸프 전쟁
(1) 이란과 이라크 간의 전쟁은 천 년을 거슬러 올라가는 갈등이 최근 반복된 사례임.

아라시 시라지

1985년 5월 이란 후제스탄주

아르만은 모든 소대에 나 같은 사람이 한 명씩 있다고 말한다. 500명마다 아라시가 한 명씩 있다고, 자기 말을 다른 말들과 떼어놓고 배낭 안에 로브를 쑤셔 넣고 다니는 내가 한 명씩 있다고. 신의 머리칼처럼 긴 검은색 로브, 모로코 비단보다 섬세한 로브. 당신이 상상하는 것보다 검은 검은색, 정신이 아득해질 때와 같은 검은색, 만화 속 작은 새들처럼 검은색 주위를 빙빙 도는 응집된 검은색. 다른 모든 옷 위에, 제복과 총과 칼집과 그래, 심지어 헬멧 위에 걸쳐 입는 로브, 헬멧을 가리기 위한 작은 검은색 후드. 그 옷이 모든 것을 뒤덮는다. 밤에 검은 로브를 입고 검은 말에 탄다. 후드 아래로 목에 직류 손전등을 걸고서. 나는 아르만이 그 손전등을 켜는 걸 본 적이 있다. 밤에 손전등이 자기 얼굴을 비추는 모습을 보여주려고. 그는 그 깊은 어둠 속에서는 얼굴이 딱히 진짜 얼굴이라기보다는 빛의 공처

275

럼 보이고, 오래된 그림에서는 예언자들의 머리 대신 불의 공을 그려 넣었다며 그 손전등을 켰다. 검은 말을 타고 검은 옷을 입고 돌아다니는 빛의 공. 아르만은 내게 보여주려고 바드바닥(Badbadak)에 올라탔다. 바드바닥은 내 말이다. "연"이라는 뜻이지만 실제 단어를 쪼개보면 "작은 바람 바람"이라는 뜻이다. 바드바닥은 그림책에 나오는 말 같다. 어둡고 우람하며 발굽 주변에 털이 더 나 있어서 녀석의 다리 아래쪽 절반도 망토를, 긴 로브를 두르고 있는 것처럼 보인다. 바드바닥에 탄 아르만은 검은 바람을 타고 질주하는 신의 불빛 같고, 당연히 나는 그 모습을, 그 모습에서 천사를 보았다. 물론, 이런 겉모습이 중요했다.

500명에 한 명이 천사처럼, 이런 식으로 옷을 입고 밤의 천사, 역사와 죽음과 빛과 빌어먹을 무자비한 전쟁의 천사처럼 빛을 밝힌다. 모든 것에, 심지어 전쟁에도 천사가 필요하다. 각 소대의 나 같은 사람이 그런 천사가 된다. 한 달에 한 번 여동생에게 전화를 걸고 부모에게 돈을 보내고 차가운 밥을 먹고 하루에 한 번 똥을 싸는 나 같은 사람이, 가슴에 형광색 스카프를 두르고 있던 시장의 미라를 꿈꾸는 사람이. 각 소대의 나 같은 사람 한 명이 전투가 끝나면 나선다. 로브를 입고 손전등을 걸고 말을 달려 전쟁으로 죽은 자들과 죽어가는 자들 주위를 질주하며 그들을 지켜주는, 그들과 함께하는 천사의 모습을 언뜻 보여준다. 그게 비결이다, 안 그런가? 함께한다는 것, 천사와 함께한다는 것은 당신이 처음부터 쭉 옳았다는 뜻이다. 움츠리고 무릎을 꿇고 금식을 하고 찡그리던 것이. 그런 함께함이 당신을 잔나(이슬람의 낙원)로 보내줄지 모른다. 천사는 통증, 고통, 허무가 아닌 확신을 가슴에 품고 잔나와 리드완(이슬람에서 천국문을 지키는 천사의 이름) 앞에 가게 해준다. 그래, 검은 옷을 입고 바람을 타고 어둠을 타고 달리는 천사를 봤다는 확신. 괴로움이 요구하는 만큼 오랫동안 남아 있겠다는, 이 일을 끝내버리지 않겠다는, 자살하지 않겠다는 확신.

아르만은 아주 오랫동안 그 일을 해왔다. 그는 무함마드와 병사에 관한 하디스를 상기시킨다. 옆구리에 칼에 베인 상처가 벌어진 채로 전쟁터에 쓰러져 죽어가던 병사. 모든 동료가 이미 떠났거나 죽었고, 죽어가는 그만이 그곳에서 죽어가며 자기 내장을 들여다보고 있었다. 혼자서, 후사인 이후의 그 누구보다도 외롭게. 후사인조차 최소한 가족과는 함께했다. 그 병사는 죽어가다가 칼을 꺼냈다. 이제는 힘이 너무 없어서 시간이 좀 걸렸지만 칼을 꺼내 자기 목을 베었다. 알함두릴라, 산 자들 가운데 아는 자가 거의 없을 고통 속에 길을 잃었다. 그렇게 그는 죽었다. 절반은 적의 칼날로, 절반은 자기 칼날로 그 자리에서 죽었다. 그는 잔나에, 잔나의 대문에 갔고 그곳에서 예언자를 만났다. 한 발 나아가면 예언자(그분께 평화가 있기를)의 신성한 얼굴에 닿을 수 있을 만큼, 숨결이 닿을 만큼 가까웠다. 그런데 그가, 예언자의 신성한 얼굴이 흐느끼고 있었다! 신이 보낸 최후의 전령인 예언자(그분께 평화가 있기를)가 병사에게서 얼굴을 돌리며 흐느끼고 있었다. 그랬다, 예언자(그분께 평화가 있기를)는 병사를 잔나에서 돌려보냈다. 전혀 이해하지도 못하는 전쟁에서 싸우느라 평생을 보냈고 지상에서 마지막 몇 시간은 너무도 고통스럽게 괴로워했던 그 병사를 저승의 다른 편으로 보내버렸다. 아르만은 이 이야기를 하면서도 그곳의 이름만은 말하지 않는다. 그게 진(이슬람의 정령)의 이름이라도 되는 듯이, 아예 언급조차 안 하는 게 낫다는 듯이. 그 단어를 말하면 그곳이 불려 오기라도 할 것처럼. 단어의 소리가 대상 자체인 것처럼. 하지만 어떤 것들은 소리를 거부하고, 표현 자체를 거부한다. 우리는 태양이라는 소리에 무슨 의미라도 있는 것처럼 태양을 태양이라고 부른다. 이런저런 사람을 영웅이라고 부르고, 이런저런 사람을 겁쟁이라고 부른다. 예언자가 그를 보내버린 이유는 그가 남자답게 괴로워하는 대신 자기 목을 칼로 그었기 때문이다, 그게 교훈이다. 아르만은 내가 그 점을 기억하기를 바란다.

그러니까 이란군의 모든 소대에는 나처럼 끼얹어진 사람들이 있다. 죽어가는 사람들 사이로 말을 달리며 그들의 결심을 강화한다. 목에 열쇠를, 그들이 들은 바로는 천국으로 통하는 열쇠를 걸고 전쟁터로 파견된 사람들 사이로. 그중에는 아직 남자라 할 수 없는 이들도 있음을 인정해야만 한다. 남자의 이름을 가진 소년들, 나시르라는 이름의 아이, 소흐랍이라는 이름의 아이, 후샹과 아바스와 푸얀이라는 이름의 아이들. 아이들이 남자의 옷을 입고 남자의 이름을 하고 남자처럼 바람이 들어간 채 걸어 다닌다. 이름이 그들을 남자로 만드는 것처럼, 남자의 장화를 신으면 남자가 될 수 있는 것처럼. 나는 그런 아이들이 죽어가는 동안, 그들이 최후의 순간에 목을 베지 못하도록 말을 달린다. 그들에게 남자답게 괴로워해야 한다는 점을 상기시키려고. 나 같은 남자들이 그들을 위해 그들의 저승을 지켜준다. 그게 아르만의 표현이다. "그들의 저승을 지켜준다." 그들이 아버지와 할머니, 그리고 물론 예언자들과 합류하게 해주자. 나 자신은 그 예언자들에 대해 흩어진 신념밖에 품을 수 없다. 방 안에서 전등이 깜빡거릴 때처럼, 가끔은 그 예언자들의 형상이 보이지만 절대 그 깊이는 보이지 않는다. 아니면 그 반대일지도 모르겠다. 나는 그들의 깊이는 볼 수 있지만 그 형상은, 예언자들의 모습은 알아볼 수 없는지도. 그들의 존재 전체가 왜, 어떻게 있는 것인지, 심지어 대체 뭔지조차 모르겠으니까.

하지만 내가 하거나 하지 않는 일, 혹은 믿을 수 없는 일은 중요하지 않다. 아르만은 믿는다. 그의 이마에는 종종 너무 오랫

279

동안 무릎을 꿇고 있어서, 너무 오랫동안 절을 해서 생긴 자나마즈(기도 매트) 자국이 새겨져 있다. 아르만은 내가 좀 혼란스러워한다고 의심하는 것 같다. 아르만은 아는 것 같다. 그러니 내게 나 자신이 아니고, 심지어 나의 조국도 아니고, 그 남자들, 죽어가는 남자들을 위해, 그 남자들과 그들의 처절하고도 망가질 수 있는 영혼을 위해 말을 타라고 언제나 말하는 것이다. 행동은 의도에 따라 판단된다, 아르만이 내게 늘 하는 말이 그것이다. 행동은 의도에 따라 판단된다, 그 말이 코란 어딘가에 나온다. 그리고 나는 정말로, 정말로 그들을 돕고자 한다. 바람을 타고 다니는 빛의 공을 보는 것이 그들에게 도움이 된다면 나는 그 공이 될 것이다.

아직 검 얘기는 하지도 않았다. 지금으로부터 1년 전에 아르만이 준 검, 아르만이 모든 소대의 모든 나에게 준 그 검 말이다. 날 끝이 두 개의 송곳니로, 쌍둥이 송곳니로 갈라져 정말이지 악마의 이빨처럼 보인다. 이 검은 물론 하즈라트 알리(이슬람의 초기 지도자)의 검인 줄피카르처럼 보이도록 만들어진 것이다. 조금 더 멋져 보이게. 다만 나는 사실 이 검을 완전히 이해할 수 없었다. 천사가 왜 하즈라트 알리의 검을 들고 다니겠는가? 아니면 내가 하즈라트 알리가 되어야 하는 건가? 그렇다면 나는 왜 직접 전쟁터에 나와 있는 걸까? 아니면 이 천사가 알리의 호위병 중 한 명일까? 아무튼, 이 검을 가지고 다닌다는 건

바드바닥을 탈 때 대체로 한 손만 써야 한다는 뜻이다. 검집에 넣어두면 그냥 그저 그런 오래된 검처럼, 오래된 검의 손잡이처럼 보이기 때문이다. 그래서 검을 뽑아 날의 송곳니 두 개가 빛을 받게 해야 한다. 빛은 언제나 달빛, 그림자를 드리울 수 있을 만큼 밝은 달빛이다. 밤에 빛이 있다면 바로 그 달에서 나오는 것이다.

나 자신을 볼 수 있으면 좋겠다. 아니면 시장의 미라가 나를 볼 수 있으면 좋겠다. 빛 없이, 후드 없이, 하지만 어쩌면 말을 탄 채로, 어쩌면 검을 든 채로. 그렇다면 미라가 나를 사랑할 수도 있다. 스카프를 내 목 뒤에 둘러 나를 자기 입과 가슴 가까이 당길지도 모른다. 하지만 그녀는 지금 내게서 수백 킬로미터 떨어져 있다. 수천 킬로미터, 수백만 킬로미터 떨어져 있는 것이나 마찬가지다. 나는 천사의 옷을 입고 거의 죽은, 거의 알아볼 수 없는, 나와 식사와 이야기와 샤워를 함께 하던 남자들 사이로, 때로는 심지어 그날 아침 함께 그런 일을 한 남자들 사이로 정처 없이 돌아다닌다. 천사가 되어, 달빛 아래 송곳니 달린 검을 든 천사가 되어 달린다.

나를 보고 한 사람이 물, 물이라고 외친다. 이런 일은 아주 많이 벌어진다. 아르만이 예고한 그대로다. 죽어가는 자들은 갈증을 함께 가져간다. 그들이 가져가는 것은 오직 갈증과 죽어감뿐인지도 모른다. 갈증이 그 어떤 칼보다 심하게, 사자처럼 그들의 가슴을 가른다. 나는 그들에게 물을 주어서는 안 된다. 절대 안 된다고, 내가 묻자 아르만이 말했다. 천사가 왜 물을 가지고 다니겠느냐고. 이해는 된다. 하지만 그래서 나는 그들이 울고 애걸하며 죽어가는 소리를 들으면서도 가짜 검을 들고 알량한 코스튬을 입고 커다란 말에 가만히 앉아 있어야 한다.

스카프를 두른 미라는 시장 가판대에 어린아이의 플라스틱 칼을 걸어두었다. 가판대에 칼을 걸어놓고 그 위에 스카프를 늘어뜨려놓았다. 우스꽝스럽다. 어린아이의 장난감 칼에 파란색 초록색 노란색 흰색 스카프가 걸려 있다니. 여기 흰색 스카프가, 미라가 그녀의 가슴과 입술과 플라스틱 칼을 가지고 나와 있다고 상상해보라. 한 사람이 내게 물을 달라고 너무 심하게 빌다가 토하기 시작했다. 처음에는 담즙을, 그다음에는 피를, 그다음에는 조용해졌다. 다른 남자는 내게 금손목시계를 내밀었다. 내가 말을 달려 가버리자 그가 "메흐르나즈, 메흐르나즈, 메흐르나즈"라고 외쳤다. 나는 그가 아내나 어머니를 부르는 거라고 생각했다. 그러다가 어떤 남자들은 역겹다고, 확실한 죽음에서 탈출하기 위해 자신의 아내를, 누이나 사촌을 내놓는다던 아르만의 말이 떠올랐다. 이 모든 남자의 얼굴이 어둠과 진흙과 죽어감으로, 전쟁터 위에 깔린 안개와도 같은 그들 자신의 죽어감으로 가려져 있다. 죽음은 그저 계곡에 낮게 깔린 구름이다. 500명에 한 명씩 있는 나 같은 사람은 함께 싸우지 않은 남자들 사이로 말을 달린다. 나 같은 사람들은 너무 중요해서 싸우지도 못한다. 아르만이 그렇게 말한다. 내가 선택된 이유는 망토가 몸에 맞고 말을 탈 수 있고 소대에 진짜 친구라고 할 만한 사람이 없었기 때문이겠지만 그래도 너무 중요하다. 아르만은 내가 하는 일이 너무 비밀스러운 것이라서, 한 소대에서 여러 명을 훈련시켜 이 일을 하게 할 수는 없다고 했다. 너무 중요하고 비밀스러운 일이라서, 나는 나의 죽은 자들 사이에서 말을 달린다. "나의 죽은 자들"이라니, 보라, 언어는 실패하고 또 실패한다. 나는 말을, 나의 연을, 나의 작은 바람 바람을 타고 그들 사이를, 내가 싸우지 않은 곳에서 싸웠으며 내가 죽지 않은 곳에서 죽은 사람들 사이를 달린다.

나는 그들의 마지막 몇 분에 무언가를, 신앙을, 결심을, 용기를 주려 한다. 그중 몇 명에게는 마지막 몇 시간, 심지어 며칠일 수도 있다. 한 남자가 나를 본다. 그의 오른쪽 다리 전체가 찢어진 채 미라가 귀 뒤로 쓸어넘긴 머리카락 한 가닥처럼 그의 몸 뒤에 틀어박혀 있다. 다리가 찢어져 피를 흘리고 있다. 나는 그가 나를 보는 것을 보고, 그는 눈물을 터뜨린다. 그래, 울화의 꽃잎을 터뜨리는 연꽃처럼 눈물을 터뜨리며 운다. 그는 줄줄 흘리듯이 아야툴 쿠르시(코란의 가장 중요한 구절 중 하나로, 하나님(알라)의 위대함과 주권을 찬양하는 내용이 담겨 있다)를 꾸르륵대는 소리로 말하기 시작한다. 거의 알아들을 수 없다, 너무 축축하게 들린다. 하지만 그는 계속해서 소리를 흘려대고, 나는 그가 그분의 왕좌는 하늘 전체로 뻗어가나니라고 말하는 것이라 생각한다. 남자는 꾸르륵대며 미소 짓는다, 나는 그가 미소 짓는 걸지도 모른다고 생각한다, 내 상상일지도 모르지만 아닌 것 같다, 눈물 사이에 끊김이, 꾸르륵거리는 사이에 끊김이 있는 것같다. 물론 그도, 그의 입술도 볼 수 없다, 나는 그냥 나의 말 바드바닥에 앉아서 직류 손전등으로 얼굴을 밝히고 있을 뿐이다. 손전등이 뜨거워지고 있다, 이제 전구는 탈 듯이 뜨겁다, 늘 이런 식이다. 그들을 지키시는 그분께서는 피로를 모르나니, 남자는 그렇게 말한다. 전에 없이 젖은 소리로. 그의 꾸르륵거리는 소리를 가르고, 죽음을 가르고 미소 짓는 소리가 들려온다고 맹세라도 할 수 있다. 그 순간에는 꾸르륵거리는 소리와 말과 망토와 뜨거운 손전등이 이해된다. 나는 그가 미소 짓고 있으며 어쩌면 나도 그럴지 모른다는 것을 안다. 그분께서는 누구보다 높은 분이시니, 얼마나 뜨거운지, 남자의 꾸르륵거리는 소리가 얼마나 젖어 있는지 우스울 지경이다. 내 손에 들린, 바보 같은 검의 송곳니에서 달빛이 소용돌이친다.

17

바가트 싱
1907~1931

나는 누구인가? 고약한 술병에서 한 모금 들이켜며
나의 옷을 봄의 색깔로 물들이는—
교수대는 빌어먹을, 나를
대포 안에 쑤셔 넣어라,
당신은 그런 글도 남겼다

진홍빛 예언자, 석영의 장밋빛,
당신과 이렇게
문학처럼, 사유재산처럼 말하는 것은 아프다
언젠가 나는 그저 부드럽게
거의 죽지 않은 듯 죽을 텐데,

그때도 나는 사랑을 나눌 수 있을 테고,
당신은 여전히 기르고 있겠지, 그 짜증스러운
콧수염을 — 허영일까? 그렇다면 나는 그 허영을 옹호하겠다
시간은 어떻게 모든 것을 더 크게 만드는가

그때도 우리는 모두 중요한 일처럼 싸우리라
빈 캔버스는 여전히 비어 있는 채로,

사이러스 샴스, 순교자의서.docx에서 발췌

일요일

사이러스 샴스와 오르키데
브루클린, 3일 차

뉴욕에 온 셋째 날에 사이러스는 미술관이 문을 열기 10분 전에 그곳에 도착했다. 줄이 생겨 대화를 끝내야 하기 전에 오르키데와 충분히 대화를 나누고 싶어 여유 있게 미술관에 도착하려고 했다. 그는 오는 길에 커피 두 잔을 샀다. 한 잔은 오르키데에게 바치는 작은 공물이었다. 오르키데를 보기 전에도 그녀에 대해 생각하고 있었음을 전해줄 작은 선물. 이런 표현, 이런 가능성은 언제나 사이러스에게 유독 감동적으로 다가왔다. 그가 자리에 없는데도 누군가 그를 기억한다는 점에 대한, 시들지 않는 경탄. 사람들이 다른 누군가의 내면을 고려할—심지어 걱정할—잉여의 정신적 대역폭을 발견한다는 사실이 약간은 뜻밖의 기적으로 느껴졌다. 사이러스는 언젠가 웹사이트에서 이에 관한 단어를 읽었다. 손더(sonder). "지나가는 사람 누구든 나 자신과 똑같이 생생하고 복잡한 삶을 살고 있다는

287

깨달음." 놀라운 일이었다. 뭔가에 이름을 붙였는데도 그 놀라움이 전혀 줄어들지 않다니. 언어는 그런 식으로 완전히 무능할 수 있다.

사이러스는 이처럼 평범해 보이는 현상에 대한 자신의 감탄이 지나친 자기 몰두에 따른 폐단일지도 모른다는 가능성 역시 의식했다. 그는 병을 고친 게 아니라, 2달러짜리 커피 한 잔을 샀을 뿐이었다. 본질적으로 아주아주 사소한 호의에 불과한 것에 대해 자기만족을 느끼는, 이런 지나친 순간이라니.

미술관에 도착해—오늘은 아주 잠깐만 헤매고 더 빨리 도착했다—유리 너머로 어슬렁거리며 돌아다니는 직원들을 보고 있던 사이러스는 추가로 사 온 커피를 버려야 하리라는 사실을 문득 깨달았다. 세련되고, 하나같이 진지하며, 눈에 띄는 안경을 쓰고 엄숙한 올블랙 정장을 입은 직원들이 그 모든 미술 작품이 있는 곳에 커피를 가지고 들어가게 해줄 리 없었다. 사이러스는 바보가 된 기분이었다. 그는 커피를 줄 만한 노숙자를 찾아 주위를 둘러봤다. 음식이나 음료를 낭비하는 것에 관한 병적인 죄책감을 덜기 위해서였다. 사이러스가 아직 어렸을 때 아버지는 그에게 저녁 식탁에 앉아, 뭐든 접시에 놓인 음식을 끝까지 다 먹도록 강요했다. 화장실에 가서 음식을 토하고 돌아와야 하더라도. 샴스 집에서 낭비보다 큰 죄악은 없었다.

성인이 된 사이러스의 삶에서 이런 훈련은 곰팡이 생긴 부분을 피해 딸기를 먹고, 식당에서는 친구의 음식을 싸달라고 부탁하며, 반쯤 남은 김빠진 탄산음료를 다음 날 먹는 형태로 이어졌다. 아직 술을 마시던 시절, 럭키스의 분주한 밤이면 바텐더들이 다른 손님들이 남기고 간 음료를 주전자 하나에 모아 그 탁한 액체를 사이러스에게 가져다주었다. 사이러스는 공짜 술과 이로써 뭔가 절약했다는 느낌이 고마웠고, 종업원들은 어차피 버렸을 역겨운 음료에 사이러스가 치르는 팁을 고마워했다.

사이러스는 몇 분 동안 미술관 바깥 출입구 주변을 서성거리며 자기 커피를 홀짝였다. 직장인으로 보이는, 하이힐을 신은 젊은 여자가 아이스 라테를 올린 트레이 두 개를 절묘하게 들고 가는 모습이 보였다. 검은 옷을 입은 문신한 남자가, 아마 브런치 시간대 근무를 하러 가는 식당 종업원인 것 같았는데, 자기가 지나갈 때까지 똥을 참기를 바라는 듯 머리 위의 비둘기들을 노려보았다. 마침내 사이러스는 자기 개의 갈비뼈를 베고 자는, 크러스트펑크(펑크록의 하위 장르) 젊은이를 보았다. 더러운 이불이 둘 모두를 덮고 있었다. 사이러스는 다가가 근처에 커피를 내려놓았다. 개가 고개를 들어 그를 살필 만큼 가까운 곳이었다. 이내 개는 졸음에 겨운 듯 다시 고개를 내렸다.

하지만 사이러스는 마지막 순간에 셔츠 아래에 커피를 숨겨 들어갈 수 있을지도 모른다고 생각했다. 어쩌면 어떻게든 오르키데에게 커피를 가져다줄 수 있을지도 몰랐다. 어쩌면 이 일 전체로 대화를 시작할 수도 있었다. 그는 크러스트펑크 부랑자 앞에서 다시 커피를 집어 들었다. 그녀는 자느라 꼼짝도 하지 않았다. 잠든 개의 숨결이 추위 속에 작은 회색 구름을 만들어 냈다.

사이러스는 남은 커피를 벌컥벌컥 마신 뒤 자기 컵을 쓰레기 통에 던지며 미술관 문을 지났다. 3달러를 내고(권장 기부금은 10달러였다) 계단 쪽으로 나아갔다. 그곳에 있던 특징 없는 정장 차림에 엉덩이까지 내려오는 긴 드레드록 스타일을 한 완고해 보이는 중년 여자가 사이러스를 막았다.

"그건 못 가지고 들어갑니다." 여자가 말했다. 사이러스가 등 뒤에 아직 반쯤 감추고 있던 커피 쪽으로 얼굴을 쭉 내민 채였다.

"아, 이런. 가져온 것도 잊어버렸네요." 사이러스는 거짓말하고 돌아서서 오르키데의 커피를 버렸다. 커피와 커피를 사느라 쓴 돈을 낭비하다니 괴로웠다. 부랑자에게 커피를 두고 오지 않았기에 특히 그랬다. 부랑자는 커피를 마시고 싶지 않았을 수도 있고, 사실 그녀는 사이러스가 자신의 선량함에 기분이 좋아지도록 할 장식에 불과했기에, 이제 사이러스는 두 배로 부끄러워졌다. 그는 지가 함께 있었다면 자신이 부랑자에게 커피를 두고 왔으리라는 걸 알았다. 지는 사이러스가 그런 식으로 더 나은 사람이 되고 싶어 하게 만들었다. 사이러스는 수치심에 귀가 붉어졌다.

마침내 오르키데가 손으로 해골 같은 자신의 대머리를 지탱한 채 혼자 앉아 있는 3층 갤러리에 이르렀을 때, 사이러스는 이미 불안했다. 이 세상에서 자신이 놓인 위치에 대해 불안해했다. 자신이 상대적으로 좋은 사람인지 아니면 피할 수 없이 이기적인 사람인지. 갤러리 출입구 앞에는 왼쪽 귓불에 기다란 깃털 귀고리를 늘어뜨리고 두꺼운 코걸이를 하고 있는, 기껏해야 스무 살이나 스물한 살밖에 되지 않을 똑같은 도슨트가 오늘도 핸드폰을 스크롤하고 있었다. 사이러스가 들어오자 그가 고개를 들었다.

"오늘은 사람이 적네요." 도슨트가 미소 지으며 말했다.

사이러스도 마주 미소 짓고 고개를 끄덕였다. 그가 알아봐준 것이, 내부자처럼 대우받은 조그만 순간이 고마웠다.

갤러리에 들어서면서 사이러스는 그 공간을 전체적으로 받아들이려 노력했다. 예술이 해야 하는 단 한 가지 일이 흥미로워지는 것이라면, 오르키데가 들어가 앉아 있는 공간은 가장 높은 차원의 예술이었다. 예술가의 조그마한 살아 있는 몸이 옷과 그림자가 이루는 무기질적 광란에 삼켜져 있었다. 오르키데의 얼굴은 그 거칠어진 표면이 마치 화성의 험준한 바위와 크레이터 같았다. 순수한 빛에서 순수한 어둠에 이르는, 가시

광선 스펙트럼 전체를 놀라울 만큼 선명하게 포착한 완벽한 사진 같았다. 벽의 그림자는 사물―접이식 의자 두 개, 작은 탁자에 놓인 물잔, 램프, 공책과 펜―의 크기와 그 사물들의 목적이 지닌 규모의 간극에 잘 어울렸다. 오늘은 새로운 무언가가 있었다. 산소 탱크였다. 비활성화된 미사일처럼 위압적인 모습의 불길한 타원형, 그리고 반짝이는 조절용 노브와 돌돌 말리며 바닥까지 내려와 다시 오르키데의 두 콧구멍으로 올라가는 가느다랗고 반투명한 관.

이 장면을 그려서 페르메이르나 카라바조의 그림 옆에 걸어둘 수도 있을 것 같았다. 고독을, 기본적인 형태에 빛과 어둠이 미치는 극적인 효과를 탐구한 그들의 작품에 필적할 걸작으로 말이다. 눈길을 끌려고 경쟁하는 단순한 윤곽선―오르키데의 둥근 머리, 너울거리는 검은 드레스―에는 거의 오페라 같은 품격이 있었다. 사이러스는 이번에도 그녀가 맨발이라는 것을 알아보았다. 공기가 대리석처럼 주변에서 굳어져가는 게 느껴졌다.

사이러스의 발소리에 오르키데가 고개를 들어 그를 맞이했다. 그를 알아보며 즐거워하는 미소를 지었다. 사이러스로서는 해독할 수 없었던 세 번째의 무언가도 있었다.

"살람, 오르키데." 사이러스는 의자에 앉아 미소 지으며 인사했다. "체토리(페르시아어의 안부 인사)?"

292

오르키데는 깊이 숨을 들이쉬며 비틀린 미소를 지었다. 그녀가 숨을 내쉴 때마다 코의 관에 김이 서렸다.

"사이러스 샴스." 그녀가 말했다. "돌아왔군요!"

"오늘은 좀 어때요?" 사이러스가 물었다.

그는 거의 즉시 이런 질문을 한 것을 후회했다. 얼마나 뻔한 질문인가, 암으로 죽어가는 사람에게 건네기에는 얼마나 우스꽝스러운 인사인가. 방금 벼락을 맞은 사람에게 날씨를 묻는 것과 같았다.

오르키데는 오르키데대로 그냥 어깨를 으쓱하며 산소 탱크 쪽을 향해 미소 지었다.

"그러게요. 죄송해요." 사이러스가 말했다.

"괜찮아요, 사이러스. 난 무섭지 않아요. 부탁이니까 뭔가 말해봐요! 오늘 아침에 있었던 좋은 일에 대해서."

사이러스는 잠시 생각했지만, 잠시뿐이었다.

"당신한테 말한 책을 쓰고 있었어요." 그가 말했다. "『순교자의 서』라고 해야겠다고 생각했는데, 지금은 『세속의 순교자들』이라고 할까 싶기도 해요." 그는 오르키데를 보고 재빨리 덧붙였다. "그러니까, 당신이 괜찮다면요. 당신의 표현이니까요."

오르키데가 웃었다.

"선물로 줄게요, 사이러스 잔." 그녀의 두드러지는 억양이 그 공간을 따뜻하게 했다. 해가 뜨는 느낌이었다.

"감사합니다." 사이러스가 쑥스럽게 말했다. "정말로 고마워요." 그는 잠시 말을 멈추고 예술가의 얼굴을 바라보았다. 그녀의 얼굴은 사이러스의 존재에 갑자기 충만해진 듯 따뜻하게 느껴졌다.

"하나 물어봐도 돼요? 좀…… 불편한 건데."

다른 갤러리의 누군가가 큰 소리로 재채기를 하는 바람에 도슨트가 출입구 밖으로 고개를 내밀었다. 그 외에는 사이러스와 오르키데뿐이었다.

"내가 여기 있는 이유가 그래서잖아요?" 오르키데가 말했다.

"그래요?"

"사실 모르겠어요." 오르키데가 웃었다. "그래도 아마 그런 것 같기 해요. 사람들이 보통은 두려워서 이야기하지 못하는 것들을 이야기하려고요."

"네." 사이러스가 말했다. 갑자기 긴장됐다. "무슨 말인지 알겠어요." 목덜미에서 땀이 났고 갑자기 소변이 마렵다고 느꼈다. "왜 최후의 며칠을 가족과 보내지 않아요? 당신을 사랑하는 사람들과 함께요."

오르키데는 이 말에 미소 짓지 않았으나 상처받은 것 같지도 않았다. 그녀는 잠시 입을 벌리고 있다가 말했다. "사이러스." 이란식으로 'ㄹ'을 짧게 끊으며, '러'를 '루우'로 모음을 늘여 발음했다. "난 예술가예요. 내 인생을 예술에 바치죠. 그게 전부예요. 사람들은 내 일생에 왔다 가고, 왔다 갔죠. 대부분은 떠나버렸어요. 내가 예술에 삶을 바치는 건 예술은 남기 때문이에요. 그게 나예요. 예술가. 예술을 하죠." 그녀는 잠시 말을 멈추었다. "예술은 시간이 망칠 수 없는 것이니까요."

사이러스는 반박하고 싶었다. 이건 사이러스의 내면에 즉시 회의적인 마음을 불러일으키는, 그런 종류의 선언이었다. 그 거창함과 확신이란. 사이러스의 거부감을 감지한 오르키데가 미소 지었다.

"난 무언가를 잃은 사람이 아니에요, 아지잠(애정을 담아 상대방을 부르는 페르시아어 표현). 나는 풍요로운 삶을 살았어요. 카스피해에서 갓 딴 굴을 먹었다니까요! 멕시코시티의 프리다 칼로 미술관에도 갔고요! 사랑을 했고, 사랑에 빠졌고, 그 사랑에서 빠져나오기도 했죠. 예술을 했어요. 난 정말 운이 좋았어요."

오르키데의 산소 탱크에서 쉭쉭 소리가 났다. 사이러스의 무릎이 통통 튕겼다.

"그럼 비결이 뭐예요?" 그가 물었다. "최후에 평화로워지는 비결요."

오르키데가 웃었다. "그걸 알면, 내가 당신한테 말해줄 것 같아요?"

"그야, 글쎄요, 뭐, 네. 왜 말을 안 해주겠어요?"

둘 다 웃었다. 사이러스는 좀 더 편안해지기 시작했다. "당신한테 줄 커피를 가져왔는데, 들어오기 전에 버려야 했어요."

"어머, 정말 다정하네요, 코루시." 오르키데가 말했다. 그녀가
사이러스에게 손을 내밀어, 그의 옆에 있는 보이지 않는 커피
컵을 잡고 한 모금 마시는 척했다.

"음, 음, 음." 그녀가 말했다. "맛있어!"

긴 회색 머리에 트위드 코트를 걸친 나이 든 남자가 갤러리
에 들어왔다. 사이러스와 오르키데 둘 다 그를 쳐다보았다. 남
자는 혼란스러워하며 돌아서서 다시 나갔다.

"이란 사람 두 명이 어두운 방에서 음모를 꾸미듯 속삭이는
모습을 보고 놀란 게 틀림없어요." 사이러스가 말했다. 그와 오
르키데는 다시 웃었다.

"근데 당신은요, 사이러스 샴스?" 오르키데가 물었다. "당신
이 순교자가 된다면, 당신을 사랑하는 사람들에게 상처가 되지
않겠어요?"

사이러스는 고개를 끄덕였다. "당연하죠." 그는 그렇게 말한
뒤, 잠시 후에 덧붙였다. "그 상처가 제가 여기에 있어서 생기는
상처보다 나쁜 건지는 알기 어렵네요."

오르키데가 고개를 저었다.

"더 나쁠 거예요." 오르키데가 말했다. "장담해요. 당신이 자
신에게 좀 더 나이 들 기회를 준다면, 당신도 이해하게 될 거예
요."

"그럴지도 모르죠." 사이러스가 말했다. "제가 아주 어렸을 때 엄마가 돌아가셨어요. 아버지는 결코 그 일을 제대로 극복하지 못하셨죠. 여러 가지 면에서 아버지가 자신을 탓했다고 느껴요. 심지어 저를 탓하셨을 수도 있어요. 제 존재가 아버지를 힘들게 했다고 생각해요."

오르키데는 움찔하며 사이러스를 자세히 살펴보았다. 사이러스는 잘생긴 남자였다. 턱이 강인해 보였고 눈썹은 높고 짙었다. 페르시아어로 '눈썹'은, 문자 그대로 해석하면 "위쪽 구름"이라는 뜻이다. 사이러스의 눈썹은 그의 눈이 고뇌에 찬 것처럼, 폭풍우를 담고 있는 것처럼 보이게 했다. 그가 웃고 있을 때조차도. 그의 눈은 얼굴의 나머지 부분보다 훨씬 더 나이가 많고 어두워 보였다. 오르키데가 알았던 이란 남자들 중에는 그런 눈을 가진 이가 너무 많았다. 그녀의 호흡기 관이 전보다 조금 더 흐려졌다.

"저는 친구도 있어요. 그중에는 정말 가까운 친구도 있죠. 저랑 가장 친한 친구인 지는 이번 여행에 함께 왔어요. 제가 자살하면 아마 영원히 저한테 화를 낼 거예요. 하지만 그렇다고 지가 자연 발화하거나 그럴 건 아니잖아요. 결국은 지도 이해할 거예요. 아마 이미 이해할지도 모르죠."

오르키데가 깊이 숨을 들이쉬었다.

"나한테도 친구가 있었어요. 소설가였죠." 그녀가 말했다.

"한번은 그 친구한테, 책을 쓸 때 미리 계획을 세우고 자세한 내용을 채워 넣는 건지, 아니면 쓰면서 이야기를 진행시키는 건지 물어봤죠. 그 친구는 저를 보더니 한 박자도 쉬지 않고 신탁이라도 내리듯 대답했어요. '내 뒤에는 침묵이, 앞에도 침묵이 있어.' 그게 다였어요. 그게 그 친구가 한 대답 전부예요. 완벽하지 않아요?"

"네, 아름답네요." 비록 혼란스러웠지만, 사이러스는 그렇게 말했다.

"내 말은, 당신이 진정한 결말을 찾는 걸 그만두면 그 결말을 찾을 수 있을지도 모른다는 뜻이에요." 오르키데가 말했다. "내 생각엔 진정한 결말이란 밖에서부터 자기 길을 찾아오는 경향이 있는 것 같거든요."

사이러스는 그녀의 말을 따라가기가 어려웠다. 할 말이 너무 많았다. 분명히 확인하고 문제를 제기할 부분이 너무 많았다. 하지만 자기도 모르게 고개를 끄덕이며 애매하게 수긍하는 끙소리를 낼 뿐이었다. 그는 이 예술가와 말을 하면서 눈치를 봤다. 그녀가 그를 관음증 환자로, 아니면 병적인 어린애로 볼지도 모른다는 생각이 들었다. 갤러리에 새 관람객이 들어왔다. 어린 여자, 아마 고등학생인 듯한 여자가 고양이 귀처럼 생긴 헤드폰을 쓴 채 어정쩡하게 발을 번갈아 끌고 있었다.

"어머니가 돌아가셨을 때 저는 아기였어요." 마침내 사이러스가 말했다. "그래서 훨씬 더 나이가 들 때까지는 제가 잃어버린 게 뭔지 사실 몰랐죠. 뭐, 지금도 모르는 걸지도 몰라요. 그런데 열다섯 살인가 열여섯 살쯤에 그걸 정말로 느껴봐야겠다고 생각한 날이 있었어요. 뭐랄까, 엄마가 돌아가셨을 때는 저한테 제대로 애도할 날이 하루도 없었잖아요. 그래서 그런 날을 만들었죠. 학교를 빼먹고, 그냥 포트웨인 시내를 돌아다니면서 워크맨을 들었어요. 어디에 가든 홀쩍이면서 머릿속으로 엄마를 그려보려 했죠. 계속 골목과 샛길에 들어가면서 눈이 빠지도록 울었어요. 엄마가 나를 보지 못한 모든 날을 생각하면서요. 제가 엄마를 보지 못한 모든 날을. 하도 울어서 탈수 증세가 생겼어요. 엄청나게 목이 말랐던 기억이 나요. 주유소에 들러서 게토레이를 샀는데, 점원이 괜찮냐고, 도움이 필요하냐고 물었죠. 참 우스운 디테일이네요, 지금까지는 잊고 있었는데. 게토레이는 쓰레기 같은 맛이었어요. 너무 달아서 혀가 타는 것 같더라고요. 근데도 벌컥벌컥 마셨어요! 너무 울어서 목이 말랐거든요. 아마 그때 처음으로 느낀 것 같아요. 그 모든 슬픔이 모여서, 단 하나의 단단한 점으로 응축됐어요. 다이아몬드처럼. 그 하루에요."

"와." 오르키데가 말했다. "와아." 사이러스의 말에 오르키데도 눈물이 고이기 시작했다. 그녀는 가만히 머그잔의 물을 한 모금 마셨다. 산소 탱크에서 달그락거리는 소리가 났다. 오르키테는 목을 가다듬고 말했다. "그런 다음에는요? 그다음에는 기분이 어땠어요?"

"그게 문제예요." 사이러스가 말했다. "집에 가서 저녁을 먹고 TV를 보고 자러 갔어요. 다음 날엔 학교에 갔고, 아무것도 바뀌지 않았어요. 엄마는 돌아오지 않았죠. 아빠가 덜 슬퍼진 것도 아니었고 저도 마찬가지였어요. 저는 여전히 같은 사람이었어요."

"당연하죠." 오르키데가 말했다. "슬픔이 뭔가를 바꿀 거라고 예상하는 건 아주 미국스러운 일 같은데요. 현금으로 바꿀 수 있는 토큰인 양. 어떤 공식처럼. x만큼 슬퍼하면 y만큼의 위안을 받을 거다. 슬픔의 광산에서 하루 일하고, 티켓으로 급료를 받아 회사 매점에서 쓴다."

둘 다 웃었다.

"그러게요." 사이러스가 말했다. "그때부터 그 사실을 이해하기 시작한 것 같아요. 몇 년 뒤 제가 대학에 들어가고 나서 아버지가 돌아가셨을 때는 좀 더 준비가 되어 있었던 것도 같고요. 아버지는 저를 대학에 보내는 것으로 할 일을 다 하셨다는 식으로요. 그러니까 아버지는, 쉬어도 좋다는 허락이 떨어지는 순간만을 기다려온 것처럼 마침내 퇴근한 거죠. 저는 그 감정을 정말 느낄 수 있었고, 대체로는 고마운 마음이 들었어요. 당연히 슬프기도 했지만, 아버지가 저를 위해 그토록 오래 버텨

준 것에 그냥 고마운 마음이 컸어요."

사이러스는 오르키데의 눈이 물기로 완전히 흐려진 것을 알아보았다. 이제 그 눈은 충혈돼 있었다. 붉은 핏줄의 망사.

"세상에. 정말 죄송해요. 우린 서로를 아는 사이도 아닌데. 이 모든 일을 당신한테 쏟아내려는 건 아니었어요." 사이러스가 말했다.

"아니, 아니에요. 아름다워요. 내가 여기에 있는 이유 자체인 걸요." 오르키데는 미소 지으며 검은 소매로 양쪽 눈을 꾹꾹 누르더니, 손등으로 등 뒤의 벽에 쓰인 전시 제목을 가리켰다. **죽음말**.

"네, 하지만 당신은 이미 너무 많은 짐을 지고 있잖아요, 당신 자신의……."

"사이러스, 어제 어떤 여자가 여기 왔어요. 나한테 아주 멋진 소녀의 사진을 보여주고 그 애가 자기 딸이라고 했죠. 지금은 그 애가 헤로인 과용으로 뇌사해 혼수에 빠졌다고요. 나더러 어떻게 해야 하느냐고 물었어요. 그 애의 ―" 오르키데는 움찔하며, 커다란 돌을 억지로 목구멍에서 뱉어내는 것처럼 다음 말을 했다. "……플러그를 뽑아야 하느냐고요." 오르키데는 둘 사이의 탁자에 두 손을 올려놓았다. "거기에 대고 뭐라 말해야 해요?"

"뭐라고 말하셨어요?"

301

"아, 글쎄요. 뭐라 말할 수 있겠어요? 바보 같은 말뿐이죠. 끔찍한 질병이다, 끔찍한 선택이다, 하는 것들. 그 여자는 실망해서 떠난 것 같아요." 오르키데는 팔꿈치 안쪽에 기침했다. "하지만 내 요점은, 당신과 이야기할 수 있어서 기쁘다는 거예요. 편해요. 사랑스럽고. 재미있어요."

사이러스는 고개를 끄덕이고 불쑥 말했다. "저도 2년 전에 약물을 끊었어요." 그는 갑자기 멋쩍어했다. "아니, '저도'라는 말은……. 아무튼, 저도 당신과 얘기하는 게 좋아요. 그래도 뭐, 끔찍한 병이라는 말은 맞죠."

오르키데의 눈이 휘둥그레졌다.

"와. 잘했네. 이미 충만한 삶을 이뤘네요, 사이러스 샴스."

사이러스는 예술가를 보고서, 그녀의 머리에 핏줄이 얼마나 두드러지는지 갑자기 알아차렸다. 핏줄이 불거지고, 푸른 동맥은 어둑한 불빛 아래 거의 형광으로 빛났다. TV에서 암으로 대머리가 된 사람들을 보면 그들의 머리는 언제나 매우 밋밋하게 보였다. 유령처럼, 분칠을 한 것처럼. 실제의 머리는 훨씬 더 혈관이 많았다, 동물적이었다. 다시 자라나는 가느다란 머리카락도 몇 올 있었다. 이제는 그 머리카락이 보였다. 너무 가늘어서 빛이 비칠 때만 보였지만.

"그런데 저는 당신 인생에 대해서 이야기해야 하는데요. 책을 쓰려면요."

"아, 네. 책, 책. 당신이 쓴다는 순교자들의 책 말이죠." 오르키데는 형편없는 농담의 결정적 한마디라도 된다는 듯, "순교자"라는 단어를 질질 끌며 발음했다. "지금도 내가 그 책에 나올 만하다고 생각해요?" 오르키데가 미소 지으며 말했다.

"네, 그럼요. 그러니까, 아직 확실하게는 모르겠어요. 그래도 그런 것 같아요. 당신이 여기에서 하는 일. 이건 놀라워요. 저는 이 일에 대해서 당신과 이야기하려고 비행기를 타고 여기 왔어요. 당신이 하는 일에 대해서 뭐라고 말해야 할지조차 사실 모르겠지만, 특별해요."

"아아, 네. 특별하죠." 오르키데는 자신의 산소 탱크를 가리키며 웃었다. 산소 탱크는 그녀의 말을 강조하려는 듯 쉭쉭 공기가 새는 소리를 냈다.

"정말 그래요." 사이러스가 말을 이었다. "저는 너무도 부족한 기분이 들어요. 뭐랄까, 그냥 그걸 책으로 쓴다는 게, 그걸 언어로 바꿔놓으려 노력한다는 게요. 너무 저주받은 기분이에요."

"무슨 뜻이에요?"

사이러스는 안절부절못하며 두 손을 탁자에 올려놓았다가 다시 내렸다. 무광택의 검은색 금속 탁자에는 아주 잠깐 그의 손자국이, 사이러스의 열기에서 나온 작은 유령이 남았다. 있다가 사라졌다.

"뭐랄까, 저는 슬픔이나 의심이나 기쁨이나 섹스나, 뭐든 느낌만큼 긴급하게 들리도록 묘사하려고 노력하면서 문장을 써요. 하지만 언어가 실제 그 자체처럼 느껴질 리 없다는 걸 알죠. 언어는 절대 그 자체가 될 수 없어요. 그러니까 저주받은 것, 맞죠? 저도 마찬가지예요, 그런 일에 인생을 바쳤으니까요. 저는 제 글이 절대로 이런 죽음 문제를 마땅한 방식으로 다룰 수 없다는 걸 알아요. 제 글은 나아가는 파시즘을 멈추지도 못할 거고 지구를 구하지도 못할 거예요. 뭐랄까, 제 어머니를 되살리지도 못할 거고요."

"그 비행기에 타고 있던 누구도 되살릴 수 없겠죠." 오르키데가 말했다.

"바로 그거예요!" 사이러스가 말했다. "바로 그거요."

줄 선 소녀는 여전히 어정쩡하게 이 발, 저 발을 바꿔 짚어가며 고양이 귀 헤드폰에 귀 기울이고 있었다. 그녀 뒤로 두어 명이 더 줄에 합류했다. 무선 헤드폰을 쓴 또 다른 어린 사람 한 명과, 아까 봤던 긴 머리의 나이 든 남자였다. 아마 지금은 줄이 있는 것에 용기를 얻은 듯했다.

"당신이랑 이런 이야기를 할 수 있어서 참 운이 좋았어요, 사이러스 샴스." 오르키데가 말했다. "정말로 즐거워요. 계속 뉴욕에 있을 거라면, 내일도 와서 나를 만나줄래요?"

"그럼요, 당연하죠. 내일 돌아올게요." 사이러스가 말했다. 하고 싶은 말이 너무 많았지만 줄을 존중하고 싶었다. 오르키데의 프로젝트를 존중하고 싶었다. 그는 상상 속 커피 한 모금을 마셨고 오르키데도 자기 몫을 마셨다. 그녀가 온 얼굴로 활짝 미소 지었다. 사이러스는 일어섰다.

그가 말했다. "한번 안아줘도 돼요?"

오르키데가 대답했다. "그럼요."

둘은 포옹했고, 사이러스는 그녀의 향기를 들이마셨다. 장미수와 항생제 로션이 뒤섞인 냄새였다. 장미수는 후자를 가리기 위한 것일 터였다.

미술관에서 나올 때 사이러스의 머리는 핑핑 돌고 있었다. 그는 대화를 다시 떠올리고 또 떠올렸다. 그는 누구에게도, 심지어 아버지에게도 애도의 날에 대해 말한 적이 없었다. 지에게조차. 거의 잊고 있었다, 워크맨과 게토레이에 대해서. 사이러스는 당시 누구 노래를 들었는지 떠올리려 노력했다. 아마 엘리엇 스미스이거나 빌리 홀리데이였을 것이다. 오르키데는 무척 사려 깊게 그 대화를 했다. 사이러스는 그녀의 눈에 눈물이 차는 것을 보았다.

사이러스는 구체적으로 순교에 대해 그녀와 더 이야기하고 싶었다. 그녀는 자신을 순교자로 생각할까? 세속의 순교자로? 그게 아니라면, 사이러스가 그녀를 그렇게 생각하는 건 괜찮을까? 딸의 "플러그를 뽑아야" 했던 엄마는 어떨까? 그는 내일 좀 더 집중하기로 명심했다. 그는 자신이 표면적으로는 책을 쓰고 있다는 사실을 반쯤 잊고 있었다. 둘의 대화가 너무도 좋았다, 너무도 진실했다. 부자연스럽게 너무 밀어붙이면 안 될 것 같았다.

사이러스는 사실상 땅에서 한 뼘쯤 떠서 움직이고 있었다. 감사와 경이로움과 압도적인 호감에 정신을 놓고서 말이다. 그러다 대화의 다른 부분이 그의 머릿속에 들어왔다. "제 글은, 제 어머니를 되살리지도 못할 거고요." 그는 그렇게 말했다. 이 말에 오르키데는 대답했다. "그 비행기에 타고 있던 누구도 되살릴 수 없겠죠."

사이러스는 어머니가 어떻게 돌아가셨는지 오르키데에게 말했나 생각해보았다. 그는 공원 벤치에 앉았다. 그는 오르키데에게 지에 대해서, 아버지에 대해서, 어머니의 죽음에 대해서 말했다. 하지만 아무리 애를 써도, 655편에 대해 말한 기억은 전혀 나지 않았다.

막간

한때 있었다, 그리고 얼마나 충만하게 존재했던가. 투스의 땅에 피르다우시라는 이름의 어린 소년이 있었다. 피르다우시는 모험심 강한 아이로, 바람과 신록이 있는 밖에서 노는 것을 무척 좋아했다. 그가 가장 좋아한 곳은 울부짖는 투스강, 양쪽으로 언제까지나 이어지는 거대하고 물살이 센 강이었다. 강폭이 집열 채나 됐다. 피르다우시는 나무와 산의 흰 꼭대기가 흘러 내려오는 모습을 지켜보며, 강이 부글거리고 신음하는 소리를 들으며 몇 시간을 보냈다. 때로는 매우 조심스럽게 발을, 손을 강에 담갔다. 더는 느껴지지 않을 때까지, 어디서부터 자신이 끝나고 강이 시작되는지 알 수 없게 될 때까지. 어떤 날에는 강을 위한 작은 시를 써서, 다른 누구도 아닌 그 강에게 읽어주었다.

어느 날, 그는 강으로 걸어갔다가 물이 양쪽 강가를 연결하는 오래된 돌다리를 삼켜버린 것을 보았다. 가족들이 건널 수 없는 강 너머로 눈물로 외치고 있었다. 형제가 형제에게, 어린 여자가 부모에게. 그들은 이제 가족이 영원히 떨어지게 되었음을 알았다. 이 모습을 본 피르다우시가 소리쳤다. "여러분, 제가 새로운 다리를 지을게요. 원래 있던 다리보다 더 강한 다리를요! 절대 사라지지 않을 다리요! 비도, 바람도 그 다리를 무너뜨리지 못할 거예요."

밧줄공이 말했다. "피르다우시, 넌 어른이 아닌 어린애야. 네게는 새 다리를 지을 지식이 없어."

보석상이 말했다. "피르다우시, 넌 왕자가 아니라 가난한 아이야. 네겐 새 다리를 지을 돈이 없어."

마지막으로 목수가 외쳤다. "피르다우시, 너는 공상을 하고 바보 같은 시를 쓰며 하루를 다 보내지. 네게는 새로운 다리를 지을 절제력이 없어."

하지만 피르다우시는 단단히 마음먹었다. 그는 강에서 집으로 다시 달려갔다. 밧줄공과 보석상과 목수와 다른 모든 마을 사람들은 울부짖게 놔두었다. 이후 몇 년간 마을 사람들은 그를 거의 보지 못했다. 피르다우시의 어머니와 아버지는 그가 부모를 위해 음식과 물을 구해야 할 나이를 한참 지나서까지 그에게 음식과 물을 주었다. 그는 이런 식으로, 가족을 제외한 모든 사람으로부터 숨은 채 어른이 되었다. 때로는 어떤 농부가 밤에 혼자 중얼거리며 돌아다니는 그를 보았다고 알려 왔다.

그렇게 여러 해가 조용히 흐른 뒤, 어느 봄날 오후에 피르다우시가 마침내 부모의 집에서 나와 마을 중앙으로 갔다.

"왕에게 바칠 시를 지었어요!" 그가 선언했다. "투스에서 나온 가장 위대한 시예요!"

그 말을 들은 몇 안 되는 마을 사람들은 거의 쳐다보지도 않았다. 태양이 하늘 높이 떠 있었다. 소녀가 닭을 쫓아갔다.

피르다우시는 아랑곳하지 않고 다음 단계를 준비했다. 바로 왕궁으로 가는 기나긴 여행이었다. 그는 혼자 출발해 몇 주 뒤 궁에 도착했다. 지쳐서 자기 몸무게를 버티기도 힘들었다.

"넌 누구냐?" 피르다우시가 도착하자 왕의 신하가 물었다.

"저는 투스에서 가장 위대한 시인인 피르다우시입니다." 그가 대답했다. "마흐무드 왕을 위한 시를 썼습니다."

신하는 젊은이의 대담함이 재미있어서, 그를 궁 안으로 데려가 마흐무드 왕을 알현하게 했다.

"너는 누구냐?" 잠에 겨운 젊은 왕이 왕좌에서 물었다.

"저는 투스에서 가장 위대한 시인인 피르다우시입니다." 그가 대답했다. "폐하를 위한 시를 썼습니다."

"그럼 읽어봐라." 마흐무드 왕은 약간만 흥미를 느끼며 말했다. 하지만 피르다우시가 시를 읽자니 20개의 2행 연구 하나하나가 흠잡을 데 없었다. 완벽한 진주를 엮어놓은 듯했다. 왕의 커다란 눈이 반짝이기 시작했다.

"피르다우시." 시를 다 읽고 나자 왕이 말했다. "이건 내가 들어본 것 중 가장 훌륭한 시다. 정말이지 너는 투스에서 가장 위대한 시인이다."

"감사합니다, 왕이시여." 피르다우시가 말했다.

"나는 네가 우리 민족을 위한 위대한 시를 써주면 좋겠다." 마흐무드 왕이 말을 이었다. "페르시아 모든 곳의 역사를 말해라. 이곳 궁에 살아도 된다. 내가 가장 기름진 고기를 먹여주고, 가장 고운 비단옷을 입혀주마."

피르다우시가 말했다. "정말 너그러우십니다, 왕이시여. 하지만 저는 기름진 고기나 고운 비단옷이 없어도 시를 씁니다. 제게 필요한 건 투스에 있는 제 가족의 집, 저희의 거친 강뿐입니다. 폐하를 위해 그 시를 쓸 터이나, 제 집에서 제 가족과 함께 쓰겠습니다."

"글쎄, 그렇다면 네 시에 대한 보상은 어떻게 해주면 좋겠느냐?" 마흐무드 왕이 물었다.

"이건 어떨까요?" 피르다우시가 미소 지으며 말했다. "제가 시를 쓸 테니, 2행 연구 하나에 금화를 하나 주십시오. 제가 시를 다 쓸 때까지는 돈을 주지 않으셔도 됩니다."

마흐무드 왕은 혼자 생각했다. 시인들이란 얼마나 분별이 없는지! 왕궁의 비단과 훌륭한 음식에는 금화 수십 개보다 훨씬 큰 가치가 있었다.

"아주 좋다, 시인이여!" 왕이 미소 지었다. "그렇게 하자!"

신하가 약조문을 썼다. 약조문에 서명하고 나서 왕은 피르다우시를 수행단과 함께 편안하게 투스로 돌려보냈다.

여러 달 동안, 그리고 여러 해 동안 피르다우시는 시를 쓰고 또 썼다. 때로는 마을 사람들이 피르다우시 가족의 집 앞에 모여 그에게 창가로 다가와 시를 읽어달라고 간청했다. 때로 피르다우시는 그렇게 했다. 그러면 투스 사람들은 탄식하고 울부짖고 흐느끼곤 했다. 피르다우시는 바로 그렇게 아내 사라를 만나 두 아이 소흐랍과 타흐미나를 낳았다. 그의 아이들은 자라서 어른이 될 터였으나 피르다우시의 매일은 똑같았다. 아이들의 아버지는 글을 쓰고, 또 쓰고, 매일 밤 한 번씩 강으로 산책을 갔다가 집으로 돌아와 더 썼다.

때로는 점점 늙어가는 마흐무드 왕이 신하를 투스로 보내 피르다우시를 찾아서 시를 달라고 했다. 하지만 피르다우시는 언제나 그냥, 간단하게 "시는 서둘러 쓸 수 없습니다. 약조문에 기일은 없었습니다"라고만 말했다.

어느 날, 피르다우시의 아들 소흐랍이 강에서 벌어진 비극적인 사고로 익사했다. 폭풍, 붕괴. 피르다우시의 슬픔은 상상할 수 없는 것이었지만 그의 습관은 바뀌지 않았다. 그는 매일 일어나 글을 쓰고, 쓰고, 또 썼다.

312

마침내, 40년이라는 길고도 슬픈 세월이 지난 후 피르다우시는 마흐무드 왕에게 시가 완성되었음을 알렸다. 피르다우시가 시를 쓰기 시작했을 때는 둘 다 젊은이였지만, 지금 둘의 얼굴은 주름이 깊게 파여 있었다. 둘 다 자녀들과 손주들이 있었다. 피르다우시는 자신의 시를 『샤나메』, 즉 "왕들의 책"이라 불렀다. 그는 그 시를 페르시아의 왕과 영웅, 전설적인 전투와 모험, 환상적인 마법과 위험한 속임수에 관한 아주 오래된 이야기들로 채웠다. 그는 자신의 아들인 소흐랍도 그 안에 넣었다. 잃어버린 아들에 대한 피르다우시의 사랑이 글 전체에 색을 입혔다. 서폭 전체에 쏟은 진한 와인 같았다.

신하가 시를 마흐무드 왕에게 보여주자 왕은 격노했다.

"40년?! 말도 안 된다. 우리는 이제 노인이다. 게다가 이 어마어마한 시를 봐라! 2행 연구가 천 개는 되겠구나!"

시 전체를 왕궁까지 나르는 데에 힘센 낙타 네 마리가 필요했다.

"5000개입니다, 폐하." 신하가 말했다. 그는 시구를 세느라 전날 밤을 홀딱 새웠다.

"뭐라고?"

"시 말입니다, 폐하. 정확히 5000개의 2행 연구가 있습니다."

왕은 격노했다.

"피르다우시에게 값을 치르겠다." 그가 말했다. "그놈에게

5000개의 주화를 보내라. 동화로."

신하는 고개를 끄덕이고 하인들에게 낙타를 준비하게 했다.

왕의 하인들이 동화를 싣고 2주 뒤 투스에 도착했을 때, 피르
다우시는 웃을 수밖에 없었다.

"친구들." 그가 하인들에게 말했다. "이 동화를 가지고 가서,
배신자 마흐무드 왕과 먼 곳에서 새로운 삶을 시작하시게."

하인들은 서로를 보더니 기쁘게 동화를 받아 갔다. 궁으로부
터 먼 곳에서 새 삶을 시작하게 되어 신이 난 채로.

피르다우시의 딸 타흐미나가 그를 보며 물었다. "동화를 왜
전부 줘버리신 거죠?"

피르다우시가 말했다. "저 정도의 동화로는 좋은 다리를 세
울 수 없단다. 하지만 저 사람들에게는 작은 땅뙈기와 염소 몇
마리를 살 돈이 되지."

하인들이 궁으로 돌아오지 않자 마흐무드는 더욱 분노했다.
그는 모든 시인을 저주하며, 자기가 있을 때 시를 말하지 못하
게 했다.

하지만 1년 뒤, 짧은 메시지가 궁에 전해졌다. 한 수의 시, 피
르다우시가 보낸 한마디 욕설이었다.

"그래, 읽어라!" 왕이 신하에게 요구했다.

신하는 조심스레 시를 읽었다. 그가 읽은 마지막 줄은 이랬다.

하늘의 복수를 잊지 않으리.

움츠려라, 폭군이여, 나의 불길 앞에서,

그리고 떨어라.

마흐무드 왕은 겁을 먹었다. 속을 내보이고 싶지 않았지만 사실이었다. 심지어 공포에 질렸다. 그는 1년 전에 받은, 손도 대지 않은 채 밀실에서 먼지만 쌓여가던 피르다우시의 시로 돌아갔다. 그 시구들을 읽으면서 왕은 흐느끼기 시작했다.

"아! 내가 심각한 잘못을 저질렀구나." 그가 외쳤다. 신하를 부른 그가 말했다. "신하여! 아! 피르다우시는 페르시아 전체의 역사에 대한 가장 위대한 시를 지었다. 우리가 바보였다. 즉시 그에게 금화를 보내라. 이자도 붙여서."

신하는 낙타에 금화를 실어 투스로 출발했다. 이번에는 그가 직접 수행단과 함께 갔다.

거의 2주 동안 여행한 뒤, 신하의 행렬이 다른 행렬과 마주쳤다. 그들의 행렬은 신하의 행렬보다 훨씬 길었으며 경쾌한 춤꾼과 발라드를 부르는 음악가로 가득했다.

신하는 행렬의 우두머리에게 말했다.

"나는 마흐무드 왕의 신하다! 위대한 시인 피르다우시를 찾아, 그의 인생에 대해 금으로 값을 치르러 투스에 간다."

사람들이 신하를 둘러싸기 시작했다.

"투스에서는 피르다우시를 찾을 수 없을 거예요." 행렬의 선두에 있던 여자가 말했다.

"어디로 갔느냐?" 신하가 물었다.

"피르다우시는 죽었어요." 그녀가 대답했다. "이 행렬이 그의 장례 행렬입니다."

신하는 그를 둘러싼 모든 사람이 상복을 입고 있다는 것을 알아챘다.

"아! 투스에서 가장 위대한 시인이 죽었다고?! 페르시아 전체에서 가장 위대한 시인이! 우리의 자만심과 어리석음을 저주하라." 신하는 털썩 무릎을 꿇었다.

행렬의 선두에 있던 여자가 앞으로 나섰다.

"저는 투스에서 가장 위대한 시인 피르다우시의 딸 타흐미나입니다. 제가 아버지의 대가를 받아 페르시아에서 가장 훌륭한 다리를 짓는 데 쓰겠습니다."

신하가 빠르게 고개를 끄덕였다.

신하가 궁으로 돌아와 왕에게 무슨 일이 있었는지 말하자, 왕은 궁에서 가장 뛰어난 기술자들을 투스로 보냈다. 그들이 타흐미나와 마을 사람들을 도와 "시인의 다리"를 지었다. 너무도 튼튼해 오늘날까지도 서 있는 위대한 다리를.

18

로야 샴스 / 엄마

1963~1988

떨어지는 새의 비유는 삼가 엿이나 먹어라,
단순한 동정과 꾸짖는 지저귐도, 질식할 듯한
오늘의 괜찮다는 연극도
모루를 둘로 가를 만큼 날카롭다

조는 것도 잠든 것도 아닌
이곳에 2인칭 단수는 없다,
라벤더를 떨리게 하는 맥락 없는 고통의 환기도 없다

남자들이 정의를 두고 싸우는 이곳,
익사하는 소년이 자기 머리카락을 잡고
강에서 스스로를 끌어올리려 애쓰는 것처럼 ─

벌어진 무덤 속에 떨어진 루비, 내 오랜 거래자의
줄피카르 검의 문신 ─ 그것도 추하다, 시간이
흘러넘친다, 사실 견딜 수 없다, 치명적이다,
이토록 영원히 그른 것으로 남은 것

사이러스 샴스, 순교자의서.docx에서 발췌

로야 샴스

1987년 8월 테헤란

레일라는 선글라스 쓰는 솜씨가 너무도 뛰어났다. 나도 모르게 그녀의 말을 듣기보다는 그녀의 선글라스를, 그녀를 지켜보게 되었다. 그녀가 아름다웠다고 말하는 것은 터무니없다. 아름다운 건 말[馬]이고, 산이나 바다다. 선글라스를 쓴 레일라는 다른 무언가였다. 언어를 넘어서는 무언가. 나는 이런 식으로 너무 자주 좌절한다. 사진은 "이게 그것이다"라고 말할 수 있다. 언어는 단지 "이게 그와 비슷했다"라고밖에 말하지 못한다.

그 택시에서 떠들어대는—천문학에 대해, 영국 펑크 음악에 대해, 살쾡이에 대해, 그리스의 신들에 대해—그녀는 별의 바람개비와 비슷했다. 번개를 품은 손톱. 나는 그녀를 지켜보며 고개를 끄덕이고 지켜보고 또 지켜보다가 현기증이 나기 시작했다. 그녀의 검은 슬랙스가 강한 허벅지를 감싸고 있었다. 그녀는 차가운 탄산음료처럼 보글거리며 빠르게 말했다. 그녀는 스카프를 벗고 짧은 곱슬머리를 드러낸 채였고, 나는 그녀를 지켜보다 택시 기사가 백미러로 뒤를 훔쳐보는 것을 알아차렸다. 그는 오직 레일라만을 바라보았다. 나는 그가 레일라를 지켜보는 모습을 지켜보았다. 그가 거울에서 눈을 떼지 못해 차가 가끔 엇나갔다.

"조심하세요!" 레일라가 그에게 소리쳤다.

"유명한 사람이에요?" 결국 기사가 진한 반다리 사투리로 물었다.

"만약에 정말 그렇더라도 내가 말하겠어요?" 레일라는 다시 스카프를 쓰고 나를 보고 웃으며 물었다. 그녀는 담배를 꺼내 필터를 떼고 불을 붙이더니 한 모금 피우고서 내게 건넸다. 그런 다음 자기 피울 것도 한 대 불을 붙였다.

"창문 좀 내리세요." 택시 기사는 눈알을 부라리며, 그때까지도 거울을 쳐다보며 말했다.

우리는 창문을 내렸고, 레일라는 맛있게 담배를 피웠다. 나는 그저 예의상 담배를 빨아들이며, 번쩍이는 빛과 소리가 되어 빠르게 지나가는 도시를 창밖으로 내다보았다. 낡아빠진 페이칸과 사이파 세단이 오래된 농기계처럼 우르릉대며 지나갔다. 키마르와 히잡을 쓴 여자들이 인도를 따라 서둘러 집으로 가는 동안 꽉 끼는 밝은색 티셔츠를 청바지에 쑤셔 넣은 젊은 남자들은 모여 서서 담배를 피우며 웃었다. 우리 주변 사방에서는 멋진 새 공원과 광장이 어둠 속에 활기를 띠었다. 나는 이렇게 무언가가 새로 들어선 곳들 중 많은 수가 원래는 이 체제에서 처형당한 정치범들로 가득한 묘지였음을 알고 있었다. 아무 표시도 없는 그 공동묘지 위에 뗏장을 깔고 인공 수로나 연못을 설치했다. 테헤란이 얼마나 행복한 도시, 때 묻지 않은 도시가 되었는지 세상을 향해 과시하는 곳. 깨끗한 곳. 나는 이런 속삭임을 들은 적이 있었다. 놈들에게 잡히면, 놈들이 "당신이 어렸을 때 당신 아버지가 기도하고 금식하고 신성한 코란을 읽었습니까?"라고 묻는다는 이야기였다. 그러면 아니라고 대답해야 했다, 대부분 반사적으로 그렇다고 하겠지만. "아니다"라는 말은 방종이 나 자신의 잘못이 아니라는 뜻이었다. "그렇다"라고 대답하면 고문받거나 교수형을 당했다.

갑자기, 난데없이, 레일라가 나를 돌아보며 물었다. "당신이 벌거벗은 채로 우는 걸 본 사람이 있어요? 어렸을 때 부모님 말고, 어른이 되고 나서요. 누군가 당신이 벌거벗은 채로 우는 모습을 마지막으로 본 게 언제죠?"

나는 기사를 힐끗 쳐다보았다. 그는 듣지 않는 척하는 데 모든 힘을 격렬히 쏟아붓고 있었다. 어둠 속에서도 나는 그의 관자놀이가 뛰는 것을 볼 수 있었다.

"네?" 내가 말했다.

"난 항상 울어요." 레일라는 내가 그 자리에 있지도 않다는 듯 말을 이었다. "너무 싫어요. 창피하니까. 난 약하지 않은데, 때로는 그냥 내 몸이 울어버려서 어쩔 수가 없어요. 배신이죠. 누가 간지럼을 태우는 것 같아요. 웃고 싶지 않은데도 웃게 되잖아요. 아픈데도. 내가 그렇게 울어요."

나는 고개를 끄덕였다.

"어떤 느낌인지 알아요."

"그래요?"

"네." 내가 말을 이었다. "지난주에, 근처에 사는 나피즈의 집에 갔어요. 나피즈가 밖에서 옷을 너는 동안 나피즈의 딸을 봤죠. 나피즈의 딸은 갓난아기예요. 인간이라고 하기도 어려운. 내가 안고 있으니까 당연히 울기 시작했죠. 내가 할 수 있는 일은 없었어요. 소파는 전부 옷으로, 식탁은 그릇으로 뒤덮여 있어서 어디에도 내려놓을 수가 없었죠. 난 거기에 넘어갔어요. 내 얼굴에 대고 울부짖는, 화가 나서 울어대는 짐승을 내려놓을 곳이 어디에도 없더라니까요. 그래서 나도 그냥 울기 시작했어요. 아이 울음을 멈추게 할 수 없었는데, 이제는 내 울음도 멈출 수가 없었죠. 나피즈가 헐떡이고 씩씩거리는, 끔찍한 짐승들이 있는 곳에 들어왔어요. 나피즈가 데려가자 아기는 1분도 안 돼서 울음을 멈췄죠. 나피즈는 내가 미쳤다고 생각했을 게 틀림없어요. 그냥…… 아기를 내려놓을 곳이 없었어요. 그게 문제였어요. 아기를 내려놓을 곳이 없다는 게."

나는 고개를 들었다. 그 이야기를 전부 말할 생각은 없었다. 이렇게 즉각적으로 레일라에게 가깝게 다가갈 생각은 없었다. 나는 레일라가 물러날 거라고 반쯤은 예상했다. 그녀의 눈이 와, 이건 좀 심한데, 라는 식으로 커졌기 때문이다. 하지만 그녀가 한 행동은 웃는 것이었다.

"네에, 짐작이 가네요. 내가 하려는 말이 바로 그거예요. 당신이 우는 모습은 누구나 볼 수 있죠. 우리 모두 그게 대단한 일인 것처럼 굴지만, 그런 일은 언제나 일어나요. 우린 그냥, 그 문제에 관해서는 멍청한 짐승이에요. 하지만 누군가가 벌거벗고 울 때 함께 있다? 그건 진짜 친밀함이죠. 온갖 빌어먹을 허울이 벗겨진 채로 울 때. 그게 최고봉이에요."

그녀는 이 말을 하며 연기를 내뿜었고 나는 여전히 그녀가 무슨 말을 하는 건지 제대로 이해하지 못했다. 그래서 우리는 한동안 조용히 있었다. 사방에서 모래가 목 높이까지 쏟아지는 것 같은, 그런 기운으로 가득한 침묵이었다. 기사는 노인답게 테헤란의 차량 사이를 이리저리 빠져나가며 운전했다. 젊은이들이 보란 듯이 경적을 울리면 나직하게 욕을 했고, 그들이 창문을 내려 욕하면 고개를 저었다.

마침내 택시가 소풍 나온 가족들을 위한 호수 옆 야영장 주차장에 섰다. 오래되고 잘 쓰이는 공간이었다. 호수는 인공 호수였지만, 체제의 새로운 은폐 작업을 위해 최근에 만들어진 곳은 아니었다. 레일라가 기사에게 요금으로 지폐 한 뭉치를 건넸다. "레일라, 내가 보탤게요." 내가 그렇게 말했지만, 그녀는 그냥 눈알을 굴리며 택시에서 쓱 내렸다.

"따라와요." 레일라는 다시 스카프를 젖히고 새 담배에 불을 붙이며 말했다. 그녀의 선글라스 렌즈에서 불꽃이 깜빡였다. 그녀가 내게 담뱃갑을 내밀었지만 나는 고개를 저었다. 그녀가 머리를 내놓고 돌아다니고 있다는 사실이 —그것도 밤에!— 내게는 무시무시했다. 너무 무시무시해서 그 얘기를 하고 싶지도 않았다. 그랬다가는 다른 사람도 알아챌지 모르니까. 곱슬머리에 흰 워크셔츠, 검은 슬랙스와 선글라스 차림의 그녀는 밥 딜런과 상당히 닮아 보였다. 우리는 닳아서 단단한 흙바닥이 된 인도를 따라 물가를 돌았다. 레일라는 몸을 부풀리고 남자처럼 걸었다. 나는 그녀에게서 눈을 뗄 수가 없었다. 우리 오른쪽에는 호수가, 통통한 잉어와 끈적거리는 진흙으로 가득한 거대한 갈색의 것이 있었다. 왼쪽에는 인도를 따라 높이 3미터짜리 벽이 쭉 있었다. 장식적인 회색 둥근 벽돌이 조그만 입술을 내밀고 층층이 쌓여 있었다.

이미 어두웠고 점점 더 어두워지고 있었다. 춥기도 했다. 어슴푸레한 빛 속에서 걸어가는 사람들을 지나칠 때면 레일라는 고개를 까딱하며 걸걸한 남자 목소리로 "살람"이라고 말하곤 했다. 그러면 지나가는 남자들은 여느 남자에게 인사하듯, 조금도 멈칫거리지 않고 바로 "살람"이라고 대꾸했다. 레일라는 활짝 웃으며 나를 돌아보았다. 그녀의 짧은 곱슬머리가 바람에 자유롭게 날렸다. 내 안에서 두려움으로 시작되었던 것은 절대적인 매료에 가려졌다. 그녀의 에너지에는 전염성이 있었다. 울타리에서 몰래 빠져나갈 수 있는 크기의 구멍을 발견한 아이의 기쁨 같은 것이었다.

20분, 25분쯤 함께 걸으면서 레일라의 게임에 장단을 맞추고 있자니—한 남자는 심지어 "안녕하세요, 형제"라고 대답하기까지 했다—레일라가 멈춰 서서 벽에 기댔다.

"호수 전체에서 여기가 내가 가장 좋아하는 곳이에요." 그녀가 말했다.

나는 주위를 둘러보았다. 인간이 만든 것치고는 그만하면 예뻤다. 물고기가 이따금 수면을 가르고 올라와 모기를 잡고, 수면에 비치는 빛이 일렁이게 했다. 하지만 그 자리는 우리가 지나온 다른 어느 곳과도 달라 보이지 않았다. 물, 인도, 벽돌 벽.

"왜요?" 내가 물었다.

"제대로 감상하려면 더 가까이에서 봐야 해요." 레일라가 대답했다. "자, 올라가게 도와줘요." 그녀는 벽 쪽으로 손짓했다. 벽은 그녀의 키보다 1미터 이상 높았다. 나는 주위를 둘러보았고, 다가오는 사람이 없다는 걸 확인한 뒤 다시 레일라를 보았다.

"우리, 뭐랄까, 슬슬 돌아가야 하지 않을까요?" 내가 말했다. 딱히 돌아가고 싶지도 않았다. 하지만 혹시 모르니까 누군가는 그 말을 했으면 했다. 혹시 모른다니, 뭘? 이제는 머릿속에 그 소름 끼치는 질문이 맴돌았다. *당신 아버지가 기도하고 금식하고 신성한 코란을 읽었습니까?*

"아, 와요, 좀." 레일라가 말했다. "못 믿을 경치라니까요."

나는 연극적으로 한숨을 쉬고는 벽 쪽으로 다가가 레일라가 올라가도록 도와주었다. 벽돌 턱을 오를 때, 그녀의 아직 단단한 배가 언뜻 보였다. 벽 꼭대기에서, 그녀는 호수 반대편을 마주 보고 섰다가 다시 나를 돌아보며 웅크리고 손을 아래로 뻗었다. 벽돌의 살짝 튀어나온 부분을 딛고 올라서기는 어려웠다. 레일라가 그렇게 올라설 때는 쉬워 보였는데. 팔을 위로 뻗자 가슴이 아팠다. 내 안에서 자라고 있는 것이 갑자기 떠올랐다. 그 순간까지는 저녁 내내 그 존재에 대해 생각하지 않았다는 사실도. 조금 더 몸부림치면서 ─ 아팠지만 티 내지 않으려 노력하며 ─ 나는 레일라가 남은 높이를 끌어 올려줄 수 있을 만큼 올라갈 수 있었다.

꼭대기에서 나는 거칠게 숨을 쉬며 빤히 바라보았다. 울타리 반대편, 나무가 듬성듬성 자라는 숲에 세 마리의 거대한 기린이, 진짜로 살아 있는 기린이 있었다. 우리가 기린들에게 속삭일 수 있을 만큼 가까웠다. 나는 하마터면 벽에서 떨어질 뻔했다.

"쉬이잇." 레일라가 내 얼굴을 보고 말했다.

"어떻게?!" 내가 말을 더듬었다.

"여긴 동물원의 뒤쪽이에요, 로야 잔." 그녀가 말했다. "이게 그 울타리고요. 그냥 봐요."

기린 두 마리가 게으르게 뭔가를 씹고 있었다. 녀석들은 우리에게 아무 관심이 없었다. 셋 중 가장 큰 녀석은 땅바닥에서, 기다란 목을 틀어 등에 얹은 채 자고 있었다. 거대한 핸드백 같았다. 기린 한 마리 한 마리에게는 말과 같은 긴 속눈썹이 있었다. 자신이 이 세상을 위해 만들어지지 않았다는 것을, 혹은 더 나쁘게도 바로 이 세상을 위해 만들어졌다는 것을 아는 바로 그 슬픈 눈도 있었다.

"여길 어떻게 알아냈어요?" 나는 호수를 등지고 앉아, 기린 울타리 안에 대롱거리도록 다리를 내뻗고 레일라에게 속삭였다. 레일라는 수수께끼처럼 어깨를 으쓱하며 옆에서 미소 지었다. 우리는 그곳에서 5분, 10분 동안 조용히 앉아 기린들이 사실상 아무것도 하지 않는 모습을, 그냥 그 자리에 서서 슬프게 우물거리는 모습을 지켜보았다. 나는 뭔가를 우물거리는 존재가 그렇게 슬퍼 보일 수 있다고는 생각해본 적이 없었다.

갑자기, 우리 등에 밝은 빛이 비쳤다. 우리는 고개를 돌려 아래를 보았다. 웬 공원 경비원 같은 사람이 손전등을 비추고 있

327

었다.

"둘이 뭐 합니까?"그가 소리쳤다. 그의 얼굴은 구겨진 종이
처럼 보였다. 레일라가 남자 목소리를 흉내 낸 낮은 목소리로
아래를 보며 소리쳤다.

"그냥 앉아 있어요, 바바(이란에서 연장자 남성을 친근하게 부르는
호칭)! 좀 놔둬요!"

"내려와요, 둘 다! 공원 문 닫습니다. 거기 올라가면 안 돼
요!"나는 그의 이마에 맺히는 땀을 볼 수 있었다. 그도 아마 내
이마의 땀을 볼 수 있었을 것이다.

"바바, 나는 군인이에요!"레일라가 소리쳤다. "그냥 여자 친
구랑 여기 있는 거잖아요! 조국의 군인을 싫어하십니까?"

나는 레일라를 보았다. 무슨 일이 일어나고 있는지 믿을 수
가 없었다. 경비원이 누구와 말하는지 안다면, 그녀가 스카프
를 쓰지 않은 채 밤에 무단 침입한, 남자인 척하는 젊은 여자라
는 것을 안다면…… 그가 대체 무슨 짓을 할지 생각조차 할 수
없었다.

"내려와요! 지금! 당장!"그가 격분해 말했다.

"올라와서 내려가게 해보지 그래요, 바바!"레일라가 웃으며
쏘아붙였다. 내 몸속의 모든 두려움이 뱃속에 딱딱한 장기로
굳어졌다.

나이 든 경비원은 레일라를, 그다음에는 나를 힘주어 노려보

왔다. 15초, 아마 1분쯤 그곳에서 계속 나를 쏘아보았다. 자신의 경멸감에 어린 힘만으로 벽을 무너뜨릴 수 있다는 듯이.

"레일라." 나는 마침내 입술을 움직이지 않고 속삭일 수 있었다. 이제는 하늘에 달이 밝게 떠 있었다. 거의 보름달이었다. 그 달이 내 모든 피를 피부 겉면으로 끌어 올리는 것 같았다. 내 얼굴을 찢고 눈과 귀를 끌어내고 싶어 하는 것 같았다.

그때, 경비원이 으르렁거렸다. "다시 왔을 때도 여기 있으면 경찰을 부르겠소."

나직이 욕설을 하며 종종걸음 쳐 가는 그에게 레일라는 비꼬듯 양손 엄지를 들어 보였다. 우리는 돌아보았다. 기린들은 그대로였다.

"뭐 하는 거예요?" 나는 두려움과 경탄이 뒤섞인 목소리로 식식댔다.

"우리 친구들과 1, 2분쯤 더 앉아 있고 싶어서요." 레일라는 기린을 가리키며 말했다. "당신하고도." 그 말을 하더니, 그녀는 내게로 더 다가와 내 어깨에 머리를 얹었다. 나는 너무 당황했다. 너무 갑자기 현기증이 느껴져 아무 대꾸도 할 수 없었다. 그래서 그냥 레일라가 머리를 기대게 놔두었다. 그곳에 누워 있던 기린은 여전히 누운 채, 게으르게 눈을 껌뻑였다. 녀석의 기다란 목이 구부러진 모습이 생경한 문장 부호 같았다.

19

일요일

사이러스 샴스와 지 노바크
브루클린, 3일 차

    사이러스는 프로스펙트 공원 맞은편에 있는 '데이라이트'라
는 이름의 카페로 지를 만나러 갔다. 실외의 작은 2인용 자리
에 앉았다. 밖에 앉기에는 너무 추웠지만, 사이러스는 지가 담
배를 피우고 싶어 하리라는 것을 알았고 추위를 별로 신경 쓰
지 않았다. 그의 머리는 여전히 오르키데와의 대화로 핑핑 돌
았다. 오르키데는 그걸 어떻게 알았을까? 이상하게도, 이곳에
는 기온과 상관없이 밖에 앉아 있는 사람들이 또 있었다. 광대
가 도드라지는 여자가 두꺼운 코트에 가죽 장갑을 끼고서 우
아하게 담배를 피우며 핸드폰에 대고 다정하게 말하고 있었다.
파티오 저편에서는 턱수염이 있는 백인 남자 두 명이 시켜놓은
미모사 칵테일은 내버려둔 채 웃고 있었다. 자동차 문이 쾅 닫
혔다. 에스프레소 쟁반을 든 웨이터가 어리둥절해하며 주위를
둘러보았다.

사이러스는 지에게 커피를 마시면서 잠깐 이야기하려는데 근처에 있느냐고 메시지를 보냈었다. 둘만의 표현에서 "잠깐 이야기하자"라는 말은 상당히 긴급히 논의할 일이 있다는 뜻이었고, 지는 "당연하지"라고 대답하며 이 카페의 주소를 보냈다. 사이러스는 지와의 대화가 머릿속을 빙빙 도는 생각의 고리를 끊어줄지도 모른다고 생각했다. 난 오르키데를 만났어, 어머니가 돌아가셨다고 말했어, 오르키데가 비행기 사고에 대해서 말했어, 나는 오르키데한테 비행기 사고에 대해 말한 적이 없어, 나는 오르키데를 만났어…… 같은 생각의 고리를.

사이러스는 핸드폰 진동을 느꼈다. 그의 지지자 게이브가 보낸 메시지였다. "계속해서 **계속** 술 끊고 있나?" 사이러스가 입력했다. "계속해서 **계속**요. 아저씨는요?" 게이브는 "나도 그래. 지금도 화났냐?"라고 대답했다. 사이러스는 잠시 뜸을 들였다. "모르겠네요. 딱히 그런 것 같지는 않아요." 그가 입력했다. 잠시 후, 지지자가 입력하고 있음을 나타내는 점 세 개가 나타났다. "좋네." 게이브가 마침내 그렇게 적었다.

사이러스는 그러고 싶지 않았지만 미소 지었다. 한쪽 부모를 잃은 아이가 종종 남은 부모에게 적대적으로 반응한다는 이야기를 읽은 기억이 났다. 그 부모가 곁에, 무조건적으로 남아 있으리라고 믿을 만한 사람인지 시험하는 무의식적 방법이라고 했다. 사이러스는 진짜 아버지에게는 이런 행동을 한 적이 없었다. 하긴, 그에게는 어머니에 대한 기억이 없었으니까. 어머니를 잃은 것은 완전히 추상적인 일이었다. 이제 와서 자신을 지구상의 다른 모든 인간과 마찬가지로, 예측 가능한 정신적 폭풍에 자기도 모르게 노출된 사람이라고 생각하는 것은 사이러스에게는 괴로운 일이었다. 이 머리가 희끗희끗한 중서부의 존 웨인을 사실상의 아버지로 너무도 자연스럽게 선택했다는 점을 받아들이기가 고통스럽기도 했다. 하지만 그는 게이브가 언제까지나 남아 있으리라고 믿을 수 있다는 걸 알았다. 그것만은 분명했다.

문자메시지에서 빠져나와, 계속 지를 기다리며 그냥 뉴스 앱을 스크롤하던 사이러스는 입통령이 외국 사업가 그룹과 악수하는 사진을 보았다. "입통령"이란 사이러스와 지가 자기들끼리 현직 대통령을 부르는 말이었다. 둘 다 그의 이름을 말하면 권력을 인정하는 것처럼 느꼈다. 마치 세계 어디에서든, 누군가가 그의 진짜 이름을 부를 때마다, 그가 기쁨으로 병적이고 섬뜩한 전율을 느끼기라도 하는 것처럼 말이다. 입통령은 카메라를 향해 인상을 쓰며 히죽 웃었다. 사이러스는 핸드폰 옆의 버튼을 눌러 화면을 끄고, 오르키데와 지에 대해, 입통령에 대해 생각하며 그 자리에 앉아 있었다.

사이러스는 때로 서구의 리더십이라는 개념이 무류(無謬)의 기독교 신이라는 개념과 얼마나 많이 관련되어 있을지 궁금했다(그는 서구라는 단어에 대해서도 의구심이 있었다. 무엇의 서쪽인가? 지구란 모든 지점이 다른 지점의 서쪽이 될 수 있는 구체였다. 미국을 '서구'로, 이란을 '중동'으로 부르는 것은 중심부를 유럽에 단단히 못 박았다). 미국 최고의 지도자들은 "신을 닮아"가겠노라고 공언했다. 그들이 늘 하는 말이 그것이었다. "신을 닮는 것"이 지도자들이 온갖 완고한 확신을 품고서 언제나 다가가려는 지평선이었다. 사이러스는 단테의 지옥 하면 딱 떠오를 법한, 뻔한 악령 같은 인간인 입통령에 대해 생각했다. 그는 자신이 천재적이라고 흔들림 없이 주장하는 것만으로 그 정반대의 관찰 가능한 모든 증거를 압도해 미국의 대중을 설득해버리는 종류의 인물이었다.

입통령 같은 인간이 권력자로 부상할 수 있는 건, 다른 무엇보다도 '오류 없음'을 특권적으로 받아들이는 문화권에서나 가능한 일이다. 태어날 때부터 어떤 의미의 책임으로부터도 단절되어 있고, 물려받은 부라는 순수한 고치에서 키워져 인간 특유의 귀찮은 약점이나 슬픔, 의구심에는 전혀 더럽혀지지 않은 채 순수한 이슬처럼 솟아나는 그런 인간.

예수조차도 십자가에 매달린 "엘로이 엘로이 라마 사박다니"("나의 하나님, 나의 하나님, 어찌하여 나를 버리셨나이까"라는 뜻의 아람어)의 순간에는 자신의 괴로움에 대한 슬픔과 의구심에 시달렸다. 그는 시편 22편을 외치며 자신을 위로하려고, 자신의 고통을 덜어내려고 시도했다. 문자 그대로 대천사에게서 신의 말을 받아 적으라는 명령을 받은 무함마드조차 가브리엘에게 자신은 쓸 수 없다고 반복해서 항의했다. 그는 빌어먹을 천사의 면전에 대고 그 말을 할 정도로 큰 의구심을 품었다. 상상해보라! 예언자나 성인은 안중에도 없다, 새로운 세상에서 지도자가 된다는 건 오직 '오류 없는' 상태, 의심 따위 없음이다. 신의 목소리일 수도 있고, 아닐 수도 있는 인디애나주 아파트의 깜빡이는 전구 같은 건 없다.

그곳, 카페 테이블에 앉아 방금 핸드폰으로 본 사이트를 새로 고침하던 사이러스는 대단히 적극적으로 인간적인 지상의 지도자는 어떤 모습일지 생각했다. 명백하게 틀린 것으로 밝혀진 수십 년 된 입장을 옹호하는 대신, "뭐, 나야 당연히 생각을 바꿨지. 새로운 정보가 나왔으니까. 그게 비판적 사고의 정의잖아"라고 말하는 지도자. 정치적 지도자가 그런 말을 하는 모습을 상상하기 불가능하다는 점에 사이러스는 화가 났다가 슬퍼졌다.

물론 사이러스라고 해서 그런 생각에 전혀 물들지 않았던 건 아니다. 순교자 책이 딱 그랬다. 그는 고통의 물결 하나 없이 조용히 죽을 수 있을 만큼 완벽하게 살고 싶었다. 물 한 방울 튀기지 않고 칼날처럼 수면을 가르며 뛰어드는 올림픽 다이빙 선수처럼. 물이 거의 움직이지 않고, 심연이 입 한 번 벌리지 않고도 다이버를 통째로 삼키는 그 경이로움 그대로.

사이러스는 파티오를 둘러보았다. 빵 냄새가, 커피 냄새가 공기에 감돌았다. 초자연적으로 아름다운 사람들이 바쁘게 돌아다니며 핸드폰을 두드려댔다. 지가 나타날 징조는 여전히 보이지 않았다.

사이러스의 아버지는 언젠가 그에게 어머니의 학구열에 대해서 이야기해준 적이 있었다. 아버지가 어머니에게, 어머니가 답을 모르는 질문을 할 때마다 어머니는 어디든 들고 다니는 작은 공책에 그 질문을 적어두었다가 기회가 되면 도서관으로 가져가 답을 찾아보았다고 했다. 반딧불이는 왜 빛날까? 전구보다 백 배는 효율적인 화학 반응 때문이다. 바다에는 왜 소금이 있을까? 빗물이 바위에서 미네랄을 씻어내기 때문이다. 그녀는 읽은 책에 나온 도해를 공책에 베껴 그렸다. 발광포, 침식.

사이러스의 아버지도 조용한 사람이라, 자신의 것이 아닌 지식을 주장하는 일은 피했다. 다만 그에게는 아내처럼 주도적인 호기심은 없었다. 그는 그런 질문을 무시하거나 화제를 돌리는 편이었다. 사이러스는 불확실성을 편안히 받아들이는 사람들의 후손인 자신이 자랑스러웠다. 그 자신은 무엇에 대해서도 별로 아는 게 없었고, 그 점을 기억하려 애썼다. 그는 언젠가 "주님, 저의 당혹감을 늘려주십시오"라고 이어지는 수피(이슬람의 신비주의 전통) 기도를 읽은 적이 있었다. 그것이야말로 궁극의 기도였다.

사이러스는 죽어가는 예술가와 이야기하려고 줄 섰던 다른 사람들에 대해 생각했다. 지금 생각해보니 그들은 무척 절박해 보였다. 오르키데가 여전히 미소 지으며, 아마 조금은 약에 취한 채로 반갑게 그들을 맞아주었다는 것도 생각났다. 큰 고통의 뿌리에는 확신이 일을 하고 있는 것 같았다. 미국의 모든 사람은 두려워하고 아파하고 화가 나 있는 것처럼, 이길 수 있는 싸움에 굶주려 있는 것처럼 보였다. 그보다도 더 심하게, 그들은 자신들의 자연스러운 상태가 행복하고 만족하고 부유한 것이라고 확신하는 듯했다. 모두가 겪는 고통의 기원은 외부적인 것이어야 한다는 게 그들의 확신이었다. 그래서 국회의원들은 법안을 만들고 국경선에 벽을 세우고 그곳 시민들이 이곳으로 들어오지 못하게 막았다. 현수막들은 "우리가 느끼는 고통은 우리 자신이 아니라 저들에게서 온다"라고 말했고, 사람들은 그 모든 확신을 확신하며 환호했다. 하지만 다음 날 깨어난 그들은 아프던 자리가 여전히 아프다는 걸 알게 되었다.

사이러스는 자신의 두서없는 생각에 몰입한 채 커피를 처음으로 리필 받으려던 참이었다. 그때 지가 줄줄이 움직이던 보행자들을 헤치고 나타났다. 그는 LIGHGHT(미국 시인 아람 사로얀의 한 단어로 된 시)라는 빨간 글자가 적힌 흰 티셔츠에 헐렁한 검은색 슬랙스를 입고, 특유의 국방색 크록스를 신고 있었다. 손에는 아침나절에 브루클린 음반 가게를 뒤지며 찾아낸 것들

338

이 든 갈색 종이 가방이 들려 있었다. 그는 집으로 음반을 가져가려고 기내 반입용 가방에 옷을 거의 챙겨 오지 않았다. 지는 사이러스가 손을 흔드는 것을 보고 미소 지었다.

"아, 브루클린 시내여!" 지가 씩 웃었다. "나 같은 뉴욕 토박이한테는 참 보기 좋은 광경이지!"

사이러스는 미소 지을 수밖에 없었다.

"뭘 찾았어?" 지가 자리에 앉자 사이러스가 물었다.

지는 신이 나서 자기가 건진 물건들을 열어 보였다. 히피 어쿠스틱 시기의 티라노사우르스렉스 음반(언젠가 둘의 첫 아파트에서 지는 이베이에서 오래된 「타이거비트」를 잔뜩 주문해 얇은 마크 볼런 사진을 오려냈다, 그들의 아파트 벽면 하나를 도배할 만큼 많이), 그리고 다이나 워싱턴의 낡아빠진 라이브 음반이었다(지는 음반에서 재즈 가수의 목소리가 갈라지는 소리야말로 그 목소리를 녹음하려는 매체가 담기엔 너무 절박한 감정적 사건의 소리라고 독백하곤 했다. 사이러스는 지가 그 말을 브라이언 에노의 책에서 읽었다는 걸 알았지만, 그렇다고 그 말의 진실성이 떨어지는 건 아니었다).

사이러스는 최대한 열정을 끌어내려 애썼다. 지가 이런 물건들을 얼마나 좋아하는지 알았기 때문이다. 하지만 사이러스가 다른 데 정신이 팔려 있다는 점은 둘 모두에게 명백했다. 빵빵한 검은색 외투를 입은 종업원이 다가와 지에게 뜨거운 차 주문을 받아 가자, 사이러스는 오르키데와 그날 아침에 나눈 대화를 이야기하기 시작했다. 커피와 엄마 애도의 날. 그다음에는 예술가가 기이하게도 비행기에 대해, 사이러스가 한 번도 언급한 적 없는 비행기에 대해 말했다는 점도.

"어제 실수로 말한 적 없는 거 확실해?" 지는 하프앤하프(크림과 우유를 1대 1의 비율로 섞은 것) 캡슐을 두 개째 커피에 저어 넣으며 물었다.

"응, 한 99퍼센트 확실해. 사실상 절대적으로. 어머니가 돌아가셨다는 말을 한 건 분명하지만, 어떻게 돌아가셨는지 설명했을 만한 이유나 그럴 만한 때가 떠오르지 않아."

"그 사람이 구글로 찾아보지 않았을까?"

"대체 그 비행기와 관련해서 내 이름이 나올 만한 뭘 구글링 했을지 모르겠는데."

물론, 사이러스는 그 비행기에 대해 쓴 적이 있었다. 지금 그는 고아였다. 그는 부모 두 사람에 대해 몇 년 동안 아주 많이 써왔다. 하지만 그가 세상과 공유한 한 움큼의 시는 접어서 스테이플러로 찍어 일기장에 간직했지, 그가 아는 한 온라인에는 안 올렸다. 시는 심지어 사이러스가 술을 끊은 뒤에, 시가 그야말로 그의 몸을 맡길 장소가 되었을 때 쓴 것이었다. 시란 실수로 자살할 걱정을 하지 않고 몇 시간 동안 할 수 있는 일이었다. 그게, 바다에 떠 있는 나무판자였다. 사이러스는 시에 몰입해 있을 때만 간신히 파도 위로 머리를 들고 있을 수 있었다.

　그 시들은, 이해할 만하게도 그의 회복에 집착했다. 당시에는 그게 너무 아슬아슬한 일, 거석과도 같고 모든 것을 포괄하는 일이라 다른 빛은 거의 들어오지 않았다. 확실히, 부모 두 사람의 죽음은 그가 쓰는 모든 것을 굴절시켰다. 그러나 사이러스가 세상에 내놓은 시에는, 그가 오픈 마이크 행사에서 공유한 시에는, 그들의 죽음이 명백하거나 노골적으로 읽히는 방식으로 직접 드러나지 않았다.

　사이러스는 망설이며 미술관에서 나선 이후 머릿속에 맴돌던 질문을 할 용기를 끌어냈다. 거의 상상할 수 없지만, 어쨌든 확인해서 지워야 할 가능성이었다. 그는 지를 똑바로 보며 물었다. "네가 나 없이 오르키데를 만나러 간 건 아니지?"

　지의 눈이 휘둥그레졌다.

　"뭐라고?"

　"그러니까, 어제 내가 떠난 뒤에, 네가 들어가서 오르키데랑 내 얘기를 한 건 아니지?"

　지가 미소 지었다.

　"아아, 맞아. 오르키데랑 나는 사실 그동안 내내 문자메시지를 주고받았어. 네가 알아채기만 기다리면서 말이야. 오늘 늦게 오르키데가 호텔에 들러서 우리랑 같이 새 어벤져스 영화를 보겠대."

사이러스도 눈알을 굴려대며 미소 지었다.

"정말이지, 사이러스. 이게 무슨 짓이야? 내가 누군지는 알아? 때로는 네가 나를 전혀 보지 못한다는 느낌이 들어." 지가 말했다. 그는 여전히 미소 짓고 있었지만 아까만큼 확실한 미소는 아니었다.

"그냥, 오르키데가 그 비행기에 대해서 말한 이유를 모르겠어서 그래."

지가 한숨을 쉬고 물었다. "혹시 오르키데가 네 아버지를 어떤 식으로든 알았을까? 이란에 있었을 때라든지. 다른 가능성은 생각나지 않는데."

사이러스는 그 점에 대해 생각해보았다. 그럴 가능성은 낮을 듯했다. 오래전 이란에 살 때부터 아버지는 사실상 엄마의 오빠인 아라시하고만 말했다. 그것도 노루즈 때만, 1년에 한 번만. 사이러스의 조부모는 오래전에 떠났다. 아라시가 얼마나 아픈지 생각해보면, 그가 절대 집을 떠나지 않는다는 사실을 생각해보면 오르키데가 그를 알 가능성도 낮아 보였다.

"그건 아닐 것 같아. 불가능할 거야." 사이러스가 말했다. "솔직히, 오르키데의 사연에 대해서 많이 알지는 못하지만. 아빠에 대해 알았다면 나한테 그 얘기를 하지 않았을까?"

"글쎄, 그랬겠지. 오르키데에 대해서 찾아봤어?" 지는 뜨거운 물을 더 달라고 종업원을 부르며 물었다. 음반은 여전히 테이블에 펼쳐져 있었고 카페 안은 분주해져갔다. 종업원은 그들이 음식은 주문하지 않자 좀 짜증 나고 당황한 표정이었다.

"인디애나를 떠나기 전에 새드 제임스랑 잠깐 찾아본 게 다야. 깊이 알아본 적은 없어. 다시 확인해볼게."

이 말과 함께 사이러스는 핸드폰을 꺼내 웹브라우저를 열고 "오르키데 예술가"라고 입력했다. 뉴욕으로 출발하기 전에 오르키데를 검색했을 때는 그녀의 프로젝트를 이해해보려고 구글 이미지를 훑어보았을 뿐이었다. 오르키데가 담긴 전문가가 찍은 사진을 몇 장 보았는데, 대부분은 극적 조명을 쓴 흑백사진으로, 그 안에서 오르키데는 엄격한 표정을 짓고 있었다. 오르키데의 작품도 몇 개 보았다. 대부분의 사진은 너덜너덜한 페덱스와 UPS 상자로 가득 찬 커다란 전시 공간을 찍은 것이었다. 갈가리 찢긴 다양한 국제 배송 상자가 관람객의 무릎 높이로 전시실을 가득 채우고 있었다. 관람객은 찢긴 상자로 만들어진 볼풀장을 걸어 다니듯 그 사이를 헤치고 다녔다. 또 다른 작품은 버튼을 누르면 방 한가운데에 있는 작은 그릇에 아이스크림이 제공되는 기계 장치와 관련된 것으로, 아이스크림이 바닥으로 흘러넘쳐 질척거리는 웅덩이가 되어 있었다. 그림도 몇 점 있었다. 그중 대부분은 추상화였다. 지난번에 찾아보았을 때는 오르키데가 누구인지 이해해보려는 중이었기에, 좀 더 형태가 분명한 무언가를 찾느라 별생각 없이 그런 그림들을

343

스크롤해 넘겨버렸었다. 물론, 그녀의 마지막 설치 작품인 죽음-말에 관한 홍보 자료도 상당히 많이 찾아보았다.

뒤로 가기를 누른 사이러스는 오르키데의 위키피디아 페이지로 들어갔다가, 정보가 너무 적어 놀랐다. 오르키데는 브루클린 미술관에서, 주디 시카고와 마크 로스코의 작품 옆에서 주요 전시회를 하는 사람이었다. 그랬기에 사이러스는 생애, 이력, 수상 내용, 논란, 더 읽을거리 등 여러 분야로 나뉜 위키피디아 페이지가 나오리라 예상했다. 하지만 "오르키데(예술가)"에 대해 나오는 내용은 이게 전부였다.

"오르키데(اوركيده)는 이란계 시각 및 행위 예술가의 예명이다. 1997년, 베니스 비엔날레에서 선보인 전시회 **운송과 처리**로 가장 잘 알려져 있다. 은둔하며 인터뷰를 피하는 것으로 유명하지만, 이란 혁명(하이퍼링크) 이후 어느 시점에 이란에서 도망쳐 왔다고 밝힌 바 있다. 그녀의 작품은 주로 외로움, 망명, 전쟁, 정체성 등의 주제를 다룬다. 2005년에는 아내이자 그녀의 갤러리스트인 상 N. 린과 이혼했다. 2017년, 상 린 갤러리는 오르키데가 말기 유방암으로 죽어가고 있으며, 인생의 마지막 몇 주를 브루클린 미술관에서 상주하는 죽음-말이라는 전시회로 보낼 것이라고 발표했다."

이 페이지에는 한 줌의 링크와 출처가 달려 있었다. 2009년 「아트포럼」의 논평 기사가 "이란에서 도망쳐 왔다"는 내용의 출처였다. 상 린 갤러리 사이트 링크도 있었다. 사이러스는 그 링크를 클릭해보았다. 사이트는 사이러스의 핸드폰에서 빠르게 열렸다. 린이 대리하는 몇몇 다른 예술가들의 홈페이지 콜라주가 있었다. 메소아메리카의 신들을 세련된 청동으로 다시 상상해낸 부부 조각가 팀, 프랑스 뉴웨이브 영화의 스틸 컷을 활용해 거대한 모빌을 만든 애틀랜타 미술가. 그리고 페이지 아랫부분에 길고 구불구불하고 풍성한 머리카락을 가지고 있던, 지금보다 젊은 오르키데의 사진이 있었다. 사이러스는 지금도 그 사진이 이 사이트에 있는 것을 눈여겨보았다. 이혼은 오르키데와 상의 사업 관계를 끊지 않은 듯했다. 사이러스는 오르키데의 사진을 엄지로 탭했다.

오르키데의 페이지 맨 위에는 브루클린에서 열리는 죽음-말 전시회 안내 이미지가 있었다. 사이러스가 인디애나주에서 봤던 것과 똑같은 전시회 설명과 함께였다. 아래에는 이전 전시회의 제목과 사진이 실려 있었다. *지가람(Jigaram)*, *마이너스 40*, *이해의 밀도*. 그렇게 스크롤을 계속하던 중 한 그림이 사이러스의 시선을 사로잡았다.

커다란 직사각형 이미지가, 한 장의 그림이 죽은 병사들이 흩어져 있는 전쟁터를 보여주었다. 그중 다수가 콧수염을 기르고 있었고 다수가 부상을 입은 상태였으며 또 다수가 피 웅덩이에 누워 있었다. 전쟁터 한가운데에는 긴 검은색 로브를 입은 기수의 검은 실루엣과 커다란 검은 말이 있었다. 기수는 노란 후광을 걸치고 있었으며, 로브 앞쪽을 따라서 굵은 은색 선이, 지퍼가 있었다. 예술가는 후광으로 일종의 엑스레이 효과를 만들어, 관람객이 기수의 검은 로브 속을 볼 수 있게 했다. 비친 로브 안에는 벌거벗은 채 겁에 질린 어린 소년이 몸을 바짝 웅크리고서 말에 절박하게 매달려 있었다. 순전한 고통의 표정이 그의 얼굴에 요동쳤다. 가부키 가면과 비슷했지만, 가면이 아니었다. 그것은 기수의 얼굴, 말을 타고 이 죽음의 들판을 가로지르는, 검은 로브 아래 벌거벗은 남자-소년이었다.

사이러스의 숨이 목구멍에 주먹처럼 걸렸다. 그는 지에게 핸드폰을 건네주고 아라시 삼촌에 대해, 그가 검은 로브를 입고 이란-이라크 전쟁에서 죽은 자들 사이를 달린 사람이었다고 말해주었다.

"진심 *미쳤다.*" 사이러스가 말을 마치자 지가 말했다. "정말 그런 일이 있었어?"

"응."

"그런 짓을 하다니 미쳤네. 그것도 네 삼촌이. 미쳤어." 지는 그림을 더 자세히 보고 말했다. "두두시? 그림 제목인데— 무슨 뜻이야?"

"형제." 사이러스가 말했다. "'형제'를 의미하는 페르시아어야."

20

순교자가 순교할 수밖에 없게 하는 것:

- 신
- 아름다움
- 가족
- 영토
- 사랑
- 역사
- 정의
- 욕망
- 섹스

순교자. 나는 공항에서 그렇게 소리치고 싶다. 나는 대통령을 죽이다가 죽고 싶다. 우리의 대통령과 모두의 대통령을. 나는 그들 모두가 나를 두려워한 것이 결국 옳은 일이었기를 바란다. 내 어머니를 죽인 것이, 내 아버지를 망친 것이. 나는 내 존재가 북돋는 엄청난 두려움에 부응하고 싶다.

사이러스 샴스, 순교자의서.docx에서 발췌

일요일

그날 밤, 사이러스와 지는 피자를 주문하고 호텔 방에 남아 기본 케이블 채널인 HGTV와 〈오피스〉 재방송을 보았다. 지는 뉴욕이라는 뭐든지 할 수 있는 곳에서 아무것도 하지 않는 것이 얼마나 사치스럽게 느껴지는지 이야기했다. 그는 계속해서 "기회비용"에 대해서 말했다. 이 도시에서 아무것도 하지 않을 때의 기회비용이 너무 어마어마해 호화롭게 느껴진다고.

사이러스는 거리를 돌아다니며 사람 구경을 하고, 어느 바에 들어가 콜라나 한잔 마실 계획이었지만 지가 이처럼 이상하고도 매력적인 주장을 하는 바람에 동의했다. 피자는 절반이 파인애플이었고, 사이러스는 피자에 과일을 얹는 것은 나쁜 일이라고 반사적으로 말했다. 사람들이 그냥 무슨 말인가 하기 위해서 말하는, 자체적으로는 아무 특징 없는 말이었다. 지는 '과일'은 식물학적 용어이고 '채소'는 요리에 쓰이는 용어로, 여기

349

서 둘을 구분하는 건 아무 의미가 없다고 대답했다. 사이러스
는 미소 짓고 치즈에서 떨어진 파인애플을 집어 지에게 탁 튕
겼다. 그들은 침대에서 기분 좋게 피자를 먹었다. 피자 박스는
둘 사이에 깔린 수건에 놓여 있었다. 둘의 시선은 〈오피스〉 재
방송이 나오는 평면 TV에 머물렀다.

"요즘엔 절대 저런 프로그램을 못 만들 거야." 지는 사무실
직원이 아웃팅당하고 나서, 한 등장인물이 게이를 판별하는 기
계인 게이더를 개발했다고 주장하는 에피소드에 대해 말했다.

"그럴까?"

"절대 못 만들지. 네 생각엔 만들 수 있을 것 같아?"

사이러스는 잠시 생각했다.

"아니겠지. 하지만 그게 중요한 점 같아."

"무슨 말이야?" 지가 물었다.

"오늘날에는 〈허니무너〉나 〈치어스〉도 못 만들잖아."

"아치 벙커(보수적이고 편협한 백인 노동자의 대명사가 된 캐릭터 이
름)가 나오는 게 〈치어스〉인가?" 지가 물었다.

"아니, 그건 〈올 인 더 패밀리〉. 근데 그것도 엿 같았지. 그런
코미디는 늘, 당시에 할 수 있었던 말의 극단에 존재해. 그 극단
이 시대와 함께 계속 움직이고. 에버턴의 창이랬나, 뭐랬나."

"오버턴이야." 지가 말했다.

"응?"

"오버턴의 창이라고, 에버턴이 아니라."

"아. 아무튼." 사이러스는 씁 소리를 내며 말했다. "아무튼, 그런 건 어디에나 있어. 어렸을 때 좋아했던 책을 읽기란 언제나 두려워. 그 안에 어떤 끔찍한 개소리가 있을 게 분명하거든."

TV에서는 웬 약 광고가 나왔다. 파스텔 톤의 옷을 입은 흰머리 여자가 어린 소년 두 명과 함께 트램펄린에서 뛰고 있었다.

"1년 전에 『벨 자』를 다시 읽었는데, 아이고." 지가 말했다. "그냥 넘겨버릴 수밖에 없는 페이지가 있더라."

사이러스가 웃었다.

"그렇다니까. 나는 고등학교 이후로 그 책을 읽지 않았어. 고등학교 때조차 그 책이 묘하게 소름 돋았던 게 기억이 나. 두 종류의 다른 콩을 내왔다는 이유로 간병인을 걷어차는 장면 있잖아?" 사이러스가 피자를 한 입 베어 물었다. "근데 지금도 그게 존 휴스의 거의 모든 영화에 대해서 내가 느끼는 감정이야."

"맞아!" 지가 소리쳤다. "〈핑크빛 연인〉은 너무 엿 같아."

"그치? 그리고 롱 덕 동인지 뭔지가 나오는 것도 있어(존 휴스의 영화 〈아직은 사랑을 몰라요〉에 나오는 중국계 미국인 캐릭터로, 인종적 스테레오타입을 반영했다는 논란을 일으켰다). 어렸을 때도 뭔가 엉망인 것 같다고 생각했던 기억이 나."

"맞아, 맞아. 네 윤리적 위생 관념은 언제나 티끌 한 점 없었구나." 지가 놀렸다. "근데 그걸 잊어버렸네, 롱 덕 동 말이야.

아무리 그때라지만 어떻게 그랬지?"

"내 말이! 이런 건 사실상 모든 것에 들어 있어. 나이 든 백인 남자들만 그러는 것도 아니야. 에이드리언 리치는 TERF였어. 손택은 궨덜린 브룩스(아프리카계 미국 시인)한테 '등 돌리겠다'라고 선언했고."

"봤지? 이게 모두가 나처럼 행동해야 하는 이유야." 지가 말했다. "모든 것에 대해서 옳게 생각하되, 입은 다물어야 한다니까."

사이러스는 웃으며 그의 팔을 만졌다. TV에서는 사이러스도, 지도 모르는 축구 선수가 나오는 아디다스 광고가 흘렀다.

"난 샤워할 거야." 사이러스가 말했다. "뭐 필요한 거 있어?"

"뭐가 필요하냐니…… 샤워실에서?"

"아이고. 뭐 더 넓게는 필요한 게 있고?"

"온 세상이 엔트로피로 다가가는 걸 멈출 수 있어? 돌이킬 수 없는 생태학적 붕괴를 고칠 수 있어?"

"못 해." 사이러스가 미소 지으며 말했다.

"전 세계에서 파시즘의 유령이 부상하는 건?"

"못 막아."

"새 비스타라이트 드럼 세트는 사줄 수 있고?"

"미안."

"좋아, 그럼 필요한 거 없어." 지가 씩 웃으며 말했다.

사이러스는 샤워실에 들어갔다. 나중에, 여전히 젖은 채로 수건 한 장만 걸치고 나오자 그의 룸메이트가 침대를 톡톡 두드리며 TV를 껐다. 지는 단단한 나무처럼 보였다. 생기로 충만한 견고함이 느껴졌다. 사이러스는 수건을 떨구고 이불 아래로 기어들었다.

나중에, 지가 담배를 피우고 싶어 해서 사이러스는 그를 따라 호텔 정문으로 나갔다. 로비에는 서른몇 살쯤 될 힙스터가 13달러짜리 칵테일을 홀짝거리며 지나치게 시끄러운 더치 테크노 음악을 누르고 이야기하려 애쓰고 있었다.

"그래서, 내일은 뭐 해?" 지가 말했다.

"미술관에서?" 사이러스가 물었다.

"응, 계획이 뭐야?" 지는 자동적으로 담배를 말았다. 뷰글러 파우치에서 꺼낸 담배 가루와 필터를 종이에 넣고 말았다. 산들바람을 맞고 걸어가며 한 손으로 그 모든 일을 할 수 있는 것처럼.

사이러스는 생각해봤다.

"글쎄, 오르키데한테 그걸 어떻게 알았느냐고 물어보려고."

"오르키데가 뭐라고 말할 것 같아?" 지가 담배를 물었다.

"첫 번째 단계 이후는 딱히 생각해보지 않았는데." 사이러스가 솔직하게 말했다.

"그냥, 네가 맹점을 찔리지 않았으면 좋겠어." 지가 말했다. "아, '맹점' 대신 쓸 비장애중심주의적이지 않은 동의어가 뭐가 있지?"

"다친다?"

"그래, 하지만 기습의 요소도 있어야지. 다쳐-놀라다."

"그거 괜찮네. 아니, 오르키데가 뭐라 말할 수 있겠어? 우리 부모님은 돌아가셨어. 나한테는 형제도, 배우자도 없어. 난 2년 전에 술을 끊었지. 그 말은, 쓸모 있는 인생을 예정된 것보다 2년이나 더 살았다는 거야."

"누가 그래?"

"응?"

"너한테 예정된 삶이 몇 년인지 누가 판단하느냐고?"

사이러스가 어깨를 으쓱했다.

"난 그냥, 내가 그 순간을 지나쳤다는 거야. 내가 죽었을 수도 있지만 죽지 않은 순간을. 그런 줄도 몰랐어. 그런 순간이 있었다는 것조차 몰랐다니까. 그 이후의 모든 것은 보너스였어. 무슨 말인지 알아? 오르키데가 뭐라고 말하든, 우리 삼촌을 알고 지냈든 구글을 어떻게 이상하게 팠든, 나는 내가 쓰는 이 책에 그 이야기를 넣을 거야. 그런 다음에 난 죽을 테고, 인생은 계속 나아가겠지."

지는 아무 말도 하지 않고 담배를 세게 빨았다. 사이러스가 말을 이었다.

"오든의 시 중에, 하늘에서 떨어지는 소년을 봤지만, 가야 할 곳이 있었기에 침착하게 계속 나아갔다는 '비싸고 섬세한 배'가 나오는 시가 뭐였지? 내가 말하는 게 그런 거야. 내가 소년이고, 나머지 세상이 배인 것 같아. 아니면 난 물일지도 모르겠다. 모르겠어."

지가 한 번 더 길게 담배를 빨아들였다.

"이게 얼마나 엿 같은 일인지는 알지?" 그는 말 사이사이 연기를 뿜어내며 물었다. 아름다운, 옷을 덜 걸친 로비의 손님들이 밖으로 나와 떨면서 리프트(우버와 비슷한 차량 공유 서비스)를 기다렸다.

"죽고 싶다는 이 모든 개소리 말이야." 지가 말을 이었다. "너무 엿 같아."

"무슨 뜻이야?" 사이러스가 물었다.

"말 그대로야. '이 세상에 자신을 붙들어 매줄 것이 아무것도 없는 가엾은 어린 고아' 같은 개소리 말이야." 지는 날카롭게 사이러스를 보았다. "네 정액이 내 가슴에 묻어 있다는 건 알지? 그러니까, 지금 바로 이 순간에? 네가 자살해도 아무도 신경 쓰지 않을 거라는 의견을 말하는 이 순간에?"

모피를 입고 웅크린, 나이 든 남아시아 여자가 슬쩍 지를 보더니 인상을 찡그렸다.

355

"지." 사이러스가 말했다.

"넌 네가 얼마나 이기적인지 몰라." 지가 말을 이었다.

알록달록한 원피스에 파카를 걸친 라틴계 엄마 두 명이 유아차를 밀고 웃으며 인도를 따라갔다. 거리 건너편에는 MAKE NOISE NOT LOVE(사랑이 아니라 소음을)라고 적힌 티셔츠를 입은 깡마른 백인 아이가 자기 자전거 근처에서 일종의 미용 체조를 하고 있었다.

"넌 진공 상태에서 사는 것처럼 굴어. 네 인생을 둘러싼 액자 같은 게 이미 있는 것처럼. 하지만 역사를 이용해 모든 것을 합리화할 수는 없어. 그건 국가들이 하는 일이라는 거, 알지? 미국이 말이야. 바로 이란이 하는 일이고."

사이러스는 움찔했다. 지는 아마 이란 체제가 전사자의 사진을 도처에 붙여놓는 것을 염두에 두고 말했을 터였다. 사이러스는 지에게, 이란 정부가 반미 감정을 자극하기 위해 그의 어머니를 죽인 비행기 추락 사진을 국가에서 발행하는 우표에 실었다는 이야기를 해준 적이 있었다. 한 국가는 역사를 통계적 이상 현상으로, 부수적 피해로 단순화하고 다른 한 국가는 역사로 프로파간다를 찍어낸다고.

"그건 너무했다." 사이러스가 중얼거렸다.

"그래, 너무했지." 지가 동의했다.

"난 그냥 피곤해." 사이러스가 말을 이었다. "너도 알잖아."

하지만 지는 듣지 않고 있었다. 그는 담배를 끄고, 지렁이처럼 길을 뚫고 문을 지나 호텔로 들어갔다. 사이러스는 말없이 그를 따라 계단을 올라서 방으로 갔다. 지가 뒤로 돌아 그를 빤히 보았다. 사이러스가 문을 닫고 말했다. "알았어. 정말 얘기하고 싶어? 사실이야. 여기서는 그 무엇도 내게 꼭 남아 있어야겠다는 기분이 들게 하지 못해. 아빠도, 약이나 술도, 중독 회복도, 게이브도, 씨발 시도. 그 무엇도."

"그건 정상적이지 않아, 사이러스. 그게 정상이 아니라는 건 너도 알지?"

"알아! 그리고 난 정상이 되고 싶지 않아. 넌 남은 평생 서빙하고 가끔 드럼 치는 걸로 괜찮을지 모르겠지만, 난 사실 차이를 만들어내고 싶어. 내가 살아 있었다는 사실이 중요했으면 좋겠다고."

그 마지막 말에, 중요했으면 한다는 말에 지는 눈을 가늘게 뜨고 고개를 갸웃하며 사이러스를 보았다. 그는 방금 들은 말을 그가 조용히 사랑한 남자의 이미지와 맞춰보려 했다. 이 기쁨에서 저 기쁨으로, 이 절망에서 저 절망으로 오가며 몇 년을 함께 보낸 온화한 작가의 이미지와. 그의 입이 아주 잠깐, 찰나의 시간 동안 벌어졌다. 지는 이내 정신을 차리고 호텔 방을 돌아다니며 아무 말 없이 물건을 챙기기 시작했다.

"아, 지. 그런 뜻이 아니었어." 사이러스가 말했다. 즉시 수치심이 밀려들었다. 바닷물이 폐를 채우듯.

지는 고개를 뒤로 젖혔다. 뺨 근육이 팽팽히 당겨졌다. 그는 아무 말도 하지 않았다. 사이러스는 친구의 얼굴을 빤히 보았다. 그의 얼굴은 굳어 있었고, 아래턱은 단호하게 다물려 있었다. 지가 연약하게, 떠는 것처럼 보였다면, 금방 울 것처럼 보였다면, 사이러스는 본능적으로 그를 안고 등을 쓸어주며 사과했을 것이다. 하지만 지의 굳은 모습이, 그의 갑옷이 사이러스를 꼼짝 못 하게 했다. 그의 눈은 검은 가시처럼 보였다.

"미안." 사이러스가 말했다. "미안해."

마침내 지가 쏘아붙였다.

"사이러스, 몇 달 동안 내가 들은 모든 노래는 나와 직접 관계된 것이었어. 내 인생과. 너랑 함께하는 내 바보 같은, 엿 같은 인생과. 모든 꽃이 내 엿 같은 얼굴 코앞에서 피어났어. 그게 어떤지 알아? 미치는 거랑 비슷해. 엿 같은 비둘기들이 나한테 말을 거는 것 같다고. 넌 그런 느낌 받아본 적 있어? 내가 무슨 말을 하는지 조금이라도 알아듣긴 해?"

사이러스가 대답하지 않자 지는 고개를 젓고 배낭 쪽으로 허리를 숙였다. 배낭 앞주머니에 지갑을 집어넣은 지는 출입구로 가서 문을 열었다. 복도의 불빛이 내뱉은 말의 잔인함을 비추기라도 하려는 듯 둘의 어두워진 방에 쏟아져 들어왔다. 한마디 말도 없이, 다시 뒤를 보지도 않고 지는 떠났다.

21

알리 샴스

1961~2007

외람되지만, 당신이 나를 위해 살아 있었던 건
살아가기엔 형편없는 이유였어요. 나는 몇 조각만을 간직했어요,
고무 물고기, 닭 털 몇 개,
말을 할 때도 거의 움직이지 않던 당신의 입술.

피해자들은 죽어요, 그게 그들의 주된 동사죠.

또한 남자를 사랑하는 법도. 나는 그것도 간직했어요.

풍경이 우리의 이해 너머로 굽어 지나갈 때
밝은 실루엣, 당신은 참 아름다웠어요.
그 풍경은 우리의 틈새를 벌려 가르려고 존재했죠.
굽어짐이란 모든 점에서 끊어진 직선.
파괴될 운명.

아빠, 세상의 시간이여! 나는 이제야 알겠어요.
당신이 왜 머물렀는지, 왜 떠났는지.
하지만 나는 정말로 이곳에서 당신을 사랑했어요, 세상의 시간 속에서.

사이러스 샴스, 순교자의서.docx에서 발췌

일요일

<hr>

사이러스 샴스
브루클린, 3일 차

사이러스는 지에게 전화를 걸어보았다. 전화를 받으면 뭐라고 말해야 할지는 확실하지 않았다. 아마 미안하다고 해야겠지, 지금도 정확히 무엇 때문에 미안한지는 잘 모르겠지만. 잔인한 말을 한 것에 대해 사과해야겠지만 그게 전부는 아니었다. 어쨌든, 지는 전화를 받지 않았고 사이러스는 음성 메시지를 남기지 않았다. 8시 30분, 자기에는 너무 이른 시간이었다. 사이러스는 밖으로 다시 나가고 싶지 않았다. 이제 보니 두 손이 자기도 모르게, 변덕스럽게 떨리고 있었다. 몸서리치며 꿈에서 깨어나려는 것 같았다.

사이러스의 아버지가 땅에 묻히던 날, 그가 다닌 농장 사람 두어 명이 나타났다. 알리의 관리자와 관리자의 아내였다. 그들은 알리보다는 사이러스와 가까운 나이였다. 사이러스가 고등학생 때 가장 좋아했던 영어 선생님인 오렌도 왔다. 사이러스의 당시 여자 친구인 시린도 왔다. 당시의 룸메이트인 지크와 창도. 사이러스의 당시 친구이자 미래의 연인, 미래의 전 연인이 될 빌랄도 왔다. 사이러스가 누구에게도 무언가 말해달라는 이야기를 하지 않았으므로 모두 대체로 엄숙하게 주위에 서 있었다. 오렌 선생님이 비종교적이고 상냥한 무슨 말을 했다. 사이러스는 누군가가 뭔가 해주고 있다는 점에 고마움을 느낀 것을 제외하면 그 말이 별로 기억나지 않았다. 대체로는 젖은 흙 냄새, 역겹고 달착지근한 냄새가 기억났다. 지금도 비가 오고 난 뒤 공기에서 이따금 느껴지는, 땅의 단내였다.

삼촌 아라시는 사이러스가 그를 초대해야 한다는 걸 떠올렸더라도 이란에서 비행기를 타고 오지 못했을 것이다. 그러나 사이러스는 떠올리지 못했고, 마침내 소식을 전하러 전화했을 때 삼촌은 격분했다. 그는 처음이자 딱 한 번, 전화로 사이러스에게 소리를 지르며 욕했다.

사이러스는 침대에서 일어나 호텔 창문을 살짝 열었다. 창밖으로는 호텔의 뼈대 속 벽돌로 쌓아 올린 장기 같은 것이 보였다. 한기가 들어왔고 잠시 잠깐 사이러스는 그냥 추위의 느낌만을 생각할 수 있었다. 그 느낌이 사이러스의 고양된 두뇌를 잠시 가라앉혔다. 사이러스의 점점 줄어가는 무기고에 아직 남아 있던, 얼마 안 되는 사소한 고양감이었다. 잠시 후, 그는 다시 핸드폰을 꺼내 와츠앱으로 삼촌에게 전화를 걸었다.

알보르즈는 한밤중이었는데도 아라시는 신호가 두 번 갔을 때 전화를 받았다. 그는 전화 건 사람이 먼저 자기소개를 하기를 기다리며 침묵을 지켰다. 사이러스는 몇 년간 드문드문 삼촌과 통화를 하면서 이런 일에 익숙해졌기에 억양이 두드러지는 페르시아어로 말했다. "다히, 사이러스예요. 주무셨어요?"

아라시의 목소리가 밝게 전화선을 채웠다. "사이러스 잔! 나의 심장!"

사이러스는 언제나 삼촌의 높은 목소리에 좀 놀랐다. 수십 년 전의 편도선 절제 수술이 약간 잘못돼, 아라시는 잘 모르는 사람이 들으면 놀림받는 듯한 영원한 팔세토 목소리가 되었다.

"어떻게 지내냐, 이 녀석아?" 아라시가 신나서 물었다.

사이러스는 삼촌과 마지막으로 이야기한 게 몇 년 전임을 깨달았다. 대체로는 사이러스가 대화를 피했다. 전화를 걸어 삼촌의 끝없는 음모론과 중국에는 자신의 병력에 관한 이야기로 빠지는 말을 들으며, 유일하게 살아 있는 혈육이 건강하지 않다는 무게감을 온전히 마주해야 하는 죄책감보다는 전화하지 않는 죄책감이 더 나았기 때문이다. 그래도 한 가지 두둔하자면, 아라시는 한 번도 그런 이유로 사이러스를 탓하지 않았다.

"잘 지내요, 삼촌. 만족스럽게요. 삼촌은요?"

"아, 늘 같지. 살아 있다. 그래서 모두가 화를 내고." 아라시는 웃었다. "그것 말고 할 말이 그리 많지는 않구나. 여기 새로 온

363

도우미가 좋은 사람이다. 레바논 여자아이야. 나한테 프랑스어를 가르쳐주고 있어. 즈 마펠 아라시. 너 프랑스어 아니?"

사이러스는 수업을 모두 빠지고 싶어 하면서도 뒤마와 랭보 작품의 훌륭한 영어 번역을 내놓을 수 있을 만큼 유창해지기를 기대하며 학부 수업 두어 개를 요행으로 통과했다. 대체로 그는 음식명을, 팽 오 프로마주 같은 것들을 기억했다.

"아뇨, 잘은 몰라요."

"내가 방금 한 말은 '내 이름은 아라시다'야."

"아아." 사이러스가 미소 지으며 말했다.

"사실 페르시아어와 매우 비슷하다. 같은 단어가 아주 많아. 정복자들, 식민지의 흡혈귀들이니까."

"이란이 프랑스의 식민지였어요?" 사이러스가 물었다.

"'메르시 앵페리알리스트! 메르시 뷔로크라시!' 이런 말이 어디서 왔을 것 같니? 우연일까?"

"딱히 생각해본 적 없는 것 같네요."

"전에 그 애가 뭘 가르쳐줬는지 알아?" 아라시가 물었다. 그의 배경에서 시끄럽게 윙윙대는 소리가 났다.

"커피 갈고 계세요, 다히?"

"훌륭한 귀로구나!"

"거기 몇 시예요?"

"4시 좀 지났다." 아라시가 말했다. "하지만 난 이미 깼으니 걱정하지 마라. 내가 왜 거짓말을 하겠니? 죽음과 나 사이는 이 만큼인데." 사이러스는 삼촌이 자신과 죽음 사이의 폭을 나타 내려고 손가락 네 개를 딱 붙여 보이고 있다는 걸 알았다. 아버 지도 가끔 하던 이상한 손동작이었다. 관용어처럼 쓰이는 그 동작은 언제나 아버지에게 어울리지 않아 보였다. 언젠가 사이 러스가 물어보자 아버지는 그냥 웃었다.

"옛날 TV 프로그램에 나온 거야. 어디서 나왔는지도 사실 잊 어버렸다."

이제 사이러스는 가스레인지가, 아마도 삼촌의 모카 커피포 트 아래에서, 탁탁 켜지는 소리를 들을 수 있었다.

"자, 다른 날에 가슈미라가 내게 뭘 가르쳐줬는지 짐작이 되 냐?" 아라시가 물었다.

"가슈미라요?"

"레바논인 도우미 말이야! 듣긴 하는 거냐, 조카야?"

"아, 죄송해요."

사이러스는 삼촌의 군인 연금 일부가 장을 봐주고 청구서 처 리를 해줄 도우미를 붙이는 데 쓰인다는 점을 알고 있었다.

"트네 페르므망 아 라 코르드 드 디외(Tenez fermement à la corde de dieu)." 아라시가 과장된 프랑스어 억양으로 말했다. "이게 무슨 뜻인지 아니?"

"신에 관한 얘긴가요? 하늘이랑?"

아라시가 웃었다. "정확해. 물라의 헛소리지. 내가 그런 개소리를 싫어한다는 건 너도 알겠다만."

사이러스는 아무 말도 하지 않았다. 전화선 너머에서 삼촌이 그런 식으로 말하니 불안해졌다. 아무리 "전쟁 영웅"이라 해도 이란에서 그런 말을 하는 건 불필요하게 무모한 짓이었다.

"그래서, 우리 코루시가 왜 전화를 한 거지? 안전하니?"

"네, 삼촌. 안전하게 지내요. 아무 문제 없어요." 사이러스가 망설였다. "어떤 그림을 봤는데 삼촌이 생각났어요."

삼촌의 침묵. 이어서—

"그림?"

"네, 이란계 작가의 그림인데, 병사를 그린 그림 같아요. 삼촌 같은 병사요, 전쟁 당시에."

"나 같은 병사?"

"그러니까, 로브를 걸치고 말을 타고 손전등을 건 병사요."

아라시가 웃었다.

"손전등을 건 병사 그림을 보고 날 생각했다니! 그 그림 때문에 사랑하는 아픈 삼촌에게 전화를 걸었다는 거냐! 프로파간다의 제국을 찬양해야겠구나! 이제야 뭔가 좋은 일이 생기네!"

사이러스가 약하게 웃었다.

"그냥— 정확히 삼촌 얘기랑, 삼촌이 한 일에 대해서 아빠가 해준 얘기랑 똑같아 보여서요. 뭐랄까⋯⋯." 사이러스는 말을 멈추었다. "그 모든 몸들 주변으로, 검과 손전등을 지닌 사람이 말을 타고 다니더라고요, 그 모든一" 그는 말을 멈추었다.

"죽은 자들 주변으로 말을 타고 다녔다고?" 삼촌이 말했다.

"네."

"난 어린애가 아니다, 사이러스. 사람들은 나더러 미쳤다고 하지만, 넌 진짜 사람에게 말하듯이 나랑 말할 수 있어."

"알아요, 다히. 그렇게 하고 있어요."

"네 아빠가 죽기 2년 전에, 나는 문 네 개짜리 작은 흰색 페이칸 세단을 팔았다. 너와 네 아빠가 떠날 때쯤부터 가지고 있던 차야. 난 그 차를 타고 오랫동안 드라이브를 하곤 했다. 시골로 여행을 떠났지. 그 페이칸에 망가진 테이프 플레이어가 달려 있었어. 난 그게 카세트 테이프를 뱉어내게 할 수가 없었다. 그냥 영원히 끼어 있었지. 무슨 테이프였는지 아니?"

"뭐였는데요?"

"알레그리의 〈미제레레〉였어." 아라시는 잠시 사이러스가 뭘 말하는지 알아듣기를 기다렸다. 그런 일이 벌어지지 않자 아라시가 물었다. "그 노래를 아니?"

"모르는 것 같아요. 모르겠어요. 조금 들어보면 혹시一"

"전에 한 번이라도 들어봤으면 잊지 못했을걸. 아무튼, 아주 유명한 음악이야. 아주 특별하지." 그는 커피를 한 모금 마셨다. "이야기에 따르면, 이 노래는 바티칸에서, 구두로만 전수됐다.

성스러운 날에 교황을 위해서만 불리도록 말이야. 완전히 정신 나간 가톨릭의 개짓거리지. 하지만 300년 전, 열네 살의 어린 모차르트가 성당에 들어갔다가 이 노래를 듣게 됐어. 모차르트는 교황의 특별 손님이었지. 그 10대 어린애가 집으로 가서 외운 악보를 적었다. 곡 전체를, 처음부터 끝까지. 다섯 개의 성부로 구성되어 있는데 모차르트는 그때 딱 한 번 듣고 곡 전체를 받아 적었어. 다음 해에 돌아가서 자기 작업물을 확인해보고 악보를 미세하게 조정한 뒤 그 곡을, 그토록 완벽하게 감춰져 있던 천사의 노래를 가져다가 사람들에게 주었다."

"와우." 사이러스가 영어식으로 감탄했다.

"그렇지? 교회에서 평민에게 들려주기에는 너무 아름답다고 생각했던 음악이었는데. 돼지 목에 진주 목걸이라고 생각한 거겠지? 하지만 돼지는 개보다 똑똑하고 진주는 돌일 뿐이야. 아무튼, 모차르트가 단 두 번 들은 것만으로 이 곡을 아주 제대로, 아주 완벽하게 파악했기에 교회에서는 그를 벌하지도 못했다. 사람들은 모차르트가 수천 명의 새로운 개종자들을 교회로 이끌었다고 했지."

"와우." 사이러스가 다시, 영어식으로 감탄했다가 즉시 후회했다.

"아무튼, 내 자동차에 이 〈미제레레〉 테이프가 몇 년이나 박혀 있었다. 뺄 수가 없었어. 그래서 그냥 듣고 듣고 또 들었지.

전체가 겨우 20분, 심지어 그보다도 짧았는데, 테이프 플레이어가 알아서 되감기를 해서 노래를 또 틀어줬어. 참고로, 당시의 테이프 플레이어치고 그건 아주 고급 기능이었다. 천 번, 어쩌면 그 이상 들었을 거야. 내가 왜 거짓말을 하겠니? 죽음과 나 사이는 마치……. 확실히 물라들은 그 테이프를 듣는 게 배교 행위라고 하겠지. 하지만 나는 그냥 그 노래를 듣고 또 들었다. 그랬더니 어떻게 됐는지 아니? 뭐가 바뀌었는지 알아?"

"뭐가 바뀌었는데요?"

"아무것도 안 바뀌었어. 매번 기적처럼 느껴졌지. 마지막 부분, 테이프의 마지막 90초만 들어도 상관없었어. 다섯 가지 목소리가 나오는데 나는 매번 뭔가 새로운 소리를 들었다. 누군가가, 어떤 아이가 한두 번 듣고 모든 걸 기억한 노래를, 나는 한 번도 들어본 적 없는 것처럼 천 번이나 들을 수 있다는 걸 생각해봐라. 그게 뭘 말해주는 것 같으냐?"

사이러스는 혼란스러웠다. 그는 밤새 혼란스러웠다.

"모르겠어요. 죄송해요. 이해가 안 돼요."

아라시가 웃었다.

"당연히 그렇겠지. 넌 그 노래를 들어본 적이 없으니까."

"오늘 밤에 들어볼게요. 삼촌이 원하시면 지금 당장 노트북으로 틀어드릴 수도……."

"안 돼!" 아라시가 날카롭게 말했다. "안 돼." 사이러스는 깜짝 놀랐다.

"넌 들어도 이해 못 할 거다, 조카야. 알겠니? 나는 그 노래를 듣고 신을 본다, 내가 신이기 때문이야. 나는 바로 그 천사들과 이야기해왔어, 안 그러냐? 하지만 너는 천사와 검 그림을 보고, 네 정신 나간 삼촌밖에 생각하지 못하지. 이 세상에서 가장 인간적인 것만을 말이야. 네가 가장 가까이 가본 게 그 정도라서 그렇다. 아니면 네 생각에는 가장 가까이 가본 게 그 정도라서."

사이러스는 한숨을 쉬고 불쑥 말했다.

"그림 제목이 '두두시'였어요."

"뭐라고?"

"그림요. 그림 제목이 '형제'였다고요."

침묵.

"아주 많은 사람에게 형제가 있다, 사이러스. 내가 한 일을 한 사람도 아주 많아. 소대에 한 명씩 있었어."

"그렇죠."

"무슨 말을 하려는 거냐, 사이러스?"

"모르겠어요, 삼촌. 그냥 삼촌 생각이 났어요, 엄마랑요."

또 한 번, 더 긴 침묵.

"잘 지내는 거냐?" 아라시가 물었다. "돈은 충분히 있고? 네가 쓰는 시는 어떠냐?"

"전 괜찮아요. 정말이에요, 아지즈('사랑받는', '귀한'이라는 뜻의 페르시아어로. 여기에서는 애칭으로 쓰였다). 돈도 있어요. 새로운 프로젝트로 글을 쓰는 중이고, 바쁜 기분이 드니까 좋아요."

"바쁘면 정말 좋지." 사이러스는 삼촌이 커피를 한 모금 삼키는 소리를 들었다. "다음에 네가 전화할 때면 나는 프랑스어가 유창해져 있을 거다. 이 아가씨가 자기 뜻을 이룬다면 말이지." 삼촌의 말투가 바뀌어 있었다.

사이러스는 미소 지은 뒤, 삼촌이 들을 수 있도록 살짝 웃었다.

"금방 다시 전화할게요. 꼭요."

"넌 젊어, 사이러스. 삶으로 가득하지. 이해한다."

사이러스는 움찔했다.

"그 페이칸이 어떻게 됐는지 아니?" 아라시가 물었다. "내가 병원에 있을 때, 사람들이 나더러 존재하지 않는 걸 본다고 했다. 더는 운전하면 안 된다고 말이야. 눈을 가린 사람도 테헤란에서는 가장 안전한 운전자일 수 있는데! 아무튼 사람들은 내 운전면허증을 가져갔고, 나는 페이칸을 팔 수밖에 없었어. 나는 그 차를 무척 좋아했다. 그런데 밀수품이 들어 있는 채로 팔 수는 없었지. 그래서 드라이버를 가져다가 테이프 넣는 데를 쑤셨어. 테이프가 망가지는 소리가 들릴 때까지 쑤시고 또 쑤셨다. 그리고 맹세하는데, 테이프가 망가졌을 때 낄낄거리는 소리를 들었다. 낄낄거리는 소리를! 내 목소리는 아니었어."

"낄낄거리는 소리요?"

"악마였다. 사이러스. 초자연적인 게 아니야. 환상도 아니고. 그들이 우리를 가지고 체스를 둔 거다. 그게 우리야. 나는 그 테이프를 망가뜨렸다. 악마가 체스판의 퀸을 죽인 거야. 체크메이트였어."

사이러스에게는 너무 많은 질문이 있었다. "그들"이 누구일까? 왜 퀸을 "잡는" 대신 "죽였다"라고 한 걸까? 사이러스는 이 대화 내내 삼촌에게서 두 발짝 뒤처져 있다고 느꼈다.

"곧 다시 전화한댔지, 사이러스?"

"그럴게요, 다히. 약속해요."

둘은 전화를 끊었다. 사이러스는 세상 건너편의 삼촌이 전화기를 내려놓고 창가로 다시 걸어가, 커튼을 딱 한 뼘만 다시 걸어 바깥의 광활한 어둠을 내다보는 모습을 상상했다. 이런 아침에도 별들은 있다. 삼촌의 집은 온통 어두울 테지만, 창밖의 어둠에 유리창에는 그 자신의 얼굴이 반사될 것이다. 삼촌은 재빨리 커튼을 닫고 2초쯤 기다렸다가 다시 확 젖힐 것이다. 그냥, 확인해보려고. 무엇을 확인하는 걸까? 아라시도 알지 못한다. 다만 그는 의자를 창문께로 당겨 와 커피를 홀짝이고 집중할 터였다.

사이러스는 헤드폰을 챙기고 방 안의 모든 불을 끈 뒤 침대에 누웠다. 핸드폰으로 〈미제레레〉를 재생 목록에 추가하고, 목소리가 시작되자 눈을 감았다.

22

오르키데와 입통령

두 사람이 쇼핑몰을, 화려한 몰을, 크레이트앤배럴과 애플스
토어가 있는 그런 몰을 가로질러 걸어가고 있다. 사이러스는
여자가 오르키데라는 걸 즉시 알아보았다. 그녀는 브루클린 미
술관에서와 마찬가지로 이 꿈에서도 대머리이고 따스해 보였
다. 다만 꿈속 그녀는 이마에 커다랗고 덥수룩한 눈썹이 먹구
름처럼 자리하고 있었다. 그 눈썹 아래에는 테가 큰, 멋들어진
선글라스가 있었는데, 그녀의 머리에는 어울리지 않는 듯했다.
아이가 엄마의 옷을 아무거나 걸쳤을 때처럼. 오르키데에게서
한 발짝 뒤떨어져 걸으며, 이상하리만치 커다란 몸속에서 무겁
게 숨을 쉬는 사람은 입통령이었다. 그는 특유의 잘 맞지 않는
큼지막한 파란 정장을 입고 있었다.

사이러스는 그렇게까지 혐오감을 느끼는 인물들은 보통 꿈
에 잘 등장시키지 않았지만, 때로는 원치 않는 일이 그냥 일어

났다. 10대 때 한번은 그를 괴롭히던 놈이 거의 강박적으로 하릴없이 꿈에 나왔다. 한번은 한니발 렉터와 제프리 다머(미국의 연쇄 살인범)가 저녁 식사를 하며 나누는 대화를 엿듣는 꿈을 꾸었다. 또 한번은 딕 체니(미국의 46대 부통령)와 함께 비행기에 타고 있었다. 여기, 이 꿈에서 입통령은 쇼핑몰을 가로지르며 무거운 짐을 끌고 가듯 헐떡였다. 아무것도 들고 있지 않으면서. 오르키데의 얼굴은 장난스럽게 빛났다. 동행의 몸부림이 즐거운 듯했다.

"따라와요." 그녀는 자기 쪽으로 손짓하며 재촉했다.

몰은 붐비지도 한산하지도 않았다. 이런 장소의 빽빽한 형광등 불빛과 돈만 바라는 기업의 에너지에 사이러스는 보통 숨이 막혔다. 그러나 오르키데는 완전히 편안해 보였다. 심지어 즐거워하는 듯했다. 힘들어하는 것처럼 보이는 사람은 입통령이었다.

"우리가 왜 여기 있는 거요?" 그는 질문을 하게 된 게 창피한 듯 말했다. 자주 질문하는 사람이 아니었으니까.

"여기, 이 몰에 있는 이유를 묻는 건가요? 아니면 이 꿈에?" 오르키데가 장난스럽게 물었다. 그녀의 얼굴은 나이 든 동시에 젊어 보였다. 골동품 인형 같았다. 그녀가 산소 탱크 없이 움직이는 것을 보니 좋았다. 대머리인데도 그녀는 건강하고, 심지어 기운차 보였다. 따뜻한 느낌으로 낯이 익었다. 사이러스가 인터넷 검색에서 본 얼굴과 더 비슷했다.

입통령은 시위라도 하듯 오르키데의 질문에 대답하지 않았다. 그들은 화려한 옷 가게와 보석방을 지나치며 걸어나갔다. 차 가게를 지날 때 입통령은 작은 종이컵으로 시음을 해보려고 그 가게에 들렀다. 그는 싸구려 테킬라를 마시듯 차를 단숨에 삼키더니 인상을 썼다.

"페르시아어에서—"오르키데가 말했다. "차를 나타내는 단어는 '차이'예요. 당연히 아시겠지만."

"당연하지." 입통령이 거짓말했다. 그러자 그의 얼굴에 희미한 초록색 빛이 맥동했다. 오르키데가 미소 지었다.

"하지만 우리가 차에 타는 소두구를 나타내는 단어는 '헬'이죠. 처음 미국에 왔을 때, 나는 로어이스트사이드에 있는 조그만 싸구려 간이식당에서 모든 시간을 보냈어요. 거기에 페르시아인 종업원이 있었죠. 젊은 여자였어요. 아마 열아홉, 스무 살쯤 됐을 거예요. 거의 나만큼이나 영어를 못했죠. 나는 매일 아침, 일자리를 찾으러 가기 전에 테이블에 앉았고, 그 애는 다가와 '헬 차이'라고 말하곤 했어요. 그렇게 우리는 낄낄거렸죠. 난 '헬'이 나쁜 단어라는 걸 알 만큼은 영어를 할 줄 알았어요. 우리는 '엿장수의 엿 같은 엿' 같은 걸 말하는 어린애처럼 심술궂은 열광을 담아 낄낄거렸답니다. 그게 내가 한 첫 번째 영어 농담이었어요, 나의 첫 미국 친구였고요."

입통령은 별 감흥 없다는 듯 코웃음 쳤다. 그는 완구점 유리창에 비친 자기 모습을 보고 있었다. 반만 귀 기울이다가, "미국"이라는 말을 듣고서야 펄쩍 다시 대화로 돌아왔다. 그는 남몰래 혼란스러워하고 있었다. 오르키데가 뉴욕에 산다는 걸 몰랐다. 하지만 이런 부조화를 무시하는 것이 그의 습관이었다. 부조화는 보통 그가 에너지를 쓰지 않아도 알아서 해결되었다. 유리창에 비친 그의 모습을 자세히 보니, 얼굴에서 작은 검은색 지렁이들이 빠져나오기 시작하는 것 같았다.

오르키데와 입통령은 계속 나아갔다. 주방용품, 농구 카드, 화석, 만화책, 흑사병 시대 새 부리 가면, 전자 현미경을 진열해 놓은 가게들을 지난 끝에 고전 미술 작품의 원본을 파는 것처럼 보이는 가게에 이르렀다. 가게 유리창에는 〈모나리자〉가 걸려 있었고, 입통령은 밝아졌다.

"이거 본 적이 있어! 이거 알아." 그가 말했다. "환상적인 그림이지. 아름다운 그림, 아름다운 여자야." 그는 〈모나리자〉가 그려진 커피잔을 가지고 있었다. 오래전 어버이날에 그의 자녀 중 한 명이 준 선물이었다. 어느 아이였는지는 기억나지 않았다.

"이 그림이 왜 그렇게 유명한지 아세요?" 오르키데가 물었다.

"완벽하니까! 저 여자를 봐. 저 미소를 보라고! 최고의 그림이야. 최고 중의 최고."

오르키데는 그의 말을 무시했다.

"이 그림이 유명한 이유는 나폴레옹의 침실에 걸려 있었기 때문이에요. 초상화치고 그렇게 눈에 띄는 작품은 아니죠. 심지어 캔버스에 그려진 것도 아니에요. 포플러 나무 널빤지에 그려졌죠. 자투리 나무에. 500년 뒤에 이 그림이 자신의 가장 유명한 작품이 된다는 걸 알면 다빈치는 경악했을 거예요."

"나폴레옹의 침실이라고?" 입통령은 마음을 빼앗겼다. 그의 입이 행복한 아가미처럼 벌어졌다 다물어졌다 했다. 그는 이 그림을 가져야만 했다.

그들은 빌렌도르프의 비너스 조각상과 블루모스크의 타일, 페르세폴리스의 사자들, 호쿠사이의 〈가나가와 해변의 높은 파도 아래〉와 제리코의 〈메두사호의 뗏목〉을 지나 가게로 들어갔다. 고스족 점원이 핸드폰으로 문자를 보내고 있던 계산대 바로 앞에는 또 하나의 거대한 원본 그림이 있었다. 삶으로 북적거리는 바닷가 풍경이었다.

"이거 알아요?" 오르키데가 캔버스를 가리키며 입통령에게 물었다.

"당연하지." 그가 거짓말했다. "하지만 그건 갖고 싶지 않아. 이리 와, 다른 사람보다 먼저 리자의 값을 치러야 하니까." 그는 그 그림을 "리자"라고, 이미 친근한 듯이 말하면서 유달리 기분이 좋았다.

오르키데는 그의 말을 듣지 못한 듯 말을 이었다.

"브뤼헐의 〈이카로스의 추락이 있는 풍경〉이에요." 그녀가 말했다. "이카로스가 태양과 너무 가까이 날아오르는 바람에 그의 날개가 녹았죠. 다른 예술가들은 그의 아버지인 다이달로스의 슬픔에 집중해 그림을 그렸어요. 아니면 떨어지기 전에 즐거워하는 이카루스의 오만한 순간을 그렸죠. '밀랍으로 만든 그의 날개는 그의 한계 위로 솟았다가 녹아내렸다, 하늘이 그의 몰락을 획책했다' 알아요?"

입통령은 이 발 저 발로 무게중심을 옮기며 움직거렸다. 그는 "몰락" 이야기를 좋아하지 않았다. 하지만 그림만은 꽤 마음에 들었다. 착한 사람들이 열심히 일하는 그림. 멋진 바다와 튼튼한 배, 수평선. 무엇보다도 그는 자신이 택한 다빈치 그림의 값을 치르고 싶어서 그녀가 말을 그만하기를 바랐다.

"하지만 브뤼헐은 이카로스를 중심에서 아주 벗어난 가장자리에 그렸죠. 그냥 물속에 가라앉는 두 개의 다리로요. 다른 모두가 각자의 일을 하고 있어요. 노새는 밭을 갈고 양은 풀을 뜯고. '하얀 다리는 초록색 물속으로 사라지고, 비싸고 섬세한 배는 놀라운 무언가를, 하늘에서 떨어지는 소년을 분명 보았으나 갈 곳이 있기에 침착하게 항해해가네'."

입통령은 그 점이 싫었다. 브뤼헐은 그 두 개의 다리로 그의 완벽하고 사랑스러운 풍경을 망쳐버렸다. 그는 누가 그에게 젠체하는 것을, 그에게 뭔가 가르쳐줄 수 있다고 생각하는 사람들을 싫어했다. 그는 오르키데와 브뤼헐 둘 다 싫었다. 그는 그들을 무시하며 계산대로 다가갔다. 점원이 핸드폰에서 고개를 들었다.

"도와드릴까요?"

"〈모나리자〉를 사고 싶은데. 얼마요?"

"흠, 어디 보죠." 소녀는 장부를 휙휙 넘겼다.

오르키데도 계산대로 다가와 말했다. "괜찮으시면 전 브뤼헐의 이카로스 가격도 알고 싶어요."

"네, 잠깐만요." 소녀는 장부를 뒤적거렸다. 아주 작은 글씨로 가득한 커다란 서류철이었다. 가게에는 작품이 열몇 개밖에 없었는데.

"〈모나리자〉는 네 토막이에요. 싸게 파는 거예요, 한 달 내내 여섯 토막이었으니까. 브뤼헐은 두 토막이고요."

입통령은 지갑을 뒤지며 지폐를 세고 있었다.

"토막이라고?" 그가 물었다.

"브뤼헐 가격으로는 훌륭하네요." 오르키데가 소녀에게 말했다. "살게요."

"좋아요." 점원이 말했다. "더 선호하시는 손이 있나요?"

"맞혀보세요." 오르키데는 두 손을 모두 계산대에 올려놓고 고개를 돌리며 말했다. 그녀의 손에는 손가락 몇 개가 없었다. 일부는 맨 위쪽 마디가 잘려 나갔고, 일부는 손바닥 바로 위까지 전부 잘려 있었다. 점원은 아직 온전한 그녀의 왼쪽 중지의 아랫부분을 잡더니, 등 뒤에서 커다란 식칼을 꺼냈다. 오르키데는 깊이 숨을 들이쉬었고 점원은 식칼을 단 한 번 크게 휘둘러 손가락의 두 번째 마디를 잘라버렸다.

오르키데는 꽉 문 잇새로 공기를 빨아들이며 말했다. "맙소사! 젠장."

"그럼 포장해드릴까요?" 점원은 떨어진 손가락을 첫 마디에서 두 동강 내며 물었다.

"아뇨, 이대로 가져갈게요." 오르키데는 주머니에서 흰 손수건을 꺼내 두 마디가 잘려 나간 피투성이 손가락에 감았다. 붉은색이 깃발처럼, 날씨처럼 흰색 전체로 점점 커져갔다.

"당신들 미쳤군!" 입통령이 소리쳤다. "그야말로 완전히 돌았어!" 그는 최대한 빠르게 가게에서 달려나가며, 뒤에 희미한 초록색 불빛의 흔적을 남겼다.

오르키데는 점원에게 살짝 미소 짓고 어깨를 으쓱하더니, 브뤼헐의 〈이카로스의 추락이 있는 풍경〉을 겨드랑이에 끼고 가게를 나섰다.

23

로야 샴스

1987년 8월 테헤란

남편들이 캠핑을 떠나 있는 동안 우리 집에 머무른 나머지 시간 내내, 레일라는 앞서 달려가며 나를 풀밭으로 끌고 가는 열정적인 말이었다. 나는 절박하게 고삐에 매달렸다. 둘째 날, 우리는 시장을 가로질러 걸어가고 있었다. 말도 안 되게 추웠다. 레일라는 묵직한 코트와 긴 스카프를 걸쳤다. 타즈리시 시장의 통로 전체를 따라 곁길과 골목이 그물처럼 뻗어갔다. 그런 곳곳에 자른 꽃과 케밥, 가루를 묻힌 쿠키, 향수, 구슬, 카펫, 속옷을 파는 가판대가 있었다. 남자들이 알아들을 수 없는 말로 서로에게 소리쳤다. 나이 든 여자가 커다란 무쇠솥에서 수프를 맛보았다. 그녀의 옆에서는 젊은 여자가─그녀의 딸임이 틀림없었다─행인들에게 찐 사탕무와 누에콩을 팔았다.

사람들 사이를 걷다가 레일라가 갑자기 나를 휑한 골목으로 끌고 들어갔고, 그 골목이 휘어 다른 골목으로 이어졌다. 그 길은 좁고 더러웠으며 벽돌 아파트와 쓰레기통으로 끝났다. 우리 위로 발코니에 빨래가 널려 있었다. 청회색의 하늘. 아무 설명도 없이, 레일라는 무릎을 꿇고 허리를 숙여 아스팔트에 귀를 댔다.

"들어봐!" 그녀는 나를 올려다보고 미소 지으며 말했다. 귀는 여전히 땅에 대고 있었다. "땅속 깊은 곳에서 천사들이 북을 치고 있어!"

나는 그녀가 무슨 소리를 하는 건지 알 수 없었고 초조하게 주위를 둘러보았다.

"로야 잔, 너도 들을 수 있어! 땅이 10대처럼 파티 하고 물레방아처럼 빙빙 도는 천사와 진으로 가득하다는 건 너도 잘 알잖아. 와서 들어봐."

우리가 있는 골목으로 접어드는 길목을 지나가는 사람들은 우리를 못 본 체하고 지나쳤다. 적어도 나는 그들이 우리를 못 본 체했기를 바랐다. 나는 머뭇거리며 무릎을 꿇고 레일라 근처의 땅에 귀를 댔다. 길은 차가웠다. 가느다란 띠 같은 하늘이 감시자처럼 우리 머리 위에 드리워졌다.

"아무 소리도 안 들리는데." 내가 말했다. 뭘 기대했는지 모르겠지만 실망했다. 땅에서는 아무런 소리도 나지 않았다. 그냥 땅이었다. 나는 약간 창피해졌다. 농담을 알아듣지 못하는 사람이 된 기분이었다.

"귀 기울여야 해, 제대로. 저 모든 실없는 소리를 듣는 것처럼 듣는 게 아니라." 그녀는 시장을 가리키며 말했다. "소리 아래 의 소리 아래의 소리를 들어야지. 내 말 무슨 뜻인지 알아?"

알 수 없었다. 그녀는 귀를 여전히 아스팔트에 붙인 채 손으로 리듬을 두드리기 시작했다. 탕 **타-당** 탕, 탕 **타-당** 탕.

"흙 밑에서, 우리 모두의 아래에서, 갈비뼈에 부러진 화살촉 이 꽂힌 죽은 옛 사람의 해골들 아래에서 —" 레일라가 말했다. "천사들이 북을 치고 있어!" 그녀는 계속해서 땅을 두드렸다. "우리를 위해서, 나는 그렇게 상상해."

그녀가 무슨 말을 하는지 알아들을 수 없었다.

"날 놀리는 거야?" 나는 땅에서 머리를 떼며 물었다.

레일라도 일어나 앉았다. 그녀는 무릎을 꿇은 채 내게로 다 가왔다. 내 오른손의 중지를 잡고 자기 왼쪽 눈을 감더니, 내 손 가락을 자신의 감긴 눈꺼풀에 부드럽지만 확고히 얹었다.

"이거 느껴져?" 그녀가 뜬 눈을 위로, 아래로, 위로, 아래로 움직이며 말했다. 내 손가락 아래의 눈꺼풀 아래에서 그녀의 다른 눈이 자매와 마찬가지로 움직였다. "감긴 눈조차 계속 네 얼굴을 찾는 게 느껴져?"

나는 고개를 끄덕였다. 그녀의 손이 탕 **타-당** 탕, 탕 **타-당** 탕 리듬을 두드렸다.

"그거야." 레일라가 말했다. "그렇게 내가 널 찾아 헤맸어."

그러더니 그녀는 몸을 앞으로 숙여 내게 키스했다. 시장에서 조금 떨어진 바로 그 골목에서. 사소한 입맞춤이 아니었다. 가족 간의 그런 입맞춤도 아니었다. 입술에, 내가 여전히 눈을 뜨고 완전히 놀란 상태로 한 키스. 내가 물고기처럼 보였을 게 틀림없었다. 누가 볼까 봐 두려워해야 마땅한데도, 시장 가운데 통로에서 들여다볼 구경꾼들을 두려워해야 마땅한데도 나는 가만히 레일라의 입맞춤을 받아들이고 화답했다. 그녀의 손이 내 뺨에 닿아 있었다. 나도 모르게 손가락이 그녀의 눈꺼풀에서 귓불로 움직였다.

키스는 3초간, 어쩌면 4초간 이어졌지만 그걸로 모든 것이 움직이기 시작했다. 내 삶은 그 전까지는 거꾸로만 바라보던 그림이었다. 레일라가 걸어 들어와 나를 위해 바로 세워주기 전까지는. 그런 식이었다. 모든 것이 제자리에 맞아 들어갔고, 그림은 명료해졌다. 그렇게 침착했던 레일라조차 놀란 듯이 보였고 무한한 몇 초의 시간 뒤에 몸을 물렸다.

"미안." 그녀가 내 얼굴을 살피며 말했다.

"아니 ─" 나는 말을 하다가 멈췄다. 귀가 울렸다. 머릿속 전체에 몰아치는 피가 느껴졌다.

"아니라고?" 레일라가 말했다. 눈을 한 번, 두 번 깜빡이며 내가 대답하기를 기다렸다.

"아니, 미안해하지 마." 내가 말했다. "눈도, 천사의 북도." 나는 잠시 말을 멈추었다. "무슨 말인지 알 것 같아."

레일라가 미소 지었다. 그녀의 스카프 아래로 곱슬머리 몇 가닥이 삐져나왔다. 우리는 골목에서 무릎을 꿇고 어린애처럼 서로를 바라보고 있었다. 닭들처럼. 나는 살아 있음에 다시 현기증을 느꼈다. 당황스러움과 흥분에 얼굴을 붉혔다. 눈을 맛본 최초의 사람 같았다. 그리고 우리는 공기처럼 자연스럽게 일어서서, 남자들이 말도 안 되는 것으로 말다툼을 하고 여자들이 흙바닥을 획획 오가는 시장으로 돌아갔다.

첫 키스 이후로, 나는 아무것도 의심하지 않을 터였다. 가능성도, 자유도. 날개 달린 위대한 천사가 땅에서 솟구쳐 올라 산산이 터져버린대도 나는 그 깃털을 모을 터였다.

24

오르키데

1963?~

누군가 죽으면 그건 아주 오래 이어지는 일,
하지만 당신은 허점을 찾아내,
죽어감에 당신을 매달고
흰 시트를 걸친 아이처럼 죽음을 걸쳤다

아이는 유령처럼 보이려 했지만, 어째서 유령이
그런 모습이겠는가, 그리고 당신은 누구를 설득하려 하는가?
예술? 아름다운 것은 함께할 때도
언제나 아름다운 것은 아니다: 프러시안 블루, 나 같은 남자들—

물론 씨앗 아래에도 날씨가 있다,
페르시아어로는 산을 닮은 모양인
8에서 깜빡이는 종말의 시계,
그 증오스러운 빛이나
우리라는 종(種)의 숨 막히는 동일성을 돌려 말할 방법은 없다—

각 사람은 어리석은 달처럼 맥동한다:
죽음은 그들의 일, 죽어가는 것은 당신의 일

사이러스 샴스, 순교자의서.docx에서 발췌

월요일

사이러스 샴스
브루클린, 4일 차

사이러스는 다음 날 아침 차갑게, 무겁게 눈을 떴다. 젖어 있기도 했다. 다만 젖음이 *차가움*이나 *무거움*과 너무 크게 관련되어 있었기에 젖어 있다는 사실을 깨닫는 데는 조금 시간이 걸렸다. 그는 어두운 호텔 방을 둘러보며 자신이 혼자였음을 떠올렸다. 지는 밤에 돌아오지 않았다. 사이러스는 침대에서 나가, 어떻게 불을 켜야 하는지 알아내느라 너무 많은 초를 보낸 뒤, 차가움과 무거움과 젖음의 기원을 알아냈다. 침대에 오줌을 싼 것이다.

음주의 가장 심각한 단계에 이런 일은 자주 일어났다. 밤에, 그는 더 많은 맥주를 구하러, 더 많은 술을 구하러 몽유병 상태로 걸어 다녔다. 그의 도마뱀 뇌는 알코올을 질서 있게 방출하는 것보다는 알코올을 얻는 데 더 관심이 많았다. 당시에는 그게 그냥 일상이었다, 그의 인생을 지배하는 자기혐오와 할 일의 조합 속으로 눈을 뜨는 것이. 그는 최대한 물기를 닦고 페브리즈를 뿌리고 몸에 달라붙은 옷을 벗고 샤워실에 들어가곤 했다. 자기 침대 아닌 어딘가에서 깨어나면, 사이러스는 변명을 하거나 그냥 말없이 몰래 빠져나가는 것의 손익 분석을 해야했다. 이런 의례는, 다행스럽게도 그가 술을 끊으면서 끝났다.

사이러스가 한동안 이런 식으로 오줌을 싼 적이 없다고 해도, 그가 음주하던 때 이후로는 한 번도 없다 해도, 그 모든 오래된 감정은 즉시 우글거리며 몰려들었다. 가라앉는 자동차에 호수의 물이 밀려드는 것처럼. 처음에는 여전히 반사적으로 면책 본능이 부풀어 올라 어떻게 말썽 없이 빠져나가지, 하는 생각이 들었다. 그런 다음에는 그가 저질러놓은 난장판을 치워야할 가엾은 청소부와 호텔 측이 생각났다. 그러자 자기혐오가, 살아 있음에 대한 짜증이 솟구쳤다. 사이러스는 자신의 실용적인 뇌가 곧 상황 해결 모드에 접어들리라는 것을 알았지만, 일단은 자기 연민이라는 사치스러운 순간을 스스로에게 허락했다. 그는 그 순간, 극도로, 살아 있지 않기를 원했다. 죽기를, 자살하기를 바란 것이 아니라 살아 있다는 부담을 어깨에서 덜어내고 싶었다.

아직 우정의 따뜻한 여명기에 있었을 때 사이러스와 지는 함께 행복한 블랙아웃을 경험하며 많은 시간을 보냈다. 이런 세월은 그들의 기억 속 빈 곳이 되었다. 기억나는 건 늦은 밤의 보행로, 거실에 틀어놓은 음악 소리를 누르며 가사를 열광적으로 내지르는 낯선 얼굴들, 약을 조금 하고 플라스틱병째 술을 마시고 담배로 피우면 나쁜 맛이 날 뿐 다른 작용이 있을지 의심스러웠지만 어쨌든 알약을 부수어 담배에 쏟아붓던 밤뿐이었다. 그들처럼 세상을 깊이 사랑하고 느낄 수 있다는 것이 너무도 아름답고 뜻밖이고 드문 일이라 달빛 아래 흐느끼던 밤들.

그들은 사이러스가 침대에 오줌을 싼 것을 보고 웃었다. 주변에 다른 사람이 있으면 지는 얼굴 전체가 입술로 말려 들어가는 듯한 미소를 씩 지어 보이곤 했다. 방 안의 다른 모든 사람도 무의식적으로 따라 미소 짓게 하는 미소였다. 그러면 그건 잠시 농담거리가 되었을 뿐, 이내 모두가 다른 일로 관심을 옮겼다. 어느 날 키디에서, 사이러스는 술에 취한 채 지의 화장실 거울 위에 지워지지 않는 매직펜으로 커다란 왕관 두 개를 그렸다. 그 아래에는 *이 왕관은 영원히 쓸 수 있어*라고 적었다. 다음 날 아침, 지가 낙서에 관해 물었을 때 사이러스는 전혀 기억하지 못했지만, 왕관과 격언은 두 사람이 이사를 나갈 때까지 거울에 남아 있었다.

『익명의 알코올 중독자를 위한 총서』에는, 사이러스가 술을 끊기 시작했을 때 읽고 또 읽은 부분이 있었다. 자기 연민과 분노가 평범한 사람들에게는 "미심쩍은 사치재"이지만, 알코올 중독자들에게는 독이라는 내용이었다. 그 부분에서 책은 자기 연민과 분노를 "불평과 착란"이라고 불렀는데, 사이러스는 그게 그 시대에 맞는 예스러운 표현이라고 생각했다. 그에 반해 "미심쩍은 사치재"라는 표현은 놀라웠다. "우리에게 이런 것은 독이다." 그래서 그의 가장 친한 친구가 떠나버렸다. 또 그는 지지자와, 전반적인 회복 자체와 냉전을 벌이고 있었다. 그의 책은—그걸 책이라 부를 수 있다면—전혀 진전이 없었다. 지금의 인생은 너무 엉망이라, 죽는다 해도 아무 의미가 없을 터였다. 의미 없는 삶은 의미 없는 죽음을 뜻하니까. 그는 자신이 정말 그렇게 생각하는지조차 확신하지 못했다. 다만 현재 상태가 상태이니만큼, 절망에 찬 일반화를 더 쉽게 받아들였다. 그 순간에는 그런 절망만이 유일하게 진실한 것으로 느껴졌다.

사이러스가 이런 식으로 슬퍼할 때 대부분의 사람들은 그를 가볍게, 경솔하게 대했다. 그에게 굳이 공을 들일 가치가 없다는 듯이. 오직 지만이 진지하게 받아들였다. 지는 한 번도 계획을 취소했다고 사이러스를 면박 주지 않았다. 때로는 오후 내내, 혹은 저녁 내내 사이러스와 함께 앉아 조용히 아무 말도 하지 않았고 가끔 음반만 얹어두었다. 20분이나 한 시간쯤 지나서 음반이 멈추면 다시 뒤집어놓기만 했다.

사이러스는 소변 대부분을 흡수한 시트와 담요를 뭉쳐놓았다. 추리닝 바지는 벗어 쓰레기통에 던져 넣은 뒤 샤워실에 들어갔다. 그가 취했더라면, 호텔 바에서 다시 술에 넘어가고 만

거라면 이 모든 게 말이 됐다. 지와의 싸움도, 소변도. 하지만 사이러스는 하기로 한 모든 일을 하고 있었다. 금주, 글쓰기. 모든 길이 다시 같은 치욕으로 이어진다면 대체 그게 다 무슨 의미일까?

때로 아침에 샤워실에서 눈을 감고 있으면, 그는 잊어버린 전날 밤 꿈의 불꽃을 포착할 수 있었다. 시골길 한가운데에, 손바닥에는 검은 동전이 놓인 채 무릎을 꿇고 있는 소녀. 녹슨 쟁기를 끄는 분홍색 새끼 양. 하지만 오늘, 샤워기를 트는 방법을 알아내는 데만도 1분이 꼬박 걸린 다음(지는 호텔의 화려함이 샤워기 트는 방법을 알아낼 때까지 걸리는 시간에 정비례한다고 농담했었다), 물줄기 아래에서 눈을 감았을 때 보이는 것이라고는 눈꺼풀의 새까만 뒤쪽뿐이었다. 그는 메말라버린 기분이었다. 그 기분을 언어로 표현하려고, 나중에 쓸 수 있게 그 느낌의 씨앗 일부를 건져내려 노력했지만 생각나는 것이라고는 "내 심장 안에는 망가진 심장을 가진 작은 사람이 있네" 뿐이었다.

샤워실에서 나온 그는 옷을 입고 로비의 ATM으로 달려 내려가 청소부에게 남겨줄 40달러의 현금을 찾았다(ATM에서는 20달러짜리로만 인출할 수 있어서 사이러스는 40달러를 줄까, 60달러를 줄까 몇 초 이상 고민했다). "죄송합니다!"라는 쪽지도 남기기로 했다. 그는 이런 의례적 조치에 움찔하면서도 달리 뭘 해야 할지 알 수 없었다. 그는 방의 큐리그 커피 머신으로 커피를 내려, 델 듯 뜨거운 상태로 마셨다. 핸드폰 충전기와 양말과 치약을 챙긴 그는 체크아웃하러 나갔다. 프런트의 남자는 "후아"라 적힌 이름표를 달고 있었다. 후아는 "숙박은 괜찮으셨나요?"라고 묻는 대신 "여기 있으면서 멋진 걸 만들어내셨나요?"라고 물었다. 그 말이 사이러스의 허를 찔렀다. 그건 이렇게 세련된 유형의 브루클린 사업체에서 내놓는 형식적인 질문이었다. 심지어 나쁜 질문도 아니었다. 그러나 맥락상 엿 같았다. 사이러스는 아직 떨리는 자기 손을 내려다보았다. 지는 어디에 있을까? 그들은 뉴욕에 왜 온 걸까? 사이러스는 대체 이런 짓을 왜 하는 걸까? 왜 글 쓰고, 말하고, 살아가는가? 그는 달리는 차에, 바다에 뛰어들고 싶었다. 사라지고 싶었다. 사이러스는 로비 직원에게 그냥 고개를 젓고는 되돌아보지도 않고 미술관으로 떠났다.

춥기는 해도 아름다운 날이었다. 모든 사람이 부츠를 신고 무거운 코트를 걸치고 있지 않았다면 사진 속에서는 한여름으로 보일 법한 날. 사이러스는 핸드폰을 확인했지만 지에게서는 아직 아무 연락이 없었다. 그가 빠르게 메시지를 입력했다. "저기, 미안해. 정말이야. 어디 있어?"

사이러스는 지가 평소처럼 바로 대답하는지 보려고 다음 1분 동안 핸드폰을 두 번 더 확인했지만, 지는 답장하지 않았다. 사이러스는 헤드폰을 끼고 〈미제레레〉를 틀었다. 유튜브에 있던 1980년 녹음본이었다. 그는 이 노래가 뉴욕에 소름 끼칠 정도로 잘 어울린다는 것을 깨달았다. 주변 모든 것이 노래의 리듬을 변주하거나 재현하거나 꾸몄고, 귀신 들린 듯한 목소리들을 더욱 깊어지게 했다. 듀에인 리드(DUANE Reade, 미국 뉴욕에 본사를 둔 약국 체인) 간판의, 모서리가 둥근 글자에 비둘기들이 몸을 쑤셔 넣었다. D와 E와 R의 요람이 막대와 나뭇잎과 털로 가득했다. 두 소년이 발에 비닐봉지를 씌우고서 나란히 걸었다. 이 도시 어디에나 있는 진창으로부터 운동화를 보호하기 위해서였다.

사이러스는 오르키데에게 〈미제레레〉에 대해 물어봐야겠다고 결심했다. 오르키데가 듣고 싶어 하면 자기 헤드폰으로 들려주려고 헤드폰이 깨끗한지 확인했다. 듣고 싶어 하면 좋겠다고 생각했다. 그녀가 전에는 그 노래를 들어본 적이 없었으면 좋겠다고도 생각했다. 그녀에게 삼촌에 대해, 삼촌이 군인이었다고 말하고 싶었다. 손전등과 말이 등장하는 그녀의 그림에 나오는, 그런 군인이었다고. 그녀에게 비행기 추락에 대해 어떻게 아느냐고 묻고 싶었다. 주의 깊게, 다른 의미는 담지 않으려고 노력하면서.

만일 오르키데가 구글로 그를 찾아본 것이라면 별일은 아니었다. 디지털 빵 부스러기를 쫓아, 그로 시작해 비행기 추락까지 추적했다면 말이다. 어쨌든 사이러스도 그녀를 검색해보았으니까. 그는 자신과 어머니 사이에 정확히 어떤 사이버 통로가 있을지 잘 몰랐지만, 뭔가 있는 것도 불가능한 일은 아니었다. 물론, 다른 설명도 있었다. 사이러스로서는 표현할 수 없는 설명이. 불가능한 설명이.

사이러스가 아직 술을 마시던 시절에, 사람들이 시가 잘되어 가느냐고 물으면 그는 언제나 "쓰지 않는 시를 살고 있을" 뿐이라고 대답하곤 했다. 정색하고서. 이제 와서는 그 생각만 해도 손발이 오그라들었다. 다만 지금 이 도시로의 이 여행은 당시에 그가 하고 싶었던 말처럼 느껴졌다. 산산이 조각난 인생의 형세를 전부 살펴보며 '이건 쓸모 있겠어, 나중에 이걸 다 이용해야지'라고 생각하는 행위. 작가로서 그런 생각은 늘 해왔다. 그런 생각은 언제나 은근하게 죄책감의 전율을 가져다주었지만, 멈출 수는 없었다.

사이러스의 영웅들 중 많은 사람이 금욕을 비난했다. 금욕이란 신체적 절제의 대가로 영적 보상이 주어진다는 추상적 약속이기에, 그들은 대신 신체적 쾌락의 쇄도하는 즉각성을 선호했다. 시인 하페즈는 "손에 쥔 현금처럼, 오늘 천국은 내 것이다"라고 썼다. "내가 미래에 대한 청교도들의 맹세를 믿어야 할 이유가 무엇인가?" 사이러스는 자신에게 얼마나 많은 내일이 남아 있는지 잘 알 수 없었고, 지의 말이 맞을지도 모른다고, 자신이 오늘을 완전히 살아가지 못하는 걸지도 모른다고 잠깐 생각했다.

사이러스가 조금이라도 현재성을 정말 느낄 때는 약을 할 때뿐인 것 같았다. 지금이 심리적으로나 화학적으로나 전과 구분될 수 있을 때. 그럴 때가 아니면, 그는 완전히 시간에 잠식되는 기분이었다. 탄생과 죽음 사이에, 그가 한 번도 제대로 발을 딛지 못한 어떤 간극에 끼인 채로. 그는 또한 세상과 세상의 체크 박스에 잠식되어 있기도 했다. 이란인도 미국인도 아니고, 무슬림도 무슬림이 아닌 것도 아니며, 취한 것도 유의미하게 회복된 것도 아니고, 게이도 이성애자도 아닌 채로. 모든 진영에서 사이러스가 다른 진영에 너무 깊이 속해 있다고 생각했다. 진영들이 있다는 사실 자체에 그는 머리가 어지러웠다.

오르키데와 그 이야기를 하고 싶었다. 당연히 장소와 시간, 소속감에 관한 그녀의 관점은 깨달음을 줄 것이다. 사이러스로서는 헤아릴 수조차 없는 죽음의 즉각성 안에 불붙어 있으니까. 그는 아직도 희미한 소변 냄새가 날까 봐 걱정스러워 자기 몸의 냄새를 맡아보았다.

미술관에 도착한 사이러스는 입장객을 받고 있는 검은 옷차림의 직원 두 명을 알아보았다. 그는 5달러를 내고 계단을 통해 3층으로 올라가며 두꺼운 코걸이를 낀 도슨트를 지났다. 도슨트는 살짝 아래쪽으로 고개를 끄덕였다. 3층에서, 사이러스는 주디 시카고의 설치 작품 〈디너파티〉를 지나 모퉁이를 돌았다.

한 남자가 딸과 손을 잡고 걸어가고 있었다. 둘 다 헤드폰에 귀 기울이고 있었다. 의무감에 작품 설명을 읽는, 공부쟁이 10대도 있었다. 오르키데와 죽음-말을 향해 걸어가던 사이러스는 갤러리 조명이 완전히 어두워져 있고 벨벳 줄이 입구를 가로지르고 있는 것을 보았다. 그 줄에, 젊은 오르키데가 일종의 망사 베일을 쓰고 장난기와 문제의식을 같은 양으로 담은 검은 시선을 위로 보내고 있는 흑백사진이 담긴, 코팅된 안내문이 붙어 있었다. 그 내용은 다음과 같았다.

죽음-말 전시는 종료되었습니다. 브루클린 미술관은 마지막 설치 작품을 믿고 맡겨준 오르키데에게 감사를 전합니다. 오르키데를 기리는 기부금은 로비의 기념품점에서 내실 수 있습니다.

"예술이란 우리가 살아낸 것들이 살아가는 곳이다."
—오르키데, 1963~2017

사이러스의 머리에서 모든 피가 빠져나갔다. 그는 토할 것 같다고, 그다음에는 똥을 쌀 것 같다고 느꼈다. 그는 벽에 기댔다. 영원히 살거나, 죽거나. 두 가지 길이 있었고, 전자의 실현 가능성을 가리키는 증거는 많지 않았다. 사이러스는 물론 이 예술가가 죽어간다는 걸 알았다. 하지만 이 작은 종이는, 이 종이에서 빛나는 얼굴을 들고 있는 오르키데는 하나의 증거였다. 불가피한 무언가도 여전히…… 여전히 뭐? 움직일 수가 없었다. 내장이 튀어나올 것 같았다. 그리고 물론, 놀랐다.

전날만 해도 오르키데는 괜찮았다. 둘은 웃었다. 안았다. 사이러스는 휘청거리며 계단으로 돌아갔다. 자기 발에 걸려 넘어질 뻔했다. 깃털 귀고리와 코걸이를 한 도슨트를 보고 그는 더듬거리며 말했다. "저기……, 죽음-말이 문을 닫았네요."

질문을 하려 했지만, 대신 밋밋하게 사실에 대한 진술을 하고 말았다. 도슨트가 고개를 끄덕였다.

"네. 작가님이 어젯밤에 세상을 떠나셨어요. 그분이 미술관에서 살고 계셨다는 건 아시죠?"

사이러스는 움직이지 않았다.

"오늘 아침에 작가님 방에서 발견했나 봐요." 도슨트는 주위를 둘러보더니 낮은 목소리로 말했다. "작가님이 진통제를 한 움큼 드셨다던가, 그런 얘기를 들었어요. 어제만 해도 완전히 괜찮으셨거든요. 어제 오셨었죠?"

사이러스는 아무 말도 할 수 없었다. 도슨트는 눈썹을 치켜올리더니 말했다.

"다음 전시회가 언제 열릴지는 모르겠어요. 프랑스 사진작가 전시회일 거예요. 이름은 잊어버렸네요. 당분간은 열리지 않겠지만요."

　사이러스는 몸이 무너지지 않도록 절박하게 애쓰고 있었다. 그는 인간처럼 서 있는 방법, 몸속에 깃들어 있는 방법에 관한 필수적인 정보를 찾아 머릿속을 뒤졌지만 머릿속에는 오직 그림자만이, 반쯤 기억나는 그림자의 그림자만이 있었다. 그는 들판 위 멎어버린 풍차가 된 기분이었다. 고개를 저었다. 멎어버린 풍차들로 가득한 들판. 도슨트가 그에게 뭔가 물었다. 다른 뭔가를 물었다. 사이러스에게 들린 것은 머릿속의 울림, 웬 청각 세포의 마지막 노래, 다시는 듣지 못할 주파수뿐이었다. 그는 쓰러졌다.

25

자살의 대죄가 탐욕, 즉 당신의 요동치는 내면의 고통을 당신보다 오래 살아남을 모든 사람에게 퍼뜨리는 한편 당신 자신만은 고요함과 침착함을 챙겨두려는 것이라면 순교의 대죄는 자만, 허영, 당신의 죽음이 당신의 삶보다 더 큰 의미를 가질 수 있을 뿐 아니라 죽음 자체보다도 큰 의미를 가질 수 있으리라 믿는 오만이다. 죽음 자체는, 피할 수 없는 것이기에 아무 의미도 없다.

사이러스 샴스, 순교자의서.docx에서 발췌

알리 샴스와 루미

___

두 사람. 한 명은 키가 크고 여위었으며 엄숙하다. 농장의 작업복과 높은 장화를 신고 있다. 사이러스는 그가 아버지임을 즉시 알아본다. 알리가 사이러스의 꿈에 나타나는 일은 드물다. 아버지가 무자비한 삶 이후에 마침내 찾은 휴식을 존중해서 꿈에는 등장시키지 않는 것일까. 알리는 전쟁에 참여했고 (알리는 보급선을 관리하는 사무병이었는데, 비교적 안전한 임무이긴 해도 여전히 놀랍도록 위험도가 높았으며 그에게 무시할 수 없는 생존자의 죄책감을 남겼다), 아내의 갑작스럽고 무의미한 죽음을 맞았으며, 적대적인 국가로 이민했고, 거의 20년간 주 6일 노동했다. 알리는 쉴 권리를 얻어냈다. 사이러스의 꿈속에서까지도.

그럼에도 작은 음악 공연장처럼 보이는 곳의 바깥 계단에서 담배를 피우는 아버지를 보자 사이러스는 기뻤다. 사이러스가 아는 거의 모든 사람과 마찬가지로 알리도 테헤란에서는 골초였지만, 미국에 도착하자마자 생활비를 줄이는 방법으로 담배를 끊었다. 그건 아이로서는 영영 생각 못 하는, 부모가 하는 10억 가지의 작은 희생 중 하나였다. 알리는 그런 일에 대해 말하는 건 최악의, 가장 혐오스러운 부모뿐이라고 생각했다. 계단 위에서 알리는 너무도 편하게, 너무도 자연스럽게 담배를 피우는 것처럼 보였다. 그의 손이 잃었던 손가락 하나를 되찾기라도 한 것만 같았다.

사이러스의 아버지 옆에는 주황색과 보라색의 비단 로브를 입고, 대마초 시가를 깊이 빨아들이는 멋진 남자가 있었다. 그 남자는 광대가 슈퍼모델처럼 두드러졌으며, 작게 땋은 가닥들이 엮인 깊은 밤처럼 검은 턱수염을 길게 기르고 있었다. 몇 가닥은 아주 작은 조개껍데기와 구슬로 장식되어 있었다. 그의 옆으로 계단 위에는 짙은 색 와인이 채워진 빨간색 플라스틱 컵이 있었다.

"당신이 알리 샴스로군!" 아름다운 남자가 굵게 구불거리는 연기를 내뿜으며 말했다. "와 와 와. 당신을 만나고 싶어서 죽는 줄 알았소!"

공연장 계단에서 그의 옆에 앉아 있던 알리는 한쪽으로 기운 미소를 지었다. 둘의 뒤에 있는 클럽에서 하드코어 공연의 시끄러운 베이스와 북 소리가 맥동했다. 기하학적 문신을 새기고 꽉 끼는 검은 옷을 입은 젊은 사람들이 이리저리 몰려다니며 차에서 걸어오거나 차로 걸어갔다.

"네, 제가 알리입니다." 알리가 말했다. "당신도 정말 당신인 가요?"

두 번째 남자가 솔로컵(일회용 컵 제조사명)을 홀짝거리며 웃었다.

"하하, 알리 샴스, 나도 내가 맞소. 내 이름은 잘랄루딘 무함마드(13세기의 페르시아 시인)요. 아마 당신은 나를—"

"마울라나('우리의 스승'을 뜻하는 페르시아어)라고 알고 있죠. 루미요. 와. 내 아들 사이러스가 시인이 되고 싶어 합니다. 코루시가요. 그 녀석은 당신을 무척 좋아합니다. 당신을 참 만나고 싶어 할 텐데요." 알리는 그렇게 말하고 잠시 말을 멈추었다. "사이러스를 아세요?"

루미는 미소 지었다.

"당연하지! 내가 여기에 어떻게 왔겠소?"

"아아." 알리가 말했다. "난 지금도 이 모든 게 어떻게 돌아가는 건지 잘 모릅니다."

"나도 좀 걸렸소."

클럽 안에서 가수가 "까마귀 깃털 펜"이라고, "장송곡"이라고 비명을 지른다. 알리의 담배와 루미의 시가에서 피어오르는 연기에 어둠 속 더 많은 별이 드러나는 것 같다. 꼭 연기가 공기를 흐리게 하기보다는 맑게 하는 것처럼. 연기가 별들을 더 가까이 가져온다. 이토록 가까우니 별이 거의 먹을 수 있을 것처럼 보인다.

"젠장, 내가 예의가 없었군. 이거 좀 피우시겠소?" 루미는 알리에게 대마초 시가를 내밀며 물었다. 시가에서 정오의 바르바리 빵처럼 갓 구운 빵 냄새가 났다. 알리는 고개를 저었고 루미는 어깨를 으쓱하며 한 번 더 길게 시가를 빨아들였다.

"그래, 여기 상황을 대략 파악하는 데 시간이 좀 걸렸소." "여기"라고 말하면서 루미는 주차장이나 주위의 하늘이 아니라 자기 머리를 가리켰다. "내가 알아낸 건—" 그가 말을 이었다. "여기서는 가장 중요한 게 작은 요소들이라는 거요. 삶에서 우리는 온갖 큰 요소에 매여 있었소. 몸, 종족, 누가 가족이고, 누가 적이고, 어디에서 무엇을 먹는가 등등. 그 모든 거지 같은 것들이 경험의 보다 미묘한 색조를 짓밟아버렸소. 하지만 여기서 중요한 건 이 스위셔 시가, 이 싸구려 와인, 이 크리스털이오." 그는 "크리스털"이라고 말하며 별생각 없이 하늘로 손을 뻗어 작은 별을 뽑아냈다. 별은 뜨겁지 않게, 반딧불이처럼 그의 손바닥에서 타올랐다.

"슬슬 이해가 되는 것 같습니다." 알리가 말했다. 그는 손을 위로 뻗어 자기만의 별을 뽑으려 했지만, 손바닥을 펼쳐보니 뽑은 것은 반짝이는 반딧불이 별이 아니라 아주 작은 달걀이었다. 루미가 웃었다. 공연장 안에서는 관중이 "오 시간이여! 그대애 피라아미드여!"라고 외치고 또 외쳤다.

"들어갈까요?" 알리는 농장 장화 끝을 잡아당기며 물었다.

"시간이 좀 더 있을 것 같은데." 루미가 대답했다. "이것도 다 피우고 싶고." 그는 시가를 빨아들이며 말했다. 시가는 그가 피울수록 더 길어지는 것처럼 보였다. 알리가 인상을 썼다. 그는 사람들이 대마초를 피우는 것을 싫어했지만, 누군가 피울 수 있다면 그건 루미라고 생각했다.

"당신에 대해 진짜인 걸 뭔가 말해보시오." 루미가 말했다.

"무슨 뜻입니까?"

"내 말은, 난 저 아래에서 친밀함으로 여겨지는, 전략적인 비밀 아닌 비밀 따위 개소리를 듣고 싶지 않다는 겁니다. 난 당신이 뭔가 진짜인 걸 말해주기를 바라오."

"난 당신을 알지도 못하는데요." 알리가 말했다.

"그건 진실이 아니오." 루미가 알리의 등에 한 손을 얹으며 말했다. 그 손이 약간 반짝였다. 알리는 자신의 담배를 빨아들였다.

한참 침묵이 흐르고 그가 말했다. "난 아내가 죽기 전에 바람을 피웠다고 생각합니다."

"워어. 센데?" 루미가 말했다.

"네?" 알리가 물었다.

"내 말은, 정말이오? 정말 그렇게 생각하시오? 왜?"

"아, 모르겠어요. 사소한 것들이죠. 아내는 남자로서 원하는 눈으로 나를 본 적이 한 번도 없습니다. 실은 한 번도 나를 그런 식으로 원한 적이 없는 것 같아요. 우리가 처음 만난 순간부터요. 아내는 언제나 나를 다르게, 찾아서 간호해 건강하게 만들어주고 싶은 아기 새를 보듯이 봤다고 생각합니다. 애정과 연민이 섞인 눈으로요. 하지만 연민이, 그게 큰 부분이었습니다."

"이런. 유감이오. 그렇다고 아내가 바람을 피웠다는 뜻은 아닐 텐데요?"

"네에. 로야는 사이러스를 임신하고 이상해졌어요. 끝에 특히 그랬죠. 아마 무슨 일이 일어날지 어떤 식으로든 느낀 것 같습니다. 로야 안의 무언가가 비행기에 대해서, 끝이 다가온다는 점에 대해서 알았던 거죠. 제가 오랫동안 해온 생각이 그겁니다. 하지만 그 마지막 몇 달 동안, 로야가 통화하는 소리를 들은 게 한두 번이 아닙니다. 내가 근처에 있다는 걸 알면 조용해졌죠. 때로는 말하다 말고 전화를 끊었습니다. 사이러스가 태어난 뒤에는 너무 행복해 보였는데, 꼭 사이러스 주변에 있을 때만 그런 건 아니었어요. 뭔가에서 해방된 것처럼 기뻐하더군요. 아니면 뭔가에서 해방되기 직전이라거나? 모르겠네요. 저는 그때 일을 많이 하고 있었습니다, 돈을 모으느라고……."

"세상에. 유감이오." 루미는 자기 신발을 내려다보았고 알리는 담배 끄트머리를 이용해 다른 담배에 불을 붙였다. "그거 엄청나게 진짜인 이야기군요."

"저는 이 모든 게 다를 거라 생각했습니다." 알리는 주차장 쪽을 가리키며 말했다. 머리 위의 보름달이 천천히, 시계 방향으로 돌고 있었다. "꿀이 흐르는 강, 영원한 햇빛, 그런 걸 생각했죠."

"하, 그러게요. 그들이 당신을 속이는 방식이 그런 겁니다." 루미가 말했다. "'그런 게 있어, 네가 원한다면 가질 수 있어'라는 식으로. 아마 사흘쯤은 재미있을 거요. 하지만 솔직히, 그런 것도 끝물이지. 꿀을 뭐랄까, 두 숟갈 이상 먹어본 적 있소?"

알리는 묵직한 문이 몇 년 만에 처음으로 열리는 듯한, 삐걱거리는 묘한 소리를 내며 웃었다.

"역겹지!" 루미가 시가를 빨아들이며 말했다. "씨발, 엄청 역겨워. 토하고 싶을 지경이오."

클럽 안의 밴드는 이제 같은 악절이 반복되는 긴 간주에 들어간 상태였다. 거의 오케스트라에 가까웠다. 묵직한 북과 베이스 소리 사이에 플루트와 하프, 심지어 새 소리까지 났다.

"알 것 같아요." 알리가 말했다. "당신은 어쨌든 지상에서 지금까지 아주 큰 사랑을 받고 있습니다. 당신이 지상 가까이 머물고 싶어 하는 것도 이해가 되네요. 사이러스가 언젠가 내게 당신이 미국에서 가장 잘 팔리는 시인이라고 하더군요. 죽은 페르시아의 시인이! 난 그게 말도 안 되는 소리라 생각했습니다."

"뭐, 미국 사람들이 읽는 내가 얼마나 페르시아인다운지는 모르겠소."

알리는 고개를 끄덕였지만 루미의 말이 무슨 뜻인지는 몰랐다. 그는 문득 루미의 팔이 네가르가리(페르시아의 전통적인 회화 기법 중 하나)풍으로 그린 알록달록한 문신으로 뒤덮여 있다는 것을 깨달았다. 채색된 미니어처 비잔틴 병사들로, 일부는 말에 타고 있고 일부는 활을 쏘고 있는 그 형상들은 사방팔방 루미의 피부 전체를 가로지르며 그들만의 작은 라이브 공연을 하고 있었다. 알리는 문신을 싫어했다. 비천한 사람들의 낙인이라 생각했다. 하지만 대마초가 그렇듯이, 루미의 문신은 왠지 그다지 불쾌하게 느껴지지 않았다. 시인의 로브도 이제 휘돌고 있었다. 짙은 주황이 이루는, 그리고 노란색과 파란색이 이루는 눈부신 강이 서로에게로 흘러들었다. 두 남자 뒤에서는 스물몇 살쯤 된, **제인 도**(익명의 여성에게 붙이는 이름)라 적힌 꽉 끼는 티셔츠를 입은 사람이 클럽 문에서 나왔다.

"준비됐어요?" 그녀가 루미에게 물었다.

"그럼 그럼." 그가 말했다.

그녀가 고개를 끄덕이고 다시 안으로 들어갔다.

"무대에 올라가는 거예요?" 알리가 물었다.

"그렇소, 이제 시간이 된 것 같군."

"사이러스는 어떻게 지내나요? 그……." 알리가 잠시 말을 멈추었다. "오르키데 일로요."

루미는 솔로컵을 기울여 남은 와인을 입에 부어 넣고, 남은 시가를 눌러 껐다. 시가는 아주 조그만 딸기 불꽃을 일으키며 꺼졌다. 두 남자 뒤의 공연장은 조용해진 뒤였고, 머리 위의 별들은 총천연색으로 반짝거렸다. 석류석과 에메랄드와 사파이어, 밤의 왕관에 박힌 굵은 보석들.

"거참, 이건 여행 아니오? 운명이었다고 생각하지 않기란 힘들지."

"사이러스가 그 일을 하지는 않겠죠? 설마 그 애가……." 알리는 말을 멈추었다. "자살할까요?"

"내가 무슨 생각을 하는지 아시오?" 루미가 물었다. 로브의 밝은 색깔이 이제는 팔의 문신에서 턱수염을 타고 다시 그의 로브로 자유롭게 흐르고 있었다. "난 사이러스가 엄청난 책을 쓸 수 있을 거라고 생각하오. 정말로. 나도 그걸 읽을 수 있으면 좋겠소." 그는 잠시 말을 멈추었다. "순교자라니, 거참. 우린 그냥, 거기서 탈출할 수가 없어요. 안 그렇소?"

알리는 그에게 "우리"가 무슨 뜻이냐고 묻고 싶었다. 남자들? 페르시아인들? 다른 무언가? 하지만 루미는 이미 일어나서, 공연장을 가로질러 그를 끌고 가고 있었다. 칠흑처럼 어두웠다. 두 남자가 군중을 헤치고 가는 동안, 스피커에서 나오는 저음의 음파를 제외하고는 거의 고요했다. 그들이 무대 앞에 이르러 익명의 몸뚱이 군단에 가려 거의 보이지 않게 되었을 때, 루미는 알리의 귓가에 가까이 다가왔다.

"보시오." 그가 말했다. 그가 무대 위로 훌쩍 뛰어오르자 홀 전체가 조용해졌다. 완전히. 심지어 스피커의 맥동도 이제는 입을 다물었다.

알리는 무대 바로 아래에서, 루미가 활짝 미소 짓는 모습을 지켜보았다. 그의 가슴에서 시작되는 것처럼 보이는 미소. 미소를 지을 때 나타나는 입가 주름이 800년의 세월 끝에 그라는 사람 전체를 헤치고 나오는 것 같았다. 홀은 이제 약간 밝혀져 있었고 알리는 잔뜩 모여 있는 하드코어 추종자들을 둘러보았다. 수백 명이 검은색 옷을 입고 피어싱과 문신을 하고 있었다. 모두가 무대 위를 보고 있었다. 루미를 가로지르고 빙빙 도는 밝은 색깔들이 그의 머리카락에서 피부로, 로브로 흐르고 역류하는 모습을.

무대 위에서 루미는 마이크 없이 아주 단순한 멜로디를 흥얼거리기 시작했다. 아마 그냥 네 개의 구분되는 음이었을 것이다. 하지만 그 소리가 크게 반복되며 홀 전체에 메아리쳤고, 우글거리는 젊은이들은 그 소리에 맞춰 몸을 흔들기 시작했다. 거센 바람을 맞는 깡마른 나무들 같았다.

알리 옆의 키 작은 남자가, 알리는 그가 아들의 친구인 지라는 것을 알아보았는데, 알리의 어깨에 팔을 둘렀다. 그렇게 둘은 루미가 끝 모르게 낮은 바리톤으로 말하기 시작하자 함께 몸을 흔들었다.

"안 아타시-에 사데 케 토 라 호르드-오-베케스트……."

지는 알리를 쳐다보았다. 알리는 별생각 없이, 반사적으로 번역해주었다. "너를 먹어치운 단순한 불은……."

루미는 그 말을 반복하고 있었고, 그러자 관객도 함께 외치기 시작했다. "안 아타시-에 사데 케 토 라 호르드-오-베케스트, 안 아타시-에 사데 케 토 라 호르드-오-베케스트."

이제 지와 알리도 서로 팔짱을 끼고 함께 그 말을 외치고 있었다. 모두와 함께 점점 더 큰 소리로. 그러는 동안 루미의 머리는 점점 더 빛나기 시작하더니, 갑자기 하얗게 달구어졌다. 불붙은 그의 머리 전체가 오래된 그림 속 타오르는 예언자의 얼굴처럼 변했다. 그저 하나의 거대한 불길로. 공연장 천장이 절인 물고기 통조림처럼 벌어지는 가운데 관객과 지와 알리는 계속 외쳤다. 이제 루미를 삼켜버린 불에서 나온 연기는 어둠 속으로 솟아올랐다. 단번에, 재가 하늘에서 반짝이던 모든 보석을 덮었다.

월요일

사이러스 샴스

브루클린, 4일 차

별. 무전기에 뭔가 말하는 도슨트. 물에 떠 있는 흰 허벅지, 그 주변에서 통통해지는 거머리. 꿈틀거리는 거머리들의 희열. 사이러스의 눈꺼풀, 파닥임. 지의 미소 짓는 얼굴, 빼문 혀. 오르키데의 휘둥그레진 눈. 한때 혀가 있었던 자리의 검은 구멍을 드러내는, 그녀의 벌어지는 입. 눈송이를 터뜨리는 나무들. 별. 풍차. 도슨트의 목소리. 거머리. 별. 별들.

26

계속 요구되는 신중함과 결단력 사이의 균형 잡힌 행위로서, 레이건 대통령은 엄혹해지기를 선택했다.

"이처럼 긴장된 상황에서는 때로 일이 잘못되기도 합니다." 어제, 오랜 시간 대통령 자문위원으로 일해온 관계자가 말했다. "정교한 기계들이 있고 젊은 병사들과 선원들이 힘든 상황에서 작전을 수행하고 있습니다. 그러니 중요한 목표가 있다면, 합리적이라고 생각되는 기회를 잡은 뒤 일이 잘되기를 바랄 수밖에 없어요."

"655편의 격추"
「뉴욕타임스」, 1988년 7월 5일

로야 샴스

1987년 8월 테헤란

레일라와 나의 첫 키스는 이상하고 낯선 단어였다. 누군가는 서툴게도 "하늘"이라고 번역할 수 있겠지만, 실제로는 "천국"에 더 가까운 단어.

알리와 길가메시는 다음 날 밤, 야영장 공중전화로 집에 전화를 걸었다. 그들은 바보같이 취해 아내들을 확인했다. 우리 둘 다 지겨워서 정신이 나갈 지경이리라고 생각했을 것이다. 알리는 웃으며 소리쳤다.

"오늘 아침에 길기가 자기 발을 쏴버릴 뻔했다니까!"

"믿지 마, 거짓말이야!" 길가메시가 소리쳤다. "완전히 개소리야! 이 녀석은 머저리라고! 허풍쟁이!"

나는 전화기를 붙들고 알리에게 조용히 조심하라고, 술을 마시다 잡힐 만한 때가 아니라고 말하면서 레일라가 알리의 오래된 록 음반들을 살펴보는 모습을 지켜보았다. 그것들은 나도 알리에게 차마 버리라고 할 수 없었던 밀수품이었다. 레일라는 몇몇 음반을 보며 약간 인상을 찡그렸고 어리사 프랭클린을 보고는 미소 지었으며 몽키스에는 웃었다. 길가메시가 레일라를 바꿔달라고 했고 레일라는 내게서 전화기를 받아 어깨와 귀 사이에 끼우며 눈알을 굴려댔다. 그녀는 남편 말을 들으면서 한쪽 검지를 몰래 들고, 다른 손으로 검지를 쥐어 보이더니 손가락을 딱 부러뜨리는 시늉을 했다. 그녀는 다 알 거라는 듯 내게 미소 지었다. 나는 그 손동작이 무슨 뜻인지 몰랐지만.

전화를 끊었을 때 레일라의 눈에는 곤란함이 스쳤다. 아니면 어떤 영감이나 목적의식이 반짝인 것일지도 모르겠다. 그녀는 다시 음반 쪽으로 무릎을 꿇고 앉아 하나를 우리 턴테이블에 얹었다. 내가 10대 때 쓰던, 토사물 같은 초록색의 작은 RCA 플레이어였다. 레일라가 특정한 트랙을 찾느라 음반 여기저기로 바늘을 옮기자 스피커가 튀었다. 첫 번째 음이 연주되기 시작하자 그녀는 일어서서 손을 내밀었다.

모든 것이 과포화되기 시작한 게 그때였다. 걸레 짜듯 꽉 쥐면 디테일이 뚝뚝 떨어져 고이는 그런 기억. 12현짜리 기타의 단화음이 작은 스피커에서 날카롭게 울렸다. 나보다 머리 하나는 큰 레일라가 나를 가까이 당겨 춤을 추었다. 그녀의 땀 냄새와 재스민-삼나무 냄새. 믹 재거의 목소리. "나는 널 다시 찾고 싶어, 나는 널 다시 찾고 싶어." 내 혀에서 느껴지는 건조한 구리의 맛.

"착해지는 게 이렇게 힘들지 않았으면 좋겠어." 그렇게 속삭이며 나 자신도 놀랐다. 레일라에게 내 목소리가 들리는지조차 확실하지 않았다. "난 노력하고 있어. 정말이야. 그냥 너무 지쳤어."

"알아." 레일라가 말했다. "다 보여, 아지잠. 난 알아."

그녀는 나를 더욱 꼭 끌어안고 음악에 맞춰 이 발에서 저 발로 체중을 옮겨 실었다. 슬픈 노래가 경쾌해졌다. 다만 가사는 그렇지 않았다. 재거는 애원했다. "내게 돌아온다고 말해, 내게 돌아온다고 말해야만 해." 그 순간, 그게 얼마나 적절한 노래로 느껴졌던지. 우리는 함께 있었고, 우리의 꽃봉오리는 이제 막 피어나려 했는데도 말이다. 노래에 깃든 애원하는 듯한 갈망, 그것이 문제였다. 뼛속에 스미는 갈망. 우리는 노래의 선제적인 향수(鄕愁)를 우리 사이에 촛불처럼 들고서, 그 심지에 이는 불꽃을 따라 몸을 흔들거렸다. 우리의 얼굴이 그 안에서 밝혀지고 깜빡거렸다. 그 불꽃, 열망, 바보 같은 열망, 너무도 강력해 나를 굽히고 무릎 꿇리는 열망. 파도나 기적과도 같은.

그때 노래가 끝났고 레일라는 다시 턴테이블로 허리를 숙여 그 곡을 다시 틀었다. 노래가 시작되었지만 낮게 웅크린 채로 있었다. 그렇게 아래에 머물다가 기타 소리 너머로, 키스 리처즈가 울부짖으며 화음을 내지르는 가운데 내 발목에, 내 정강이에, 다시 발목에 입을 맞췄다. 노래가 다시 끝났다. 그녀는 노래를 다시 틀었다. 바늘을 음반의 홈에 넣고 나의 무릎에, 두 손에, 손목에 입을 맞췄다. 노래가 세 번째로 희미해지며 끝나가자 레일라는 노래를 처음부터 다시 틀지 않고 끝나게 놔두더니 침묵에 접어들었다. 그것은 음악보다도 큰 침묵, 앞선 시끄러움 때문에 더 크게 느껴지는 침묵이었다. 비명 이후의 침묵, 총성 이후의 침묵. 그다음에는? 그다음에 우리는 모든 곳을 만지고 있었다. 그다음에는 우리 사이에, 레일라와 나 사이에, 우리의 몸 사이에 아무 구분이 없었다. 더는 무엇도 우리를 떨어뜨리지 못했다. 음악도 나라도 옷도. 두려움도. 역사조차도.

월요일

사이러스 샴스
브루클린, 4일 차

정신을 차렸을 때 사이러스는 계단의 층계참에 있었다. 모두 검은 옷을 입은 미술관 직원 한 무리가, 그를 내려다보고 있었다. 두꺼운 코걸이의 낯 익은 도슨트가 그들 뒤에 서 있었다.

"저기, 괜찮아요? 내 말 들려요?"

사이러스는 눈을 깜빡였다. 그의 머리 위로 세 사람이 머리를 숙이고 있었고, 그 뒤로 더 많은 머리가 떠 있었다. 사이러스는 애써 고개를 끄덕이려 했지만 시냅스 연결이 제대로 되지 않았다. 그는 오르키데의 몸에 대해, 약하고 무게 없는 그 몸에 대해 생각했다. 누군가 그 몸을 찾아야 했다. "시신을 찾아야" 했다. 견딜 수 없었다. 떠 있는 머리 중 하나가 물병을 가져왔고 사이러스의 손이 어찌어찌 그 물병에 닿아 입술로 물병을 가져갔다. 어딘가의 누군가가 오르키데의 조그만 몸을 묻을 것이고, 녹색 세상이 그녀를 삼켜버릴 터였다. 녹색의 모든 것은 우리를 경작할 뿐이야. 사이러스는 생각했다. 우리한테 산소를 먹이고 우리의 시신을 먹지.

"프라티크가 당신이 기절했다고 했어요." 머리 중 하나가 말했다. 사이러스는 그 머리에 집중했다. 대머리가 되어가는 나이 든 백인 남자가 덥수룩하게 잿빛 염소수염을 기르고 있었다. "구급차를 불러줄까요?" 프라티크. 그게 코걸이를 한 도슨트의 이름이었다.

"괜찮아요." 사이러스는 간신히 말을 더듬으며 천천히 몸을 일으켜 앉았다가 다시 주먹을 뒤로 짚고 기댔다.

"기절한 적 있어요? 병이라든지?"

"전 괜찮아요." 사이러스가 다시 말했다. "그냥—" 그는 이 상황을 무마할 뭔가를 떠올리려고 애썼다. "오늘 아침 식사를 하지 않아서요." 그건 이런 사람들이 믿을 만한 말 같았다. 그는 천천히 몸을 일으켰다. 프라티크가 손을 뻗어 그를 부축하려 했다.

"자, 살살 해요." 그가 말하며 사이러스의 등에 손을 댔다.

사이러스는 약하게 미소 지었다. 다른 사람이 바나나와 스니커즈를 가지고 나타나 사이러스에게 건넸다.

"저는 괜찮아요. 감사합니다, 다들. 이런, 정말 창피하네요."

"누군가를 불러주지 않아도 괜찮은 거 확실해요?" 덥수룩한 염소수염 남자가 물었다.

"정말 별거 아니에요."

도슨트들은 서로를 보며 이마에 주름을 잡았다. 그들은 사이러스가 계단을 내려가게 도와주고 그를 벤치로 안내했다.

"그냥 여기서 쉬지 그래요? 우리가 10분 뒤에 당신이 어떤지 살펴볼게요."

"네, 좋아요." 사이러스는 그렇게 말하고 고맙다는 인사를 했다. 바나나와 스니커즈 도슨트는 바나나와 스니커즈를 놔두고 갔다. 물병 도슨트는 물병을 놔두고 갔다. 그들은 사이러스가 아직 의식이 있는 채로 똑바로 앉아 있는지 확인하려고 어깨너머를 돌아보며 떠났다. 프라티크만 남았다.

"오르키데를 알았어요?" 그가 비밀이라도 말하듯 사이러스에게 물었다. "그래서 그런 거예요?"

"아아, 아뇨, 딱히 그런 건 아니에요." 사이러스가 솔직하게 말했다. "그냥 팬이랄까요." 사이러스는 그 말을 한 다음에야 그게 사실이라는 것을 알았다.

프라티크가 고개를 끄덕였다.

"네, 난 죽음-말 전에는 오르키데에 대해 들어본 적이 없어요. 하지만 뭐랄까, 놀라운 사람이었죠. 안 그래요?"

그는 벤치의 사이러스 옆자리에 앉았다. 검은 머리를 짧게 깎아, 젤로 뾰족하게 세우고 있었다. 부드러운 뺨과 거짓말처럼 매끄러운 얼굴 때문에 실제 나이보다 어려 보이는 듯했다. 코걸이만 아니었으면, 그야말로 건전하게 보였을지도 모른다.

"죽음-말 이전까지는 저도 오르키데에 대해 잘 몰랐어요."
사이러스가 말했다. 그는 스니커즈를 뜯어 프라티크에게 조금
권했다. 그는 미소 지으며 손을 내저어 거절했다. 사이러스는
한 입 먹으며 간신히 말했다.

"전 괜찮아요. 가셔도 돼요."

"알아요." 프라티크가 말했다. "제 상관이 당신이 죽지 않는
걸 확인하고 싶어 하는 것 같아요. 음, 알죠? 오늘은 여기 모두
가 이미 꽤 날이 서 있어서요."

"네." 사이러스가 말했다.

"저희 고모가 유방암으로 돌아가셨어요." 프라티크가 말을
이었다. "4기였죠, 오르키데랑 똑같이. 고모는 언제나 온갖 줄
과 금속 틀, 난간과 튜브로 채워진 방에 계셨어요. 병문안에서
가장 많이 기억나는 게 그런 거예요. 온갖 종류의 튜브요. 고무
로 된 것도 있었지만, 청소기 호스 같은 것도 있었고. 또 모든
것에 난간이 달려 있었던 게 기억나요. 뭐랄까, 난간에 난간이
달려 있었달까요. 그 모든 튜브가 난간 사이로 이리저리 얽혀
있고요!"

사이러스는 고개를 들어 그를 보았다. 일터에서 본 수련의들
이 슬퍼하는 가족을 위로하려고 했던 말을 서둘러 떠올려보려
고 했다. 그러나 생각나는 것은 의국의 포스터뿐이었다. 내 이
해부도, 뇌졸중의 전조, 콜레스테롤의 이해.

"저는…… 유감이네요." 사이러스가 간신히 말했다.

"아, 엄청나게 오래전 일이에요." 프라티크가 말했다. "전 괜찮아요. 그냥, 엉망진창이었다는 말을 하고 싶었어요. 고모는 마지막에 우리 모두가 누구인지 잊어버렸죠. 온갖 구멍에서 뭐가 그냥 줄줄 샜어요. 너무 어두웠죠. 잔인하다고 할 정도로. 뭐랄까, 그게 하나의 선택지라는 게 엿 같았어요. 사람한테 그런 일이 일어날 수 있다는 게. 하지만 오르키데는 최후의 그 순간까지 오르키데였어요. 여전히 오르키데 자신이었죠. 그건 사람들 생각보다 운 좋은 일이에요."

사이러스는 살짝 고개를 끄덕였다. 눈이 후끈거렸다. 울음이 터지려는 것 같았다. 하지만 눈물은 나지 않았다. 그의 시야는 여전히 초점이 맞았다가 흐려졌다가 했다. 발의 흉터가 욱신거렸다.

"그 얘기를 해봤어요." 프라티크가 말을 이었다. "오르키데랑요. 오르키데한테 고모 얘기를 했죠. 고모도 예술가였다고, 제 사촌들과 저를 위해서 작은 만화를 그려주셨다고요. 우리가 한참 나이 든 뒤에도 고모는 계속 그 바보 같은 만화를 그려주셨어요. 스케이트보드를 타는 공룡이라든가, 그런 거요. 그리고 저랑 제 누이들에게 우편으로 그걸 보내주셨죠. 오르키데가 저한테 뭐라고 했는지 알아요?"

"뭐라고 했는데요?" 사이러스가 물었다. 목구멍에 심장이 걸리고, 그 목구멍은 두 손에 들린 기분이었다.

"오르키데는 '이런 식으로 서로 이야기할 수 있다니 좋지 않아요?'라고 했어요. 그냥 그렇게만 말하고 손을 뻗어 잠시 내 손을 잡더니, 나를 보면서 정말로 활짝 미소 지었죠. 오르키데는 말했어요. '고모를 나와 나눠줘서 고마워요. 이런 식으로 말할 수 있다니 참 좋네요.' 그게 다였어요. 줄에 서 있던 다음 사람이 다가와서 자리에 앉았죠."

"와." 사이러스가 말했다. 그는 고개를 저었다. 시야가 거의 맑아진 것 같았다. 그가 말했다. "고마워요, 프라티크. 정말로."

프라티크는 미소 짓고 그의 어깨를 두드렸다.

"네. 괜찮을 거라고 믿을게요." 그는 다른 말을 덧붙일 준비를 하는 듯한 표정이었지만, 그러지 않기로 선택하고 일어서서 계단 쪽으로 걸어갔다. 사이러스는 여전히 몸이 떨리는 것을 느꼈다. 인생 전체가 그를 도우려는 다른 사람들의 음모, 그에게 이런저런 것들을 가르쳐주려는 다른 사람들의 음모였다. 그는 햄릿이 된 기분이었다. 그냥 침울하게 돌아다니며 세상이 자신의 슬픔을 달래주기만을 기다리는, 토라진 것처럼 독백을 하다가 다른 모두가 바나나와 초콜릿바를 먹여주는 가운데 기절이나 하는 인물. 물론, 종국에 햄릿은 죽었다. "남은 것은 침묵뿐이로다." 햄릿은 그렇게 선언했다. 그러면서도 가장 친한 친구에게는 자신의 이야기를 다른 모두에게 전하라고 했다. 그는 그야말로 다 개소리라고 느꼈다.

사이러스는 프라티크에게 사과하고 싶었다. 게이브에게도. 오랫동안 샤워하고 지를 끌어안고 몸을 만 채 그에게 안겨 몇 시간을 보내고 싶었다. 그의 목덜미의 같은 자리에 입을 맞추고 또 맞추고 싶었다. 사이러스는 미술관 정문으로 헤매듯이 다가갔고 어느새 차가운 바깥에 나와 몸을 떨고 있었다. 똑같은 핫도그, 물, 비리야니(남아시아 음식으로, 고기나 생선, 야채 등을 섞어 익히는 일종의 솥 밥)를 파는 그 모든 노점들. 거리의 공연자 한 명이 구식 붐박스 주변에서 곡예하듯 춤을 추었다. 관광객 무리가 그녀 주변에 모여들었다.

아무도 사이러스가 느끼는, 벨벳 줄처럼 미술관을 둘러싸고 있는 내핍의 경계를 알아보지 못했다. 그 경계가 사이러스의 가슴을 감싸고 진동하고 있었다. "우리가 지옥에서 만난다면 거긴 지옥이 아니야." 누가 한 말이더라? 사이러스는 몽롱하게 그 진동이 진짜라는 것을, 외부적인 것임을, 그의 코트 주머니에서 나온다는 것을 깨달았다. 핸드폰을 꺼내 확인하니, 모르는 번호로 전화가 두 통 와 있었다. 음성 메시지도 있었다. 사이러스는 핸드폰을 귀에 댔다. 어떤 여자의 목소리가 두드러지는 억양으로 말했다.

"안녕하세요, 음, 나는, 어, 이건 사이러스 샴스에게 보내는 메시지예요. 내 이름은 상 린이고요. 오르키데 작가님을 대리하고 있어요. 당신 번호는, 어, 온라인에서 구했어요. 내가, 오르키데가 나한테 부탁했는데, 음, 당신이랑 하고 싶은 얘기가 좀 있어요. 가능하면 이 번호로 전화 주세요. 내가— 네, 최대한 빨리 연락주세요. 이게 내 핸드폰 번호예요. 최대한 빨리 전화 주세요."

27

조각의 어려움에 대한 질문을 받았을 때 미켈란젤로는 "쉽다. 다비드가 아닌 돌을 전부 쪼아내기만 하면 된다"라고 말했다.

인생에서 이런저런 것들을 잘라내는 일은 간단하다. 엿 같은 파트너와 이별하고, 빵을 끊고, 트위터 앱을 지운다. 그런 것들을 끊어내면, 당신을 실제로 죽이고 있는 것의 형태가 약간은 선명해진다. 아브라함적 세계 전부가 이런 약속으로 이루어져 있다. 거짓말하지 말고, 속이지 말고, 간음하거나 훔치거나 죽이지 않으면 좋은 사람이 될 것이라는 약속. 십계명 중 여덟 개는 하지 말아야 하는 것에 대한 내용이다. 하지만 그런 것을 하지 않고 평생을 살면서도 좋은 일을 하나도 하지 않을 수 있다. 그게 바로 위기다. 모든 것의 뿌리에 있는 부패. 구조화된 부재, 하지-않음의 토대 위에 선량함이 지어져 있다는 믿음. 그 믿음이 모든 것을 오염시키고, 조금이라도 권력이 있는 사람들을 손 놓고 가만히 있게 만든다. 부유한 남자는 노숙자를 단 한 명도 죽이지 않고 하루 종일을 보냈기에 자신의 선량함에 만족하며 잠자리에 든다. 다른 세상에서라면 그는 양말과 에너지바와 텐트가 든 상자 여러 개를 사서 도심에서 나눠주고 있었을 것이다. 하지만 그에게 중요한 건 금욕이다.

나는 다비드가 아니라 정이 되고 싶다. 여기 존재함으로써 난 뭘 만들 수 있을까? 존재하지 않음으로써는?

평범한 사람들은 중독으로부터의 회복을 일종의 금욕으로 생각한다. 우리가 손마디가 하얘지도록 주먹을 꽉 쥐고 둘러앉아, 다시 술을 마시지 않을 만큼 다른 데 주의를 돌리려고 필사적으로 노력하느라 땀을 흘리면서 시간을 헤아리리라 상상한다. 이는 평범한 사람들에게 음주란 활동, 이를 닦거나 TV를 보는 것 같은 활동이기 때문이다. 당연하게도 그들은 다른 여느 행동처럼 음주 역시 인격 전체를 무너뜨리지 않고도 지워버릴 수 있을 거라고 상상한다.

그러나 주정뱅이에게는 술 말고 아무것도 없다. 내 인생에는 취하는 것에 기반하지 않은 게 아무것도 없었다. 술로 신세를 망치거나, 신세를 망칠 돈을 구하려고 이 약과 저 약을 거쳐 현금을 얻거나 일을 하거나.

술을 끊는다는 것은 하루 24시간을 어떻게 쓸지 알아내야 한다는 뜻이다. 술을 끊는다는 것은 완전히 새로운 인격을 만들고, 어떻게 얼굴을, 손가락을 움직여야 하는지 배운다는 뜻이다. 어떻게 먹고, 사람들 사이에서 어떻게 말하고, 어떻게 걷고 섹스하는지 배운다는 뜻이다. 그 모든 것보다 나쁘게는, 그냥 가만히 앉아 있는 법을 배우는 것이다. 술을 끊는다는 건 지난번 세입자들이 엉망으로 만들어놓은 집에 이사하는 일이다. 오줌 묻은 카펫을 들어내고 벽에 난 구멍을 때우며 모든 시간을 보낸다. 그리고 자신을 먹이고 집세를 마련해야 하고 자신에게 말을 거는 모든 사람의 얼굴에 주먹을 날리지 않아야 함을 어떻게든 기억해야 한다. 이런 것에 금욕이란 없다. 자기 의지란 없다. 중독으로부터의 회복은 정이다. 정에 대한 굴복이다. 다비드가 되는 것까지는 바라지도 않는다. 아직 두 발을 딛고 서서 나오는 것만으로도 기적이다.

사이러스 샴스, 순교자의서.docx에서 발췌

플랫부시 대로를 사이에 두고 미술관 바로 맞은편에 있는 프로스펙트 공원 벤치에 앉은 채, 사이러스는 핸드폰을 꺼내 다시 오르키데의 갤러리스트 상이 보낸 음성 메시지를 들었다. 그녀는 오르키데와 결혼했었다. 둘은 수십 년 동안 서로의 삶에 있었다. 전처가 죽은 날 그녀가 사이러스에게 전화한 이유는 뭘까? 어떻게 그럴 수 있었을까? 오르키데를 수십 년이 아닌 며칠 동안 알았던 사이러스는 명치를 한 대 얻어맞은 기분이었다. 그는 떠는 것 외에는 어떤 행동도 하기 힘들었다. 상은 어떻게 전화를 걸어, 문장으로 말할 수 있었을까?

세네카는 슬픔이 7년 이상 이어져서는 안 된다고 말했다. 그 이상은 뭐든 방종이었다. 나짐 히크메트(튀르키예의 시인)는 20세기의 슬픔은 기껏해야 1년간 이어진다고 말했다. 그렇게 시간이 줄어들었다. 어쩌면 21세기의 슬픔은 일부의 일부로 줄어들었는지도 몰랐다. 필요에 의해 대체되기까지 겨우 몇 시간으로. 핸드폰을 스크롤하며 지나치는, 화장지 광고와 핸드폰 광고 사이에 배치된 부고. 사이러스 주변 모든 곳에서 사람들이 화날 정도로 편안하게 걸어 다녔다. 나무는 껍질에 축축한 검은 딱지를 틔웠고, 구름은 여전히 그 위에 의무적으로 걸려 있었다. 그는 상의 번호가 적힌 핸드폰의 흰 직사각형을 눌렀다. 신호가 네 번 갔을 때 그녀가 전화를 받았다.

"여보세요?" 그녀의 목소리는 음성 메시지에서보다 유하게 들렸다. 더 가볍게.

"어, 안녕하세요. 상 린이신가요?"

"누구시죠?"

"음. 사이러스 샴스인데요. 부재중 전화가 있어서 —"

"아아아, 사이러스. 네. 당신 전화를 기다리고 있었어요."

그는 아무 말도 하지 않았다.

"오르키데가 떠났어요, 사이러스. 오르키데는…… 오르키데가 한 거예요. 직접, 자기가 원하는 대로 했어요."

개 한 마리가 롤러스케이트를 신은 남자를 이끌고 옆을 휙 지나갔다. 사이러스는 목구멍이 차갑게 느껴졌다. 아버지는 언제나 목도리를 두르고 다니게 했다. 병이 목을 통해 들어온다는, 구세계의 믿음 같은 거였다.

"들려요?" 상이 물었다. "오르키데는, 어, 당신이 만났던 작가

인데—"

"알아요. 맞아요. 네, 죄송해요. 제 말은, 유감이라고요. 저도 알아요. 방금 미술관에 갔었어요."

"아, 사이러스. 유감이에요." 전화기 너머에서 잠시 침묵이 흘렀다. 상의 목소리는 가볍고 차분했다. 감상에 쉽게 압도되지 않는 사람의 목소리였다. 그녀가 말을 이었다.

"그 사람이 그러던데, 당신이 자길 만나러 왔었다고. 책을 쓰고 있다고요."

"왜죠?" 사이러스가 물었다. 의도한 것보다 날카롭게 말이 나갔다.

"네?"

"그분이 왜 당신한테 제 얘기를 한 거죠?"

잠깐의 침묵.

"당신과의 대화는 그 사람에게 큰 의미가 있었어요." 마침내 상이 말했다. "나는— 예전 일이지만. 어, 지금도 그 사람의 갤러리스트이긴 하죠. 근데 우린 몇 년 동안 결혼 생활을 했었어요."

"알아요, 네. 정말 유감입니다."

사이러스는 한 손으로 전화기를 들고, 다른 손으로 목을 문질렀다. 목을 따뜻하게 하려고 애썼다.

"아? 그 사람이 제 얘기를 하던가요?"

"뭐, 아뇨." 사이러스가 조용히 말했다. "온라인에서 그분과 당신에 대해서 읽었어요."

상이 웃었다. "하하, 그게 더 말이 되네요." 그녀가 키득거렸다. "그 사람은 개인사에 대해 말하는 걸 별로 좋아하지 않았거든요. 과거를 돌아보는 것도."

"조의를 표합니다." 사이러스가 말했다. 그게 사람들이 하는 말이니까.

"나도요." 상이 대답했다. 둘 다 잠시 조용했다. 그런 뒤에 상이 말했다. "그 사람은 뭔가를 위해서 살았어요. 삶을 다 살아낸 순간을 알았고요. 그게 아무것도 아니라고는 할 수 없죠."

"저는―" 사이러스가 입을 열었다. 귀가 뜨거웠다. 추운 날이었지만 발밑의 땅이 불타는 것만 같았다. "왜 전화하신 거죠?" 그가 빠르게 덧붙였다. "제 말은, 왜 하필 저한테요?"

"아, 난 그렇게 수수께끼처럼 굴 생각이 없어요. 어렵네요, 뭐랄까, 난 그 사람한테 아주 화가 나요."

사이러스의 목을 차갑게 누르는 무언가가, 그에게 답답하고 끔찍한 기분을 들게 하는 무언가가 있었다. 하늘의 달이 배를 하나 뒤집고 또 하나 뒤집는 것 같았다. 말할 수 없는 것, 불가능한 것. 사이러스는 물어봐야 하는 순간이 오기 전에, 머릿속에 떠오르는 질문의 절망적인 당혹감이 언어로 표현되기 전에 자신이 쓸려 가기를 바랐다. 자신이 눈밭에 떨어진 양초처럼

437

꺼져버리기를 원했다. 사이러스는 잠시 잠깐 눈을 감았다. 눈을 뜨고 자신이 여전히 자신이라는 것을 알게 된 그는 불쑥 말했다.

"오르키데가 제 어머니인가요?" 그 질문은 유리를 깨뜨리는 총알처럼 그의 입에서 나왔다. 그와 받아들일 수 없는 엄청난 것 사이의 유리 막을 부숴버리는 총알처럼.

한순간. 또 한순간. 꽁꽁 싸맨 사람들이 종종걸음 치며 지나갔다. 얼어붙은 나무들이 고동쳤다. 그리고—

"언제부터 알았어요?" 상이 물었다.

"몰랐어요." 사이러스가 말했다.

침묵.

"그 사람은 당신에게 말해주고 싶어 했어요, 사이러스. 당신이 알기를 바랐어요. 내 생각엔— 내 생각엔, 그 사람은 시간이 더 있다고 생각했던 것 같아요. 글쎄, 아니겠네요. 그건 아니에요. 그 사람은 때가 다가오고 있다는 걸 알았어요. 난— 미안해요. 모르겠네요. 미안해요."

사이러스는 아무 말도 하지 않았다. 풀밭에서 백인 여자가 나이 든 백인 남자의 어깨를 쓰다듬었다. 둘 다 가죽 장갑을 끼고 있었다. 나무 위에서 휘도는 검은 딱지들.

"몰랐어요." 사이러스가 다시 말했다.

"로야는 당신이 이름을 말해주기도 전에 알았다고 했어요."

438

상이 말했다. "그 사람은 미술관에 줄 서 있는 당신을 즉시 알아봤어요. 그렇게 오랜 시간이 지났는데도. 당신이 미국에 있다는 것조차 몰랐는데도."

"로야." 사이러스가 말했다. "로야는 제 어머니예요."

"지금 어디죠? 아직 뉴욕에 있나요?"

사이러스는 핸드폰을 두드렸다. 통화에서 빠져나와 웹브라우저로 들어갔다. 웹브라우저에 오르키데의 사진들을 띄웠다. 이미지 검색으로 나온 건 대체로 오르키데의 예술 작품이었지만, 여기저기에 예술가 자신의 사진도 흩어져 있었다. 사이러스는 엄지로 그중 하나를 눌러 화면에 크게 띄웠다. 오래된 사진이었다. 오르키데는 마흔 살쯤 되어 보였다. 눈 주변에 어두운색 화장을 하고 있었고, 사진을 약간 위에서 찍어 시선을 렌즈로 끌어올린 채였다. 입술은 흥미와 격렬함 사이 어딘가에서 약간 다물려 있었다. 사이러스는 그녀의 눈을 자세히 살폈다. 짙은 검은색이었지만, 몸을 틀며 비늘에 햇빛을 받는 아주 작은 물고기가 들어 있는 것처럼 환하게 반짝이는 눈이었다. 어떤 부추김. 사이러스는 그녀의 얼굴에서 아버지의 결혼사진 속 로야의 모습을 찾아보았다. 그러고는 자신의 모습을 찾아보았다.

"사이러스?" 상이 물었다. 핸드폰을 귀에서 떼고 있었기에 목소리가 겨우 들렸다. 사이러스는 핸드폰을 다시 귀에 댔다.

"죄송해요, 네. 아직 여기 있어요. 미술관 바로 맞은편에요. 프로스펙트 공원이에요."

이내 상은 차를 몰고 그에게로 향했다.

28

나는 이란의 행위가 이 사고의 직접적인 이유였다고 보며, 이란이 이 비극에 대해 주된 책임을 져야 한다고 주장합니다.

합동참모본부 의장 윌리엄 J. 크로 Jr., 1988년 8월 5일

미국은 무고한 승객들에 대한 야만적(barbaric) 학살의 결과에 책임져야 합니다.

이란 외교부 장관 알리 악바르 벨라야티, 1988년 7월 4일

barbaric(형용사) /bɑːˈbærɪk/ 그리스어 βάρβαρος (barbaros, 복수형 βάρβαροι)에서 유래한 단어로, "도덕적 영향력이 미치는 곳 너머의 땅"에서 온 외국인, 특히 페르시아인, 베르베르인, 튀르크인 등 적대적 민족들을 가리킨다. 그리스의 병사들은 "바 바 바"라고 말하며 이들의 언어를 조롱했다.

오르키데

은혜(grace)만의 특징은 무엇인가? 은혜는 보상이 아니다. 우주적 보상을 얻어냈다고 느낄 만한 방식으로 이 세상을 헤쳐 나왔다면, 당신이 얻어낸 것은 정의나 정당함에 더 가깝다. 은혜가 아니다. 정당함은 옳다. 정의는 정의롭다. 여기에는 빠져나갈 수 없는 거래의 성격이 있다. x를 잘하면 y라는 보상을 받는다. 은혜는 그런 식으로 작동하지 않는다. 은혜는 주기부터 한다. 선량함은 이 공식에 절대 들어오지 않는다.

많은 사람이 나보다 나쁜 짓을 하고도 벌은 덜 받았다. 하지만 대부분의 사람이 나보다 나쁜 짓을 덜 하고도 벌은 더 받았다.

내 이름은 로야 샴스다. 나는 1988년 7월 23일, USS 빈센스호가 호르무즈해협 위에서 내가 탄 비행기를 격추했을 때 사망했다. 미국 해군 전함은 내가 탄 비행기를 전투기로 오인해, 두 발의 RIM-66 함대공 MR 미사일을 발사했다. 그중 하나가 왼쪽 날개에 맞아 비행기를 찢어놓았다. 비행기와 비행기에 타고 있던 우리 모두는 거의 즉시 내장이 파였다. 290명의 우리는 거기 있었다가, 없었다.

다만 나는 아직 여기에 있다. 어디를 가든 그곳에 있다. 그 비행기가 아니라. 나는 그 비행기에 아예 타지 않았다. 레일라와 나는 레일라가 이란에서 탈출할 수 있도록, 길가메시와 그의 물기 어린 잿빛 눈에서 탈출할 수 있도록 서류를 바꿨다. 길가메시가 우리에 대해 알아내기 직전이었다. 나는 나중에, 이란을 벗어나서 레일라와 다시 만날 계획이었다. 두바이에서. 레일라가 내 여권을, 내가 레일라의 여권을 가지고 있었다. 여권 사진은 명암 대비가 너무 커 모두 사실상 똑같아 보였다. 플래시의 흰색으로 쏠려 나간 사진, 눈 두 개에 입 하나. 엄숙한 검은색 차도르. 그녀의 아껴둔 얼굴. 완벽한 계획이었다.

다만 레일라는 덩굴에서 토마토가 뜯겨 나가듯 삶에서 뜯겨 나갔다. 누군가 삶에서 뜯겨 나가면 그 사람을 만날 수 없다. 그냥 그들의 부재와 함께 살아가며, 그들이 앉았을지 모르는 의자에, 침대에 놓인 쓰지 않는 두 번째 베개에 속삭일 뿐이다. "자야 쇼마 할리." 당신의 자리가 비어 있다고. 다만(?) 당신의 자리가 비어 있다.

어디에 가든 나는 죽은 이후에도 살아가는 은혜를 누린다. 내가 이런 은혜를 누릴 만한 무슨 일을 했던가? 아무 일도 하지 않았다. 그러니 은혜다. 탑승자 명단에 내 이름이 실려 있었다. 내 시신은 어느 가엾은 어부의 해변으로 퉁퉁 분 채 쓸려 오지 않았다. 살아 있다는 것 자체의 은혜. 우리 중 누구도 그런 자격을 얻어낼 만한 일은 하지 않았다. 태어난다는 것⋯⋯. 우리는 존재의 빚을 갚는 방법을, 그 빚을 누구한테 갚아야 할지를 알아내려 노력하며 인생을 쓴다.

하지만 그건 은혜에 대한 오해다. 은혜는 갚을 것을 요구하지 않는다. 선물을 두 번 받았더라도, 죽음에서 빠져나와, 남편이 당신을 애도하며 아이를 혼자 키우도록 놔두고 남편에게서 도망쳤더라도.

어느 유명한 연애 칼럼니스트의 인터뷰를 읽은 적이 있다. 그녀는 가장 자주 받는 질문이 이런 형태라고 했다. "상대를 사랑하지만 관계에 아무 진전이 없고, 이 시점에 우리의 인생은 너무 얽혀 있어요. 나도 모르게 그가 죽는 공상을 하게 돼요. 그러면 내가 악당이 되지 않고도 모든 문제가 해결될 것 같거든요. 나는 그를 애도하고, 그런 다음에는 내 인생을 살아갈 수 있을 거예요. 이게 정상인가요? 제가 괴물인가요?"

은혜. 내게 튀르키예에 갈 만한 돈이 있었다는 것은 은혜다. 내가 추위에 대비해 여러 겹의 옷을 껴입었다는 것도. 내가 우는지 웃는지 알 수 없을 정도로 심하게 울다가 다시 두렵게 느껴질 정도로 너무 고요하게 완전히 마비되었다가 하던 기나긴

기차 여행도. 나는 내장이 전부 파내진 죽은 새 같았다.

은혜. 국경선의 남자는—실은 소년이었다—내 뇌물을 받고 레일라의 서류를 확인하지 않았다. 내가 가지고 있는 서류는 그게 전부였는데. 그가 서류를 확인했더라면, 뭔지는 몰라도 길가메시가 레일라에게 걸어둔 경보가 발동됐을 것이다. 나는 내 인생으로 돌려보내져 벌을 받았을 것이다. 그보다 더 나쁜 일이 벌어지거나.

은혜. 국경의 소년-남자가 내 뇌물을 받았을 뿐 그 이상을 요구하기에는 너무 젊었다는 것. 그가 요구하는 것이라면 내가 뭐든지 했으리라는 걸 그가 몰랐거나, 어쨌든 모르는 척했다는 것. 나는 그와 이야기하려고 블라우스를 끌어 내렸었다.

은혜. 그에게 볼 수 있는 눈이 있었다는 것.

은혜. 앙카라에서 레일라의 여권을 이용해 뉴욕시로 가는 편도 비행기표를 살 수 있었다는 것. 여행사 직원이 죽은 레일라의 사진을 힐끗 보고 그의 앞에 서 있으면서도 마찬가지로 죽어 있던 나를 레일라로 착각하는 은혜. 사진의 질이 형편없었던 은혜. 아마도 우리 모두 똑같아 보인 은혜.

신은 절대 나를 용서하지 않을 것이다. 난들 나를 왜 용서해야겠는가?

은혜. 언제나 켜져 있는, 밝혀져 있는 도시에 착륙한 은혜. 하루에 22시간을 돌아다니며 그 도시를 익히고 생각하고 흐느끼고 바라보고 흐느끼고 헤매고 듣고 헤매고 익히고 듣고 흐느끼고 헤매고, 어느 풀밭의 어느 벤치에서 방해받지 않고 정신을 잃을 수 있었다는 은혜.

도둑맞을 만한 가치가 있는 그 무엇도 가지고 있지 않았다는 은혜.

내 주변 모든 곳에서 사람들은 더 적게 가지고 있었다. 맨발에 비닐봉지를 씌운 남자들은 플라스틱병에 든 투명한 술을 마시며 혼잣말로 나직이 헛소리를 중얼거렸다. 여자들은 눈을 뜨고 구걸하기도 힘들어하며 계단에 웅크리고 있었다. 나는 아직 정신이 괜찮았다. 내게는 "제발", "죄송합니다", "감사합니다"라고 말할 수 있을 만큼의 단어가 있었다. 철학자가 아니라면 어느 언어에서나 정말 필요한 건 이 단어들뿐이다.

나는 도둑질을 많이 했다. 옷차림 덕분에 사업가처럼 보였다. 나는 옷을 깨끗이 유지하려고 노력했다. 멋진 블라우스, 세련된 바지. 사람들은 나를 봐야 하는 방식대로 보지 않았다. 나는 감자칩을, 물을 훔쳤다. 수면제를, 양말을 훔쳤다. 펜, 사과, 생리대. 서점에서는 페르시아어–영어 사전을 훔쳤다. 다른 서점에서는 전함에서 발사된 미사일 기사가 실린 「타임」을 훔쳤다. 나는 커다란 흰색 단어들을 찾아보아야 했다. "걸프의 비극." فاجعه. "재앙". 마치 자연재해인 양. '학살'이 아니었다. '살인'조차 아니었다. 미국적 정의(正義)의 불명확함은 미국인들에게조차 당연한 사실이었다.

나는 그 사전을 최대한 많이 읽었다. 사전과 함께 먹었고 때로는 사전을 베고 잤다. 사전은 충분히 푹신했다. 7센티 남짓 두께의 페이퍼백이었으니까. 나 자신을 둘 만한 곳이었다.

사전 밖에 있을 때의 나는 배가 고팠고 절망적으로 슬펐다. 피곤했고 두려웠다. 레일라가 그리웠다. 너무도 미칠 듯이 그리워 "레일라가 그리웠다"라고 말하는 것으로는 충분하지 않다. 나는 내 몸 안에서, 내 손가락 끝과 내 발목의 연한 피부에서, 내 눈꺼풀 안쪽에서 그 그리움을 느낄 수 있었다. 그 모든 부분이 레일라를 위해 맥동했다. 사이러스도 그리웠지만 그건 달랐다. 레일라는 내 몸으로 그리워했다. 사이러스는 시간으로 그리워했다. 내게는 시간이 아주 많았다. 먹일 입도, 흔들어 재울 작은 몸도 없이 도시를 떠돌아다녔다. 지나치게 열려 있는 시간이 사이러스를 떠올리게 했다. 알리 생각은 거의 나지 않아 죄책감이 들었다. 그렇게 나는 떠돌아다니고 훔치고 사전을 공부했다.

은혜였다, 그 사전이. 모든 것에 의미가 붙어 있는 그곳이.

미국에서 그 사전은 내게 필요한 모든 것을 가르쳐주었다. '화장실'이 어디에 있는지 묻고, 지하철 표지판에서 '업타운'을 읽을 수 있게 해주었다. '담배(cigarette)'라고 말하는 법을 배웠을 때, 나는 기도처럼, 주문처럼 그 말을 읊조리며 돌아다녔다. 시-**가르**-엣(see-GARR-ett). 그게 내가 가장 좋아하는 단어였다. 누군가에게 다가가 그 말을 하면, 다섯 번에 한 번은 사람들이 내게 담배를 주었다. 언어는 그런 식으로 밥이 될 수 있다.

하지만 사전은 언어 안에 있는, 엄청나게 많은 군더더기에 대비하게 해주지는 않았다. "물"이라고 말하든, "물 한잔 주실 수 있을까요?"라고 말하든 의도에서나 목적에서나 똑같았다. 아니면 너무도 미묘하게 달라, 그 차이를 알고 싶다는 생각이 들지 않을 정도였다. 관사, 격식. 묶음실 같은 것들. 허공을 채우는, 시간을 채우는 결합조직. 그렇다, 그것이 언어와 소통의 차이다. 그러나 내가 추구한 것은 소통이었다. 지금도 그렇다고 생각한다.

글자 자체에도 이런 군더더기가 실려 있다. 내가 "writing"이라 쓰든, "wr1t1ng"이라 쓰든, 영어를 유창하게 읽을 줄 아는 사람이라면 내가 뭐라고 썼는지 이해할 것이다. 나는 심지어 모든 *i*를 *l*로 바꿔서, "wrltlng"이라 쓸 수도 있다. 그래도 기본적으로는 읽을 수 있다. 언어를 구성하는 요소 중 일부는 필수적인 반면 일부는 군더더기라는 건 명백하다. 어떤 게 어떤 것인지 말해주는 사전은 없다.

우리의 유전 부호도 이런 식으로 작동한다는 이야기를 읽은 적이 있다. 대부분의 염기서열은 진화의 화석이라 끝없이, 아무 의미 없이 복제된다. 수조 개의 세포가 수백만 년 동안 아무 것도 아닌 것을 베껴대는 것이다.

내 언어의 그토록 많은 부분이, 내 말의 언어와 내 몸의 언어 둘 다 많은 부분이 군더더기로 이루어져 있다면 내 인생의 적 잖은 부분도 군더더기가 되고 말 운명일 것이다. 내 인생에는 언어에, 혹은 DNA에 매여 있지 않은 부분이 없으니.

그나마 그런 부분이 있다면, 섹스가 아닐까. 섹스는 물론 전 적으로 언어와 상관없이 존재한다고 할 수 없고, 신체 없이 존 재하는 것은 확실히 아니다. 하지만 군더더기와 가장 덜 관련 된, 진실하고 감미로운 인간의 의사소통으로는 섹스가 우세하 다. 이해의 밀도가 가장 크다. 분별력이 있는 연인이라면 들이 켜는 숨에서 『오디세이아』를, 내쉬는 숨에서 『샤나메』를 읽을 수 있다.

나는 삽입당하는 것을 좋아하지 않는다. 남자들에게 나는 이 점을 매우 길게 설명해야 했다. 그런 다음에는 그들이 하는, "하 지만 그러면"과 "내 걸로는 안 해봤잖아" 같은 말에 반복적으로 내 입장을 변호해야 했다. 독이 든 병의 이름표를 바꾸면 그 독 이 좀 더 구미가 당기게 되기라도 한다는 걸까.

살면서 거쳐 온 나의 여성 파트너 대부분에게는 그 말을 해 줄 필요가 없었다. 아마 여성들이 열정의 기호학에서 더 유창 할지도 모르겠다. 모든 교류가 열정적이지는 않았더라도.

다만 레일라는 열정적이었다. 그녀는 움찔거림에서, 한숨에서 모든 것을 알아보았다. 레일라의 손가락이 처음 아래로 내려와 무의식적으로 뻣뻣해지는 내 배와 마주쳤을 때, 그녀는 내가 쓸 수 있는 가장 거친 자서전을 읽듯 그 몸짓을 읽었다. 그런 다음 자신의 움직임을, 자신만의 장(章)을 더했다. 그녀는 내 삶의 텍스트를 바꿔놓았다.

다른 사람들은 당연하게도 이런 의미를 감지하고도 무시했다. 남자답게 전진했다. 그러나 이런 연인들에게 내 욕망을 인지하는 능력이 없었던 것은 아니다. 그들에게는 내 확신에 대한 믿음이 없었다. 그들도 곧 납득하게 될 터였지만.

나의 첫 주요 설치 작품 중 하나인 디트로이트 미술관 작품의 제목은 이해의 밀도였다. 거의 4미터 높이의 거대한 구리판 두 개가 서로를 마주 보고 있었다. 구리는 무광택이었지만, 그래도 전시실의 빛을 조금은 반사했다. 그 빛의 일부가 판 사이에서 튀고 되튀었다. 거울로 서로를 보는 것처럼. 하지만 구리판은 서로의 거울이 아니었다. 하나가 다른 하나를 향해 약간 구부정하게 숙여져 있었다. 그것들은 전부 잠재력을 지닌, 안에서 병사가, 말이, 비너스가 조각되기를 인내심 있게 기다리고 있을지 모르는 쐐기 모양의 크고 무거운 덩어리였다. 두 단일체 사이, 거의 정사각형을 이루는 기단의 작은 틈새에는 작은 상자 같은 텔레비전이 있었다. 거기에서는 내가 『샤나메』

전체를 읽는, 끊지 않고 녹화한 56시간짜리 영상이 흘러나왔
다. 영상은 내 얼굴만을 담도록 클로즈업됐다. 모두가 내 물잔
을, 욕실을 볼 필요는 없었다. 나는 화장을 하지 않았다. 내 눈
은 붉고 끈적끈적했고, 내 얼굴의 뚜렷한 윤곽선은 뭉툭한 구
리 단일체들과 유효한 대조를 이루었다. 피르다우시의 글을 읽
으면서, 나는 계속해서 영어와 페르시아어를 번갈아 썼다. 영
어에서 페르시아어로, 페르시아어에서 영어로 계속 오갔다.

"소흐랍은 자신과 싸우던 유능한 전사가 사실 여자였음에 놀
랐고……."

그런 다음에는,

بر ايرانيان زار و گريان شدم

ز ساسانيان نيز بريان شدم

دريغ اين سر و تاج و اين داد و تخت

دريغ اين بزرگی و اين فر و بخت

(나는 이란인들을 보고 슬픔과 눈물에 잠겼다. 사산 왕조를 생각하며 마
음이 타들어갔다. 아, 이 머리와 왕관, 이 정의와 왕좌가 아깝구나. 아, 이
위대함과 이 영광과 운명이 아깝구나.)

텔레비전의 빛이 구리판 사이에 반사되며 증폭되었다. 각각
의 반사에서는 빛이 왜곡되고 작아졌다.

나는 〈이해의 밀도〉가 자랑스럽다. 제 가치를 지니고 있다고 여긴다.

물론, 지금 내 머릿속에서는, 내가 있는 곳에서는 모든 것이 이런 방식으로 작동한다—내가 최종적인, 진짜 죽음으로 죽어가는 순간에는. 그것이 모든 것을 흐려놓는다. 시간은 땋고 또 헤쳐놓는다.

미국에서 보낸 두 번째 해에 처음으로 레일라가 꿈에 나왔다. 그녀는 영어로 내게 말을 걸었다. 이 나라에는 작은 죽음들이 너무나 많지만, 그 죽음이 가장 악랄했다.

꿈속에서, 한 남자가 우리의 50년 된 피스타치오 나무, 레일라와 나의 나무를 잘라버렸다. 꿈에서 우리에게는 피스타치오 나무가 있었다. 50년 된 나무. 그게 전부였다.

그래서 우리는 이 남자를 어떻게 할지, 그가 어떤 벌을 받아 마땅할지 고민했다. 내가 그는 우리에게 1년 치 피스타치오 수확량을, 나무의 값을 빚진 것이라는 멍청한 말을 했다. 그때 레일라가 영어로 말했다.

"난 피스타치오에 관심 없어, 로야 잔. 나는 나무에 아무 관심이 없어. 이 사람은 우리한테 그 나무 안에 들어 있던 50년의 햇빛과 50년의 물을 빚진 거야. 50년 치의 햇빛과 물을. 그게 치러야 할 값이야."

레일라는 영어로 그 말을 했다. 나는 비명을 지르며 깨어났다. 영어, 50년 치의 햇빛. 나는 일주일 동안 울었다. 가장 사랑하는 것에서 분리되는 것은 지옥이다. 처음에는 국가로, 그다음에는 그 국가의 언어로 두 번 분리되는 것은 고통보다 깊은 고통이다. 지옥보다 깊은 고통. 그것이 심연이다.

나는 묽은 커피를 팔고 제리 루이스와 보비 다린의 똑같은 노래들을 매일 계속 계속 계속 틀어주는, 허름한 그리스 복고풍 식당에서 일하고 있었다. 거기서 나는 케첩으로 들러붙은 감자튀김을 빨간색 쟁반에서 긁어내고, 몇 시간씩 양파와 토마토를 썰었다. 양파를 썰 때 눈물을 참느라 단단하게 뭉친 흰 빵을 입에 물고 있곤 했다. 일이 한가할 때는 그림을 그렸다. 나는 평생 그림을 그려왔지만—학교에 있을 때, 지루할 때, 사이러스를 돌볼 때—간이식당에서, 모든 것이 반사적으로 이루어지던 그곳에서, 신체의 노동력은 팔아도 정신의 노동력은 팔지 않던 곳에서 내 스케치가 훨씬 더 흥미로워지는 것을, 자유로워지는 것을 깨달았다. 내가 출근 도장을 찍으면, 나의 복잡한 두뇌는 퇴근 도장을 찍었다. 뇌의 방해 없이 나라는 인간 전체가 기능적으로 무의식에 들어가, 이 테이블에서 저 테이블로 음식을 치우러 다닌 뒤, 1분이나 3분쯤 몰래 짬을 내 주방에서 메모지에 그림을 그렸다.

나는 정육업 구역의 작은 아파트에서 살았다. 당시의 로어 맨해튼은 타버린 건물로, 쓸모없는 거리로 가득했다. 돼지고

기 공장 때문에 모든 것에서 피 냄새가 났다. 건설 현장에서는 줄곧 호루라기 소리가 났다. 폭파를 알리는 짧은 소리, 폭파가 끝났음을 뜻하는 긴 소리. 시장이 모든 퇴폐 목욕탕을 닫아버렸으므로(나는 그 옆에 살기 전까지는 그곳이 뭘 하는 곳인지 몰랐다) 그 모든 빈 공간이, 안절부절못하는 에너지가 있었다. 매춘부들이 둘씩 짝을 지어 워싱턴가를 오갔다.

정말이지 내 아파트는 그냥 매트리스 하나와 창문 하나, 변기 하나만 있는 곳이었다. 하지만 내게 필요한 건 그게 전부였다. 나는 내 스케치로 벽을 도배하기 시작했다. 물, 물에 부딪혀 부서지는 광선. 남자들, 군인들, 캘리그래피처럼 늘어진 시체들. 그 안에 담기기에는 너무도 치명적이기에 부서지는 선과 형체.

나는 간이식당에서 번 돈으로 유화 물감과 캔버스를 사, 집에서 실험하기 시작했다. 넓은 색면을 밝게 씻어내듯 칠해 대담한 형상을 그렸다. 그다음에는 세부 묘사. 명도와 색조를 가지고 하는 장난. 두껍고 검은 파란색, 관절염에 걸린 듯한 회색.

그곳은 나 자신을 둘 만한 공간이었다. 더 복잡한 뇌에서, 심연에서 보내는 시간이 적어질수록 나는 더 안전해졌다. 뉴욕의 내 서류에는 이름이 레일라라고 적혀 있었다. 모두가 죽은 내 사랑의 이름으로 나를 불렀다. 내가 죽으면서 죽여버린 그 사랑의 이름으로. 다만 나는 아직 이곳에서, 그녀의 이름 안에서 살고 있었다. 나는 이곳에, 알리와 사이러스는 *저곳*에 있었다. 레일라는? 레일라는 어디에도 없었다. 이곳, 저곳, 아무 데도. 그림을 그릴 때는 나 또한 어디에도 존재하지 않을 수 있었다.

그것은, 명성은 으레 찾아오는 방식대로 찾아왔다. 말도 안 되는 행운이 평생 이어온 성실한 작업으로 위장되었다. 또한 그 반대이기도 했다. 양파를 썰어 물감을 사던 수많은 세월. 나는 아파트가 너무 작아서 캔버스를 차곡차곡 쌓아두어야 했다. 여름에는 한 캔버스의 물감이 다른 캔버스 뒤에 달라붙곤 했다. 그런 초기의 캔버스 중 일부에는 지금도 뒤에 물감 얼룩이 남아 있다.

그림을 그리거나 간이식당에서 일하지 않는, 일주일 중 얼마 안 되는 시간에 나는 미술관에 가곤 했다. 강박적으로. 언제나 이스트빌리지나 첼시에 있는 아주 작은 미술관들에 갔다. 모두가, 그야말로 모두가 그 순간에 뭘 하고 있는지 보고 싶었다. 메트로폴리탄이나 프릭에는 가지 않았다. 거장들이 뭘 어떻게 만들었는지는 충분히 알았다. 나는 현재, 이 순간의 시각적 어휘를 이해하고 싶었다. 그 모두를 활용하는 방법을 배우고 싶었다. 섬유 예술, 네온 조각, 사진. 각각의 매체는 심연을 통해서, 또는 심연과 대화하게 해줄지 모르는 이 새로운 언어 안의 필수적 단계로 느껴졌다. 지상에 머무는 하나의 방법이었다.

시간이 지나면서 몇몇 갤러리스트가 나를 알아보기 시작했다. 대부분은 나와 거리를 두었다. 내가 일주일에 세 번씩 오면서도 아무것도 사지 않는 걸 보고는 은근하게 경멸감을 내비쳤다. 지나치게 친근하게 구는 사람들도 있었다. 내가 전시의 주요 작품을 살, 태평하고 부유한 손님일지도 모른다는 낙관적인 기대에서였다. 나는 어느 쪽에든 별 관심을 두지 않았다.

어느 일요일, 막 간이식당에서 아침 근무를 마친 때였다. 내게서는 해시브라운 기름과 탄 양파 냄새가 났다. 손마디에는 그릴을 닦다가 큰 분홍색 물집이 잡혔다. 나는 근무를 마치고 곧장 캔버스와 붓질에 쓸 테레빈유 한 통을 사러 화방에 갔다. 집에 가는 길에 첼시의 린 갤러리를 지났다. 세계 곳곳의 현대 회화 작품을 전시하는 밝고 작은 공간이었다. 나는 전에 그곳 갤러리스트를 몇 차례 만난 적이 있었다. 그녀는 검은 머리를 짧게 깎은, 위풍당당한 가모장 스타일의 여성으로 이상하고 기하학적인─거의 삼각형에 가까운─갈색 사마귀가 왼쪽 눈 위에 나 있었다. 나는 집으로 가다 말고 그녀의 갤러리에 들어갔다. 전시된 것은 젊은 알제리 출신 화가의 작품이었다. 색채와 질감으로 채워진 느슨한 정사각형이 서로 맞물리고, 그 주변으로 사람, 동물, 농장 장비를 그린 그림자 같은 선들이 있었다.

갤러리스트는 내가 옆을 지나쳐 갈 때 내 쪽으로 고갯짓을 하더니 화구가 담긴 내 가방을 보았다.

"화가시군요!"

나는 그녀의 목소리에 놀랐다. 그녀가 누구에게 말하는지 보려고 주위를 둘러보다가 갤러리에 우리 둘밖에 없음을 알았다.

"아아, 아뇨, 아니에요. 저는 식당에서 일해요." 나는 그 말이 사실임을 증명하기라도 하듯 작업용 셔츠의 옷깃을 꼬집어 보이며 말했다.

여자가 웃었다.

"여기 들어오는 남자는 모두 자신을 화가라고 하죠. 자기가 고등학교 미술 시간에 그린, 무슨 게르니카에 대해서 말하면서요. 그런데 목에는 물감이 묻고 테레빈유병을 든 당신은 '식당에서 일해요'라고 말하네요."

나는 반사적으로 목을 만져보고 손가락으로 더듬어본 끝에, 턱 밑에서 미처 닦지 못한 커다란 물감 딱지를 발견했다.

"그림 그리는 걸 좋아하긴 해요." 나는 말을 더듬었다. "하지만 저는, 저는 식당에서 일해요."

"나도 20년 동안 단추 공장에서 일했어요." 그녀가 말했다. "단추를 만들지도 않았죠. 쓰레기를 비우고, 단추 만드는 사람들의 화장실을 청소했어요. 하지만 그때도 나는 내가 예술가이지 화장실 청소부가 아니라는 걸 알았어요." 그녀는 귀 뒤로 머리카락 한 가닥을 넘기며 반항하듯 입을 꾹 다물었다. "단추도 참 형편없었다니까요! 뜨거우면 휘어지고, 차가우면 갈라지고."

458

나는 웃었다.

그녀는 책상 뒤에서 나왔고 우리는 그렇게 한동안 이야기했다. 그녀는 근무 중에, 나는 기름 냄새를 풍기며. 그녀는 자기 이름이 상이라고 말해주었다. 성은 "린"이었다. 그녀는 미국-베트남 전쟁 이후 미국으로 도망쳐 왔다고 말했다. 브롱크스에서 단추 공장 일을 하며 가족을, 세 아들을 돌봤다. 시간이 지나면서 돈을 모아 자기 작품을 전시할 이 작은 갤러리를 열었다. 그녀는 자기 그림에 대중이 얼마나 무관심했는지 말했다.

"분명 멋졌을 거예요." 내가 말했다. 진심이었지만, 입밖으로 나오니 바보같이 들렸다. 은근히 무시하는 것처럼, 거짓말처럼.

"나쁘진 않았어요." 상은 칭찬을 구하지 않는, 오래전에 그 단계를 지나온 사람의 태도로 말했다. "특별한 건 아니었고. 하지만 난 내가 다른 사람들의 작품을 보는 일을 정말, 정말 잘한다는 걸 알게 됐어요. 그 사람들이 자기 작품에서 보지 못하는 걸 말이죠. 더 좋게든, 나쁘게든." 그렇게 말하며 그녀는 눈을 가늘게 떴다가, 거의 무의식적으로 힘을 풀었다. 그녀의 나머지 얼굴이 내게 말을 하는 동안 머릿속은 약간의 정신적 수학 문제를 푸는 것 같았다.

상은 다른 화가들을 초대해 그들의 작품을 자신의 갤러리에 전시하기 시작했다고 말했다. 구매자들은 상보다는 그 작가들의 작품에 훨씬 더 관심이 많았다. 머지않아 매달 월세를 확보

459

하기가 조금 더 쉬워졌고, 나중에는 화가와 그들의 에이전시가 그녀의 관심을 받으려 다투게 되었다.

"소름 끼치는 것들!" 그녀가 웃었다. "캐모마일 들판의 뱀 같다니까요."

나는 미소 지었다. 그 말이 전혀 이해되지 않았지만. 상은 늘 그런 식이었다. 내가 어떤 책에서도 찾지 못한 이상한 표현을 쓰곤 했다. 그녀는 어떤 정치인에 대해 "모자를 두 개 쓰고 있다니까!"라고 소리치거나, 마음에 들지 않는 화가에 대해 "눈 대신 돌이 달렸어"라고 말했다.

"지금도 그림을 그리세요?" 내가 물었다.

"지금은 이게 내 그림이에요." 그녀는 벽에 걸린 그림들을, 갤러리 전체를 가리키며 말했다. "세상 모든 예술을 내가 한데 섞어서 새로운 구성물을 만들죠. 큐레이션이 그 나름의 예술이라는 건 당연히 알 테죠."

나는 고개를 끄덕였지만, 내가 정말 그 말을 믿는지는 딱히 확신이 없었다. 나는 나 자신에 대해 아주 조금만 말했다. 혁명 이후 이란에서 미국으로 왔다, 여기에 가족이 없다, 미대에 다니지도 않았고 다니고 싶지도 않다, 이 사람도 저 사람도 모른다, 몇 골목 떨어진 싸구려 체인점에서 화구를 산다 등등.

상이 말했다. "알겠어요, 수수께끼 씨. 그럼 내일 뭘 가져와봐요. 당신 그림요."

나는 의아했다. 누구에게도 내 그림을 보여준 적이 없었다. 때로 레일라에게 보내는 쪽지에 작은 만화를 그렸다. 조그만 거위나 연 같은 것 말이다. 아니면 내가 써야 하는 무언가의 여백에 낙서를 하곤 했다. 하지만 내 그림은, 새로운 인생을 쌓아 올릴 토대가 되어준 그림은 나만의 것이었다. 다른 사람들은 딱히 내 창작의 공식에 들어오지 않았다. 구명정을 왜 낯모르는 사람들에게 보여주고 싶겠는가? 나는 간신히 "저는…… 저는 내일 하루 종일 일하는데요"라고만 말했다.

"좋아요, 그럼 화요일에." 상이 물러서지 않고 대답했다. "난 여기 있을게요."

"사실은 이번 주에는 매일 일해요. 그러니까, 하루 종일요. 늦게까지 안 끝나요."

상이 눈알을 굴려댔다.

"그럼 가져올 수 있을 때 가져와요. 난 아무 데도 안 가니까."

이 말을 할 때 상은 미소 지었다. 따뜻하다기보다는 자랑스러워하는 미소였다. 나를 구석으로 몰아넣었다는. 그녀가 미소 짓자 은을 씌운 치아 두 개가 번쩍였다. 내가 말했다. "정말 친절하시네요. 제가 뭔가 할 수 있을지 알아볼게요." 그리고 나는 빠르게 문으로 향했다.

"잠깐만요!" 상이 말했다. "나한테 이름도 말 안 해줬네요."

나는 잠시 멈췄다. 나는 몇 년 동안 로야가 아니었다. 레일라였다. 하지만 그때조차, 빽빽한 미지와 자의식의 순간에도, 그 깊은 심연에 있었으면서도 나는 내 예술이 레일라의 예술일 수 없음을 알았다. 내가 양파 냄새 나는, 물집 잡힌 두 손으로 이곳에서 만든 무언가에 어디에도 없는 죽은 레일라의 이름을 붙일 수 없었다.

"오르키데요." 그렇게 말하고 나조차 놀랐다. 오르키데는 첫 번째 초음파를 잘못 보고 딸이라고 생각했을 때 알리와 내가 사이러스를 부르던 이름이었다. "초음파에서는 네가 여자아이라고 했어." 우리가 사이러스를 집으로 데려온 날 알리는 아이를 내려다보며 다정하게 속삭였다. "하지만 넌 그냥 쑥스러움을 타는 남자아이였던 거야. 마샬라! 점잖기도 하지!"

상은 찰나의 순간 눈썹을 치켜올렸다가 말했다. "당신 그림을 볼 날만 기다리고 있을게요, 오르키데."

나는 무엇을 가져가야 할지 일주일 내내 고민했다. 내게는 일관된 주제가 없었다. 일관된 스타일조차 없었다. 나는 내가 사기꾼이라는 것을, 갤러리스트도 곧 내게 그렇게 말하리라는 것을 알았다.

결국 내가 고른 것은 가장 최근작 중 하나로, 몇 주 동안 작업해오던 그림이었다. 그 이후로 나는 이 선택이 불가피한 것이었음을 깨달았다. 뭔가를 완성할 때마다, 거듭 나는 이것이 내가 여태 한 작업 중 최고라고 확신했다. 다른 모든 것도 쓸 만은 하지만, 방금 만들어낸 걸작을 만들 때까지 내 삶을 준비해온, 버릴 수 있는 밑거름이라고 말이다. 그림은 나를 구원했지만, 내가 그림을 좋아했다고 말할 수는 없다. 내가 그림을 그린 것은 그려야만 했기 때문이다. 내가 정말로 사랑한 것, 사랑하는 것은 그림을 그리고 난 뒤였다. 그때가 최고조였다. 내가 그 특정 순간에 존재하면서 만들지 않았다면 인류사 전체를 통틀어 절대 존재하지 않았을 무언가를 만들었다는 것. 나는 그 무엇보다 이러한 이유로 일에 분노를 느꼈다. 내가 그림을 그리는 대신 돈을 벌기 위해 일을 해야 했기에 절대 존재할 수 없게 된 무수한 그림들 때문에. 나는 같은 이유로, 게걸스럽게 시간을 먹어치우고, 먹고 배설하고 담배를 피워야 하는, 끊임없이 조율이 필요한 내 몸에도 분노했다.

내가 상에게 가져간 그림은 꽤 큰 것으로, 120×180센티미터였다. 전쟁터의 밤 풍경. 비잔틴풍의 소년 병사들, 통통한 어린애 몸에 콧수염 난 얼굴들이 피에 젖은 흙에 국수처럼 널려 있었다. 갑옷, 칼, 총. 자욱한 연기 구름, 검은색 위 여러 가지 짙은 회색들, 더 짙은 검은색을 배경으로 한 밝은 검은색. 빨간색들. 그림 한가운데에, 소년들의 들판에는 말을 탄 겁먹은 아이가 있었다. 그 아이는 머리 아래에 손전등을 들고 있었다. 벌거벗은, 토실토실한 아기 허벅지. 그리고 내 오빠의, 아라시의 얼굴. 그 모든 것이 커다란 검은 망토 아래에 있었다. 어린아이 아라시가 그 망토를 입고, 전쟁터에서 천사인 척하고 있었다. 그 때쯤에는 알보르즈의 어딘가에서 못을 박아 창문을 잠그고 유령을 향해 군용 칼을 휘두르고 있었을 소중한 아라시.

나는 내가 "발굴된" 사연의 나머지 부분을 다른 어딘가에서 이야기했다. 이 모든 믿을 수 없는 행운에 대해서. 상은 그 그림을 무척 좋아했고, 내 아파트에 찾아와 쌓아둔 작품들을 보더니 내게 첫 단독 전시회를 열어주었다. 어느 날 밤, 어쩌다 열차를 놓친 「뉴욕타임스」의 미술 비평가가 집으로 걸어가다가, 즉흥적으로 린 갤러리에 불쑥 들어와서 익명으로 평범한 우리와 허물없이 어울렸다. 그런데 그녀도 내 작품을 좋아하게 되어, 짧지만 과찬하는 기사를 썼다. 아라시를 그린 〈두두시〉를 언급하며, "눈길을 사로잡는", "근본적으로 인간적인" 작품이라고 했다.

전시회의 작품들은 매진되었다. 나는 식당 일을 그만두었다. 상은 자기가 작품값을 더 불렀어야 했다고 말했지만, 내게는 작품 하나하나가 스무 배 비싸게 팔렸어도 별 차이가 없었을 것이다. 나는 공식적인 화가로 일하게 되었다. 말도 안 되는 일. 상이 내게 작은 화실을 얻어주었고, 나는 처음으로 초청받아, 의뢰받아 일하기 시작했다.

그래, 순전한 뜻밖의 행운. 많은 사람의 의견이 그랬듯 나 자신도 그렇게 생각했다. 아무리 작은 갤러리라지만 갤러리로부터 그런 기회를 얻는 것은 백만 번에 한 번 일어날 만한 일이었다. 아무 연줄도, 경험도 없는 무명작가가 「뉴욕타임스」 비평가의 관심을 끌다니. 불가능한 일이었다.

다만 상이 그림을 보여달라고 했을 때, 내게는 그림이 있었다. 그녀가 내 아파트에서 그림을 보겠다고 했을 때 내게는 수십 점의 그림이 있었다. 나는 그 그림들을 그리기 위한 기술적이고 감정적인 능력을 쌓는 데 평생을 썼다. 토마토를 썰고 반쯤 먹은 어니언링을 플라스틱 쟁반에서 떼어내며 수천 시간을 보냈다. 나는 슬퍼하면서 그림을 그렸다. 흐느끼며 그리고 그리며 흐느꼈다. 단 한 번도 미소 짓지 않은 몇 주가, 몇 달이 있었을 것이다. 나는 너무도 작아서 이웃의 방귀 냄새를 맡을 수 있는 원룸에서 살았다. 내가 가진 모든 돈을 캔버스와 붓, 물감에 썼다. 나는 나 자신을 죽였다. 내 사랑을 죽였다. 억지로 남편을, 오빠를 잊었다. 내 나라를. 내 아들을.

아무것도 희생하지 않은 사람들이야 나를 운 좋다고 하면서 자신의 평범함을 합리화하기가 쉬울 것이다. 하지만 나는 평생을 희생했다. 그 평생을 심연에 팔았다. 그래서 심연이 내게 예술을 주었다.

어떤 미술관에서도 죽음-말을 건드리고 싶어 하지 않았다. 모든 큐레이터가 그 전시를 매력적이라고 생각했지만, 모든 법무 부서에서 절대 안 된다고 했다. 마침내 브루클린 미술관과 이야기가 됐을 때, 나는 철해놓으면 엄청 두꺼울 분량의 서류에 서명해야 했다. 내 죽음은 어떤 경우에도 미술관의 잘못이 아니었다. 나는 관람객이 실수로 나를 아프게 해도 미술관에서는 책임지지 않는다는 서류에 서명해야 했다. 관람객이 일부러 나를 아프게 해도 미술관에서는 책임지지 않는다는 서류에 서명해야 했다. 심폐 소생술 포기 각서에 서명해야 했고, 그다음에는 이 각서를 위한 각서에 서명해야 했다. 나를 담당하는 암 전문의가 내가 죽으리라 예상되는 때를 날짜까지 정확하게 추정해야 했고, 그때가 되기 전에 죽어도 미술관에서는 책임지지 않는다는 서류에 서명해야 했다.

어쨌든 결국 변호사들은 진정했고 갤러리가 마련되었다. 큰 흰색의 벽, 단순하고 어둑한 조명. 작은 검은색 의자들과 작은 검은색 탁자. 갤러리 공간 뒤쪽에는 나만의 작은 공간이 주어졌다. 침대와 냉장고, 화장실이 있었다. 대체로 나는 꼭 써야만 할 때가 아니라면 그곳을 쓰지 않았다. 나는 앞에 나서서 사람들과 함께 있고 싶었다. 우리 모두가 죽어간다고, 그들에게 일깨워줄 생각이었다. 나는 그냥 더 빨리 죽어갈 뿐이었다.

29

오르키데

내가 하고 싶은 말은 행복했다는 것이다. 늘 행복했던 것은 아니고, 심지어 대체로 행복했던 것도 아니다. 하지만 나는 진짜 기쁨, 깊은 기쁨을 알았다. 모두에게 평생에 걸쳐 소진할 일정량의 기쁨이 주어지는 건지도 모르겠다. 나는 그저 내 평생의 할당량을 유독 빠르게, 레일라와 써버렸을 뿐이다. 하지만 그게, 내 삶이 비극이었다고 생각하지 않는다. 비극은 무자비하다. 아무도 내가 누린 것 이상을 요구할 수는 없다.

30

월요일

사이러스 샴스와 상 린

브루클린, 4일 차

    사이러스는 상이 무엇을 보게 될지 생각했다. 청바지에 후드
티만 입고 제대로 옷차림을 갖추지 못한 덥수룩한 젊은이가 공
원 벤치에 혼자 앉아 있는 모습. 핸드폰을 보지도, 책을 읽지도
않고 그냥 웅크린 채 손톱을 뜯는 모습. 어쩌면 그의 눈 깊은 곳
이 상에게 오르키데를 떠오르게 할지도 모른다. 어쩌면, 잠시
나마 그 눈이 그녀의 숨을 멎게 할지도 모른다.

    "사이러스?" 한 여자가 물었다.

    사이러스는 고개를 들었다. 그의 눈은 붉고 메말라 있었다.

    "상 씨인가요?" 사이러스는 그녀가 상이라는 걸 즉시 알아보
았지만 그렇게 물었다. 상은 온라인에서보다 나이가 많아 보였
으나 못 알아볼 수는 없었다. 그녀는 다부진 여자로 키가 작고
입술이 얇았으며 머리카락은 펩시 색깔이었고, 그 머리를 뒤로
넘겨 느슨한 포니테일로 묶고 있었다. 무릎까지 내려오는 얇은

검은색 코트를 걸쳤고 안에는 진회색의 버튼업 정장 셔츠를 입고 있었다. 커다란 눈, 그리고 코에서 입으로 이어지는 깊은 주름은 그녀에게 언제나 걱정하고 있는 듯한, 금방이라도 움찔거릴 것 같은 표정을 주었다. 그녀의 외모에 겉치레라고는 없었다. 그녀가 이 도시의 미술계에서 중요한 주자임을 암시하는 것은 전혀 없었다.

상은 고개를 끄덕였고—

"앉아도 될까요?" 그녀가 물었다.

"그럼요." 사이러스는 자리를 비키며 대답했다.

그들은 몇 초 동안, 그리고 1분을 꽉 채워서 그 자리에 앉아 있었다. 각자 침묵의 질감을, 둘 사이의 역사를 조용히 헤아렸다. 개를 산책시키는 사람이 근처를 지나갔다. 블루힐러 한 마리와 보더콜리 두 마리가 그를 끌고 갔다. 보모가 쌍둥이 유모차를 밀고 갔다. 상이 강렬한 색감의 담뱃갑을, 밝은색 냇셔먼을 꺼내 한 대를 사이러스에게 내밀었다. 처음에 사이러스는 고개를 저었다가 생각을 바꿔 손을 내밀어 하나 받았다. 상이 사이러스의 담배에 불을 붙여주었고 둘은 그 자리에 앉아 있었다. 사이러스에게 담배 연기는 오랜 부재 뒤에 돌아온 사랑하는 유령처럼 느껴졌다. 연기가 그를 온기로 채우며 손가락 끝을 얼얼하게 했다. 두 발 아래의 땅조차 뜨겁게 느껴졌다. 날이 유난스레 추웠는데도. 땅이 조금씩 진동하거나 흥얼거리고 있나?

"들려요?" 사이러스가 마침내 물었다.

"도시 소리요?" 상이 물었다.

사이러스는 다시 흥얼거림에, 그 진동에 귀 기울여보았으나 찾을 수 없었다.

"아아, 아무것도 아니에요." 한기에 목이 욱신거렸다.

"여기 추위는 다르네요." 사이러스가 말했다. "중서부에서랑은 냄새가 달라요. 하늘도 달라 보이고요. 습도가 더 높은가요? 공기가 무거운가?"

"어디 사나요?" 상은 굵은 연기를 공기에 뿜어내며 말했다.

"인디애나주요. 시카고 옆이랄까. 진짜 그런 건 아니고요."

상이 고개를 끄덕였다. 그들은 1분 더 조용히 담배를 피웠다. 둘 다 침묵을 고맙게 여겼다. 그 자비로 인해 둘의 마음이 그 순간에, 그날의 거칠고도 현기증 나는 폭로에 맞게 정비되었다.

"그러니까―" 결국 상이 말했다. "오르키데의 체중이 빠지기 시작했을 때, 암 때문에 그렇게 됐을 때 우리는 오르키데에게 뭘 먹이는 데 집착하게 됐어요. 내 아내가 오르키데한테 키위, 배, 스타프루트, 복숭아를 잔뜩 잘라 한 그릇씩 주곤 했죠. 훅 불기만 해도 멍이 들 만큼 부드러운 조각들을요. 내 둘째 아들 쯔엉은 요리사예요. 잭슨하이츠에 작은 식당을 해요. 그 애가 오르키데한테 놀라운 음식들을 만들어줬어요. 사골 국, 만두, 찐 스프링롤 같은 거요. 오르키데가 좋아했던 코코넛 떡도 만들어주곤 했죠. 모두가 오르키데한테 먹을 걸 주고 또 주고 싶어 했어요. 그런데 당신이 이렇게 깡말라서, 추운 데 웅크리고 있네요. 보자마자 난 당신을 쯔엉에게 데려가, 당신에게도 먹을 걸 주고만 싶어졌어요. 당신 입을 프렌치프라이랑 국수로 가득 채우도록."

사이러스는 살짝 미소 지었다. 상이 말을 이었다.

"오르키데— 로야는 어느 관계에서나 사람은 두 종류뿐이라고 했어요. 먹이는 사람과 먹는 사람. 돌봐주고 싶어 하는 사람과 돌봄을 받고 싶어 하는 사람. 그 사람은 더 거칠게 말했을지도 모르겠네요, 엄마와 아기라고. 그런 끔찍한 말이었어요." 상은 미소 지으며 고개를 저었다. "오르키데는 자기가 누구한테 뭔가를 요구해야 한다는 점에 화를 냈어요. 그 모든 게 정교한 자기혐오였다고, 난 생각해요."

"진 빠지는 일 같네요." 사이러스가 말했다.

"복잡한 여자였죠." 상은 단순하게 덧붙였다. 아무것도 분출할 의도가 없는 말이었지만, 그 말은 그냥 그 자리에 남았다.

전 모르죠. 사이러스는 쓸쓸하게 생각했지만 말하지는 않았다. 그가 지금 느끼는 것의 너무 많은 부분이 분노라는 생각이 문득 들었다. 최선을 다해 분노를 삼키며, 그는 힘없이 말했다. "저를 보러 와주셔서 감사해요. 그냥 무슨 말을 해야 할지 모르겠어요."

상은 고개를 끄덕이더니 진동하는 자기 핸드폰을 보았다.

"이런, 이건 받아야 하는 전화인데." 그녀는 벤치에서 일어서
며 말했다. "2분만요." 그녀가 사이러스에게 입 모양으로 말하
며 두 손가락을 펴 보이더니 조금 떨어진 곳으로 걸어갔다.

사이러스는 그녀가 엄중한 사업상의 통화를 하는 듯, 멀어
져가는 모습을 지켜보았다. 그는 하늘을 쳐다보았다. 얼룩덜룩
한 보라색 구름이 엉기고 있었다. 오르키데는 왜 자신이 누구
인지 말해주지 않았을까? 왜 자신이 어머니라는 말을 하지 않
았을까? 왜 사이러스를, 그녀의 남편을 찾으려 하지 않았을까?
비행기는 또 어떻고? 무엇도 말이 되지 않았다. 사이러스는 상
이 벤치에 남겨두고 간 강렬한 색감의 담뱃갑에서 담배 한 대
를 더 꺼냈지만, 자신에게는 라이터가 없고 상이 라이터를 남
겨두지 않았다는 것을 깨닫고서는 짜증 섞인 한숨을 쉬며 담배
를 다시 담뱃갑에 넣었다. 자기 연민의 밀물이 그를 삼켰다. 그
는 아무 할 일이 없는 낯선 도시에서 혼자, 춥게 있었다. 친구도
없고, 지지자도 없고, 아마 오줌 냄새까지 약간 풍길지 모르는
채로. 어째서인지, 지금은 아침에 일어났을 때보다도 더 엄마
가 없는 상태가 되었다. 이게 어떤 계시라면, 엿같이 멍청한 계
시야. 그는 신을 향해 —신에게 대고?— 생각했다. 발이 익숙하
고 무딘 통증으로 욱신거렸다. 바람이 아무 도움 없이 연주되
는 하프처럼 공원의 공기를 뜯었다.

통화를 끝낸 상이 빠르게 돌아와 그의 옆에 다시 앉았다. 그녀에게서는 좋은 냄새, 묵직한 냄새가 났다. 사철쑥과 담뱃잎 같은.

"미안해요. 내가 지금도 그 사람의 매니저라서요." 상이 말했다.

"괜찮아요." 사이러스가 말했다. "저랑 이야기할 시간을 내셨다는 게 놀라운데요." 그는 그렇게 덧붙였다. 약간 딱하게 들린다는 걸 알고 있었다.

상은 눈알을 굴리더니 말했다. "오르키데 말로는 중독에서 벗어나는 중이라던데요?"

사이러스는 그녀를 올려다보고 고개를 끄덕였다.

"난 거의 30년째 금주 중이에요." 상이 말했다. "모임에도 나가죠."

"와." 그가 말했다. "엄청나게 오래됐네요."

상은 미소 짓고 말했다. "내가 이 말을 하는 이유는, 처음에 트라이베카 지구 모임에 나가기 시작했을 때 내가 엉망진창이었기 때문이에요. 정오에 하는 모임이었는데, 온통 담배 연기로 자욱했죠. 그러다가 언제부턴가 내 지지자, 나중에 지지자가 된 사람이라고 해야겠네요, 재닛이 나를 이웃의 포섬 식당으로 데려가 커피랑 달걀 샌드위치를 사주곤 했어요. 재닛은 오토바이를 타는 나이 든 여자였죠. 가죽 재킷에, 아주 제대로

475

였어요. 우리는 몇 달 동안, 또 몇 달 동안 매일 그랬어요. 내 아이들은 학교에 있었고, 나는 정오에 몰래 나가 그 모든 주정뱅이들이랑 어울리며 정신 나간 백인 아줌마랑 노른자가 뚝뚝 떨어지는 달걀 샌드위치를 먹었죠.

어느 날, 아마 석 달인가 넉 달쯤 금주 중이었을 텐데, 내 자식들이 미쳐 날뛰었어요. 첫째가 학교에서 계속 싸움을 벌였고, 나는 목에 머리를 붙이고 있기도 힘들었죠. 모임이 있던 날에, 나는 재닛과 함께 식당에 갈 생각에 너무 신이 났어요. 열거할 불만이 엄청나게 많았거든요. 재닛이랑 이야기하고 싶은 일이 너무 많았어요. 하지만 모임이 끝나자마자 재닛이 누더기를 걸친 어떤 새로 온 여자한테 우리랑 같이 식사하러 가자는 거예요. 길거리에서 바로 데려온 게 분명한 여자였어. 공짜 커피와 담배를 얻으려고 모임에 참여한 것 같았죠. 아니나 다를까, 식당에 들어갔는데 그 여자가 입을 다물지 않는 거예요. 남자친구가 자기 신세를 망쳤고, 지금은 자기를 찾아다니고 있다나 뭐라나. 그냥 거기 앉아서, 이 무단 침입자 때문에 속을 끓이고 있었던 게 기억나요. 그 여자가 씹는 모습, 물과 커피를 게걸스럽게 마시는 모습이 증오스러웠어요. 그 여자가 대화 전체를 삼켜버리고 나한테는 한마디도 낄 기회를 주지 않았거든. 그러더니 어느 순간에 일어나서 화장실에 갔죠. 나랑 재닛만 자리에 남았어요. 근데 내가 무슨 말을 하기도 전에, 재닛이 테이블

476

너머로 허리를 숙이더니 아주아주 느리게, 분명하게 말하는 거예요.

'상, 잘 들어. 오늘은 네가 환자가 아니야.'

그게 결정타였어요. 나는 매일 그 생각을 해요. 상, 오늘은 *네가 환자가 아니야*. 반대편에 있다는 건 운이 좋은 거야. 네가 환자가 아니라면, 그날은 좋은 날이야."

사이러스는 상을 올려다보며 미소 지었다. 그녀의 말에는 거친 얼굴이나 엄격한 자세와 어울리지 않는 부드러움이 있었다. 그는 저명한 사람들이 그녀를 믿는 이유를 알 것 같았다.

"훌륭한 이야기네요." 사이러스가 진심으로 말했다. "지금도 재닛이랑 함께하세요?"

"아니, 재닛은 내가 술을 끊고 나서 몇 년 뒤에 죽었어요. 모임을 떠났는데, 약물 과용으로 사망하기까지 두어 달밖에 걸리지 않았죠."

"세상에. 죄송해요."

"괜찮아요!" 상이 말했다. "재닛은 10년 동안 술을 끊었어요. 원래 살기로 예정된 기간보다 10년을 더 살았죠. 재닛은 수많은 여자가 술을 끊게 도와줬어요. 우리 모두가 각자 도와준 사람이 몇 명일지 누가 알겠어요? 우리가 도와준 사람이 도와준 사람은 또 몇이고? 안 그래요? 재닛은 좋은 일을 했어요. 하나님은 재닛을 사랑하시죠."

사이러스는 약하게 미소 지었다. 여전히 현기증이 났다. 그
가 말했다. "저도 늘 저에 대해서 그렇게 말해요. '원래 살기로
예정된 시간보다 몇 년을 더 살았다'라고요. 술을 끊었을 때 제
간은 간경변 전 단계였어요. 겨우 20대였는데. 애였죠. 그런데
저랑 비슷한 수많은 다른 사람들은 이제 살아 있지 않은데도
저는 아직 여기에 있다니까요. 그렇다면 '예정된 삶'이라는 걸
누가 결정하죠? 누가 선택할 수 있죠?"

주변에서 눈이 내리기 시작했다. 아니면 이미 눈이 내리고
있었는지도 몰랐다. 눈송이가 허공에 커다랗게 방울져 떠 있었
다. 올라가지도, 내려가지도 않고 소리처럼 그냥 그 자리에 걸
려 있었다.

"이런 얘기를 할 때마저 체면을 차릴 필요는 없어요." 잠시
침묵이 흐르고 상이 말했다.

사이러스가 천천히 고개를 끄덕였다.

"저는 언제나…… 언제나 엄마가 그 비행기에 탔다고 생각했
어요, 아세요? 그게 저한테 어떤 의미였는지, 그게 순교라는 이
거창한 생각에 어떻게 연결돼 있는지."

"어머니가 아무 이유 없이 죽은 건 아니기를 바랐군요." 상이
말했다.

"네. 바로 그거예요. 그러다 제 친구가 오르키데의 설치 작품
에 대해서 말해줬고 저는 그에 관한 책을 쓸 수 있겠다고 생각

478

했어요. 순교. 어머니가 죽음으로부터 아무것도 만들어내지 못했다는 사실과 브루클린의 이 예술가가 무언가를 만들어내고 있다는 사실의 간극. 이 두 정반대의 이란 여성이…… 그런데 둘이 같은 사람이었네요." 사이러스는 상을 돌아보았다. 강렬하게. "어떻게 둘이 같은 사람일 수 있죠? 어떻게 엄마가 그 비행기에 타지 않았을 수 있죠?"

상이 한숨을 쉬었다.

"당신 어머니는 연인에게 비행기표를 줬어요. 레일라에게. 둘이 여권을 바꿨죠. 각자 도망쳐서 만나, 새로운 삶을 시작하기로 했거든요. 함께. 다른 곳에서."

상의 말은—말도 아니었다, 그 소리는—사이러스가 쌓아온 아주 약한 방향감각조차 뭉개버렸다. 그는 반사적으로 고개를 저었다. 당황한 채 상이 방금 한 말을 이해하려 노력했다. 레일라. 연인. 새로운 시작. 사이러스 없이? 상이 "당신 없이"라고 말했던가? 사이러스는 기억나지 않았다. 상이 방금 말했는데도. "당신 없이"가 모든 곳에 명백하게 드러나 있었다. 상이 그 말을 소리 내서 하지 않았더라도. 어머니는 하늘에서 격추된 게 아니었다. 웬 알 수 없는 다른 여자가—레일라라고 했던가?—격추되었다. 사이러스의 어머니는 담배 사러 나갔다가 돌아오지 않았다는, 그런 가족을 버린 사람 중 한 명이었다. 사이러스는 아주 작은 아기였는데. 이 모든 게 지독하도록 통속적으로 느껴졌다. 아이를 버리고 도망간 엄마, 로야 샴스. 최소한 그녀는 아이를 버리고 도망갈 계획을 했다. 그녀의 연인이 ─ 연인이라니! 레일라라니!! ─ 하늘에서 격추되기 전에. 사이러스는 말살당한 기분이었다. 격분했다. 그는 착하고 아픈, 죽은 아버지를 위해서 분노했다. 자신을 위해서 분노했다. 그러고는 자신에게 분노했다. 수용이나, 어쩌면 공감 같은 좀 더 개명된 감정이 아니라 분노를 느낀 것에 대해서. 그는 그곳에 빠르게 자리 잡았다. 그의 분노와 상처의 궤도가 다시 그를 직접적으로 겨냥했다. 몸의 모든 세포가 술을 마시고, 이 순간에서 벗어나 도망치고 싶어 했다. 완전히 의식을 잃고 싶어 했다.

영원처럼 느껴지는 시간이 지나고 사이러스는 이렇게 묻는 자신의 목소리를 들었다. "제 아버지도 알았어요?"

상은 사이러스를 본 다음 담배를 마지막으로 빨아들였다.

"잘은 몰랐을 거예요. 아마 레일라에 대해서는 아셨을지도 모르겠네요. 레일라의 남편이 알아냈으니, 아마 그가 당신 아버지한테도 무슨 말을 해줬겠죠. 어느 시점에는. 하지만 레일라의 남편이 알아내서, 그랬기 때문에 ─" 상은 잠시 말을 멈추고 사이러스를 보았다.

"둘이 떠나야 했다고요?" 사이러스가 그녀 대신 말을 맺었다.

상은 고개를 끄덕였다. 마른 근육질의 여자가 복잡하게 늘어선 여행 가방 행렬을 끄느라 애를 쓰며 걸어갔다. 그녀의 머리카락에 걸린 눈은 바람 맞는 솜인 양 녹지 않았다.

"마음에 안 드네요." 사이러스가 말했다.

상이 그를 보았다. 그녀의 수수한 금목걸이가 셔츠 아래에서 튀어나와, 한쪽 목깃에 얹혀 있었다. 상이 얼마나 단정한지 생각하면 두 배로 이상해 보였다.

"사랑을 위해 죽음도 불사하는 게이들이라니." 사이러스가 말을 더듬었다. 언어로 따라잡기에는 정신이 너무 멀리 내달렸다. "개소리예요"가 그가 한 말이었다. 그가 할 수 있었던 유일한 말.

"있었던 일이에요. 지금도 있는 일이고." 상이 말했다. "당신네 미국인들은 이런 일이 다 끝난 것처럼 굴죠. 배에 임무 완수 현수막을 걸어놓고 서 있는 조지 부시처럼(조지 부시 대통령이 2003년 5월 미국 항공모함에서 이라크 전쟁의 주요 전투가 끝났다고 선언했던 순간을 가리킨다). 이건 전혀 끝난 일이 아니에요. 과거의 일이 아니에요. 당신과 내가 지금 이 순간 여기에 앉아 있는 것도 그래서죠."

사이러스는 "당신네 미국인들"이라는 말에 움찔했다. 상의 말이 틀린 건 아니었지만.

"너무 화가 나 견딜 수가 없어요." 사이러스가 절망적으로 말했다.

"분노를 초월하는 데 어떤 고귀함이 있다고 생각해요?" 상이 물었다. "분노는 일종의 두려움이에요. 두려움이 당신을 살렸고. 세상이 온통 무릎 관절과 커피 테이블 모서리일 때에, 두려움이 당신을 안전하게 지켜줬어요."

사이러스는 아무 말도 하지 않았다.

"우리가 아직 베트남에 있었을 때, 내 남편은 주정뱅이였죠." 상이 말을 이었다. "우리가 가진 돈 전부로 술을 마시고, 남은 걸로는 도박을 했어요. 나도 술을 마셨지만 남편 같지는 않았거든요. 뭐라도 할 돈이 전혀 없었어요. 나는 언제나 배를 곯을까 봐, 집을 잃을까 봐 두려웠죠. 그런데 우주가 — 원한다면 신이라고 해도 돼요, 난 거슬리지 않으니까 — 나한테 첫째 아들을 줬어요. 이제 나는 우리 생각에 겁을 먹었죠, 나 때문만이 아니라. 내 아들이 내게 지상에 남아 있을 이유를 줬어요. 나는 술을 끊었어요. 빨래집게랑 오래된 스펀지 조각으로 나만의 붓을 만들기 시작했어요. 밀가루랑 식용 색소로 물감을 만들었죠. 난 싸구려 풍경화를 그려서 관광객들한테 팔고 돈을 숨겼어요. 두려움이 나를 열심히 일하게, 나아지게 했어요. 두려움은 더러운 연료지만, 연료 역할을 하긴 하거든요. 분노? 분노는 내가 남편을 떠나도록 도와줬어요. 가능해진 즉시 아들들을 남편에게서 떼어낼 수 있게 해줬죠. 우리를 사람이라고 생각하지도 않았던 이 나라에 와서 번창하게 해줬어요. 그 모든 게 틀렸다는 걸 증명하게 해줬어요. 분노에는 안장을 얹을 수 있어요, 사이러스."

사이러스는 그녀를 보았다. 갑자기 부끄러워졌다. 슬픔에 빠진, 배우자를 잃은 것이나 다름없는 사람에게 수많은 날 중 하필 오늘 찾아와 그를 위로하게 했다는 것이 절망적으로 창피했다. 그는 미안하다고, 어떤 식으로든 설득력 있게 자신은 괜찮다고, 자신에게 이렇게 말해주지 않아도 된다고 말하고 싶었다. 하지만 이런 생각을 하나라도 언어로 표현하기 전에 상이 말을 이었다.

"그게 말이지, 나도 그 사람에게 화가 나요. 아주 많은 이유로. 하지만 특히, 하필 나한테 당신이랑 이런 대화를 하도록 한 게 화가 나."

"네." 사이러스가 말했다. "무슨 말인지 알 것 같아요." 실은 가늠할 수 없었지만.

바람이 눈송이를 휘저어, 해변의 장작불에서 솟아오르는 불똥처럼 죽은 풀밭에서 들어 올렸다. 사이러스는 세상에서 몇 광년은 떨어진 기분이었다.

"'누구든 우리 울타리를 넘어오면 우리는 그의 지붕을 넘어야 한다.'" 사이러스가 웅얼거렸다.

"뭐라고요?"

"사담 후세인이 그렇게 말했어요. 이란-이라크 전쟁이 시작될 때요. 그런 식의 분노, 복수심. 눈에는 눈이 아니라, 눈에는 얼굴 반쪽 같은 개소리요. 그보다 추한 건 없어요."

"아아."

"저는 그냥 그 생각을 아주 많이 해요. 분노의 추함에 대해서요. 분노를 이용할 수 있다는 점에 반대하는 건 아니에요. 하지만 분노는 도저히 구제할 수 없이 추해요."

"당신은 인간이에요, 사이러스." 상이 부드럽게 말했다. "당신 어머니도 그랬고, 나도 마찬가지예요. 만화 속 캐릭터가 아니라. 우리한테는 윤리적으로 순수하고 고귀해져야 하는 압박이 없어요. 아니면, 이런 말이 어떨지 모르겠지만, 그런 야심을 품을 필요도 없죠. 우린 인간이에요. 화가 나요. 겁쟁이가 되기도 하고. 추하죠. 자기중심적으로 생각해요."

사이러스는 눈을 깜빡였다. 상의 말이 맞았다. 이 순간에 그가 느끼는 혼란과 분노와 배신감의 폭풍이 어쩌하든, 그것은 그 자신에게서 시작하고 끝났다. 눈송이가 거의 인지할 수 없을 만큼 무게를 덜기 시작한 구름에서 떨어지고 있었다. 누군가가 티스푼으로 구름을 비워내는 것 같았다.

"정말 죄송해요, 상." 사이러스가 말했다.

"뭐가요?"

"이 모든 게요. 당신 하루를 빼앗은 거요. 지금 이 순간 당신이 하고 있어야 할 모든 일을 상상조차 할 수 없어요. 그런데 세상에, 저는 여쭤보지도 않았네요. 당신은 좀 어때요? 이 모든 일을 어떻게 감당하고 있어요?"

"난 괜찮아요, 사이러스." 그녀가 말했다. "말했다시피 화가 나요. 하지만 놀라지는 않았어요. 그렇게까지는. 이건 놀라운 일이 아니었고……." 그녀는 심호흡했다. "솔직히, 당신을 만나서 짜릿한 마음이에요. 당신을 만날 수 있을 거라는 상상은 해본 적이 없거든요. 거기다가—" 그녀가 말을 이었다. "내가 메일 확인을 하지 못하게 하는 모든 순간이, 미술계의 주검 독수리들과 접촉하지 못하게 하는 모든 순간이 친절을 베푸는 거예요."

사이러스가 미소 지었다.

"저도 만나서 참 좋아요, 상."

그들은 그렇게 한동안 조용히 앉아 있었다. 눈이 설탕처럼 그들에게 뿌려졌다. 이어서 사이러스가 말했다.

"언젠가 읽은 이야기가 있는데요, 어떤 오래된 무슬림 동화예요. 아마 하디스로 인정 못 받은 이야기인 것 같아요. 그래도 사탄이 처음으로 아담을 본 일에 관한 이야기죠. 사탄이 아담 주위를 빙빙 돌면서 아담을, 이 새로운 피조물을 중고차 살펴보듯 살펴봤어요. 명백히 신이 가장 좋아하는 피조물을요. 사탄은 별로 감명받지 않았어요, 이해가 안 됐죠. 그러다 아담의 입에 들어가서, 완전히 아담 안으로 들어가 그의 내장을 모두 지나 마침내 항문으로 나왔어요. 나와서 사탄은 웃고 또 웃었죠. 데굴데굴 구르면서. 사탄이 최초의 인간을 완전히 관통하

485

더니 데굴데굴 구르고 눈물을 흘리며 웃었어요. 그리고 신에게 말했어요. '당신이 만든 게 이것입니까? 이자는 완전히 비어 있어요! 완전히 텅 비었다고요!' 사탄은 자신의 행운을 믿을 수가 없었어요. 자기 일이 얼마나 쉬워질까 싶었죠. 인간은 그냥 채워지기만 기다리는 기다란 공백이니까."

상이 미소 지었다.

"확실히 내가 아는 사람 이야기 같네요." 그녀가 말했다.

사이러스도 웃었다. "그렇죠?" 그가 말을 이었다. "제 생각에 이 이야기의 교훈은, 공백을 신으로 채우라는 거였을 거예요. 다른 모든 건 정신을 산만하게 할 뿐이라고."

"흐음. 그럼 당신의 공백은 신으로 채워져 있나요?" 상이 물었다.

"아아, 아뇨." 사이러스가 재빨리 말했다. "그런 적이 거의 없어요. 살면서 한두 번은 그랬을 수도 있죠. 저는 그 공백을 술로, 약으로 채우려 했던 것 같아요. 어쩌면 글로요. 하지만 분명히, 그중 무엇도 딱히 잘된 것 같진 않네요."

"사랑이었던 적은 없어요? 그것도 크지 않나."

사이러스는 생각했다. 발밑에서 타오르는 땅. 그는 찌르는 듯한 통증을 느꼈다, 지를 생각했다.

"별로요. 마땅한 만큼은 채워보지 못했네요."

"아, '마땅하다'는 건 잘 모르겠네요. 하지만 대체로, 사랑은

486

취하는 것보다는 깨끗한 연료예요. 대부분은 예술보다도 깨끗하죠."

"그럼 당신의 연료는 그거예요?" 사이러스가 물었다. "당신의 공백을 채운 방법요."

"뭐, 사랑?" 상은 잠시 생각했다. "아마 요즘은 그럴 거예요. 뭐랄까, 당신 어머니라고도 말할 수 있겠죠. 그 사람 자체, 그 역사, 그 예술. 그 모든 것을 담고 있는 것. 내 아들들이기도 하겠고. 그 애들의 가족. 그 애들의 아내와 손주들. 언젠가 당신도 그 애들을 만나봤으면 좋겠네요, 사이러스. 하지만 글쎄, 날 뭐가 채웠을까!" 상이 웃었다. "나는 낭만적 사랑을 위한 뇌 한 조각, 약을 열망하는 뇌 한 조각, 가족을 위한 뇌 한 조각, 예술을 위한 뇌 한 조각 하는 식이 아니에요. 그 모든 게 함께 밀려들죠. 틴토레토의 그림들은 막내아들을 생각하게 해요. 오키프의 작품은 첫째를 생각하게 하고. 지금 이 순간 로야는 라벤더꽃을 생각하게 하네요. 세라 본의 〈외로움〉을. 내 어린 시절의 노래, 〈하 짱〉도. 그건 또 내 아내를 생각하게 하죠! 개판이에요." 그녀가 웃었다. 사이러스도 웃었다.

"무슨 말인지 알 것 같아요." 사이러스가 말했다. "얼마나 뒤섞여 있는지."

"내 생각에도 당신이라면 알 것 같아요." 상이 대답했다.

그들은 한동안 조용히 앉아서 지켜보았다. 사이러스의 발이

487

쿡쿡 쑤셨다. 그는 화가 나고 혼란스럽고 역겨웠다. 하지만 약간 신이 나기도 했다. 그게 혼란스러웠다. 귀여운 커플이 김치 샌드위치를 먹으며 걸어갔다. 잿빛의 늙은 남자가 무릎 위에 균형을 잡아 얹어놓은 체스판을 살펴보고 있었다. 사이러스는 문명 최초의 인공물은 망치나 화살촉이 아니라, 심각한 골절에서 회복한 흔적이 보이는—마다가스카르에서 발견된—인간의 넙다리뼈라고 적은 인류학자의 글을 읽은 적이 있었다. 동물의 세계에서 다리가 부러진다는 건 굶주린다는 뜻이었으므로, 넙다리뼈가 나왔다는 건 어떤 인간이 다른 인간의 오랜 회복을 도우며 그를 먹이고 상처를 닦아주었다는 뜻이었다. 저자는 그러므로 그때 문명이 시작되었다고 주장했다. 문명의 전조가 나타난 건 살해 도구를 통해서가 아니라, 연결된 파편, 다른 사람을 위해 가져다준 음식을 통해서였다고. 매력적인 생각이었다.

사이러스는 태양이 하늘을 깨뜨리며 물결치듯 다시 나오고 있다는 걸 깨달았다.

31

전투에 "흠 없는" 작전이란 없다. 성공적인 결과가 있을 때도 마찬가지다. 하지만 실수가 있었다고 말하는 것은 그 자체로 별 의미가 없다. 작전 중 로저스 함장에게 전달된 정보의 일부는 정확하지 않았던 것으로 판명되었다. 불행히도 수사로는 모든 경우에서 그 부정확성을 완전히 규명할 수 없었다.

미국 합동참모본부 의장 윌리엄 J. 크로 Jr., 1988년 8월 5일

오르키데

내가 처음 죽었을 때 나는 그곳에 있지도 않았다. 그 모든 청산, 죽음 이후에 무슨 일이 일어나느냐는 질문에 대한 답—나는 그걸 전혀 얻지 못했다. 어쩌면 레일라는 얻었을지도 모르겠다. 비행기가 폭발했을 때 어쩌면 레일라는 명료함이나 평화 같은 것을 얻었을지도 모른다. 하지만 나는 그 모든 상실만을 가지고, 보상이라고는 없이 남겨졌다. 이곳에 틀어박혀 휘청휘청 내 인생을, 이 슬픔에서 저 슬픔으로 나아갔다. 그저 관성뿐, 그저 비틀거리며 나아가는 것뿐이었다. 막대 끝에 달린 당근이란 없었다. 이번에는 최소한 현장에 있고 싶었다. 내 죽음. 내 마지막 설치 미술, 죽음—말은 현장에 있는 방법, 말 그대로 그 일이 일어나는 공간에 있는 방법이었다.

파로흐자드(이란의 시인이자 영화감독)는 자신의 영화 속 한 장면에서 이렇게 말한다.

나는 봄을 보지 못하리라,

남을 것은 이 구절들뿐.

하늘이 빙빙 돌면, 나는 혼돈 속으로 떨어진다.

나는 사라진다, 내 심장은 슬픔으로 차 있다—

아, 무슬림이여. 오늘 밤 나는 슬프다.

나는 이 부분을 자주 생각한다. 심지어 딱히 내가 무슬림이라고 느끼지도 않는데. 파로흐자드도 마찬가지였을 것이다. 하지만 이 부분만큼은 처음 읽자마자 내 셔츠에 꽂아놓고 싶었다. 그 단순함, 명료함. 그녀가 무덤 너머에서 아니, 아니, 이건 장식이 아니야, 이건 농간이 아니야, 이건 절박해, 이건 긴급해, 라고 말하기 위해 손을 뻗는 것만 같다. 개소리는 넘어가자고, 그녀는 말하고 있다. 더는 그 모든 것을 할 여유가 없다고, 이곳 심연에서는.

우리 인간종에게, 예술을 장식으로 보는 생각은 상대적으로 새로운 것이다. 우리 유인원의 뇌는 너무 커졌다. 우리 머리에 비해서도, 우리 어머니들이 출산하기에도. 그래서 우리는 잉여의 모든 지식을 언어로, 예술로, 이야기와 책과 노래로 보존하기 시작했다. 예술은 우리의 뇌를 서로의 뇌에 저장하는 방법이다. 단순한 장식으로서의 예술이라는 개념은, 부유한 지주들이 겨울에도 뭔가 예쁘장한 걸 보고 싶어 하게 된 인류 역사의 상당히 최근 순간에 이르러서야 출현했다. 창밖의 꽃들이 얼어버렸을 때 난로 선반 위에 걸어둘 만개하는 장미 그림. 그러나 21세기에도 사람들은 이런 개념을 넘어서기 힘들어한다. 아름다움이 모든 위대한 예술이 행진해 가야 하는 지평선이라는 그 개념을. 나는 그런 데에 흥미를 느꼈던 적이 한 번도 없다.

"하늘이 빙빙 돌면, 나는 혼돈 속으로 떨어진다."

그 순수함, 그 단순함, 내게는 그게 전부다. 나는 죽어간다. 나는 여기에 있다. 이것은 추하다. 이 모든 튜브, 내게서 스며 나오는 오물. 때로 이것의 규모는 언어로, 그림으로, 예술로 담기에 너무 크다. 그러니 그냥 단순히 이렇게 말할 수밖에. "아, 무슬림이여. 오늘 밤 나는 슬프다." 죽음-말은 바로 그런 것이다. 현장에 있는 것. 단순하게 말하는 것.

물론 상은 싫어했다. 우리의 로맨스는 몇 년 전에 끝났다. 상은 안주했고 나는 초조해졌다. 내가 다른 사람을 한번 만났었다. 왜 아니었겠는가. 그건 병 자체가 아니라 증상이었다. 아주 오래된 이야기다. 상과 나는 친구로서, 동료로서 더 잘 어울렸다. 나는 여전히 그녀와, 또 그녀의 새 아내와 성인 자녀들과 가끔 같이 저녁을 먹었다. 우리 이야기의 한 부분이 끝났더라도 그녀는 여전히 내 갤러리스트였다. 훌륭한 갤러리스트였기에, 세월이 지나면서 나는 그녀의 의견을 믿게 되었다. 마지막 설치 작품을, 내가 죽게 되는 작품을 그녀에게 제안한 것은 나름대로 내가 죽어가고 있다고 그녀에게 말하는 방법이기도 했다. 상은 찰나의 찰나의 찰나 동안 말을 멈추었다가 들을 것도 없다는 듯 콧방귀를 뀌었다.

"*작가가 현장에 있고, **거기다** 죽어간다고?*" 상은 눈알을 굴리며 말했다. "왜 이러셔."

잔인한 묵살이었다. 내가 진단을 숨겼다는 것에 대한 분노로 가시가 돋친 말이었다. 그야, 물론 내 잘못이었다. 상은 내게 남은 유일한 가족이었다. 그녀에게는 알 자격이 있었고, 왜 상에게 더 일찍 말하지 않았는지 나조차 알 수 없었다. 내가 그나마 말할 수 있었던 것은—

"난 할 거야, 상. 당신이 함께해주면 좋겠지만 꼭 그럴 필요는 없어. 메트로폴리탄 미술관에서든, 유니언 역의 접이식 의자에서든 할 거야. 상관없어."

상은 내 얼굴을, 나는 그녀의 얼굴을 살폈다. 그녀는 한때 정말로 나를 사랑했고, 나는 그녀가 나를 사랑하는 모습을 지켜보는 걸 정말로 사랑했다. 끔찍하게 들리지만, 아니다. 나를 사랑하는 사람에게 적개심을 품는 것은 쉬운 일이다. 상대가 자신의 애정에 지나치게 열정적인 사람, 지나치게 연극적인 사람이라면. 하지만 나는 상이 나를 사랑하는 방식이 좋았다. 그녀는 쉽게, 사랑이 가슴속에 있는 그 자체의 영혼인 것처럼, 온몸에 사랑을 맥동케 하고, 피처럼 자연스럽게 자신에게 생기를 불어넣었다. 내게는 상을 위한 그런 사랑이 없었는데도. 우리 둘 다 처음부터, 오랜 세월 내내 그 사실을 알았다. 나는 그녀가 잠들기를 병적으로 기다린 뒤에야 침대에 갔다. 상은 뭔가가 바뀌기를 기대했다, 그러지 않으리라는 걸 알면서도. 우리는 둘 다 대체로 그런 상태를 괜찮게 여겼다. 충분히 행복했다. 미술관과 상의 자녀의 졸업, 작품 공개, 화려한 저녁 사이를 구불구불 나아가며 행복해했다. 충분히 행복했다. 그럴 수 없게 될 때까지.

내가 상에게 마지막 설치 작품에 대해서 말했을 때 우리는 좀 더 다투었지만, 나는 그녀가 물러나리라는 걸 알았다. 마침내 상이 말했다. "꼭 하겠다면 제목은 죽음-말이라고 해야 해."

"마음에 들어." 내가 말했다. 진심이었다. 그녀가 잠시 멈추었다.

"모든 게 연결되어 있는 건 아니라는 거, 알지?" 그녀가 말했다. "모든 것이 다른 무언가를 대신해야 하는 건 아니야."

"알아." 내가 말했다.

"네가 이걸 꼭 할 필요는 없어." 그녀가 말했다.

"알아." 내가 말했다.

"이건—" 상이 말했다. "난 그냥—"

"알아." 내가 말했다.

32

위험한 기분이 든다. 그 말을 얼마나 더 노골적으로 할 수 있을지 모르겠다. 하지만 이란 사람이 어떻게 "위험한 이란인"이 되지 않고 위험해질 수 있을까? 세상의 다른 모든 이란 사람에게 위험해지거나, 병적으로 화가 난 이란인이라는 통념에 기여하지 않고? 잇새에 불타는 깃발을 물고 자궁에서 나왔는데?

홀로세가 시작된 이후로, 그 오랜 역사의 기간에 폭발한 모든 화산은 활화산으로 간주된다. 나는 폭발하지 않았다. 그러면 나는 끝난 걸까? 아니면 이미 늦은 걸까?

사이러스 샴스, 순교자의서.docx에서 발췌

월요일

상이 떠난 뒤―그녀는 사이러스한테 전화하겠다고, 인디
애나주의 집에 안전하게 도착하면 알려주겠다고 약속하게 했
다―사이러스는 공원을 돌아다녔다. 한기가 활력을 주었다,
닻이 되어주었다. 지가 연락했는지 보려고 핸드폰을 꺼낸 그는
놓친 알림이 하나밖에 없다는 것을 알았다. 새드 제임스의 문
자였다. 사이러스는 문자를 열고 읽었다.

"이거 봤어?"

그 아래에 짧은 링크가 있었다. 화면에 뜨는 미리보기에는
이렇게 적혀 있었다. "「뉴욕타임스」 부고: 오르키데, 자신의 언
어로." 사이러스가 링크를 눌러보니 오르키데를 찍은 커다란
전면 사진 페이지가 떴다. 미술관에서 전시 안내판에 썼던 것
과 같은 사진이었다. 석탄처럼 까맣고 장난기로 가득한 눈에,
두 뺨은 아직 빛나고 있었다. 흑백사진에서도 밝게 보였다. 사

499

이러스는 잠시 시간을 들였다. 앞으로 얼마나 오래 살아 있을지 몰라도—얼마나 오래 살아 있을지 확신이 서지 않았다—인생이 계속되는 동안은 이 사진과 글을 다시 찾고, 또 찾게 되리라는 것을 깨닫고 속도를 늦추었다. 그는 사진을 살펴보며 오르키데의 얼굴에서, 이마나 턱이나 입가 주름에서 자신의 얼굴을 찾으려 했지만 그녀는 대체로 그녀 자신으로, 하나밖에 없는 존재로 보였다. 관습에 대한 용인으로서 인간의 얼굴을 차용한 천사처럼. 이런 식의 신화화가 위험하다는 걸 사이러스는 알고 있었다. 하지만 그래도. 그는 스크롤을 내렸다.

"오르키데(1963~2017)"라고, 제목에 적혀 있었다. 그다음은 **"자신의 언어로"**. 이탤릭체로 기자의 설명이 달려 있었다.

1월 5일부터 이란계 미국인 시각예술가 오르키데는 브루클린 미술관에서 상주하며 마지막 설치 작품 "죽음-말"을 선보여왔다. 몇 달 전, 전신으로 전이된 말기 유방암 진단을 받은 작가는 인생의 마지막 몇 주를 아브라모비치 스타일의 공연을 하며 보내기로 선택했다. 관람객이 한 번에 몇 분씩 그녀와 함께 앉아 솔직하게 터놓고 죽음을 논할 수 있는 공연이었다. 30년에 걸쳐 다양한 매체로 공개적인 작품 활동을 해온 오르키데는 본지의 수석 미술 비평가인 노라 N. 바르스코바에게 "고통스럽고도 신랄한 감정적 혁명가"라는 칭호를

받은 바 있다. 아래는 오르키데 자신이 쓴 부고다.

사이러스는 깊이 숨을 들이쉰 뒤 오르키데의 —어머니의—
글을 읽었다.

중요한 건 이것이다. 나는 이란인이었고, 그다음에는 미국에
있는 이란인이었다. 나는 많은 작품을 만들었다. 그중에 꽤
괜찮은 것도 있었다고 생각한다. 그렇지 못한 것도 많았다.
나는 오랫동안, 수많은 작품을 만들 수 있을 만큼은 충분히
오래 살았다. 걷는 행위가 내 다리로만 이뤄지는 게 아니듯,
창의성은 내 머리에만 있는 게 아니었다. 창의성은 내가 본
모든 그림 속에, 내가 읽은 모든 책 안에, 내가 나눈 모든 대화
안에 살아 있었다. 세상은 내가 내 안에 아무것도 담아둘 필
요가 없을 만큼 충만했다.
나는 햇빛을 받으면 따뜻해지는 황금 장신구를 걸쳤다. 나는
내 친구들을 미소 짓게 했다. 나는 내 적들이 한 일을 보느라
머무적거리지 않았다.
명백히 사악한 국가들과 남자들의 살인적인 변덕의 대상이
었을 때도, 나는 사악함이 선함과 얼마나 다른지를 알았다. 나
는 "어떤 일을 당하는 사람"이 된 적이 별로 없었다. 일을 당하
는 경우에는, 상상력이라는, 예술이라는 피난처가 있었다.

내가 말하는 "국가"는 "무장한 시장"이다. 언제나 그렇다. 이런 이해는 세상을, 참아내지는 못하더라도 좀 더 해석하기 쉽게 해주었다. 내가 사기꾼이냐는 면에서는 다른 여느 사람과 마찬가지로 그렇다고 할 수 있다. 나는 여전히 이름 없이 남아 있는 우주의 일부로서 내 인생에 이식되었다. 거대한 화재에서 일어나는 연기처럼.

나는 용서받을 것을 요구한다.

나는 수백 년 동안 평범한 남자들에게 베풀어졌던 그 관대함을, 합리화를 요구한다.

당신이 이 글을 읽고 있다면 나는 미술관에서, 역겹고 아름답지 않은 질병으로 죽었을 것이다. 나는 내 인생이 이처럼 가장 기괴한 인공물로 환원되는 것을 거부한다. 나는 라벤더 가지를 주머니에 넣고 걸어 다녔다―그 향기를 맡으면, 내 인생의 거의 모든 지점으로 갈 수 있었다. 그게 사람이 경험할 수 있는 시간 여행과 가장 비슷한 일이 아닐까. 이 점에 대해서는 나를 인정해주길 바란다.

나는 아부에 넘어가는 사람이고, 칭찬에는 밉살스러울 만큼 무장해제된다.

포루그 파로흐자드는 말했다. "이것은 어둠 속, 겁에 질린 속삭임에 관한 이야기가 아니다. 이것은 열린 창문으로 들어오는 빛과 산들바람에 관한 이야기다."

세상이 평평했을 때 사람들은 언제나 뛰어내렸다. 이렇게 죽는 것은 전혀 특별한 일이 아니지만, 나는 내 인생으로 무언가 흥미로운 것을 만들어냈기를 바란다. 알파벳은 인생이 그렇듯 한정된 형태들의 집합이다. 그것이 있으면 사람은 거의 모든 것을 만들 수 있다.

오르키데, 2017

이 글을 다 읽고 사이러스는 자기도 모르게, 갑자기 기도하게 되었다. 깨닫지도 못한 채로. 다시 벤치에 앉으며, 그는 딱히 언어로 이루어졌다 할 수 없는 기도를 만들어내고 있었다. 전혀 큰 소리를 내지 않았다. 그가 언젠가 들은 가장 기본적인 형태의 기도는 "도와주세요 도와주세요 도와주세요, 제발 제발 제발, 감사합니다 감사합니다 감사합니다"였다. 공원에서 그가 한 기도도 그보다 나아간 게 아니었다. 하지만 그래도 기도라는 점은 변하지 않았다. 아르키메데스의 저울처럼, 그것이 밀어낸 무게감을 통해 기도임을 알아볼 수 있었다.

사이러스의 머릿속에 형성된 것은 *끝내지기*를 바라는 노골적이고도 형언할 수 없는 간청이었다. 항해가 불가능한 곳이 되어버린 이 세상에서 항해를 멈추게 해주기를, 앞으로의 10년이나 수십 년을 그 모든 것이 의미하는 것, 의미했던 것, 의미할 것을 해석하며 보낼 필요가 없기를 바라는 기도였다. 어머니에게, 사라진 자, 버린 자에게 느끼는 분노. 하지만 동시에, 지금 그녀에게, 위대한 예술가에 대해 느끼는 자긍심도 있었다. 버거웠다. 그는 언어에서 시작하는 모든 상징의 폭정이 끝나기를 기도했다. 그는 살면서 그 순간까지 그의 손을 빠져나가기만 하던 명료함으로, 자신이 이 세상을 위해 만들어진 사람이 전혀 아님을 이해했다. 예술과 글은 근본적인 결함을 보상받는 길로 그를 아주 미미하게만 이끌었을 뿐이다. 지붕을 밟고 서는 것은 땅에 서 있는 것보다 달을 잡는 데 아주 미미하게만 다가가는 방법일 뿐이다.

나를 끝장내주세요. 그는 생각했다. 이번에는 언어로. 어머니의 편지가 여전히 그의 손에 들린 화면에서 빛나고 있었다. 그는 눈을 감았다. 다시 소리 내서 말했다. "나를 끝장내주세요."

눈을 떴을 때 그는 여전히 공원 벤치에 혼자 있었다. 그 자리에 꼼짝도 않고 있으니, 그를 둘러싼 도시의 움직임이 오류가 난 영상처럼 느껴졌다. 15초 분량의 똑같은 영상이 계속해서 재생되는 것 같았다. 노란색 택시들과 눈의 조각들이 지평선을 따라 움직이다가 최초의 자리로 단호히 되돌아왔다. 바람에서는 희미하게 아몬드 냄새가 났다. 주머니에서 핸드폰이 진동하고 있었다. 그는 핸드폰을 꺼내고 **지 노바크**가 전화를 걸었다는 걸 알았다. 그는 빠르게 전화를 받았다.

"여보세요!"

"사이러스." 지가 말했다. "방금 미술관에 도착해서 보니까—" 그는 사이러스가 아직 모를지도 모른다는 생각이 들었는지 말을 멈추었다. "아직 여기 안 왔어?"

"아니, 오늘 아침에 갔었어." 사이러스가 말했다.

"저기, 미안해." 사이러스는 지의 목소리에서 그날 그를 호텔에서 탈출하게 했던 고통을 똑똑히 들을 수 있었다. 하지만 같은 순간, 그 고통이 사이러스에 대한 절실한 염려에 가려진다는 것도 알 수 있었다. 지는 사이러스가 예술가의 죽음의 여파로 성급한 짓을 할지도 모른다는 가능성을 염려하고 있었다. 그 명백함이, 친구의 사랑과 괴로움의 명백함이 갑자기 마음이 부서질 듯 뚜렷하게 느껴졌다. 사이러스는 지의 충실함을, 그의 헌신을 얼마나 방임해왔던가. 사이러스는 심지어 잔인했다. 금주란 사이러스가 결국 자신을 마주할 수밖에 없다는 뜻이었다. 그게 아팠다. 그는 자신이 본 모습에 혐오감을 느꼈다.

"나도 정말, 정말 미안해, 지. 어젯밤 일만이 아니라. 모든 게. 정말로."

한 박자가—한 시간이, 1초가—지나갔다.

"너 어디야?" 지가 물었다. 지 쪽에서 희미하게 뭔가 스치는 소리가 들렸다. 전화기를 한 귀에서 다른 귀로 옮기는 소리였다.

"사실 아직 미술관 맞은편에 있어. 프로스펙트 공원이야."

"아아— 내가 가서 같이 있어도 돼?"

"당연하지. 제발, 제발 그렇게 해줘." 사이러스가 말했다. 직접 지에게 사과하고 그를 안고 일어난 모든 일에 대해 전해줄 기회가 생겨 좋았다. "위치 찍어줄게. 정말 미안해, 지."

사이러스는 기다렸다. 기다리면서, 발밑의 땅이 얼마나 뜨거워졌는지 점차 의식했다. 그는 웅성거리는 소리를, 진동을 들을 수 있었다. 땅이 말벌 집을 둘러싼 아주 얇은 종이인 것 같았다. 지가 멀리서 다가오는 것이 보였을 때쯤, 땅은 거대하고도 섬세한 무언가를 구워내는 가마, 모래를 유리로 구워내는 가마 같았다. 지를 본 사이러스의 심장이 가슴에 덜컥 걸렸고— 그는 거의 동시에 깨달았다— 분명한 무언가가 함께 찾아왔다. 전에 없이 뚜렷하게. 달콤하고 분명한 것이. 호두와 나무 타는 연기 냄새가 바람에 실려 왔다. 공기가 묵직하게 느껴졌다. 멀리 어딘가에서 누군가 노래를 부르고 있었다.

"지!" 사이러스가 손을 흔들며 소리쳤다.

지는 미소 지으며 사이러스에게 달려가는 시늉을 했다. 실제로는 그 바보 같은 크록스를 신고 얼음 위에서 미끄러지지 않으려고 느리게 움직였으면서. 사이러스는 희미하게 빛났다. 지의 니트 백팩이, 통통 튀는 곱슬머리와 박자를 맞추어 그의 등에서 위아래로 들썩였다. 사이러스는 그를 너무도 사랑했다.

"난 너를 너무 많이 사랑해." 사이러스가 말했다. 지가 도착하자 즉시 깊은 포옹에 빠져들었다. 지의 흘러내린 곱슬머리를 양손 엄지로 가르고 이마에 입 맞췄다. "정말, 정말 미안해." 진심이었다. 지의 선량함이 마약처럼 그를 채웠다.

"야!" 지가 미소 지으며, 사이러스에게서 머리를 떼어내며 말했다. "나도 널 사랑해, 이 바보야." 그들은 입술에 키스했다. 조약돌처럼, 아주 작은 동시에 깨뜨릴 수 없을 듯한 짧고도 단단한 입맞춤이었다. 사이러스가 지를 대한 방식은 옳지 않았다. 전날 밤의 가시 돋친 태도도 그랬지만, 둘의 관계 전체도 그랬다. 자신에게 친구의 동경을 받을 권리가 있다는 듯이 굴었다. 어떻게 이렇게 무심할 수 있었을까? 사랑은 발을 들여야 나타나는 공간이었다. 사이러스는 이제 그 사실을 알고 발을 디뎠다.

주변에서 바다 거품 같은 무언가가 공원 전체에 불어들었다. 나뭇가지가 몸을 낮추며, 눈을 뚫고 솟아나는 새로운 풀을 맞이했다.

사이러스와 지는 앉았다. 지는 자신이 브루클린을 떠돌아다니며 온밤을 보냈다고, 자신과 사이러스에게 번갈아 화를 냈다고 했다. 결국은 전철역 벤치에 앉은 채 두 시간 정도 정신을 잃고 말았다고. 지는 그날 오르키데에게 이야기할 계획이었다고, 그녀에게 가서 물어볼 생각이었다고 했다. "글쎄, 뭘 물어보려 했는지는 모르겠어." 그가 말했다. 그는 단지 자기 눈으로 직접 오르키데를 보고 싶었다. 그러면 차이가 생길 거라고, 할 말이 생각날 거라고 믿었다. 하지만 미술관에 가보니 오르키데는 떠나고 없었다.

사이러스는 모든 내용 하나하나에 움찔했다. 계속해서 미안하다고 말했다. 정말 미안했다. 지는 계속해서 "알아"라고 말했지만, 사이러스는 그가 정말 알았다는 생각이 든 뒤에야 *자기가 보낸 하루*의 이야기를 들려주었다. 그날 아침 오르키데를 만나러 갔다가 계단에서 기절한 일, 프라티크와 그의 고모, 상의 음성 메시지, 이어서 상을 만난 일, 상이 어머니에 대해서 해준 이야기, 어머니와 비행기 추락과 레일라와 신문에 실린 오르키데의 마지막 편지, 그 모든 것을. 그 모든 것이 증기처럼 그에게서 훅훅 뿜어져 나왔다.

"세상에." 지는 계속해서 그렇게 말했다. "세상에."

사이러스는 지에게 소식을 다 전하고 나니 헤아릴 수 없이 가벼워진 기분이 들었다. 이 우주에서 자비로운 것은 무엇이든 지 안에 살고 있다는 것을, 사이러스는 갑자기 깨달았다. 지가 그를 안고 이해하고 아는 그 방식. 은혜. 사이러스가 어떤 새나 나무나 벌레를 보면 지는 어떤 개념이 아니라 정말로 그 새나 나무나 벌레를 보았다. 지는 정말로 사이러스 이면의 이면에 있는 사이러스를 보고 들었다. 사이러스는 지가 사이러스 자신의 영혼을 지배하고 좀먹는, 주춤거리는 불안에 방해받지 않고 삶을 헤쳐나가는 게 좋았다. 이 사랑이 갑작스럽고도 전면적으로 압도해오며 아찔함을 느꼈다.

주변 사방에서는 바싹 마른 탑들로 이루어진 도시의 스카이라인이 멍하니 깜빡였다. 그중 일부는 가장자리가 부스러지고 있었다. 프로스펙트 공원의 나무들은 어느새 눈을 떨쳐내고 폭발하듯 꽃을 피웠다. 라벤더색 꽃봉오리, 파란색과 노란색과 진홍색을 띤 사이러스가 모르는 꽃들.

"이거 보고 있어?" 지가 주변 야생 세계를 가리키며 물었다.

"보고 있어." 사이러스가 고개를 끄덕였다. "우리 때문인지도 모르겠어." 그의 말은 딱히 입술과 박자를 맞춰 나오지 않았다.

"그렇게 생각할 줄 알았어!" 지가 웃었다. "하지만 넌 틀리지 않았어." 그는 두 손을 모아 무릎 위에 올리고 있었다. "넌 틀리지 않았어."

깃털과 구리의 향이 공기를 가득 채웠다. 주변에 다른 사람들이 있었더라도—사이러스는 기억나지 않았다—지금은 사라지고 없었다. 그저 사이러스와 지, 그리고 누가 연주하는지 그들 주변을 맴도는 음악뿐이었다. 트럼펫, 색소폰. 더 먼 곳에서 목소리가 들려왔다. 흥얼거리는 소리가 일종의 밋밋한 긁는 소리로, 치아가 나무 바닥에 미끄러지는 듯한 소리로 바뀌었다. 사이러스는 현기증을 느꼈다. 발이 심하게 욱신거렸다.

"미워시(폴란드 출신의 시인이자 작가, 수필가)의 시가 생각나." 사

509

이러스가 말했다. "'대천사의 나팔과 메뚜기와 기수를 기대하는 사람들은 실망할 것이다.' 그런 말이었는데. 아마 엉망으로 기억하는 거겠지만." 그는 지의 손에 자기 손을 끼워 넣고 꼭 잡았다. 지가 그의 뺨에 입을 맞추었다.

"죄의 대가에 대해 엄숙하게 떠드는 시인들은 늘 있었지." 지가 덧붙였다. "그런데 아무도 덕의 대가에 대해서는 말하지 않았어. 선함이 전혀 통하지 않는 게임에서 정말 정말 착하게 살려고 애쓸 때 치르게 되는 대가 말이야."

지평선 너머의 멀건 신음이 들릴 듯 말 듯 했다. 밝은 하늘을 배경으로 뜬 먹구름들은 우유 그릇의 블랙베리 같았다.

"넌 정말 착해, 지. 내가 알아."

눈이 가능하지 않은 빠른 속도로 떨어졌다.

"내 말은 그런 뜻이 아니야." 지가 예상치 못한 높고 낯선 목소리로 말했다. "그냥. 우리의 모든 노력은 어디로 가는 걸까? 괴물들이 얼마나 잘 지내는지 보면 그 괴물들을 부러워하지 않기가 힘들어. 자신이 괴물이라는 사실에 아무 신경도 쓰지 않는다는 것도."

"그래서 천국과 지옥이 있다는 거 아니겠어? 사람들이 그런 얘기를 하는 이유가 그래서겠지."

"에이, 지옥은 엿이나 먹으라고 해." 지가 고개를 저으며 말했다. "지옥은 감옥이야. 안 그래도 우리는 지상에 감옥을 지을 뿐인걸. 더 많은 감옥을 상상할 필요는 없어."

사이러스가 미소 지었다.

"천국도 엿이나 먹으라고 해!" 지가 말을 이었다. "선함이 가닿을 수 있는 곳, 목적지라도 되는 줄 아나. 거기에 서 있거나, 서 있지 않거나 둘 중 하나냐고. 다들 그런 생각 때문에 망가지는 거야. 네 이름은 사이러스지. 페르시아의 왕 사이러스. 너인 너, 사이러스인 너. 이 모든 상징이 너무 문자 그대로야."

브루클린 스카이라인이 ─ 그리고 어째서인지, 맨해튼의 스카이라인과 익숙하지 않은 몇몇 스카이라인도 ─ 주변 사방에서 물집처럼 부풀어 올랐다. 균열이 솟구치며 마천루의 벽면들을 따라 올라갔다. 녹은 액체가 휘돌고 연기를 뿜으며 대리석과 강철과 유리에 고였다. 용암이 굳어 새로운 땅이 되었다.

"누군가 까불고 싶나 보네." 사이러스가 놀렸다. 지는 고개를 뒤로 젖히고 눈썹을 치켜올렸다.

"봐, 그래서 이 모든 게 사실이라는 걸 아는 거야." 지는 주변에서 꽃 피는 도시로 손을 쫙 펼치며 말했다.

"무슨 뜻이야?"

"내 말은, 그러니까, 그게 진짜 인생과 꿈의 차이라고. 꿈에서는 누구도 비꼬지 않아. 아무도 윙크하고 히죽거리면서 돌아다니지 않아."

노래하는 새들이 거의 눈에 띄지 않을 만큼 하늘을 빠르게 가로지르며 날아갔다. 새들은 짝과 반씩 끊어진 발라드를 주고받았다. 비둘기 두 마리가 서로 부딪히더니 똑같이 동쪽으로 날아갔다. 매 한 마리가 발톱에 아주 작은 별을 쥐고 위로 곧장 날아올랐다.

"네 꿈에서는 아무도 히죽거리지 않아?" 사이러스가 물었다.

"당연하지." 지가 확고하게 말했다. "꿈은 진정성의 엄청난 보고야. 네 꿈에서는 사람들이 히죽거려?"

사이러스는 잠시 생각했다.

"지금은 기억 안 나. 안 그러는 것 같아. 네 말이 맞을지도 모르겠다."

땅이 숨을 쉬고 부풀어 오르며 아주 미세한 황금색 균열을 드러냈다. 나무가 꽃을, 그다음에는 나뭇가지를 땅에 떨어뜨렸다. 천천히, 거의 조심스럽게, 처음으로 서로의 앞에서 옷을 벗는 새 연인처럼. 하늘은 흰색에서 회색으로 회색에서 밝은 주황색으로 바뀌었다. 누군가가 빨아들여 되살아난, 거대한 담배. 천둥은 쳤지만 비는 없었다. 어쩌면 천둥이 아니라, 주변 사방에서 들려오는 크게 갈라지는 소리인지도 몰랐다.

"이제 오래 걸리지 않을 거야." 지가 말했다.

사이러스는 지의 손을 다시 꽉 잡고 심호흡했다.

"왜 이런 게 하나도 놀랍지 않을까?" 그가 물었다. "더 겁이 나야 하는 거 아닐까?"

"놀라움의 이면에는 평온함에 대한 기대가 있어." 지가 말하더니 잠시 말을 멈추었다. "내 말은, 사람이 헉 소리를 내며 놀라는 건 기대하던 평온이 방해받았기 때문이라는 뜻이야. 아마 네 삶은 너한테 평온함을 기대하는 방법을 가르쳐주지 않은 것 같아."

"세상에." 사이러스가 말했다. "그러네."

"아주 많은 사람이 방임을 평온으로 착각해. 우주적 방임이든, 다른 것이든. 하지만 아무도 널 방임하지 않았어, 사이러스. 이젠 알겠지?"

"슬슬 알아가는 것 같아, 맞아." 사이러스가 대답했다. 그러고는 이렇게 말했다. "이 모든 게 어디서 오는 걸까?"

지평선에서 눈송이가 여전히 작은 나선을 그리고 있었다. 땅에서 올라오는 열기에도 불구하고. 깊은 숲의 썩은, 축축한 냄새. 사철쑥, 석류의 당밀, 베티베르 풀. 금관악기의 소리가 다시 들렸다. 트럼펫, 색소폰, 호른. 이제는 북소리도 들렸다. 공기 중의 호루라기 소리, 거의 경쾌하다.

"나한텐 이런 생각을 해볼 시간이 아주 많았어." 지가 웃으며 말했다. "아주 많았어."

"그러게." 사이러스도 약간 웃으면서 말했다. 아직 혼란스러웠지만.

둘은 그 자리에 앉아서, 야생마 한 무리가 그들 옆으로 공원을 질주하는 모습을 지켜보았다. 벌어진 콧구멍. 한기 속에 증기를 뿜어내는 거대한 근육. 그 뒤에는 커다란 검은색 수말이, 나머지 말들의 두 배 크기는 되는 말이 있었다. 빛이 밝혀진 기수가 길고 검은 망토를 입고 고삐를 쥐고 있었다.

"진짜 이런다고?" 사이러스가 말했다.

지가 미소 지으며 어깨를 으쓱했다.

"너도 우주가 보여주는 과한 드라마를 용서하게 될 거야."

그들은 잠시 더 앉아 하늘이 말리고 휘도는 모습을 지켜보았다. 커피 속 크림 같았다. 그들은 손을 잡고 지켜보며, 은혜롭게도 거의 무엇에 대해서도 생각하지 않았다. 그때 지가 물었다. "준비된 것 같아?"

"그런 것 같아." 사이러스가 말했다. 발이 타는 듯했다. 너무 뜨거워서, 너무 뜨거워 차갑게 느껴지는 단계를 지나 다시 뜨겁게 느껴지는 단계로, 타버릴 듯한 단계로 돌아왔다. 사이러스는 신발을 내려다보았다. 욱신거리는 발을. 그리고 휘도는 공백을, 깊은 중력과 창백한 뼈들의 우주를 보았다. 그는 가족을, 부모 두 사람을, 자신의 책을, 자신의 얼굴을 보았다. 미래는 없었다, 산산이 조각난 수정구처럼.

함께, 사이러스와 지는 일어섰다. 땅을 가르는 황금색 빛이 거대하고 깊고 따뜻한 웅덩이로 모여들었다. 웅덩이가 아무도 돌보지 않는 갓난아기처럼 꾸르륵댔다. 사이러스는 무릎을 꿇고 소용돌이를 내려다보며 약간 헛숨을 들이켰다. 그는, 머릿속 뒤편 어딘가에서 자신이 울고 있음을, 지가 자신의 옆에 무릎을 꿇고 뺨에서 눈물을 닦아주며 그 뺨에 입 맞추고 있음을 의식했다. 거의 주체할 수가 없었다. 연못의 황금빛 안에 — 함께 — 있다는 게 얼마나 좋고 따뜻하게 느껴지는지. 기도의 느낌이 — 기도 자체가 아니라 기도가 남기는 고요함이 — 땅에서 떠올랐다. 풀과 나무 타는 연기의 냄새. 사이러스는 웅덩이에 손을 넣고 눈을 감았다. 다른 손이 느껴졌다 — 그의 손일까, 지의 손일까? 그 손을 잡았다.

그들 주변에서 새들과 환한 꽃송이들이 하늘에서 내려오는 눈덩이처럼 떨어졌다.

종결부

상린

1997년 뉴욕

로야와 주이와 함께 '새장에 왜 거울을 넣는가'를 정리하면서, 이 순간이 바로 최정상이라 생각했던 것이 생각난다. 둘째와 셋째 아들은 베이비시터와 집에 있었다—지인의 10대 딸인 미토안과 함께. 아이들이 가장 좋아한 유모인 마르그리트를 고용할 여유가 생기기 전이었다, 그 바로 직전이긴 했지만. '새장'은 내 갤러리에서 오르키데가 연 세 번째 전시회이자, 오르키데의 전시회 중 세 번째로 매진된 전시회였다. 아무리 값을 올려도 부족했다.

나는 고집스럽게도 계속 운송 업무를 직접 처리했다. 맏아들 주이의 도움을 받아 전시회 작품들을 설치하고 해체했다. 주이에게는 도와주는 대가로 하루당 50달러를 주었다. 하루에 50달러는 우리 둘 모두에게 터무니없다고 느껴졌지만—주이의 동생들은 심하게 불평했다—나는 도움이 필요했고 주이를 주위에 두는 게 좋았다. 로야도 설치와 해체를 도와주겠다고 고집을 부렸다. 친절함 때문이라기보다는 집착 때문이었다. 정육업 구역에 있는 옛 아파트에서 그림을 꺼내 첫 화실로 옮긴 이후로, 로야는 한 번도 누군가를 딱히 믿지 않았다. 나조차도. 그녀는 아무도 작품을 충분히 조심스레 다룰 거라 생각하지 않았다.

그녀와 나는 다음 전시회를 위해 벽의 한 구역을 다시 페인트칠하느라 회반죽을 사포로 밀면서 팝 음악 라디오를 듣고 있었다. 그때 주이가 전시회의 큰 그림 중 하나인 〈오디 엣 아모〉를 가져왔다. 작품은 종이와 에어캡으로 싸여 고치를 이루고 있었다.

"이건 어디에 둬요?" 주이가 물었다.

아들이 가져온 그림은—십자가에 못 박힌 손이 말려 들어가며 자기 손바닥에 박힌 못을 쥐고 있는 그림이었다—로야가 가장 좋아하는 작품 중 하나였다. 나는 그 작품을 그리 좋아하지 않았지만.

그림 속 손은 못을 거의 부드럽게, 길을 건너면서 아이의 손가락을 잡듯이 잡고 있었다. 거기에, 손바닥의 두툼한 부분에, 거의 암시만 하듯이 얼굴이 그려져 있었다. 아이의 얼굴이었다. 묽은 색깔은 풀어지듯, 탐색하는 것처럼 느껴졌다. 때로, 밤에 내 어머니는 찻주전자에 남은 차를 내 목욕물에 붓곤 했다. 〈오디 엣 아모〉의 색깔이 그것을, 회색으로 섞여 들어가는 갈색을 떠올리게 했다. 이런 유사성이 너무 기묘해서, 처음 그 그림을 봤을 때 나는 판단잎의 냄새를 맡을 수 있었다. 회상의 충격. 전적으로 기분 좋은 경험은 아니었고, 나는 그 그림이 내가 다시는 보지 못할 가능성이 높은 곳으로 간다는 게 기뻤다.

나는 데이비드 J. T. 스와츠웰더에게 가는 작품들이 놓인 운반대를 가리켰다. 그는 보건업계의 거물로, 전시회 작품 3분의 1을 구입했다. 로야는 다른 그림들이 있는 곳으로 그 그림을 들고 가는 주이를 못 미덥다는 듯 눈여겨보았다. 나는 로야가 자제하려고 애쓰는 모습을 볼 수 있었다. 하지만 결국 그녀는 참지 못하고 소리쳤다. "모서리 조심해! 제발!"

주이는 연극적으로 눈알을 굴려댔다. 내가 로야의 손을 건드렸다. 그녀는 나를 보았고, 그녀와 눈을 맞춘 나는 문득 고마운 마음에 압도당했다. 마치 공황 발작처럼. 그러나 공황의 나쁜 것을 정중앙에서 반대로 뒤집은 듯한 감각이었다. 이 총명하고도 신기한 여자가 나를 사랑했고, 우리는 우리가 언제나 꿈꿔온 것을 하고 있었다. 내 아들들은 행복하고 안전했다. 우리는 좋은 삶을 이룩했다. 물론, 로야와 내게는 더 높은 직업적, 재정적, 창조적 성공의 단계가 있을 터였다. 돈과 수상, 여행. 나는 그 시절에도 이미 알고 있었다. 하지만 우리에게, 우리의 결혼과 우리의 우리에게는 그 시절이 이미 일종의 클라이막스처럼 느껴졌다.

살면서 자주, 절망의 고통 속에, 남편의 학대를 당하면서, 나는 저주받은 자들의 확신을 품고 있었다. "모든 것이 영원히, 내가 죽을 때까지 그냥 이렇게, 이런 식으로 비참할 거야"라는 느낌 말이다. 억누를 수 없고 빠져나갈 수 없는 두려움이 사방으로 끝없이 번져나갔다. 오직 공포만이 그런 식으로 느껴진다는 건 비극이다. 로야와 나의 불가능할 만큼 좋은 순간에도 나는 두려움을 간직해야 한다는 것을, 여윈 계절이 올 때를 대비해 지방을 담아두듯 보관해두어야 한다는 것을 본능적으로 알았다.

"쟤도 다 알아." 나는 주이를 고갯짓으로 가리키며 안심시켰다. 로야가 약간 누그러지는 게 보였다.

로야는 사포를 내려놓았다. 붐박스에서는 내가 들어본 적 없는 섹시한 발라드가 나오고 있었다. 가사는 "내가 네 옷을 입을 수 있다면 난 네가 된 척 끈을 놓아버릴 거야아아"였다. 어떤 신호라도 받은 것처럼 로야가 내 뒤로 다가와 내 허리를 두 팔로 끌어안고 내 목에 입을 맞추었다.

"내가 제일 먼저 뭘 살지 알아?" 그녀가 물었다.

"음?"

"전시회에서 번 돈으로." 그녀가 분명히 밝혔다.

"아." 내가 대답했다. "디오더런트?"

로야는 내 팔을 장난스럽게 찰싹 때리더니 말했다. "내가 지난 이틀 동안 여기에 있어야 했던 건 당신 잘못이야. 당신이 이렇게까지 일을 잘하지 않았다면 이 모든 그림을 옮길 필요가 없잖아."

나는 눈을 굴렸다. "이 그림들은 어디서든 팔렸을 거야."

로야는 어깨를 으쓱하고 말았다.

"나한테 뭘 살 거냐고 물어봐!" 로야가 고집스레 말했다. 내 귓가에 대고, 조금은 너무 시끄럽게.

주이가 그림 운반대가 있는 쪽에서 소리쳤다. "이 사람한테 파는 그림은 이게 마지막이에요?"

나는 고개를 저으며 복도에 있는 작은 그림을 가리켰다. 그 그림의 제목은 **중얼거림**이었다. 비둘기의 그림자의 그림자. 흰 바탕의 흰색.

"저것도."

주이는 한숨을 쉬었다. 내가 덧붙였다. "고마워, 아들!"

로야를 돌아보며, 내가 물었다. "우리 아기 곰, 뭘 살 거니?"

"와, 물어봐줘서 너무 고마워!" 로야는 장난으로 놀란 시늉을 하며 말했다.

"난 내가 찾을 수 있는, 가장 커다란 캐딜락 자동차 문을 살 거야."

로야는 그때도 내 뒤에서, 내 허리를 끌어안고 있었다. 그녀는 나를 조금 더 가까이 당기며 내 어깨에 턱을 얹었다. 나는 고개를 뒤로 빼 그녀의 표정을 살폈다. 그녀는 특유의 자기만족적인 미소를 짓고 있었다. 나는 그러기 싫어도 그 미소가 좋았다.

"차 문만?" 내가 물었다.

"응."

나는 장단을 맞추며 한숨을 쉬었다.

"왜 캐딜락 문만 살 건데, 내 사랑?"

로야는 나를 꽉 끌어안더니 귓가에 속삭였다. "세상이 끝나고 우리를 지킬 사람은 우리밖에 없게 되면, 날씨가 더워졌을 때 창문을 내릴 수 있으니까!"

이 말과 함께 그녀는 웃기 시작했다. 비이성에 휩싸인 한순간에는, 그 웃음이 벽에 걸린 그림을 떨어뜨릴지도 모른다는 생각이 들었을 만큼 쩌렁쩌렁한 웃음이었다. 로야가 그렇게 시끄러운 행동을 하는 건 한 번도 본 적이 없었다. 나는 이 농담을 완전히 이해하지 못했고, 그녀의 "우리"에 정확히 누가 포함되는지도 알 수 없었다. 하지만 너무도 터무니없는 일이었다. 자신의 형편없는 농담에 그토록 심하게 웃다니. 그래서 나도 웃었다. 그렇게 심하게 웃는 그녀를 보고 딱 그만큼 심하게 웃었다. 주이가 우리를 보고 고개를 젓더니, 자기도 약간 웃었다. 주이는 착한 녀석이었다. 동생들을 돌보았다. 동생들이 어렸을 때는 그 애들이 옷을 입는 것을 도와주었으며 그 애들이 크자 숙제하는 것을 도와주었다. 쯔엉에게는 스토브 사용법을 알려 주었다.

주이가 더 어렸을 때, 주이와 나는 길거리에서 노숙자가 발을 헛디디는 걸 보았다. 그는 캔이 가득 든 커다란 쓰레기봉지 두 개를 사방에 쏟았다. 주이는 그 모습에, 그 소리에 웃었다. 웃는다고 내가 꾸짖자 그는 영어로 "엄마, 웃음을 참을 수가 없어요!(Mom, I can't help laughing)"라고 말했다.

나는 그 관용구를 몰랐다. 내게는 새로운 표현이었다. 그래서 나는 이렇게 소리쳤다. "웃는 데는 도움이 필요 없어!"

그 말에 주이는 더 심하게 웃었다. 어떤 이유에서인지 나는 그곳에서, 갤러리에서 로야와 함께 웃으며 그 표현을 떠올렸다. 그녀의 바보 같은 농담에, 더워지면 자동차 창문을 내리겠다는 말에 웃었다. 의미 없고, 기분 좋은 농담. 나는 웃음을 참을 수가 없었다. 웃음을 참을 수가 없었고 웃음에는 내 도움이 필요 없었다. 웃음은 이미 있었다. 웃음은 우리를 그곳에 잡아두었다. 제대로, 완전하게. 아무것도 우리를 조각내 파편을 만들 수 없는 곳에, 아무도 우리를 지도에서 지워버릴 수 없는 곳에. 우리 셋은 내 갤러리에서 일하고, 라디오에서 아는 노래가 나올 때면 따라 부르고, 모르는 노래가 나올 때면 춤을 추고, 모든 것에, 그 모든 일에 웃으며 밤을 새웠다. 그 모든 터무니없는 산물들이 갑자기 우리의 얼굴을 향해 곧장, 일부러 그러듯 꽃을 피웠다.

맙소사, 우리가 죽는다는 사실이 방금 떠올랐다.
하지만 ― 하지만 나도?! 우선은 잊지 말기를,
지금이 딸기 철이라는 것을.

― 클라리시 리스펙토르

감사의 말

고맙습니다, 토미 오렌지. 나의 '밴드' 동료이자 마에스트로. 이 소설은 당신이 책에서, 책 밖에서 보여준 모범이 아니었다면 존재하지 않았을 것입니다. 감사합니다, 로런 그로프. 내가 쓴 것 너머, 내가 쓰려고 노력하던 것을 봐주고 말해준 것에 대해서. 여러 수정고에 필수적인 도움을 준 댄 바든, 마리-헬렌 버티노, 잉그리드 로하스 콘트레라스, 페이지 루이스, 앤 메도스, 에인절 나피스, 벤 퍼커트, 아르만 살렘, 클린트 스미스에게도 감사합니다. 당신들의 사랑을 받았기에 이 책과 나는 헤아릴 수 없이 나아졌습니다.

나의 편집자 조던 파블린에게, 내가 하지 못하고 있을 때조차 하려고 노력하는 것을 알아봐주고 원기 왕성하며 열정적인 유능함의 모범이 되어준 것에 대해, 나의 책을 순교자!라고 부를 수 있도록 해준 것에 대해 감사합니다. 나의 에이전트 재클린 고에게도 믿음과 인내심, 관리인으로서의 꾸준한 책임감을 보여준 것에 감사합니다. 이 모든 세월에 나를 돌봐준 타비아 얍에게 감사합니다. 나의 멘토, 학생, 친구, 가족에게도 이런 식의 구분을 무의미하게 만들어준 것에 감사합니다.

페이지 루이스, 당신이 세상을 지켜보는 모습을 지켜보며 당신을 따라다닐 수 있게 해주어 고맙습니다. 그것이 내 인생이 얻은 교육이자 특권입니다.

독자 여러분께, 여러분의 관심은―그 무엇보다도 보충할 수 없는 자원인 여러분의 시간은―심대한 선물입니다. 나는 그 영광에 보답하고자 최선을 다했습니다. 감사합니다. 감사합니다.

옮긴이의 말

당신은 죽는다. 나도 죽는다. 뿐만 아니다. 우리가 아는 모든 사람이 죽을 것이다. 이건 비밀이 아니다. 공공연한 진실이다. 그런데도 우리는 거스를 수 없는 운명에 어떻게든 저항해보려는 몸부림으로 하루하루를 채우고 있다. 뻔한 결론을 알면서도 이토록 격렬하게, 몸과 마음을 다해 버둥거린다. 그렇게 생각하면 인간은 정말이지 생경하고 희한한 존재 아닌가? 아무리 발악해봐야 바꿀 수 있는 것은 없고, 온 세상이 도와준대도 죽는 시각과 장소, 방법 정도에 미미한 영향을 끼칠 수 있을 뿐인데.

아니, 어쩌면 그처럼 미미한 영향이 중요한 걸지도 모른다. 어디에서, 언제, 어떻게 죽느냐가 죽음 자체를 다른 것으로 바꿔놓을지 모른다. 예컨대, 순교로.

순교자!

느낌표까지 포함된 이 책의 제목이다. 주인공 사이러스 샵스는 태어난 지 얼마 안 되어 어머니를 잃었다. 미군이 이란의 여객기를 적기로 오인해 미사일을 발사하는 바람에, 그 미사일에 맞아 그냥 먼지가 되었다. 아무튼, 사이러스의 생각은 그랬다. 그에게 어머니의 죽음은 "290명의 죽음과 289명의 죽음의 차이랄까, 보험계리 같은" 무의미한 죽음이었다. 어머니와의 추억이 전혀 없기에, 사이러스에게는 그 의미를 실감하는 것이 더욱 어렵다. 그는 일부러 어머니를 애도하는 날을 만들어 펑펑 울어본다. 그런 뒤에도 아무것도 변하지 않았다는 것을 깨닫는다.

아무 의미 없는 죽음이 삶의 한복판에 자리 잡고 있다는 역설. 이것이 사이러스에게는 자신의 죽음을 의미 있는 것으로 만들겠다는 강력한 동기가 된다. 그는 죽음에서 헤어나지 못한다. 병원에서는 새내기 의사들을 교육하는 프로그램에 참여해, 다양한 말기 질병을 앓으며 죽어가는 환자 연기를 하며 매일 "죽어간다". 방에는 순교자들의 사진을 잔뜩 붙여둔다. 순교자들에 관한 시를 쓴다. 늘 자살을 생각한다.

겉보기에 순교는 자살과 비슷하다. 죽지 않을 수도 있었는데, 어떤 믿음을 지키고 관철하기 위해 자기 목숨을 던지는 행동이기 때문이다. 특히 페르시아계 미국인으로서, 사이러스의 자살 충동에는 독특한 정치적 층위가 생긴다. 그는 자신의 인종에 대해 사람들이 품는 두려움을 예리하게 인식한다. 그는 이렇게 말한다.

> 순교자. 나는 공항에서 그렇게 소리치고 싶다. 나는 대통령
> 을 죽이다가 죽고 싶다. 우리의 대통령과 모두의 대통령을.
> 나는 그들 모두가 나를 두려워한 것이 결국 옳은 일이었기를
> 바란다. 내 어머니를 죽인 것이, 내 아버지를 망친 것이. 나는
> 내 존재가 북돋는 엄청난 두려움에 부응하고 싶다.

누군가는 "자살 폭탄 테러"라고 부르고 누군가는 "순교"라 명
명하는 이 행위는 정말로 죽음이라는 궁극의 허무를 이길 한
가지 방법일까? 무의미함 그 자체에 의미를 띠게 할 수 있는 수
단일까?

그러나 동시에, 사이러스는 순교의 본질이 요란한 섬광과 폭
발음을 동반하는 극적인 변화가 아니라는 것도 알고 있다. 그
가 쓴 "순교자의서.docx" 속 순교자들은 많은 경우 공격을 감
행하기보다 고통을 감내하는 인물이다. 고문을 견디고 단식을
하다가 죽어간 수많은 역사적 인물 외에도, 사이러스는 자신의
아버지를 이 글에 포함했다. 사이러스 자신을 대학에 보내고
성인으로서 자립시키기 위해 아무런 기쁨도 없는 인생을 꾸역
꾸역 살아낸 아버지를.

책의 어떤 대목에서는 그 '견뎌냄'이 바로 순교의 본질이라

는 점을 노골적으로 지적하기도 한다. 사이러스의 삼촌, 아라시가 전쟁터에서 한 경험이 그 단초가 된다. 아라시는 부상을 입고 죽어가는, 살아날 가망이 없는 병사들 사이로 말을 타고 돌아다니며 천사인 시늉을 하는 특이한 보직을 맡는다. 이처럼 희한한 보직이 존재하는 이유는 병사들이 괴로움을 못 견디고 자살하는 일을 방지하기 위해서다. 아무리 의롭게, 신의 말씀에 따라 살더라도 죽음에 이르는 고통을 끝까지 견뎌내지 못하면 천국에 갈 수 없다는 것이 이슬람의 교리이기 때문이다.

이 지점에서 사이러스는 '자살'을 '순교'로부터 걸러낸다. 그는 "자살의 대죄가 탐욕"이라고 말한다. "요동치는 내면의 고통을 자신보다 오래 살아남을 모든 사람에게 퍼뜨리는 한편, 자신만은 고요함과 침착함을 챙겨두려는 것"이라고.

흥미로운 점은 사이러스에게 '순교' 역시 죄 없는 깨끗한 행위가 아니라는 사실이다. '자살의 대죄'에 대해 이야기한 다음, 사이러스는 바로 이렇게 말한다. "순교의 대죄는 자만, 허영, 당신의 죽음이 당신의 삶보다 더 큰 의미를 가질 수 있을 뿐 아니라 죽음 자체보다도 큰 의미를 가질 수 있으리라 믿는 오만이다." 고통에서 벗어나기 위해 늘 자살을 이야기하고, 죽음의 무의미함에서 벗어나기 위해 순교를 이야기하면서도 사실 사이러스는 알고 있다. "죽음 자체는, 피할 수 없는 것이기에 아무 의미도 없다."

이런 성찰의 논리적 결론은, 아무리 짧고 덧없으며 결국 죽음이라는 뻔한 결과로 이어질 뿐이라도 모든 의미는 '살아 있음'에서 나온다는 것이다. 그러나 이런 표현은 너무도 평면적이다. 그 '살아 있음'이 과연 무엇이란 말인가.

아마 허무라는 무게에 짓눌려 있던 사이러스는 순교의 의미를 찾는다면서 사실 그 '살아 있음'의 의미를 찾았던 것인지 모른다. 그가 암에 걸려 죽어가면서 생애의 마지막 짧은 시간을 미술관에서 보내기로 한 예술가 오르키데의 '죽음-말' 전시회에 찾아갈 수밖에 없었던 것도 ─ 당시의 사이러스는 의식하지 못했을지언정 ─ 아마 그 의미를 찾기 위해서였을 것이다.

물론, 오르키데와의 만남은 사이러스를 완전히 새로운 지평으로 이끈다. 그가 무의미함의 상징처럼 생각했던 어머니의 죽음과, 죽음으로 의미를 만들어낸 사람의 전형으로 생각했던 오르키데의 삶이 놀라운 반전을 통해 접합되면서 사이러스만이 아니라 독자 역시 깊은 충격에 빠진다. 무의미란 의미를 가리고 있는 얇은 베일일지도 모른다는 깨달음 속에서 읽는 오르키데 "자신의 언어"는 특히 깊은 울림을 남긴다.

나는 햇빛을 받으면 따뜻해지는 황금 장신구를 걸쳤다. 나는 내 친구들을 미소 짓게 했다. 나는 내 적들이 한 일을 보느라 머무적거리지 않았다. (중략) 그 향기를 맡으면, 내 인생의 거의 모든 지점으로 갈 수 있었다. 그게 사람이 경험할 수 있는 시간 여행과 가장 비슷한 일이 아닐까. 이 점에 대해서는 나를 인정해주길 바란다.

그녀의 당부, '죽음-말'의 결론은 이것이다.

죽는 것은 전혀 특별한 일이 아니지만, 나는 내 인생으로 무언가 흥미로운 것을 만들어냈기를 바란다. 알파벳은 인생이 그렇듯 한정된 형태들의 집합이다. 그것이 있으면 사람은 거의 모든 것을 만들 수 있다.

말하자면, '살아 있음'은 재료라는 것이다. 알파벳 같은, 한정된 형태들의 집합. 의미는 죽음에서 나오지 않듯 '살아 있음' 자체에서도 나오지 않는다. 알파벳을 배치해 단어를 만들고 글을 쓰듯, 삶으로 의미를 만드는 것도 무한히 가능한 일이다.

쉽지는 않다. 당연한 일이다. 오르키데 자신도 말한다. "나는 나 자신을 죽였다. 내 사랑을 죽였다. 억지로 남편을, 오빠를 잊었다. 내 나라를. 내 아들을. 아무것도 희생하지 않은 사람들이야 나를 운 좋다고 하면서 자신의 평범함을 합리화하기가 쉬울 것이다. 하지만 나는 평생을 희생했다. 그 평생을 심연에 팔았다. 그래서 심연이 내게 예술을 주었다"라고.

오르키데의 부고를 읽은 뒤 사이러스에게 무슨 일이 일어났는지는 분명하지 않다. 하지만 그가 결국 죽음을 맞이한 것이라고 해도, 왜 오르키데처럼 삶의 알파벳으로 의미를 만들어내지 못하고 게으르게 인생을 허비했느냐고 쉽게 비난할 수는 없다. 오르키데가 예술을 얻기 위해 심연에 판 평생과 사이러스의 삶이 맺고 있는 관계를 생각하면 더더욱. 오르키데는 "나는 용서받을 것을 요구한다"라고 말한다. 그 용서가 사이러스에게는 오르키데의 예술만큼 무거운 것일 수 있다.

그래서 결론은? 이 작품은 명확한 선을 그어 안팎과 좋은 것, 나쁜 것을 나누는 식의 결론에 저항한다. 그래도 말해보자면, 끝내 우리가 할 수 있는 일은 겸허하게 알파벳을 하나씩 놓아보는 것이지 않을까 한다. 죽어가는/살아가는 존재로서, 그 모든 존재와 함께.

2025년 5월
강동혁

순교자!

1판 1쇄 발행 2025년 5월 23일

지은이 · 카베 악바르
옮긴이 · 강동혁
펴낸이 · 주연선

(주)은행나무
04035 서울특별시 마포구 양화로11길 54
전화 · 02)3143-0651~3 │ 팩스 · 02)3143-0654
신고번호 · 제 1997—000168호(1997. 12. 12)
www.ehbook.co.kr
ehbook@ehbook.co.kr

ISBN 979-11-6737-559-9 (03840)

• 이 책의 판권은 지은이와 은행나무에 있습니다. 이 책 내용의 일부 또는
전부를 재사용하려면 반드시 양측의 서면 동의를 받아야 합니다.

• 잘못된 책은 구입처에서 바꿔드립니다.